dtv

Als Mas'ud, der Falafelkönig, einem Herzanfall erliegt, einem Messerstich oder einer Bratölverbrennung, ist seine Frau Simona von Sinnen vor Schmerz. Vom Leben nach dem Verlust erzählen die verwaisten Familienmitglieder: Simona, die, statt den Schutzraum aufzusuchen, auf den Fußballplatz geht und hofft, der Katjuscha-Regen, der den Norden Israels täglich heimsucht, möge endlich über ihr niedergehen; die unzertrennlichen Zwillinge Itzik und Dudi, die nach Mas'uds Tod geboren werden – der verkrüppelte Itzik stiftet Dudi zu kleinen Diebestaten an, lässt sich von ihm rasieren und animiert ihn dazu, mit ihm zusammen ein Falkenküken aufzuziehen, um es später »gegen die Terroristen« einzusetzen; Kobi, der Erstgeborene, der mit seinem Platz im Leben hadert und schließlich im Ehebett neben der Mutter schläft, um seinen beiden kleinen Brüdern den Vater vorzuspielen; und schließlich Etti, die unbedingt Radiosprecherin werden will und von einem besseren Leben träumt.
Sara Shilos Roman war eine literarische Sensation und monatelang auf Platz eins der Bestsellerlisten in Israel. Sara Shilos Erzählkunst besticht durch ein Gefühl der Unausweichlichkeit und Hitze, durch eine dichte, unmittelbare Sprache und einen unvergleichlichen Ton, die den Leser in das Leben der Figuren förmlich hineinziehen.

Sara Shilo wurde in Jerusalem geboren. 1976 zog sie mit ihrem Mann nach Ma'alot, eine kleine Stadt unweit der libanesischen Grenze. Sie leitete das dortige Zentrum der Künste, schrieb Kinderbücher und gründete ein Puppentheater, das berühmt wurde. ›Zwerge kommen hier keine‹, ihr erster Roman für Erwachsene, gewann den *Ministry of Culture Prize*, den *Wiener Prize* sowie den *Sapir Prize*, Israels höchste literarische Auszeichnung. Shilo lebt mit ihrer Familie in Galiläa.

Sara Shilo

Zwerge kommen hier keine

Roman

Aus dem Hebräischen
und mit einem Nachwort
von Anne Birkenhauer

Deutscher Taschenbuch Verlag

Die Übersetzung des Romans wurde vom
Deutschen Übersetzerfonds e.V. gefördert.

**Ausführliche Informationen über
unsere Autoren und Bücher
finden Sie auf unserer Website
www.dtv.de**

2011 Deutscher Taschenbuch Verlag GmbH & Co. KG,
München
Die hebräische Originalausgabe erschien 2005
unter dem Titel ›Shum Gamadim Lo Yawou‹
bei Am Oved Publishers, Tel Aviv
© 2005 by Sara Shilo
Für die deutschsprachige Ausgabe:
© 2009 Deutscher Taschenbuch Verlag GmbH & Co. KG,
München
Umschlagkonzept: Balk & Brumshagen
Umschlaggestaltung: Ruth Botzenhardt
unter Verwendung eines Fotos von plainpicture/wildcard
Satz: Greiner & Reichel, Köln
Druck und Bindung: Druckerei C.H. Beck, Nördlingen
Gedruckt auf säurefreiem, chlorfrei gebleichtem Papier
Printed in Germany · ISBN 978-3-423-13998-4

Für Avner

»… sah durch seine Tränen hindurch die Geburt des Schreis gegen das, was das Leben den Träumern antat.«
David Grossman, *Stichwort Liebe*

Simona Dadon
9

Dudi und Itzik Dadon
79

Kobi Dadon
160

Etti Dadon
231

Simona Dadon

1

Hätte wer gedacht, dass die Katjuschas mich draußen erwischen? Sechs Jahre lauf ich schon nicht mehr draußen rum, außer das Nötigste, lauf und denk nicht viel dabei, Haus-Arbeit-Markt-Haus-Arbeit-Haus-Arzt-Haus-Arbeit. Da kommen die Katjuschas und erwischen die Simona, wie sie einmal von ihrem gewohnten Weg abgeht.

Das Essen hab ich ihnen auf den Tisch gestellt, das Dienstags-Couscous mit Huhn mit Kürbis mit Kichererbsen mit allem drin. Wie mir die Katjuschas auf den Kopf fallen, steh ich da, und was hab ich im Kopf? Ob sie ihren Couscous gegessen haben, noch bevor die erste runterkam, oder ob sie mit leerem Magen nach unten sind, in den Schutzraum. Ich zähl sie von hier aus, dass sie auch ja alle in den Schutzraum rennen: Kobi, Chaim, Oschri, Etti, Dudi, Itzik. Ich sag zu meinen Beinen, geht nach Hause. Die Beine von mir gehn nicht. Ich sitz auf dem Spielplatz auf der Schaukel, die Füße drücken die Erde weg. Auf der Schaukel von den Kindern sitz ich, schaukel vorundzurück – vorundzurück, ägyptische Finsternis. Die erste wo runterkam hat gleich den ganzen Strom vom Ort mit runtergeholt. Bloß im Moschaw auf dem nächsten Berg brennen die Lichter noch. Bei denen sind alle Häuser und Hühnerställe hell. Auch auf der andern Seite, im Dorf bei den Arabern, haben sie Licht. Ich sitz da und schaukel: *Hey Simona aus Dimona, hey Simona aus Dimona*, summt es in meinem Kopf. Und wie die Schaukel aufhört, sag ich: *Leg deine Hand in ma-heine Hand, denn ich gehör nur dir, di-hir allein, leg deine Hand in ma-heine Hand*, und fang an und wein.

Wie die zweite runterkam, hab ich geschrien, hab mich auf die Erde geschmissen und geschrien, geschrien hab ich, den Mund ganz weit offen, und meinen Schrei, den hab ich nicht gehört. Nicht aus dem Hals hab ich geschrien, aus dem Herz hab ich geschrien, aus dem Herz. Und nach dem Herz aus dem Bauch. Und wie ich fertiggeschrien hab, fing ich an und spei. Ich bin dagelegen und hab gespien und spei und seh nicht was, weil es ist Nacht. Zum Schluss war nichts mehr drin. Nur noch Wasser. Dann ist mir auch das Wasser ausgegangen. Wie ich aufgestanden bin, hab ich gemerkt, das Eisen, das mir sechs Jahre lang aufs Herz gedrückt hat, das ist jetzt weg.

Ah, *ya rabb*, tut das gut. Das Eisen ist weg, das mich gedrückt hat. Aus meinem Herz hat es nen Eisklumpen gemacht. Wie hab ich sechs Jahre mit einem Herz im Eisfach gelebt, he? Ich sitz auf der Schaukel. Ich mach das Kopftuch ab, putz mir mit dem Kopftuch den Mund und werf es weit weg. Die Richtung, wo die zweite Katjuscha gefallen ist, glaub ich, ist die von unsrer Wohnung. Ich will loslaufen, nachsehn, dass alle in Ordnung sind: Kobi, Chaim, Oschri, Etti, Dudi, Itzik. Die Beine von Simona drücken die Erde weg und schaukeln sie, *hey Simona aus Dimona*, meine Beine folgen mir nicht, wo ich ihnen sag, geht nach Haus. Ich bleib mit dem Rücken zu den Wohnblocks sitzen. Auf der Straße oben hör ich Geschrei und Leute rennen. Gleich kommt der Lautsprecherwagen, der alle in die Schutzräume schickt, danach kommen dann die Krankenwagen und die Feuerwehr. Meine Beine halten die Schaukel an, gehn los in die andre Richtung, als wo unser Block steht. Ich weiß nicht, wo sie mir hinlaufen, meine Beine. Ich geh um die gestaffelten Reihenhäuser herum, dahin, wo Rikis Haus ist. Meine Beine gehn auch nicht in ihren Schutzraum. Sie nehmen mich mit sich bergab.

Könnt ich bloß zwanzig Stücke aus mir machen. Jedes Stück würd ich in eine andre Ecke der Stadt tun, dass wenigstens eins sich eine Katjuscha fängt, dann wär ich endlich hin.

Ich mach die Hände auf, guck hoch in den Himmel, mach auch noch den Mund auf. Wie die Kleine von den Marokkos, die ist raus in den Hof und hat versucht, den Regen zu fangen, dass er ihr in den Mund fällt, sie hat die Zunge ganz weit rausgestreckt, so zu einem Teller gemacht, dass sie einen Tropfen abkriegt. Die Kleine hat sich über den Regen gefreut, wie über ein Geschenk vom Himmel, und ich freu mich auf die Katjuscha, die kommen soll.

Jetzt ist es still. Sie haben aufgehört mit den Katjuschas. Bei uns ist es ruhig, und dort basteln sie grad an der Katjuscha für Simona. Gott sitzt im Himmel und sieht auf Simona, die zu ihm will. Er soll ihnen helfen, dass sie ihre Katjuscha auch richtig abschießen. Dass die mich nicht, Gott behüte, halb am Leben lassen und ich dann im Krankenhaus lieg, davor soll Gott mich schützen, dass ich nicht nachher im Rollstuhl sitz. Jetzt schon leb ich bloß noch halb. Solln sie auch noch mit der andern Hälfte Schluss machen, schluss und fertig. Gott, gib ihnen den Verstand, dass sie mit mir ganze Arbeit machen. *Ya, rabb!* Was für eine Welt! Auch zum Richtigsterben brauchst du noch Glück haben.

Was soll ich im Schutzraum? Wozu soll ich denn morgen aufstehn? Bloß für die ganze Arbeit? Ach, ist das traurig. Wie wird Simona ihre Arbeiten im Stich lassen? Was werden Simonas Arbeiten machen, wenn sie zu den Sternen fliegt?

Die armen Arbeiten von Simona. Wetten, die sitzen eine Woche Trauer um sie.

Die Arbeiten, die ich am Morgen zurücklass, sitzen bei mir zu Hause, schlagen die Beine übernander und warten auf den Moment, wo ich von der Arbeit im Hort zurückkomm. Kaum dass ich die Tür aufmach, falln sie über mich her, eine und gleich noch eine, glauben, sie hätten jetzt einen Lumpenball zum Spielen. Den ganzen Tag sitzen sie zu Haus und warten nur, dass Simona zu ihnen kommt. Und nachdem sie sich den ganzen Tag ausgeruht haben, kein Wunder, dass sie da Kraft haben, mit ihr zu spielen. Das Bügeln wirft mich zum Spülstein, und der Spülstein, sowie der leer ist, wirft mich zum Besen, und der Besen ins Bad, die Kleinen waschen, und das Bad zum Herd, was zum Abend kochen, und der Herd wieder an den Spülstein. Und vom Spülstein dann die Wäsche abnehmen und zusammenlegen, und vom Wäschezusammenlegen dann zu Nadel und Faden. Sie machen keine Pause, die Arbeiten, und lachen mich aus, lachen alle bis zur letzten, die mich in die Hände kriegt und sieht, dass sie nichts mehr hat zum Weiterwerfen. Es gibt keine Simona mehr. Der vergeht das Lachen bei meinem Gesicht, und sie lässt mich aufs Bett fallen.

Wirklich, vielen Dank!

Viertel vor vier in der Früh. Da muss ich raus.

Steh ich um Viertel vor vier auf, schaff ichs noch. Um zehn nach vier, Viertel nach vier ist der Tag schon hin.

Bis um fünf läuft gar nichts. Arme wie Stöcke, wolln jeden Moment aus den Schultern fahrn. Die Knie halten nicht, der Rücken unten bringt mich um vor Schmerz. Jetzt gehts los, um die Wette, wer am meisten wehtut. Die Fersen sind Pferdefüße. Da haben sie Eisen drangemacht. Die Venen am linken Knie: Feuer.

Wenn der Mann stirbt, muss man die Frau wieder so machen, wie sie war, bevor sie ihn getroffen hat. Dass sie noch mal da steht, von wo er sie weggenommen hat. Dass man sie nicht mitten in der Wüste allein lässt mit allen seinen Kindern, wo sie schon müde ist von den Geburten. Und wo ihr ganzer Körper schon voll mit Zeichen ist.

Vier Uhr früh. Jetzt nur Arbeiten, die keinen Krach machen. Wenn die Zwillinge aufwachen, ist der Morgen gelaufen. Auch wenn die Decke auf den Boden fällt, leg ich sie nicht zurück, dass sie mir ja nicht aufwachen. Ich geh bloß raus zu den Leinen, Wäsche aufhängen. Im Winter wars die Hölle mit dem Wäscheaufhängen. Im Sommer gehts. Die Hände sind keine Eisklumpen, und es hat auch nicht diese Dunkelheit vom Winter. Was ich nachts nicht geschafft hab, häng ich morgens auf und trockne an den Leinen den ganzen schlecht gelaufenen Tag. Die Waschmaschine hat schon gearbeitet und alles von den Sachen runtergeholt. Ohne die könnt man die Kleider lesen wie die letzten Familiennachrichten: Was jeder anhatte, was sie gegessen haben, was sie gemacht haben, wo sie hingegangen sind, wie sie geschlafen haben. Ich häng die Wäsche auf und dreh die Leine auf ihren Rädern weiter. Ich dreh sie weiter, und die Kleider fahrn von mir weg. Wacht die Sonne nachher durstig auf, wird sie ihre Nässe trinken.

Mass'ud ist weg, und mit ihm ist mein Blut gegangen. Wie dumm ich war. Hab gedacht, mein Blut ist mit ihm ins Grab, und hab nicht gewusst, dass er bei mir was dringelassen hat, noch vorher. Hab geweint, nicht gegessen, bin jeden Tag schier ohnmächtig geworden, aber dadrauf bin ich echt nicht gekommen. Alle habens mir schon angesehn, dass ich was im Ofen hab. Bloß bei mir kein Gedanke dafür. Überall, wo ich hingegangen bin, hab ich mich in den Augen von den

Leuten gesehen und hab nicht kapiert, was denen ihre Augen zu mir sagen. Wenn ich aus dem Haus raus bin, hab ich fest in ihre Augen reingeguckt, einem und noch einem, und in allen Augen stand dasselbe: So wahr ich lebe, die Leute, die spinnen doch. In ihren Augen seh ich eine schwangere Frau. Die gucken eine Witwe an und sehn eine schwangere Frau. Ich wusste nicht, wieso. Bis Riki, die im Hort kocht, mich in der Mittagspause am Arm genommen hat, die Tür hinter uns zugemacht und mit mir geredet hat, bis dahin hab ich an nichts gedacht. Ich hab gehört, was sie mir sagt. Hätt mich umbringen können vor Scham. Ich wusst nicht, wie ich aus ihrer Küche rausgehn soll, wo alle schon einen Monat über mich reden, dass ich in letzter Minute noch schwanger geworden bin. Aber Riki, so gemein die zu dir sein kann – wenn du in Not bist, dann willst du keine andre außer Riki bei dir haben. Die hat zu mir gesagt: »Simona, hör mir mal gut zu. Du bleibst so lang bei mir drinnen, bis dir dein Kopf wieder richtig auf den Schultern sitzt. Du denkst jetzt nicht an morgen und auch nicht an gestern. Du denkst jetzt nur an eins, nämlich wie du hier rausgehst, mit erhobenem Kopf und stolzem Blick. Denk dran, damit dass du schwanger bist, damit hast du keinem was Böses getan.«

Du hörst jetzt nur noch, was Riki dir sagt: »Was dir passiert ist, das ist ein Segen. Ein Kind, das den Namen seines Vaters tragen wird, das ist ein Segen. Jetzt sieht es wie ein Unglück aus, aber in einem halben Jahr, wenn du siehst, was du da ausgetragen hast, wird alles anders aussehn. Und wenn sie sich das Maul über dich verreißen, dann soll dir das nichts anhaben. Lass sie dir erst gar nicht in die Ohren kriechen, mit ihrem Geschwätz, glaub mir, wenn ich könnt, würd ich dich mit Öl begießen, damit nichts an dir hängen bleibt. Bleib sitzen, bleib noch sitzen, was stehst du denn schon auf? Und weg von meinem Topf, du versalzt mir noch die ganze Suppe mit deinen Tränen. *Aiwa*, so ists schon besser. Ein halbsaures Lächeln ist auch schon was, wenn man es von Simona kriegt. Wo willst du denn hin? Nein, *chabibti*, putzen tust du mir heut nichts mehr.«

Sie drückte mir ein Glas Tee mit Sheeba in die Hand, ich geh zu ihnen raus, stelle die Nescafétassen aufs Tablett und mache dem Gelage da draußen ein Ende: »Auf auf, meine Hübschen, an die Arbeit. Zwerge kommen hier keine, um für euch zu putzen.«

Da wusst ich noch nicht, dass er mir da drinnen die Anfänge von zwei Jungs reingelegt hat. Einer ist gegangen, und dafür hab ich gleich zwei gekriegt.

Sieben Monate nachdem er gegangen ist, sind sie gekommen. Beide mit dem Gesicht genau wie der Vater.

Also hat man mir nichts genommen.

Drei Töpfe stell ich auf den Herd. Kein Tag, wo ich ihnen nicht drei Töpfe zum Mittagessen hinstell. Gestern hab ich ihnen Reis, Erbsen und Fischklopse in Tomatensauce gekocht. Heut haben sie Couscous. Für morgen hab ich schon weiße Bohnen eingeweicht, da mach ich ihnen die Suppe, die sie so gern haben, und Kartoffeln, und gebratenen Fisch wollt ich ihnen geben. Die Leute denken, Mass'ud ist tot und ich leb. Stimmt nicht! Mass'ud lebt weiter und ich bin tot. In dem Moment wo er gestürzt ist, bin ich kaputtgegangen. Alles ist für mich kaputtgegangen. Davor hatten sie dauernd seinen Namen im Mund, König der Falafel, und ich war seine Königin. Und jetzt? Über ihn, ja, über ihn reden sie noch, er ist der König geblieben, das nimmt ihm keiner, aber ich? Wer bin ich denn heut noch? Und wo sind die alten Zeiten, als man mir die Königin noch ansah?

Sowie dein Mann stirbt, stellen sie dich auf die Probe, wie sehr du ihn liebst. Wie er am Leben war, wen hat das da interessiert? Solang der Mensch lebt, kannst du ihn wahnsinnig machen, du kannst mit wem du willst über ihn reden, kannst ihn schlechtmachen. Keiner wird dafür die Nase verrümpfen. Aber kaum dass der Mann tot ist, kommen sie und gucken alle fünf Minuten nach, ob du ihn auch in Ehre hältst. Statt dem einen, mit dem du gelebt hast, sitzen am ersten Morgen nach der Trauerwoche tausend auf seinem Stuhl. Und was haben sie da zu tun? Aufpassen, dass du ja gut zu ihm bist. Und da sind sie gar nicht faul, sie arbeiten schwer, dass sie dir die Hölle machen. Keinen Moment lassen sie dich allein. Zählen deine Tränen, machen die Ohren spitz, die Augen und die Nase weit, bloß um zu hören, dass du, Gott behüte, nicht lachst. Zu sehn, dass du nicht mit Parfüm oder Schminke anfängst. Sie wolln von dir, dass du mit ihm stirbst. Ihn haben sie schon tot unter der Erde, und du, du sollst für sie tot auf der Erde rumlaufen.

Ein Mann, der dich zu lang anguckt, wenn seine Augen bloß zwei Sekunden bei dir sind, noch ein Moment und sie bringen ihn um, dass er ja nicht an deine Ehre rührt.

Wie sie dich so sehn, dass du ganz fertig bist, wirds ihnen schwer ums Herz. Ihr Herz wird ihnen schwarz. Was machen sie, dass ihr leichtes Herz wieder zurückkommt? Sie schütten ihr Mitleid über deinem Kopf aus. Ein Eimer schwarzes Wasser, nachdem du den Boden gewischt hast, das ist ihre Mitleidigkeit. Und wenn sie ihre Mitleidigkeit ausgeleert haben, steht ihr Herz wieder fein und rein da. Aber richtig rein, richtig glänzend wird ihr Herz erst, wenn sie denken, was sie doch für gute Menschen sind. Und du, was ist mit dir? Du stehst da, patschnass bis auf die Knochen und dazu noch dreckig von ihrem schwarzen Wasser.

Und wie du vor dem Wasser der Mitleidigkeit fliehst, pass auf, dass du nicht, Gott behüte, in den Zucker von den Witwen fällst.

Schon an meinem ersten Tag als Witwe hab ich mir gesagt:

Simona, bei den Witwen darfst du noch nicht mal einen Fuß reinsetzen, wenn du da einmal festklebst, kommst du nie mehr raus, und außerdem ziehn die dich von den Leuten weg. Für die Witwen hier ist es ein Fest, wenn es eine Neue gibt. Dein Schicksal und denen ihr Schicksal haben dieselbe Farbe und dieselbe Form. Und sie wolln von dir nur eins: dass du zu ihnen kommst und mit ihnen zusammen bist. Dass du mit ihnen zusammenhockst und sie dir ihre Lehre vom Witwentum beibringen können.

Sechs Jahre lang geb ich bloß dafür auf meine Beine acht. Bin auf der Hut, wo ich meinen Fuß hinsetz, dass ich nicht einen Morgen aufwach und merk, Simona ist in der Scheiße von den Witwen gelandet.

Ich hab nicht die Kraft, die Hände offenzuhalten für die Katjuscha. Ich hab im Leben immer nur eins gehabt, wo ich die Hand für offen gehalten hab, und wie der gegangen ist, da ist die Hand zugegangen. Wo geht sie hin, die Frau Simona in der Nacht? Wo tragen ihre Beine sie hin? Zum Fußballplatz am Rand von unserm Ort. An der Seite hier ist bisher noch nie was eingeschlagen, *inschalla* kommt es heut hier runter. Frau Simona wirft ihre Tasche von der Schulter und steht auf dem Fußballplatz. Der Rasen ist trocken. Sie haben ja kein Wasser hier im Land, die ganze Zeit jammern sie, sie hätten kein Wasser, aber für den Fußballrasen da finden sie immer irgendwo Wasser. Dein Glück, Simona, dass sie heut die Wassersprenger nicht angemacht haben. Simona steht auf der Wiese, da fährt ihr der Wahnsinn in den Kopf. Wie der Wahnsinn ihr in den Kopf fährt, macht er ihr den Mund auf, dass sie singt: »*Was ist in dieser Nacht so anders als in allen anderen Nächten?*« Dass Simona in allen andern Nächten noch und noch arbeiten muss, aber in dieser Nacht, aber in dieser Nacht, da kommt die Katjuscha und holt sie weg. Simona wartet schon. Simona ruft den Todesengel, dass er kommt und sie wegholt. Aber nicht der Todesengel kommt. Wer kommt? Der Wahnsinn kommt!

Die armen Kinder. Wenn ich draufgeh, dann haben sie wenigstens ein bisschen Ehre von mir. Dann kriegen sie Geld, weil ich von einer Katjuscha gestorben bin. Wer es in unserm Land schafft, an den Arabern zu sterben, der kriegt dafür Ehre wie ein König – aber wenn einer verrückt wird, dann ist die ganze Familie hin. Wer würd die Etti noch nehmen, wenn man über sie erzählt, dass ihre Mutter *mahabula* geworden ist?

2

Wo soll ich mich hinlegen? Was für ein schönes Bett haben sie mir hier gemacht. Mit grünem Laken, einen halben Kilometer lang, über das ganze Bett. Ich leg mich in die Mitte, genau dahin, wo das Spiel anfängt, in den Kreis, den sie mit Kalk gezogen haben. Nur dass Simona und der Rasen keine Freunde sind. Zwei Minuten auf der Wiese, und mein ganzer Körper fängt sich schon rote Flecken, dass du denkst, ich hätt wieder die Röteln, und ich fang an und tob, weils mich so juckt.

Simona geht zum Tor. Warum zum Tor? Weil da kein Rasen ist. Weil am Ende vom Spiel der Ball da liegt. Das Tor, das Gott in der neunundneunzigsten Minute geschossen hat.

Meine Schuhe, ich zieh sie aus, stell sie nebens Tor und leg mich noch mal auf mein Bett. Das Netz vom Tor macht aus dem Himmel ein Blech mit *Baklava*, und die Sterne sind die Mandeln drauf. Ich roll mich auf der Seite ein, hör meine Füße, die aus den Schuhen raus sind, wie sie weinen. Sie weinen mir was vor, dass ich kein Mitleid mit ihnen hab, dass ich nie auf sie hör, dass ich sie den ganzen Tag fest einschnür, dass meine Ohren sie im Stich lassen und sie alles ganz allein tragen müssen.

Aber wie, wie ist bloß aus »unsrer Simona« die »Simona von der Arbeit« geworden? Wie ist das passiert? Alle haben mich doch »unsre Simona« genannt. Überall wo ich hinkam, haben sie mich mit hineingenommen und gewollt, dass ich zu ihnen gehör. Was sollt ich denn machen. Unsre Simona hat jeden Tag gelacht, bis sie sich den bösen Blick gefangen hat. Und wie der Blick erst mal da war, hat er sie nicht mehr losgelassen. Schon sechs Jahre lässt er Simona nicht mehr los.

Wenn ich was gesagt hab, keine fünf Minuten und ich hab es gekriegt. Noch nicht mal fünf Minuten. Und jeder mit etwas Grips im Kopf wollte neben mir stehn und auch ein bisschen Farbe abkriegen, wenn das Glück vom Himmel fällt und mein Leben rosa färbt. Dafür haben mich die Leute umarmt, dafür haben sie mir kleine Geschenke gebracht, dass das Glück sie sieht, wie sie neben mir stehn, dass es sie ein bisschen ansteckt.

Jeden Morgen hat unsre Simona eine Runde durch die Stadt gemacht. Zum Falafelstand, sich etwas Geld aus der Schublade holen, damit sie auf ihrer Runde nicht vertrocknet. Nicht viel Geld, zwanzig, dreißig Lira hab ich da mitgenommen. Wusste genau, wer wann Pause hat: die Bank, die Post, die Schule, ich hab mit allen ihren Tee, ihren Nescafé, ihren kleinen aufgekochten Kaffee getrunken und hab gemacht, dass die Mädchen gelb wurden. Mal ein Nylonstrumpf, den ich aus der Stadt mit hab, ein neuer Duft, eine Frisur, die noch nicht bis hierher gekommen war, ein Armreifen, den Mass'ud mir geschenkt hat. Wenn bei den Frauen noch ein paar Männer standen, umso besser, dann hab ich denen ein bisschen den Kopf verdreht, hab gelacht und bin weiter, woandershin. Ich geh in den Hort, nehm ein Kind auf den Arm, einfach so, trink auch mit denen was, ich brauch ja nicht arbeiten. Warum soll unsre Simona arbeiten? Mass'ud ist morgens mit ihr aufgestanden, hat für sie das Haus ausgewischt, und dann hat sie ein paar Töpfe aufgesetzt. Den Schlüssel in der Tür haben wir umgedreht, dass keiner sieht, wie Mass'ud den Boden wischt, das ist die größte Schande für einen Mann, wenn man ihn mit dem Gummiwischer und dem Putzlumpen in der Hand erwischt. Um zehn waren wir fertig. Dann kam seine

Mutter und hat das Baby für ein paar Stunden genommen, und in der Zeit, wo unsre Simona draußen ihre Runde macht, hat Mass'ud die Kichererbsen für die Falafel durch den Wolf gedreht. So haben sie ihn bloß Groschen gekostet, bloß Groschen, und damit hat er seinen Schnitt gemacht.

Überall wo ich vorbeigegangen bin, haben die Leute den Kopf von der Arbeit gehoben und gelacht, ihre Sorgen vergessen und geträumt, einen Tag mal in meinen Schuhen zu stecken. Was war dabei? Auch dass ich die Mädchen hab gelb werden lassen, das war doch nur gut für die. So haben sie wenigstens ein bisschen Farbe bekommen, statt mitten im Leben vor sich hin zu schlafen. Bei allem, was ich neu aus der Stadt mitgebracht hab, haben sie zu Gott gebetet, dass sie das auch mal kriegen. Warum nicht? Nach einem Monat, einem halben Jahr, längstens einem Jahr, hatten sie es dann auch und haben sich gefreut. Und die Männer, wie die gehört haben, was Mass'ud mir kauft, haben sie immer ein paar Lira zur Seite gelegt, dass sie ihrer Frau auch was Schönes mitbringen können.

Dann ist Mass'ud gegangen, und mit ihm die ganze Kasse. Er, er hat keinen Groschen auf die Seite getan, alles hat er in meine Hand gelegt. Und meine Hand, was war meine Hand? Die Wahrheit? Sie war offen, alles ist zwischen ihren Fingern durchgeflossen. Wie Mass'ud gegangen war, haben sie gesehn, was mit mir los war. Sie haben mir einen Gefallen getan und mich als Aushilfe im Kindergarten genommen. Sechs, sieben Monate war ich da Aushilfe, dann hab ich die Zwillinge gekriegt.

Wie ich von der Geburt zurückkam, hat Hanni aufgehört, und sie haben mich fest eingestellt, bei den Großen, mit Alisa Pedida. Achtzehn Kinder haben wir. Avi ist der Kleinste, ein Jahr und zwei Monate, Miri, die Größte, ist zwei Jahre und sieben Monate.

Um halb sieben in der Früh renn ich in den Hort und um halb fünf schleich ich wieder nach Haus. Und kein Tag, wo mich nicht einer an die Zeiten von »unsrer Simona«, der Königin, erinnert. Den ganzen Neid, den sie angespart haben, auf dem Konto, das ich bei ihnen hab, den ganzen Neid, der ihnen auf dem Herz gesessen ist, all die Jahre, wo ich meine Runden gedreht hab, den zahlen sie mir jetzt mit Zinsen zurück. Nicht auf einen Schlag, sondern in Raten, viele kleine Raten zahlen sie mir zurück. Keine Ahnung, wann die mal abgezahlt sind.

Letzte Woche hab ich gedacht, noch ein Wort und ich schmeiß ihnen meinen Kittel hin und hau ab nach Hause.

Was passiert war? War es Montagnachmittag? Nein, es war am Dienstag. Vielleicht auch am Donnerstag. Warum soll ich mich erinnern, an welchem Tag. Was gibt es an meinen Tagen schon Besondres, dass ich mich einzeln an sie erinnern soll? Alle Tage liegen bei mir auf einem Haufen, durcheinander. Hier hast du einen Ärmel, der geht weiter mit einem Hosenbein, und da ein Zipfel Handtuch, und das endet mit einem Laken. Ich hab keinen Tag, den ich am Stück von seinem Morgen bis zu seinem Abend seh. Und es gibt auch keinen einzigen glänzenden Tag, keinen, den ich aus allen anderen rauskennen kann, keinen, den ich mit der Hand waschen würde, dass er nicht die Farbe von allen andern kriegt.

Was hab ich davon, wenn ich weiß, welcher Tag es war? Sicher weiß ich bloß, es war am Nachmittag, wir waren fertig mit Wickeln, hatten die Kinder in die Betten gelegt, wir haben gegessen und saßen noch ein bisschen zusammen, was trinken, da kam Riki aus der Küche reingerannt, und ihre Hände tropften noch von Wasser und Seife, und sie hat gerufen:

»Silvi, schnell. Jehuda kommt grade, Jehuda von der Stadtverwaltung, von der Abteilung Instandhaltung, er kommt gleich in den Hof. Ich hab ja zu Dvora gesagt, sie soll ihn wegen der Kanalisation anrufen, aber in Wirklichkeit wollt ich, dass er kommt, damit ich ihm die Überdachung für den Sandkasten aus den Rippen leiern kann. Komm, gib mir deinen Kittel, *aiwa*, dein Kleid ist genau das Richtige für ihn, und nimm Schlomi auf den Arm, jetzt geh raus zu ihm. Hast du vergessen, was wir besprochen haben? Mach, dass wir eine Überdachung für den Sandkasten kriegen, so wie es die Stadtverwaltung für die Kindergärten auch macht, und sorg, dass er zur Seite schaut und nicht zu mir ins Fenster rein. Auf auf, meine Hübschen, jetzt sprüht Silvi noch ein bisschen Parfüm an, aber schnell, gleich ist er da. Was sitzt ihr noch rum. Man denkt ja grad, die Kinder hätten euch schlafen gelegt! Und tut ihr ein bisschen Rouge oben auf die Ohren, los, noch ein bisschen, das reicht nicht. Mach dein Haar auf, meine Hübsche, heut wird nicht geknausert. Alles, was Gott uns gegeben hat, packen wir heut aus. Nein, ich will kein anderes Kind, es muss der Schlomi sein, das ist der Sohn von seiner Schwester, wie soll er dem Sohn seiner Schwester was abschlagen? Bringt ihn her. Schau, er schläft noch nicht fest, hier, Riki gibt dir einen süßen Tee, Schlomi, weißt du, wer da kommt? Dein Onkel Jehuda kommt. Willst du Onkel Jehuda Schalom sagen? Nein, wart noch kurz, er soll ein bisschen weiter in den Hof kommen. Du weißt, was du zu tun hast. Tu so, als ob Schlomi im Sand spielen will. Und jetzt geh schon.«

Silvi ging mit Schlomi auf dem Arm raus, und Alisa und Levana drückten sich die Gesichter an Rikis Fensterscheibe platt; standen und guckten über den Herd nach draußen. Da wächst dieser Busch mit den gelben Blüten, der das Fenster verdeckt. Ich sitz in der Küchentür mit dem Rücken zu ihnen und könnt mich selbst auffressen: Wo sind die Zeiten hin, wo man mich für so was losgeschickt hat, wenn ich auf meiner Runde vorbeikam, angezogen, wies sich gehört, und ich hab immer alles für den Hort erreicht, alles. Wo sind die Zeiten, wo Riki mir gesagt hat: »Der Mann, der unsrer Simona was abschlägt, der muss erst noch geboren werden! Wenn eine Frau lernen will, wie sie mit ihrem Mann umgehn muss, soll sie sich bloß Simona anschaun. Simona werdet ihr nie sagen hören: Mein Mann, der bringt mich noch um.«

Ich guck nicht mit ihnen aus dem Fenster. Was will ich da sehen? Mein Leben, wie es in zwei Teile zerrissen ist?

Levana und Alisa reden leise, dass Jehuda sie nicht hört, aber Riki, Riki kann nicht einen Moment den Rand halten. Der fliegen die Wörter aus dem Mund wie bei ›Sport und Musik‹: »Guckt doch, guckt doch, die Silvi, wie schön ich ihr dies kleine Kichern beigebracht hab. Das ist das Gläschen Kognak am Anfang. Bloß, damit sich ihm der Kopf ein bisschen dreht. Ich hab ihr alles gesagt, alles was man braucht. Noch einen Moment, dann gibt sie ihm den Jungen auf den Arm, und dann bückt sie sich und macht was an ihrer Sandale, na, hab ichs nicht gesagt? Sie hält sich an seinem Arm fest, damit sie nicht hinfällt, na schaut doch, wo seine Augen hinwandern.

Keine Sorge, Alisa, der hat schon genug gesehn, genau so läuft das Spiel: Jedes Mal versteckt sie was andres vor ihm und zeigt ihm was andres, sie serviert ihm nicht alle Speisen auf einmal. Hier, hier, seht ihr, wie sie den Kopf nach hinten wirft und ihm ihren ganzen Hals hinhält? Und jetzt das Haar hinter die Ohren. Seht ihr seine Augen, wie sie ihr dahin folgen, wohin sie ihn führt? Wie sie auf ihrem Ohrring schaukeln? Hoppla – ein kurzes Streicheln auf der Hand des Kleinen, ihre Fingernägel reichen bis zu ihm, halb kitzeln sie ihn, halb kratzen sie, so spürt er das Süße, was er von ihr kriegen könnte, und auch den Geschmack von

Schmerz. Seht doch, wie sie eine Familie geworden sind. Sie, er und das Kind.

Natürlich steht er ganz nah bei ihr, Levana, was denn sonst? Würd er einen Schritt zurückgehn, hätt er ihren Duft schon verloren. Und ohne den, was blieb ihm da noch? Nur sein eigener Schweiß. Jetzt zeigt sie ihm die Linie ihrer Brust, drückt die Arme so an die Seiten, dass sie einen tiefen Schlitz hat. Oha! So denkt er, sie hätte da Melonen. Jetzt schlägt sie die Lider nieder, wenn sie aufschaut, wird er ihre Augenfarbe noch stärker sehn. Ihre Hand hat sie auf ihrem Herz, während er ihr seine Geschichten erzählt! Sie lacht über jedes Wort, was er sagt. Wie gern der Geschichten erzählt. Glaubt mir, der Mann, dem reicht ein Ohr, der braucht gar keine komplette Frau.

Aber jetzt ists genug. Jetzt muss sie den Sandkasten ins Spiel bringen. Dass sie jetzt bloß nicht sich selbst vergisst. Hier, sie nimmt ihm den Kleinen ab und wird traurig, wie wenn sie gleich anfängt und weint. Ich hab ihr gesagt, was sie dem Kleinen jetzt sagen soll: Was soll ich machen, Schlomi, Silvi darf dich nicht in den Sandkasten in die Sonne setzen. Wenn die Stadt uns ein Sonnendach gebaut hat, dann darfst du den ganzen Tag im Sandkasten spielen ... jetzt hat er keine Wahl, jetzt muss er was sagen, damit sie wieder lächelt. Na, wie findet ihr das? Wenn denen ihr Mädchen traurig wird, das ist für die, als hätten sie den Krieg verloren, seht ihr, seht ihr, wie er schwitzt? Wie er den Kragen hin- und herschiebt, wo er ihm am Nacken klebt, wie er ihr nachguckt, als sie sich auf den Rückweg macht. Nicht mal einen Moment hat sie gewartet, was hat sies denn jetzt so eilig? Seht ihn euch an, da ist ihm mitten beim Essen sein Teller abgehaun. Sie ist viel zu schnell gegangen. Seht ihr, er will ihr nach, er hat noch gar keine Zeit gehabt zu entscheiden, was er machen soll, und schon war sie weg. Ai, der kriegt die Sache mit dem Sonnendach nicht über die Lippen. Wo sie ihn schon halb weich hatte, was hat sie den Topf so schnell vom Feuer genommen? Habt ihr sie gesehn? Jetzt denkt er auch nicht mehr an die Kanalisation. Er weiß nicht mehr, warum er eigentlich gekommen ist. Und das Sonnendach, das können wir vergessen.

Nichts zu machen, das ist eben nicht unsre Simona. Simona hätt nur zu ihm hingehn müssen und hätte gleich zehn Sonnendächer bekommen. Was kann ich machen, wir haben keine Simona mehr. Auf, auf, meine Hübschen, glotzt Silvi jetzt nicht so an, wenn sie reinkommt, dass ihr nicht das Herz bricht. Und es ist auch schon Viertel vor zwei. Um halb drei wachen die Ersten auf. Zwerge kommen hier keine, um jetzt für uns zu putzen.«

Kein einziges Wort hab ich vergessen von dem, was sie gesagt hat. Alles hab ich aufgeschlürft. Von wem hat sie das alles denn gelernt? Von mir! Da steht sie und redet über mich als wär ich schon eine Gott-hab-sie-selig. Über eine Tote redet man nicht so, wie sie über mich geredet hat! Unsre Simona hier und unsre Simona da! Überlegt die sich nicht, wie diese Worte mir im Herz zischeln wie Wasser auf heißem Öl. Wenn ich nur dran denk, verbrenn ich schon von innen. Hörst du das Wasser, wie es aus der Pfanne zischt ksssss…

Ich bin dagesessen. Das Essen vom Mittag kam mir hoch. Das Blut ist mir in den Kopf gestiegen. Ich will nach Hause und nie mehr zurückkommen. Aber ich kann da nicht weg! Wer gibt mir eine Arbeit, wenn ich mitten im Jahr aufhör? Wer wird mich überhaupt angucken, wenn Riki erst anfängt und über mich redet? Ich hatte mich so gefreut, wie sie mich für diese Arbeit angenommen hat, ich hab ihr die Hände geküsst. Warum sagt der Mensch immer danke, wenn er ins Gefängnis geht?

3

Der Mondball schaut auf Simona, wie sie im Tor liegt. Was sieht der Mond? Er sieht sie wie einen Torwart, der sich mit dem ganzen Körper in die rechte Ecke vom Tor geschmissen hat, damit er den Ball kriegt, bloß dass sie ihm den Ball in die linke Ecke geschossen haben.

Ein Jahr nachdem Mass'ud weg ist, ist auch seine ganze Familie von mir weg. Seine Geschwister treten nicht mehr über unsre Schwelle. Sie sind mir böse. Sie sagen, ich bin schuld, dass sies mit dem Falafelstand nicht geschafft haben. Ich weiß nicht, was wolln sie bloß von mir? Wer bin ich, dass ich über einen Laden entscheiden kann, ob er gut läuft oder nicht? Wer bin ich, dass ich den Leuten sag, sie solln sich eine Falafel kaufen oder ihr Geld woandershin tragen? Und sagen wir, angenommen ich wär schuld, nur mal angenommen, was hat Mass'ud ihnen getan, dass sie noch nicht mal an seinem Todestag zu seinem Grab gehn? Die schämen sich nicht, echt nicht. Bloß weil sie alles Geld in den Stand gesteckt haben, und es nicht geklappt hat, müssen sie mich und die Kinder allein lassen?

    Seine Mutter ist anders wie die. Die sieht die Welt nicht nur in Bündeln von Geld. Wie Mass'ud noch am Leben war, da hat sie mich jedes Mal mit einem schiefen Auge angeschaut, wenn sie dachte, dass er es bei mir nicht gut hat. Und ausgerechnet jetzt, wo er tot ist, wie sie mich auf dem Markt nur sieht, umarmt sie mich schon und küsst mich und guckt bloß die ganze Zeit, dass Rachel, Jaffa und Schoschana sie nicht sehn. Ihre Schwiegertöchter, die nehmen sie vom Moschaw im Auto hierher mit. Und sie drückt mir schnell ein paar Lira in die Hand. Ich nehm das nicht an, leg ihr das zurück in ihren Korb, sie fängt an und weint, fragt schnell nach den Kindern, nach allen. Keinen hat sie vergessen. Alle Namen geht sie durch, einen nach dem andern, auch nach den Kleinen fragt sie, die hat sie nur als Babys gesehn, und sie segnet mich, dass Gott mir die Kraft gibt, und dass ich gesund bleib, und alles auf Marokkanisch, wie Mama und Papa.

Ich weiß, dass sie zu seinem Grab geht. Die Leute, wo ihre Gräber besuchen, erzählen mir, dass sie sie da sehen. Was hab ich ihnen getan, dass sie alle von mir weg sind? Und ich, wen hatte ich denn hier, wenn nicht die Familie von Mass'ud? Niemanden hab ich hier. Aus Ashdod bin ich ihm in den Norden hinterhergezogen. Meine Mutter ist uns schon in Marokko weg, und Vater, *Allah jerachmu*, hat vor sechzehn Jahren bei einem Unfall die Zeit gesegnet, in einer Sekunde war er weg. Meine vier Brüder sind in Ashdod, arbeiten wie die Maulesel: immer mit dem Kopf unten.

Aber wer ist Simona immer treu geblieben? Der Blick. Der Blick, ja, bloß der Blick. Der kam mit den Leuten zu Kobi seiner Bar Mitzwa und lässt sie nicht mehr, seitdem. Zwei Tage nach der Bar Mitzwa kam der Böse Blick und hat mir Mass'ud genommen. Hat mir Mass'ud genommen und hat mir die Krone abgenommen. Und wie er mir die Krone vom Kopf genommen hat, ist mir der Kopf runtergefallen, weil der war an der Krone festgeklebt.

Warum haben sie den Blick zur Bar Mitzwa mitbringen müssen? Sie haben da doch alles von uns gekriegt! Könige haben wir aus allen gemacht. So was hätten die sich nicht träumen lassen. Wie hätten sies auch träumen sollen? Wie willst du was träumen, wo du im Leben noch nie gesehn hast? Vier

Autobusse hab ich bestellt: Ein Bus hat Mass'uds Familie im Moschaw abgeholt, mit allen Freunden, und drei Busse haben die Leute ausm Ort abgeholt. Jeder Bus hat alle paar Meter gehalten, dass keiner bloß nicht zu weit laufen muss und müde wird. Und wir haben nicht normale Busse gemietet, sondern Touristenbusse, schon der Geruch da drin, und wie sauber die waren, du hast gedacht, du bist in einem Palast. Wie wir mit allen im Bus saßen, da wollten sie gar nicht mehr, dass wir bei dem Saal in der Stadt ankommen, denn im Bus haben sie gekriegt, was es sonst nur in Flugzeugen gibt. Getränke, Knusperzeug, Obst und die teuerste Schokolade. Was hat ihnen denn gefehlt? Nichts! Kassetten mit Liedern auf der ganzen Fahrt, einer nach dem andern sind sie zum Fahrer vorgekommen und haben durch den Lautsprecher geredet, haben Witze erzählt, getrunken, geknabbert, und wie wir in die Stadt kamen, da haben wir vor dem schönsten Saal gehalten, den sie in ihrem Leben gesehn haben.

Am Eingang, links und rechts von der Marmortreppe, zwei Springbrunnen mit Wasser. Wie du in den Saal reingehst, stehn da zwei Mädchen, die jedem eine rote Blume anstecken, und drinnen, wo du hinschaust, überall hat es Spiegel. Tausendmal siehst du dich selbst, damit du ja nicht vergisst, wie schön du hier angekommen bist. Du siehst, wie die Leute im Spiegel ihr Gesicht anschaun und wie sie anfangen und sich kämmen, ein Lächeln auflegen, höflich miteinander reden, das Glas zum Anstoßen heben, und im selben Moment schaun sie in den Spiegel und wollen sehn, wie sie dabei aussehen. Die ganze Zeit sind ihre Augen im Spiegel, und sie machen sich ihren Körper zurecht und machen sich das Gesicht zurecht, weil sie wollen sehn, wie schön sie sind. Aber wo eine ein Gesicht zieht, weil ihr was nicht passt, da schaut ihr verzogenes Gesicht sie aus dem Spiegel an. Und wie sie den Kopf von dem Spiegel wegdreht, kommt ihr selbes Gesicht ihr aus einem andern Spiegel entgegen. Wie sie sieht, dass sie mit ihrem verzogenen Gesicht nirgendwo hinkann, tauscht sie es aus gegen das Gesicht von einer, die mit allem zufrieden ist.

Und das Essen an Kobi seiner Bar Mitzwa? Das feinste Menü! Nicht bloß Huhn, sondern alles richtiges Fleisch mit vier Beilagen und zehn verschiedenen Salaten vorher. Fünfzig Schekel pro Kopf haben wir hingeblättert. Fünfzig im damaligen Geld. Wer hat vor sechs Jahren fünfzig Schekel für ein Essen hingelegt? Die Schecks von allen Gästen zusammen gaben nicht ein Viertel von dem her, was wir bezahlt haben. Die haben sich vorher zu Hause überlegt, dass sie uns so viel Geld in den Umschlag tun, wie wir ungefähr für sie ausgegeben haben. Aber so ein Fest hat hier noch keiner gesehn. Auch wer Geld gehabt hat, hatte ja keine Ahnung, was sein Essen kostet.

Ich seh die Bar Mitzwa, seh, wie alle lachen, wie sie tanzen, und seh immer noch nicht, wozu sie mir den Blick haben mitbringen müssen. Aus jedem Mann haben wir an dem Tag einen König gemacht. Jede Frau war eine Schönheitskönigin bei ihrem großen Auftritt. Das beste Orchester hab ich bestellt, um keinen Schekel gegeizt. Von nach Jom Kippur bis nach Pessach hab ich mich bloß um die Bar Mitzwa gekümmert: der Saal, die Einladungen, was wir anziehn, der Fotograf, die Musik. Ich bin von einem zum andern gelaufen, hab mir alles angeguckt, und wo ich hinkam, dacht ich, o ja, das ist es, aber ich hab noch nichts festgemacht, hab nur gesagt, dass ich meinen Mann fragen muss. Dann bin ich heim und hab mir die ganze Nacht im Kopf die Bar Mitzwa angeschaut, wie sie an diesem Ort aussehn würde. Hab Kobi gesehn, die Familie, die Leute, das feierliche Kerzenanzünden für alle Verwandten und das Tanzen, und zum Schluss hab ich mir Simona angeschaut, wie sie da auf der Bar Mitzwa ist. Und wenn ich nicht gesehen habe, dass sie funkelt wie ein Diamant, bin ich am nächsten Morgen wieder los und hab einen noch besseren Platz gesucht, ein noch glitzerigeres Kleid, noch schönere Blumen. Und so war es mit allen Sachen: Anschauen, Suchen, Fragen und am Schluss noch was Schöneres nehmen.

Und wenn Mass'ud nicht das Teure nehmen wollte, hab ich auf ihn eingeredet, wie Teig hab ich ihm sein Herz geknetet: War es zu fest, hab ich ein paar Tränen dazugetan. Langsam und sachte-sachte hab ich ihn rumgekriegt: »Das ganze Geld, was du machst, das kommt doch aus denen ihren Geldbeuteln, Mass'ud, von den Falafeln, wo sie bei dir essen. Also, was ist dabei, dann sollen sie dich einen Tag mal sehn, dass du ihnen was zurückgibst.« Das hab ich ihm am Morgen gesagt, wenn keiner vorbeikommen und stören konnte. Weil nach der Nacht, wie dein Mann die Augen aufschlägt, da sieht er dich wie zum ersten Mal. Nur du und er. Adam und Eva im Paradies. Und du, wenn du dich dabei nicht vergisst, dann ist das die Zeit, wo du alles von ihm kriegen kannst. »Danach werden sie zu dir an den Stand kommen und über die Bar Mitzwa reden«, hab ich weitergemacht, »und sie werden den Geldbeutel rausholen, noch eine Falafel kaufen, noch was trinken. Da haben wir das Geld schnell wieder reingeholt, in drei Monaten hast du das wieder drin.« Drei Monate? Aber nicht mal drei Tage hat er danach noch gelebt, nach der Bar Mitzwa. Nicht mal drei Tage haben sie ihn noch leben lassen, mit ihrem Blick.

Aber warum, warum haben sie bloß den Blick mitgebracht? Armer Kobi, nicht mal eine richtige Feier am Schabbat danach in der Synagoge. Dafür die Trauerwoche für seinen Vater. Der Arme.

Zwei Tage nach der Bar Mitzwa sind sie zu uns nach Haus gekommen. Zu Fuß sind sie gekommen. Die Einladungen von Kobi hatten einen goldenen Rand gehabt, die Einladungen von Mass'ud, an den Hauswänden von unserm Block, die hatten einen schwarzen Rand. Wir sitzen auf dem Boden, die Kleider zerrissen, das Herz auch.

Wie sie kamen, mir sagen, dass Mass'ud gestürzt ist, bin ich los, zum Platz bin ich gerannt, wollt ihn sehn, ich hab nicht geglaubt, was sie mir da erzählen. Ich renn los, an den Stand, aber sie lassen mich nicht, sie haben drei, vier Leute gebraucht, um mich zurück in die Wohnung zu kriegen. Ich komm in die Wohnung, da hockt doch der dicke Blumenstrauß von der Bar Mitzwa aufm Tisch im Wohnzimmer, und auf dem Kopf meine Frisur von der Bar Mitzwa mit dem ganzen Spray und zwanzig kleinen unsichtbaren Klämmerchen, dass das hält. Ich bin gleich ins Bad, hab die Klammern rausgezogen, hab im Waschbecken die Haare gewaschen, hab alles ausgewaschen, hab mich umgezogen. Aber was hab ich vergessen? Den Lack auf den Fingernägeln! Meine Schwägerinnen, Mass'ud seine Schwestern, wie die mich gesehn haben, haben sie mich schnell ins andere Zimmer gezogen, mit Gesichtern, als tät im nächsten Moment die Welt untergehn, wegen dem Rot auf meinen Nägeln. Rachel und Jaffa haben mich links und rechts gepackt, jede hat sich eine Hand geschnappt, und Schoschana hat Aceton auf die Watte geschüttet, eine ganze Tonne Aceton haben sie auf mich drauf geschüttet, hat nicht viel gefehlt, und sie hätten mir auch noch die Fingernägel abgemacht. Wenn ich im Kopf zur Beerdigung geh, hab ich immer gleich das Aceton in der Nase. Die ganze Beerdigung ist mir aus dem Kopf, aber der Geruch von dem Aceton geht mir nicht aus der Nase. Einen Monat später hab ich das ganze Haar von Simona, das ihr bis zur Hüfte ging, weggemacht. Hab die Schere genommen, bin ins Bad und hab es mir selber abgeschnitten. Ich hab mir ein Kopftuch aufgesetzt, wie eine alte Frau, und dann war ich fertig mit unsrer Simona.

Morgen früh ist sein Todestag, da müssen wir ganz früh zu Mass'ud auf den Friedhof. Wenn die Katjuscha mich erwischt, legen sie mich da auf der Bahre gleich daneben, und dann kippt man ihnen auch ihre Mutter noch ins Loch. Und die Welt wird nicht stehnbleiben für sie. Warum auch? Etti ist eine gute Schülerin. Alle, die sie hören, staunen ja, dass sie so redet, als wär sie in der Knesset. Kann sein, dass sie dann aufs Internat kommt, wie die Tochter von Riki. Und Itzik und Dudi sind schon groß. Itzik wird sogar mit seinen Händen durchkommen, irgendwie. Muss er ja. Und um Chaim und Oschri hab ich keine Angst. Nur vor dem Geschwätz der Leute hab ich Angst. Wenn die erst mal anfangen und reden, da weißt du nie, wo das hingeht. Auch wenn ich sterb, um die Zwillinge mach ich mir keine Sorgen, weil sie denken doch, dass Kobi ihr Papa ist. Wenn bloß die Leute ihre Klappe halten. Dann werden beide bei Papa Kobi bleiben. Und Kobi wird mit Gottes Hilfe heiraten. Ich kann ihn doch auch nicht länger bei mir halten, er wird heiraten, dann kriegen sie noch eine ganz junge Mutter.

Schon wieder denk ich an sie, dass sie da unten Hunger haben. Ich würd nicht ruhig rumsitzen, ich würd hochlaufen und ihnen den Topf runterholen, dann können sie sich den Bauch vollschlagen. Nur wegen dem Warnalarm haben sie bis zum Abend ihren Couscous noch nicht gegessen. Den ganzen Tag sind sie danach durch die Straßen gestreunt, sind nur hochgegangen, sich ein Brot mit *Madbucha* machen, und wieder rausgelaufen. Ich hätt ihnen gesagt, auf, setzt euch an den Tisch, dass wir wenigstens zu Ende Mittag essen, aber mir folgen sie ja nicht.

Früher hat der Tisch sie alle dagehalten. Mass'ud ist auf seinem Stuhl gesessen, und keiner stand auf, bevor der Papa nicht aufgestanden ist. Heut gibts das nicht mehr, jeder kommt in die Küche, schnappt sich, was er grad findet, sie nehmen sich direkt aus dem Topf und lassen die Teller danach auf dem Tisch stehn.

Tausendmal hat Kobi gedacht, er würd es schaffen, und sie setzen sich alle wieder an den Tisch, aber sie machens nicht. Nur Oschri und Chaim folgen ihm, weil sie glauben ja, er ist ihr Papa. Die sind klein, die glauben noch alles. Möge Gott geben, dass sie ihn, auch wenn sie groß sind, noch Papa nennen.

Nur an ihr Essen denke ich, nur an ihr Essen. Ihr Hunger rumort bei mir im Bauch. Wenn du ein Kind kriegst, wenn es im Krankenhaus rauskommt, ist sein Bauch noch mit deinem verbunden. Dann machen sie die Nabelschnur weg, die schneiden sie durch, vor deinen Augen, damit es in deinen Kopf reingeht, ab jetzt ist keiner mehr da, der es füttert, nur noch du. Wenn du ihm nicht zu essen gibst, stirbt es. Du bist sein guter Engel oder sein Todesengel. Wie es in deinem Bauch war, hat es zusammen mit dir gegessen. Dich hat keiner nicht gefragt, willst du, dass es dein Essen nimmt. Die Luft zum Leben holt es sich ja zum Glück selber, aber auch dafür weint es, weil es hat sich noch nicht gewöhnt, dass es sich seine Luft selber holen muss. Aber Essen – nein. Und jedes Kind, das aus dir rauskommt, lässt bei dir im Bauch seinen eignen Wurm zurück.

Eine Frau, wo sechs Kinder hat, hat im Bauch sechs fette Würmer sitzen, und die fangen an und toben, wenn die Kinder Hunger haben. Auch wenn du pappsatt bist, wenn du keinen Löffel mehr runterkriegst, wenn du vor Übelkeit in der Schwangerschaft gar kein Essen mehr sehn kannst, weinen dir die Würmer im Bauch. Du bist ihre Essensversorgung. Du musst für sie kochen, pausenlos. Jede Arbeit, wo der Mann hingeht, hat mal frei, kann sein eine Woche Ferien, aber die Arbeit von der Mutter, dass du ihnen das Essen auf den Tisch stellen musst, da kriegst du nie frei.

Und dein ganzer Körper, nach dem ersten Baby, vergiss es, der wird nicht mehr wie vorher. Auch wenn du den Bauch wieder los wirst, angenommen, du passt wieder in deine Hose und in deinen BH, aber im Leben kommst du nie wieder dahin, wo du losgegangen bist.

Die Leute sagen, wenn der Mann das erste Mal bei dir reingeht, das ist Wunder was, und die Zeit, wo du unten offen bist, die macht dich zur Frau. So ein Quatsch! Was ist das schon! Wo hat man ihn denn reingelassen? In ein kleines Zimmerchen hat man ihn reingelassen, am Eingang, bloß wegen der Ehre, und man hat ihm ein rotes Band zum Zerreißen drangemacht, wie beim Bürgermeister und Gewerkschaftsvorsitzer, jedes Mal, wenn sie uns was Neues hingebaut haben. Das ist bloß für die Ehre, die man ihnen gibt, bloß damit sie das Kind, das aus dir rauskommt, nachher anständig behandeln und nicht umbringen, vor Eifersucht. Alle müssen wissen, dass sie die Ersten waren. Aber wann bist du wirklich mit dem ganzen Körper offen? Nur wenn du gebierst. Wenn das Kind rauskommt, fließt viel Blut raus, und viel Wasser fließt dir da unten weg. Das wird kein Mann im Leben nicht verstehn. Wie siehst du einem in die Augen, das in deinem Körper gesessen ist? Nicht bloß ein, zwei Tage saß es da, fast ein Jahr ist es dort gesessen. Neun Monate spürst du es, aber sie lassen es dich nicht sehen. Du quälst dich dafür, reiherst, schleppst es mit dir rum, siehst, wie sich deine Adern aus den Beinen rausdrücken wegen ihm. Dein Gesicht kriegt braune Flecken. Nachts rennst du drei-, viermal pinkeln und du kannst nichts sagen. Du kannst ihm nicht sagen: Schätzchen, ich lass dich hier drin wohnen, aber du darfst nicht da drücken, wo das Pipi ist. Du kannst auch nicht auf es reinreden, dass du die scharfen Sardinen mit

Gemüse gar nicht magst, wo es deine Hand im Laden ausstreckt, dass du sie mitnimmst. Da liegen schon zehn scharfe Sardinen im Küchenschrank, und du rührst sie nicht an. Du kannst zu keinem reden. Du kannst ihm auch nicht sagen, es soll nicht machen, dass du speien musst. Das kommt jeden Morgen auf die Minute um vier, und du hast keinen zum Reden. Was lernt dich das? Nur eins: Dass du bloß auf die Welt gekommen bist, um Leute aus dir heraus auf diese Welt zu setzen. Und die werden hier noch leben, wenn du schon lang gegangen bist. Dass du auf die Welt gekommen bist, zu leiden und zum Klappehalten. So wirst du Mutter. Du lernst den Mund fest zumachen und deine ganzen Schmerzen in dir drinhalten und nicht schreien.

Wie das Kind kommt, fängt auch deine Brust an, dafür zu arbeiten. Sie haben bei dir einen ständigen Milchladen aufgemacht. Du kapierst gar nichts mehr, du hast ja keine Zeit zum mal Stehnbleiben und was Kapieren. Das geht schnell-schnell-schnell, wie wo wir eingewandert sind. Einen Moment bist du in Marokko und total sicher: Dein Leben wird da, wo es angefangen hat, auch mal aufhören, genauso wie das Leben von deiner Mutter und deiner Großmutter und deinem Großvater, und da kommen sie plötzlich zu dir und sagen, wir fahren nach *Eretz Israel*. Einen Tag drauf bist du schon auf dem Laster, der dich nach Casablanca fährt. Schon bist du in Casablanca, schon bist du in Marseille im Lager und eine Woche später auf dem Schiff ›Jerusalem‹ und lernst *Hava-Nagila* tanzen. Tausendmal kehrst du im Kopf zurück zu dem Tag, wo du in Marokko bist und Papa sagt, wir fahren nach *Eretz Israel*, tausendmal gehst du diesen Tag durch, alle seine Stationen.

Wenn dir im Leben was ganz plötzlich passiert ist, da hilft es auch nicht, wie oft du später dann an jeder Station stehn bleibst: Am Morgen hab ich das gemacht, danach bin ich da hingefahren, danach hat man uns soundso gesagt. Bis zu deinem letzten Tag kapierst dus nicht. Du hasts ohne Kauen geschluckt, und dann kommts dir hinten wieder raus, so wie es reingekommen ist, am Stück.

Wie der Kobi draußen war, was wollt ich da? Bloß, Gott helf mir, wieder das kleine Mädchen sein von früher. Auf einmal war ich wie das Sieb, mit dem ich den Grieß für das Couscous siebe. Von oben bis unten nur noch Löcher. Unten läuft mir das Wasser raus, da kommen die Hände von den Ärzten rein, und von den Schwestern, dann kommt das Kind raus, das Blut, die Nachgeburt. Dann nähn sie dich wieder zusammen, aber die Löcher oben, die heute zu sind, da fließt du auch raus. Du hast ja keine Ahnung, wie viele Löcher du in der Brust hast. Da siehst du plötzlich: Auf der rechten Seite hast du drei, auf der linken vier, und wenn dir das Kind zu lang schläft, fließt dir die Milch ganz von allein. Nichts bleibt mehr in dir drin. Zwanzig Jahre wachen deine Mutter und deine Oma und deine Tanten über dich, dass du ja zu bleibst. Pinkeln auf dem Klo musst du leise. Ist nicht gut, wenn jemand das Pipi hört, wie es rauskommt. Und dein Blut jeden Monat, das darf auch keiner sehn, und deinen Mund, wie er offen ist, musst du die Hand davorhalten. Dein ganzes Leben schließen sie dich zu, und vergiss nicht: immer die Beine zuhalten. Die nähst du am besten zusammen, wenn du sitzt, wie ein Baum, der hat auch bloß ein Bein. Und wie die Hochzeit kommt, drehn sie alles um, von schwarz auf weiß. In der Nacht sollst du deinem Mann den Weg aufmachen. Dann kommt die Geburt, und mit einem Mal sollst du nicht nur deinem Mann aufmachen. Auch dem Baby sollst du aufmachen, und auch jedem im Krankenhaus, wo in dein Zimmer kommt.

Drei Tage nachdem du geboren hast, dann fließen auch

deine Augen raus, ohne dich zu fragen. Du weinst nicht, du fließt einfach aus den Augen raus. Ob du willst oder nicht. Beim Kobi hab ich auch gedacht, jetzt krieg ich ne Glatze. Jeden Morgen das Kissen voll mit Haare. Da hat mir die Mutter von Mass'ud gesagt: Kennst du nicht den Spruch: Das Baby nimmt der Mutter die Schönheit? Aber keine Angst, *binti*, die kommt auch wieder zurück. Und recht hat sie gehabt. Die kam zurück und ging wieder, und kam zurück und ging wieder, nur nach den Zwillingen ist sie nicht mehr gekommen. Aber Simona ist das egal. Wer guckt sie jetzt noch an? Mass'ud aus seinem Grab heraus? Die Etti guckt mich nicht mehr an, und auch sich selber im Spiegel nicht. Sogar der Kobi, auf einmal laufen ihm die Augen weg, wie er mich sieht. Auch im Zimmer, da dreht er sich weg und macht ganz schnell die Augen zu.

Und die Männer, was sehen die die ganze Zeit? Die sehen nur, wie sie da reinkommen und wie das Kind da rauskommt. Aufgeblasene Idioten! Ihre Brust – vor lauter aufgeblasen kriegen sie die Luft gar nicht mehr raus. Gleich platzen sie davon, Angeber, dass ein Mensch in die Welt kommt nur von dem, was sie dir da reingespritzt haben. Und die? Was ist in denen ihrem Körper passiert? Nichts. Kein Härchen hat sich bei denen gekrümmt. Und was lernt die das? Dass das Leben ein Spiel ist. Sie haben ein Tor geschossen und brüllen: Gott ist groß! Bei der Beschneidungsfeier halten sie dann stolz ihren Sohn auf dem Arm und haben den Gebetsmantel um und heben das Weinglas zum Prosten und lachen.

4

Die Erde ist Eis. Die Luft ist mir nicht so kalt als wie die Erde. Ich leg mir die Tasche unter den Kopf. Jetzt bin ich der Ball im Tor und seh das ganze Fußballfeld. Die Hälfte der Leute, die ihn sehn, toben vor Freude, dass er da hingefallen ist, und die andere Hälfte weint. Aber alle, wo in dem Moment nicht auf dem Platz sind, denen ist der Ball ganz egal. Egal, dass er ins Tor geflogen ist, und es wär ihnen auch egal, wenn er nicht reingeflogen wär. So oder so, das ist ihnen gleich.

Ich zieh die Knie bis ans Kinn, ich steck sie unters Kleid. Und ich tu auch das Gesicht da drunter, steck es in den Kragen vom Kleid, hör mein Herz schlagen. Und riech den Geruch von meinem Körper. Ich nehm ihn in die Nase. Ach, *ya rabb*, auch die Nase ist mir aufgegangen von dem Schrei. Das mit dem Riechen, das hab ich schon ganz vergessen gehabt. Ich konnte die Nase in die Kurkumabüchse stecken und hab nichts gerochen. Das Aceton von der Beerdigung hat sich bei mir festgesetzt in der Nase und mir den Weg verstopft zu andern Gerüchen. Sechs Jahre koch ich und hab keine Ahnung, wies riecht und wies schmeckt.

Wie ich klein war, wie gern hab ich so dagelegen, zusammengerollt, alles nach innen, draußen ist keine Welt. Simona ist die Welt. Die Ohren, bloß zum ihr Herz hören hat Gott ihr die gemacht, die Nase, bloß zum den Körper riechen. Die Augen, die Gott ihr gegeben hat, sind zu, die müssen nichts sehen. Es gibt nichts zu sehen. Es gibt keine Welt. Simonas Hände sind bloß dazu da, über den Körper zu fahren und der Nase den Geruch zu bringen von den Stellen, wo sie selber nicht hinlangt.

Hunde. Ich hör Hunde bellen. Ich zieh den Kopf aus dem Kragen, damit ich besser hör. Das sind keine Hunde, das ist der Lautsprecherwagen, der in die Schutzräume schickt. Weit weg noch, ich hör nicht, was er sagt. Aber auch ohne dass ich ein Wort versteh, weiß ich: Es ist nicht die Ansage, dass sie uns wieder hoch lassen. Jetzt kommt er näher, jetzt ist er auf der Straße genau über meinem Kopf: »Alle Bewohner werden gebeten, in den Schutzräumen zu bleiben.« Er sucht die Alten, die zu Hause sitzen bleiben und sich sagen, alles kommt *min Allah*, und was im Himmel über uns beschlossen ist, das passiert auch. Aber dann kommen die Lautsprecher und kriechen ihnen in die Ohren und machen ihnen Angst, dass sie doch runterlaufen. Nur Simona und die Alten bleiben draußen, passen nicht auf, auf ihr Leben. Warum noch drauf aufpassen. Einer, der kein Geld mehr hat, der schließt die Tür nicht ab. Soll der Dieb doch kommen, soll er reinkommen – hier ist nichts zu holen.

Ich seh sie da alle im Schutzraum. Dudi und Itzik sitzen zusammen. Ich wette, dass Itzik sein Vogelweibchen mit in den Schutzraum genommen hat. Er macht mit ihr rum, als wärs seine Frau. Dass er bloß die Nachbarn damit nicht nervt. Und Dudi, ich weiß nicht, warum der ausgerechnet am Itzik so klebt. Besser wärs, er tät mit Kobi gehn, Kobi war vor seiner Bar Mitzwa schon ein Mann. Bestimmt legt er jetzt zusammen mit Etti die Kleinen schlafen. Vielleicht haben sie wegen den Katjuschas geweint, obwohl, es ist für sie nicht das erste Mal, bloß dass es heute so stark war wie noch nie, noch nie hatten wir so eine starke wie die zweite, die vorhin runterkam. Noch nie im Leben.

Ich seh, wie Kobi sich einen auf die rechte und einen auf die linke Hand setzt, sie hochhebt und dreht. Er fährt mit ihnen Karussell, und sie lachen. Kobi liebt sie echt. Auch Etti, möge sie gesund bleiben, ihr Herz ist ganz bei den beiden. Wie sie gesehn hat, dass die Mama keine Zeit für die Kleinen hat, hat sie den Platz von der Mama genommen und gibt ihnen, was sie brauchen.

Etti ist ihre große Schwester, aber Kobi, der ist ihr Papa. Sie wissen nicht, dass er nicht wirklich ihr Vater ist.

Was ist dabei? Warum nicht? Gönnt es ihnen doch! Sie haben ja selber angefangen, sie haben sich einen zum Papa genommen, der jung und gesund ist, und schick noch dazu. Wie käm ich dazu, ihnen jetzt ihr Leben auszutauschen, wo sie selbst beschlossen haben, dass es so sein soll? Sie haben doch damit angefangen, ihn Papa zu nennen, Pa-pa, Pa-pa. Da war er noch keine fünfzehn. So wie er von der Schule kam, er hat bloß die Tür aufgemacht und sie kamen wie zwei Schäfchen angerannt: Pa-pa, komm, Pa-pa, komm. Wie käm ich dazu, ihnen diesen Vater wegzunehmen? Woher sollt ich das Herz dazu nehmen? Was würd ich ihnen antun? Soll ich sie, wo sie so klein sind, wo sie den ganzen Kopf noch voll Honig haben, soll ich sie etwa auf den Friedhof mitnehmen und ihnen sagen: Seht ihr den Stein da, meine Süßen? Unter dem Stein, in der Erde, da verrottet euer Papa. Soll ich ihnen das sagen? Oder soll ich ihnen ein Bild in die Hand geben und ihnen sagen: Oschri und Chaim, meine beiden Augen ihr, passt ganz gut auf das Bild auf und küsst es immer, denn das ist euer Papa – Mass'ud. Was ist das für ein Papa, der bloß auf dem Bild ist, den man nur jedes Jahr an seinem Stein besuchen kann, zum Weinen? Kann ein Bild denn statt einem Vater dastehn? Kann ein Stein mit Namen den Vater ersetzen?

Jetzt ist Mass'ud eben ihr Opa. Und die Namen, die ich ihnen gegeben hab – ich hab ihnen erzählt, dass ich sie nach ihrem Opa genannt hab. Sie wissen alles. Dass Oschri auf Hebräisch dasselbe ist wie Mass'ud auf Marokkanisch, und dass ich den zweiten Chaim genannt hab, »Leben«, um Opas Tod gegen ihr Leben einzutauschen. Alles wissen sie über ihren Opa Mass'ud, wie er in der Stadt der König der Falafel gewesen ist und wie er eines Tages in seinem Falafelstand gestorben ist. Von einem Opa kannst du dir das Bild ansehen und die Geschichten von seinem Leben anhören, ohne dass du dran kaputtgehst, aber nicht von einem Vater. Sie haben es selber entschieden, sie sind keine Waisenkinder.

5

Was ist passiert? Von wo kommt diese Stille jetzt? Die ganze Zeit ist Krieg. Ab dem Tag, wo wir ins Land gekommen sind, nur Krieg, immer Krieg, und jetzt, wo Simona höflich bittet, sie will gehn, da gehn denen plötzlich die Katjuschas aus?

Hoppla, da ist das Licht wieder! Die Mäuse schlafen in den Schutzräumen, und oben, die Wohnungen von ihnen, da hats jetzt Licht. Die ganze Welt steht auf dem Kopf. Wie sie ausgerufen haben, es gibt Warnalarm, da haben sie uns von der Arbeit nach Hause geschickt. Aber wie nichts runtergekommen ist, sind wir nach einer halben Stunde aus dem Keller wieder hoch und auf die Straße. Alle vom Ort waren draußen. Und wie die Katjuschas dann gefallen sind, haben sie alle draußen erwischt. Wann sind alle in die Schutzräume gerannt? Wie das mit den Katjuschas schon vorbei war. Eine halbe Armee wacht jetzt drauf, dass sie nicht rauskommen. Die Leute ersticken fast im Schutzraum, aber sie haben Angst, dass sie, sowie sie rausgehn, eine Katjuscha abkriegen. Bloß Simona liegt draußen auf der Erde und betet dafür, dass sie eine abkriegt. Noch besser, es kommen gleich ein paar und schießen ihr ein Tor. Sie solln ihr fünf Tore schießen, dann hat sie sicher heut noch Schluss. Simona will den Morgen nicht mehr sehn.

Ich wein nicht. Wie ich das Leben mit beiden Händen festgehalten hab, dass es nicht abhaut, da hab ich nicht aufhören können mit Weinen. Kein Tag, wo ich nicht eine ganze Schüssel vollgeweint hab. Aber jetzt, wo ich sterben will, wofür soll ich da noch weinen?

Ich weiß nicht, wozu wir unser Leben mit beiden Händen festhalten. Was ist denn dran an unserm Leben? Was haben sie uns da denn hineingetan? Riki sagt: »Auf jedes viertel Glas süßes Leben tun sie dir fünf Gläser Angst. Wie die Angst kommt, überdeckt sie die ganze Süße und macht, dass alle Angst vor allen haben.«

Acht Stunden arbeiten wir im Hort, jeden Tag acht Stunden lang füttern, singen, Geschichten erzählen, den Kindern hinterherrennen, Nasen putzen, den ganzen Tag die Rolle mit dem Papier in der Hand, wir nehmen sie auf den Arm und beruhigen sie, wenn sie am Weinen sind, wechseln ihnen die Windeln, räumen Spielzeug auf, waschen ihnen das Gesicht und die Hände. Achtzehn Kinder, einem nach dem andern füttern wir Mittagessen, windeln sie wieder, wie am Fließband, ein Kind nach dem andern nimmst du hoch, wechselst ihm die Windeln. Nach dem zweiten Wechseln klappen wir die Eisenbetten von der Wand, legen sie schlafen, putzen die Zimmer von unserer Gruppe. Dann wecken wir sie, wechseln noch mal Windeln, geben ihnen noch ein Marmeladebrot und Tee, machen sie für ihre Mütter fertig. Wenn die reinkommen, müssen sie abholbereit sein, mit ihrer Tasche. Und wer geteilt arbeitet, rennt in den zwei Stunden mittags raus und macht Erledigungen.

Wie die Maulesel arbeiten wir. Dass uns das »Danke« von den Müttern in den Ohren klingelt? Dass wir den Kopf hoch tragen, wegen unserer Arbeit? Nein! Angst haben wir. Immer bloß Angst. Vor wem haben wir keine? Vor den Müttern von den Kindern haben wir Angst. Wenn die Kontrolleurinnen vom Verein kommen, halten wir die Klappe, und vor Dvora ihren Krisen zittern wir. Die kriegt ihren Lohn als Hortleiterin dafür, dass sie am Tag zwei Telefongespräche macht und auf ihrem Schreibtisch ein paar Papiere hin- und herschiebt.

Riki sagt, gleich am Morgen, wenn Dvora an dem Tag nicht zu den Kontrolleurinnen fährt, muss man unsere Leiterin auf die Arbeitsplatte in der Küche legen und wie ein Ei drehn. Dreht sie sich schnell, weißt du, du hast ein hartes Ei, und der Tag ist für uns gelaufen. Dreht sie sich langsam, weißt du, dass drinnen alles feucht ist. An Tagen, wo sie mit dem Gelben von ihrem Ei flüssig ankommt, verschwenden wir unsere Angst auf sie für umsonst. Aber an Krisentagen, Gott schütze uns an ihren Krisentagen. Da packt sie die Kinder, denen das Schlucken schwerfällt, an beiden Seiten vom Mund und drückt zu, bis ihnen der Mund aufgeht. Sie schiebt ihnen das Essen mit dem Löffel rein. Bis zum Anschlag schiebt sie es ihnen rein, bis in den Hals. Solln sie ersticken, ihr ist das egal, solln sie doch spucken. Und sie hört nicht auf, bis nicht die halbe Gruppe am Heulen ist. Die andern Kinder heulen vor Angst, dass sie auch zu ihnen an den Tisch kommt, oder sie haben sich bei denen angesteckt, die schon wegen ihr schreien. Und was machen wir in der Zeit? Wir gucken uns an und kriegen kein Wort raus. Wem solln wir das sagen? Wer tät uns denn zuhörn? Außerdem weiß jeder, dass sie das von den Deutschen hat, mögeihrNameundihrAndenkenausgerottetsein. Was können wir ihr tun? Wie du die Nummer siehst, wo die Deutschen ihr auf den Arm gemacht haben, da hältst du schon den Mund. Willst gar nicht wissen, was sie erlebt hat. Die Nummer auf ihrem Arm, das ist ihr Ausweis dafür, dass du alles schlucken musst, was sie macht. Egal ob Krise oder nicht, du musst den Mund halten. Sie kam mit einem Zettel vom Arzt ins Land, sie hätt eine Krankheit fürs Leben.

Da haben wir so zwei sitzen, bei uns im Hort. Riki hängt ihre ganze Seele da rein, dass sie aus den Lebensmitteln, wo der Verein anliefert, so viel wie möglich rausholt. Und weil es nie reicht, bringt sie aus dem Hühnerstall von ihrer Schwiegermutter ganze Paletten Eier mit. Dafür kriegt sie keinen Groschen. Sie stellt immer die größten Töpfe aufs Feuer. Bei uns müssen die Kinder was auf dem Teller liegen lassen. Wenn wir nichts wegwerfen, woher wissen wir, sie sind satt geworden? Und die zweite, Dvora, wenn die ihre Krise hat, erträgt sie es nicht, dass jemand was auf dem Teller liegen lässt. Was willst du machen, sie hat *dort* in Europa gelitten, und jetzt leiden wir im Hort an ihr. Die arme Miri, noch keine drei Jahre alt, aber Dvora packt ihren Mund und stößt ihr das Essen mit Gewalt rein, nur weil sie eben ein langsamer Esser ist. Dabei isst sie zum Schluss immer schön auf. Aber Dvora weiß eben nicht, wer schnell isst und wer langsam, wer gern Pudding hat und wer den im Leben nicht anrührt. (Und was ist unser Pudding schon: Quark, wo wir ein bisschen Himbeersirup reintun, für die Farbe. Nicht jeder verträgt es, dass man ihm schon am Morgen Quark reinschiebt.)

Dvora, die Leiterin, sogar wenn sie wie ein weiches Ei in den Hort kommt – sie weiß einfach nicht, was sie mit den Kleinen anfangen soll. Sie hat keinen Sinn für Kinder. Wie sie ihnen eine neue Puppe gekauft hat, sagt sie uns, wir solln die Kinder auf den Teppich setzen. Wir setzen sie hin. Achtzehn Kinder auf einen Teppich von eineinhalb auf zwei Metern. Wie Soldaten müssen sie dasitzen. Dass sich ja keiner von der Stelle rührt. Und sie sitzt auf ihrem hohen Stuhl, redet mit ihnen, wie wenn sie behindert wären. Sie macht die Stimme von einem kleinen Mädchen nach und singt ihnen ein Lied mit der Puppe. Und dann legt sie sie ins oberste Fach, weil sie soll nicht kaputtgehn. Wie kannst du für zwanzig Kinder eine Puppe kaufen? Das gibt doch bloß Streit, und zum Schluss weinen alle. Die ganze Zeit, wo sie mit uns zusammensitzt und nicht grad ihre Krise hat, da klebt ihr so ein Lächeln auf dem Gesicht, dass du denkst, man hätt ihr die Mundwinkel mit zwei Wäscheklammern festgemacht.

Wir hören nicht auf mit Zittern, bis sie nicht aus dem Hort weggeht, zur Bank oder für irgendwelche Erledigungen in der Stadtverwaltung, wo Riki sich für sie ausdenkt, bloß dass wir für ne Weile in Ruhe arbeiten können. Was ist das Schlimmste an der Angst vor Dvora? Dass du dich fragst: Wer ist sie überhaupt? Die ganze Zeit fragen wir: Wer ist sie überhaupt? Sie ist grad mal durchs Hoftor raus, da fangen wir schon an: »Aber wer ist sie überhaupt? Wer ist die überhaupt?« Auch uns rastet der Mund ein auf dem Satz »Wer ist die überhaupt?«, bis Riki am Küchenfenster sieht, wie sie zurückkommt, und ruft: »Meine Hübschen, wir kriegen Besuch!« Kommt sie bloß durchs Tor, fangen wir wieder an mit Zittern. Gleich singen wir den Kindern laut was vor. Wenn eine von uns grad kurz gesessen hat, nur eine Minute, die springt auf und zeigt, dass sie arbeitet. Vier Lieder hört Dvora, wenn sie reinkommt, alle gleichzeitig, jede singt ein andres Lied. Egal, wo sie in dem Moment steht. Jede schnappt sich ein paar Kinder und singt denen ihr Lied vor.

Wann ist Dvora mal zufrieden? Wenn sie von unsern Sachen essen kann. Ganz scharf ist sie auf die Kekse, die wir nach Schabbat von zu Hause mitbringen. Dafür sind wir nämlich gut genug. Noch den Mund voll mit den Erdnusskeksen von Silvi, und was macht sie? Sie korrigiert Silvi ihr Hebräisch: »Nicht *das* Teller, sondern *der* Teller. Und ich will nicht noch mal hören, dass du sagst: *dem sein Ball*. Unsre kleinen Kinder, die sind tabula rasa, was sie hören, das schnappen sie sofort auf. Denkt dran, es ist unsere Verantwortung, ihnen richtiges Hebräisch beizubringen. Es heißt *dessen Ball*, nicht *dem sein Ball*, Silvi, *deren Ball* und nicht *der ihr Ball*. Und ich will in meinem Hort auch kein Wort Marokkanisch mehr hören. Das kannst du auch Levana ausrichten. Das Marokkanisch kann sie sich für ihren Mann aufheben, für die Nacht.« Bloß Dvora lacht über ihren Witz und macht die Tür von ihrem Büro zu, das man ihr hier reingebaut hat. Der ganze Eingangsflur vom Hort ist dafür draufgegangen, bloß dass sie jetzt einen Tisch hat und ein Telefon zum Abschließen. Und eine Tafel, wo sie alles draufschreibt, was wir tun. Da sitzt sie, guckt auf den Tagesablauf, auf die Speisekarte für die ganze Woche. Und zu jeder Seite hat sie ein Fenster, so sieht sie in unsre beiden Gruppen, die Babygruppe rechts und die Gruppe mit den Großen links. Mit eigenen Augen kann sie von ihrem Tisch aus überwachen, dass alles so läuft, wie es auf ihrer Tafel steht.

Wie die Erdnusskekse in ihrem Mund verschwunden sind, weiß sie nicht mehr, was Silvi ihr grad gesagt hat. Sie vergisst aufzuschreiben, dass das Reis alle ist und sie beim Verein neue Küchenschurze bestellen muss. Aber was? Ein Hebräisch hat sie. Da kannst du nichts sagen. Was wahr ist, ist wahr. Riki sagt immer: »Als Neueinwanderer haben sie uns hier hergebracht, alle in einen Topf geworfen, einmal gut umgerührt und das alles in eine Backform gegossen. Und kaum sind wir raus aus dem Ofen, haben uns noch nicht abgekühlt, schon kommt das Hebräischmesser und schneidet uns in zwei Teile: Ein Teil, der immer verbessert wird, und einer, der immer verbessert.«

Wenn du eine bist, der man immer ihr Hebräisch verbessert, das kannst du Simona glauben, dann sitzt du in einer Katjuschanacht lieber im Tor auf dem Fußballplatz.

Die Angst vor Dvora, das ist die Angst vor der Krise von nur einer Frau. Du kennst ihre Krisen, die sind nicht neu. Aber die Mütter von den Kindern, das sind noch mal achtzehn Krisen. Achtzehn, die kommen morgens um halb sieben zu uns in die Gruppe, drücken uns schnell ihr Kind in den Arm und die Tüte mit Anziehsachen, Stoffwindeln und Gummitüchern. Und das Kind ist noch halb am Schlafen und muss seine Mama gehn lassen. Entweder es fängt an und weint oder es macht ein Gesicht von einem, das gar nicht wissen will, wo es ist: schläft nicht, ist aber auch noch nicht wach, nicht traurig und nicht fröhlich, sieht nichts, hört nichts, macht keinen Ton. Dein Auge zieht es zu dem, der still ist, aber du kannst da nicht hingucken, weil du musst mit zehn angespitzten Ohren draußen sein, aufpassen, was die Mütter dir zurufen: Dem einen tun Rote Bete nicht gut, das andere hat nachts nicht geschlafen, das dritte hat einen roten Po, es hat eine Salbe in der Tüte dabei, für das vierte drücken sie dir ein Medikament in die Hand, das man in den Kühlschrank legen muss und ihm zweimal geben, und eine bittet dich noch: Sei so lieb, spül mir den Schnuller ab, der ist mir aufm Weg runtergefallen. Zehn Minuten für das, was auf der Tafel von Dvora »Empfang der Kinder« heißt. Du weißt nicht, wen du erst anhören sollst, du weißt nicht, welches Kind du schon auf dem Arm gehabt hast. Alle brauchen das, dass du sie auf den Arm nimmst. Morgens um halb sieben gibts keinen, wo das nicht braucht, vom Arm seiner Mutter auf deinen Arm. Und auch die ganzen jungen Mütter musst du kurz anhörn. Um Viertel vor sieben kommt schon der Fahrdienst von der Fabrik. Die haben keine Zeit, die müssen schnell-schnell-schnell zur Arbeit.

Die Mütter aus der Fabrik gehn und haben ihre Augen auf dem Rücken. Die sehn uns die ganze Zeit so, als ob wir uns hier einen schönen Tag machen würden: Denen sitzt die Fabrik hart im Genick, dass sie nicht von ihrem Platz aufstehn. Wenn du als Näherin arbeitest, musst du die Hand heben; das ist das Zeichen für die Verantwortliche, wenn du da auf Toilette musst. Die sitzen in den Fabriken und fressen sich ihr Herz auf und denken die ganze Zeit, wir würden den Tag lang bloß Kaffee trinken, wir würden ihre Kinder in die Ecke schmeißen und schwätzen.

Und wenn du mal keine Krise von Dvora hast, dann kommen die schwarzen Tage von den Müttern. Um neun oder zehn Uhr tanzt hier plötzlich eine Mutter an und holt ihr Kind zu einer Impfung ins Ärztehaus ab. Sie hat uns am Morgen natürlich nicht gesagt, dass sie da hin muss. Warum auch? Und wie sie die Tür zum Hort aufmacht, rasen ihre Augen hin und her wie eine Kamera. Sie fotografiert alles: Wer weint, wem die Nase tropft, bei wem man die feuchte Windel schon durch die Hose sieht, und was jede von uns grade macht. Alles, was sie in dem Augenblick sieht, schreibt sie sich im Kopf auf. Und das, was sie in der einen Minute gesehn hat, wie sie die Tür aufgemacht hat, das erzählt sie dann den andern Müttern in der Fabrik, wenn sie zurückkommt. Alles tratscht sie rum. Nichts lässt sie aus. Von wegen auslassen, sie bläst alles noch auf, sie tut noch viel Luft in die Geschichte rein. Das ist ihr großer Tag. Alle warten bloß drauf, was sie zu erzählen hat. Sie ist bis in den Ort hochgelaufen, da muss sie was zu bieten haben, wenn sie in die Fabrik zurückkommt. Um vier Uhr kommen die Mütter dann alle. Dvora hat ihren Arbeitstag schon hinter sich. Riki hat die Küche fertig und ist gegangen. Nur wir sind noch da, mit denen ihren Kindern. Wir warten auf sie, und wir wissen genau, was uns jetzt blüht. Wie sie nur die Tür aufmachen, fallen sie über uns her und schreien rum. Und wenn es eine mit Nerven wie Schoschi ist, schlägt sie auch mal eine Betreuerin. Und die andern, von denen ihren Kindern sie gar nichts erzählt hat, die stehn drumrum und helfen ihr, auf uns einzuschrein.

Kalt hier. Meine Hände tun mir weh. Jetzt fängt auch noch der Wind an. Wozu fängt jetzt der Wind an? Dass er bloß nicht die Katjuscha aus der Bahn bringt. Auch an den Beinen hab ichs kalt. Ein Kinderspiel für den Wind, durch die blauen Witwenstrümpfe durchzukommen. Die gehn nur bis zum

Knie. Alle sagen mir: Genug, sechs Jahre sind um, steh auf von der Trauer. Du darfst wieder Farben anziehn, wie du willst. Aber ich will nicht. Wer sind die, dass sie mir sagen, wann ich Farben anzieh? Wer sind die, dass sie mir sagen, wann die Trauer rum ist? Jetzt hört mir mal zu, einmal könnt ihr mir zuhörn, wo ich mitten in der Nacht auf dem Fußballplatz sitz, mitten in den Katjuschas: Simona trauert nicht um ihren Mann. Simona trauert nicht um ihren Mann, nein. Simona trauert um ihr Leben, das man ihr in zwei geschnitten hat. Geht euch das nicht in den Kopf? Die Trauer von Simona um ihr Leben ist noch nicht vorbei. Noch einen Moment, dann ist Simonas Leben vorbei, und dann fährt auch ihre Trauer in die Erde.

6

Mein Kopf dreht sich mir. Besser, ich leg mich wieder hin. Wo geht mein Kopf hin? Da, wo das Schicksal von mir und Mass'ud noch auf demselben Papier geschrieben war. Da, wo wir in das Lager in Marseille gekommen sind, wo sie jeder Familie gesagt haben, wie lang sie dort warten müssen. Wir haben die Zeit gezählt nach den Eintöpfen von Schabbat. Haben sie dir gesagt: Du bleibst vier *S'chinot* hier, dann hast du gewusst: Du hast viermal Eintopfkochen für Schabbat im Lager, bis dass das Schiff dich mitnimmt. Mein Vater ist hingegangen, hat die geschmiert, die man musste, und nach zwei *S'chinot* konnten wir schon aufs Schiff. Da ist auch mein Schicksal gekommen und hat seine Hand auf mein Leben gelegt, und die Familie von Mass'ud ist auch auf der ›Jerusalem‹ eingewandert. Im Lager hab ich ihn nicht gesehn gehabt und nicht gehört. Das erste Mal ist seine Stimme auf dem Schiff in mein Ohr gefahren. Feuer, Feuer war seine Stimme. Das Feuer ist mir ins Ohr gefahren und hat mit mir gespielt. Das erste Mal, dass ich Feuer in meinem Körper hatte.

Fünfzehn war ich da und ein stilles Mädchen, und an einem Tag hats mich plötzlich umgedreht. Das Feuer ist mir in den Bauch und hat die Körnchen von meinem Lachen heiß gemacht, und dann sind die ganzen Körnchen gesprungen, so wie die Maiskörner, hopp, hopp, hopp, gehn sie auf, ihre braune Schale platzt und das Weiß kommt raus. Ganz weich ist das Weiß aus den Maiskörnern, wie es sich aufplustert, und ganz leicht. So war mein Lachen auf dem Schiff. Noch mal kam seine Stimme, und noch mal traf sie meine Körnchen hart, hat sie wieder heiß gemacht und hüpfen lassen. Ist die Stimme von Mass'ud übers Schiff gegangen, ist mein Lachen hinterhergehüpft, wo er auch hinging.

Geredet hat er nicht mit mir. Was hätt er mit mir zu reden gehabt? Mit seinen Brüdern ist er rumgezogen und mit seinen Freunden. Ich hab nicht verstanden, was er sagt, nur seine Stimme hat mir das gemacht. Wir waren zwei Kinder, die gar nichts verstehen, aber was? Wir haben angefangen, einer den andern zu suchen. Wie ich seine Stimme von oben kommen hör, bin ich raus und hab so getan, als ob ich aufs Meer guck, auf die weißen Vögel. Wie seine Stimme in den Speisesaal geht, ist mein Lachen ihm hinterher. Und wie mein Lachen in das Ohr von Mass'ud rein ist, hat es ihn da drinnen gekitzelt, dann fing er auch an und lacht. Dreht sich um. Kommt auch raus. Die ganze Fahrt von Marseille bis Haifa ist mein Lachen Maiskörner, wo aufplatzen. Das Salz vom Meer klebt an ihnen, und das Lachen von Mass'ud ist wie rote Weintrauben, wenn der Saft rausfließt, und in dem Moment, wo er rauskommt, wird er zu Wein. Sein Lachen und mein Lachen wurden zu zweien, die auf dem Schiff fahren, noch kein einziges Wort hatten wir einer zum andern gesagt, aber mein Lachen und sein Lachen hatten sich schon fürs ganze Leben verheiratet.

Einmal sind uns die Augen steckengeblieben, nur einmal. Wie ein Reißverschluss haben sie sich verhakt und wir haben nicht mehr geatmet, und wie ein Reißverschluss haben wir sie dann wieder bis unten aufgemacht und haben uns umgedreht. Wie wir vom Schiff gegangen sind, auf die Erde, ist mir das Feuer ausgegangen.

Wir sind nach Süden gefahren, nach Aschdod, und seine Familie hat man ausgerechnet in den Norden gebracht. Zwei Tage sind mir noch Körner aufgeplatzt, wo noch heiß waren von ihm, zwei Tage, dann war ich wieder kalt. Meine Körner lagen mir schwer im Bauch, der Bauch hat die ganze Zeit wehgetan. Aber wer war stärker als die Beamten, die uns getrennt haben, einen nach hier und den andern nach dort? Das Schicksal von mir und Mass'ud war stärker! Das hat uns nicht verlassen. Nach eineinhalb Jahren in Aschdod sehen meine Brüder ihn am Hafen rumlaufen und haben ihn nach Hause mitgebracht. Einfach so, sie haben jemand mit nach Hause gebracht, der mit uns auf dem Schiff war. Die haben nicht gewusst, was wir einer für den anderen sind.

Ach, *ya rabb*, was gäb ich jetzt bloß um die Hand von Mass'ud? Wenn die Hand von Mass'ud kam, hab ich meine Hand auf seine Hand gelegt. Seine Hand, das ist das Auto, meine Hand, das ist der Fahrer, ich würd wieder anfangen, wie in der Nacht von der Hochzeit, von wo wir angefangen haben, und würd ihn auf eine Spazierfahrt über meine Haut mitnehmen. Nicht gleich am ersten Tag hab ich ihn allein auf mir wandern lassen. Wie ein Kind hab ich ihn an der Hand genommen und ihm gezeigt, wie er meinen Körper berühren soll. Ich hab seine linke Hand genommen, wo er die Warze am kleinen Finger hat, und die hab ich mir so gern auf den Körper gelegt. Seine ganze Hand ist butterweich, und nur die Warze wandert auf mir rum und malt mir eine Zeichnung.

Simona ist verrückt geworden. Sie sitzt im Tor vom Fußballplatz und was macht sie da? Noch einen Moment und sie sucht sich einen Kiesel den sie aus der Erde vom Fußballplatz rausziehn kann. Nur dass die Steinchen ganz fest in der Erde stecken. Von den Männern die da immer so nervös hin und herrennen. Denen ihre Füße sind Hämmer. Sie würde ein Steinchen rausholen und ihren Nylonstrumpf runterrollen und würde den Nylonstrumpf mit dem Steinchen in die Hand nehmen und so würde sie sich die linke Hand von Mass'ud machen. Die Hand mit der Warze.

Meine Hand auf deiner Hand Mass'ud. Meine Augen sind zu. Auch mein Mund ist zu nur die Hände machen ihre Wanderung. Was für eine Wanderung machen wir diese Nacht? Was hatten wir nicht alles Mass'ud? Hundert verschiedene Wanderungen haben wir gemacht: Die kleine Wanderung und die lustige Wanderung und die gefährliche Wanderung und die Wanderung im Kreis und die direkte Wanderung und die Wanderung die am Ende anfängt die Wanderung von der Acht und die feuchte Wanderung. Und wir hatten auch die Wanderung von Mass'ud und die Wanderung von Simmi. Wie ich deine Hand in meine Hand genommen hab hast du deine Stimme leise gemacht und mir ins Ohr geflüstert: »Simmi Simmi Simmi leg deine Hand in meine Hand ich bin dein und du bist mein.« Sofort ist mein Körper zu Sprudel geworden mit vielen kleinen Luftkügelchen drin.

Am Anfang hab ich Angst gehabt vor der Nacht. Ich hab gedacht ich möcht nicht allein mit ihm im Bett sein. Ich hab meine Kehle gespürt wie sie wehtut. Ich fing an und zitter mein Körper wollte krank sein. Was hab ich da gemacht? Ich hab schnell den Verstand geholt der mir in den Fingern sitzt. Das wusst ich seit ich klein war seit dem Tag wo meine Mutter gestorben ist. Mein Kopf ist bloß für die Schule. Um mein Leben besser zu machen dafür war mein Kopf so gut wie ein Stein. Was versteht der vom Leben? Aber die Finger die sind leicht und bewegen sich so wie ich will und haben auch Kraft. Da sitzt bei mir der Verstand fürs Leben. Wie hab ich mit meinen Fingern gedacht? Ich hab mit ihnen so auf dem Tisch geklopft schnell-schnell-schnell wie eine die Maschine schreibt. Dann hab ich jede Hand auf die Schulter von der andern gelegt und bin mit ihnen bis nach unten gefahren bis sich die Finger miteinander verkreuzt haben und ich hab sie auf meine Brust gelegt und sie haben von ganz allein zu meinem Herz geredet: Hör auf mit Bitten dass dir jetzt eine Krankheit kommt. Wozu willst du jetzt krank sein? Was hast du davon? Nachts mit Mass'ud das ist wenn du vergisst dass du ein Mensch bist. Im Bett wird dein Kopf immer kleiner und kleiner bis kein Platz mehr in ihm ist für blöde Rechnerei. Mach die Augen zu. Lass deinen Verstand wie ein Vogel sein. Der Körper macht dann schon was er will. Was passiert denn schon im Bett? Zwei Körper von Tieren die sich nicht so benehmen wie Menschen. Wenn du aufstehst wird alles wie vorher keine Angst. Bis am Morgen ist nichts mehr davon da.

So hab ich noch einen Morgen und noch einen Morgen Angst gehabt dass ich aus dem Bett aufsteh und merk dass ich eine Katze geworden bin oder so ein Tier mit dem ganzen Körper voller Haare. Und die Wahrheit ist wie ich morgens aufgestanden bin hab ich wirklich wie ein Tier gerochen und mein Haar war aufgeplustert vor lauter Knoten. Und die Augen die mich angeschaut haben aus dem Spiegel im Bad waren keine Augen von einem Menschen. Und meine Zunge geht mir im Mund herum und sucht wo die Geräusche herkommen die ich in der Nacht mach. Und wie ich morgens aus dem Haus bin hab ich immer nach beiden Seiten geguckt. Wie ein Kind das das erste Mal über die Straße gehn muss. Hatte die ganze Zeit Angst aus irgendeiner Richtung kommt wer und sieht mir alles an. So hab ich gezittert bis ich gemerkt hab dass ich keine Angst haben brauch. Mir sieht keiner an zu was ich da geworden bin.

Ich bin von unsern Anderthalbzimmern zum Laden gegangen. Mein Gesicht kann nichts drinnen behalten. Ich war wie eine Sprudelflasche die man zu viel geschüttelt hat – wenn du sie aufmachst spritzt gleich die halbe Flasche auf den Boden. Den ersten Monat nach der Hochzeit hab ich den ganzen Tag den Deckel draufgehalten. Ich hab mir die Leute angeguckt und bin schier verrückt geworden: Wie kann das sein? Wie kann das bloß sein? Wenn das ist was alle jede Nacht machen wie kommt es dann dass sie mit einem so sauren Gesicht durch die Gegend laufen? Ich hab Jaffa angeschaut die neben uns gewohnt hat und hab an ihr die Nacht gesucht. Und ich bin zu dir gegangen zu dem Häuserblock wo du die Wände getüncht hast und hab dir dein Essen gebracht. Weil ich wär verrückt geworden ohne dich den ganzen Tag. Aber ich bin auch zu dir gegangen weil ich Zion sehen wollte. Jaffas Mann der mit dir gearbeitet hat. Auch an ihm hab ich die Zeichen von den Tieren gesucht aber ich hab nichts gefunden. Mir ging auch nicht in den Kopf rein wie man den ganzen Tag arbeiten kann wenn man die ganze Nacht nicht geschlafen hat. Ich war todmüde hab geduscht mich angezogen mein Haar gekämmt das mir bis zur Hüfte ging hab einen Zopf draus gemacht ein bisschen was im Laden eingekauft gekocht hab dir dein Mittagessen gebracht hab unsere paar Quadratmeter ausgewischt hab geguckt was ich noch machen muss und bin dann ins Bett gefallen und hab geschlafen bis du wieder zu mir zurückgekommen bist.

Erst viel später wie ich schon mit Kobi im dritten Monat war kam es mir in den Kopf dass sie es nicht alle jede Nacht bis zum Morgen machen. Wie dumm war ich. Wie süß war damals mein dummer Kopf.

Ach mein Gott ich bitt dich bevor ich von der Katjuscha draufgeh vielleicht vertauschst du mir meinen Kopf noch einmal mit dem Kopf von der dummen Simona. Hör gut zu worum ich dich bitte – nur für einen Moment: dass ich den Kopf von der krieg die nichts auf den Schultern hat. Simona mit achtzehn die keine Sorgen schleppen muss und keine Angst hat vor noch mehr Sorgen wo ihr noch kommen können. Solche wo den Leuten auf den Schultern hocken wie zwei Türme und ihnen ihren Kopf so fest einklemmen dass sie ihn nicht mehr drehn können. Für einen Moment tu auf meinen Körper den Kreisel-Kreisel-dreh-dich-Kopf von Simona die gedacht hat alle Menschen sind genau gleich nur dass sie sich die ganze Zeit mit Gewalt beherrschen. Dass man ihnen nicht ansieht was für Wanderungen sie machen die ganze Nacht.

Was hab ich bei dir geliebt? Dass du wie du neben mir gelegen bist zuerst mir ganz langsam den Zopf aufgemacht hast. Wenn du zu schnell warst bin ich gleich ein bisschen gehupft dass du denkst du hast mich geziept und mir dein Streichholz am Ohr anzündest und mir kschschsch pschschsch machst. Deine Finger sind die Füße von vier Zwergen die bei mir die Leiter hochsteigen. Barfuß von unten steigen sie hoch bis nach oben. Und deine Stimme füllt mich mit Lachen wie auf dem Schiff. Danach hab ich mich zu dir umgedreht und meine Hände zum Schlafen in deine Achselhöhle gelegt. Da wo die Haare vom Mais sind nachdem man ihm die Blätter abgezogen hat. Da wo deine empfindliche Stelle ist vor der hab ich mich nicht geniert. Und ich hab die Hände zu meiner Nase gebracht wollte wissen was für einen Geruch dein Schweiß heute hat. Jeden Tag hast du einen andern Geruch gehabt. Nur deshalb hab ich dir immer gesagt du sollst nicht gleich duschen wie du heimkommst. Ich hab deinen Arbeitstag gerochen wo mir in die Hände kam und hab im Stillen gewusst: hast du Angst gehabt an dem Tag hast du ein gutes Wort gehört haben sie dich bei der Arbeit genervt oder ist alles gut gegangen. Du hast mir ja nichts erzählt. Wenn ich dich gefragt hab wies war hast du mir ein Gelobt-sei-Gott hingespuckt wie die Schale von Sonnenblumenkernchen wo einem zwischen den Zähnen stecken und das wars. Mehr hab ich nicht rausgekriegt aus dir.

Ai – Mass'ud hier ist der Geruch von dir. Echt das ist der Geruch von dir. Nicht der vom Falafelöl. Nein der Geruch von Mass'ud wie er die Häuser tüncht. Du bist zu mir zurückgekommen! Ich mach auch die Augen nicht auf. Nur meine Nase sucht dich in der Luft. Ai – Mass'ud. Wie fang ich jetzt an und red mit dir? Sechs Jahre hab ich nicht geredet mit dir. Hab dich nicht gesehn. Hab dich bloß vergessen wollen hab ich dich. Sechs Jahre lang war ich dir bös. Heut Nacht brech ich mit dem Bössein. Denn mehr Nächte hab ich nicht mehr Mass'ud. Wie – wie bloß kann ich dir sagen von dem Tag wo sie mir deinen Körper weggenommen haben und in die Erde getan? Wie kommt Simona zu dir wo sie ihren Körper draußen gelassen haben?

Da sind die ganzen Sachen von Mass'ud und Simmi rumgestanden. Die Sachen wo keiner von redet und nur ich hab sie gesehen. Ich hab sie auf meine Seite ziehn wollen dass sie auf meine Seite kommen. Aber du warst stärker als ich und sie sind alle in dein Loch gefallen. Sie sind nicht hier geblieben. Sechs Jahre lang hab ich nicht einmal an sie gedacht. Sie sind ins Grab gegangen. Heut Nacht hol ich alles aus dem Grab. Zieh einzeln die Sachen raus wo mir da reingefallen sind.

Erinnerst du dich Mass'ud wie ich dich geweckt hab dass du mir hilfst: »Komm heb Etti wieder in ihr Gitterställchen. Sie schläft schon fest. Hat zweimal kurz an mir genuckelt und dann die Augen zugemacht.«

»Meine Süße was für Händchen sie hat guck doch ihre Fingerchen« hast du mir gesagt ganz leise dass sie uns nicht aufwacht »siehst du wie sie die aufhält? Das ist ein Kind wo keine Angst hat Simmi merk dir dass ich das gesagt hab.«

»Komm Mass'ud guck doch wie Kobi so grade daliegt wie ein Brett so wie er den Kopf jetzt hat so tut er den bis morgen früh nicht bewegen.«

»Deshalb hat er morgens auch immer so viel Kraft« hast du mir gesagt.

»Siehst du Mass'ud Itzik und Dudi wie sie zusammen im

Bett liegen. Drücken sich die Rücken aneinander. Lass sie so schlafen komm wir machen die Tür zu.«

Mass'ud gib mir deine Hand. Lass uns so machen wie wir immer gemacht haben. Nicht die rechte die andre. Ja hier ist deine Hand. Komm und mach die längste Wanderung. Komm zu mir komm. Dahin wos lebt. Nur ein bisschen. Noch ein bisschen dann kommt mir die Katjuscha und dann bin ich da wo du bist. Zusammen gehn wir heut Nacht wandern. Meine Hand auf deiner Hand. So werden wir gehn. Wir lassen nicht noch mal zu dass einer von uns draußen bleibt.

Ich mach die Augen nicht eher auf bis dass du nicht mit mir heimkommst. Ich brauch das. Du musst mitgehn in die Wohnung von jetzt. Wie soll ich sonst glauben dass du zu mir gekommen bist. Von den Toten zu den Lebenden. Dass du über die sechs Jahre hingesprungen bist in meine Zeit. Willst du nicht mit? Hier sind die Treppen von unserm Block geh du vor. Mach die Tür auf und geh rein. Sechs Jahre ist viel Zeit aber auch wenig. Jetzt wo du bei mir bist ist von den sechs Jahren nichts mehr da. Wie wenn nur ein Moment vergangen ist.

Welche Tür du willst kannst du aufmachen. Beide Wohnungen gehören uns. Vor zweieinhalb Jahren haben wir die Wohnung von Almakias gekriegt. Die sind nach Tiberias gezogen. Eine Wand haben sie uns durchgebrochen dass aus zwei Wohnungen eine wird. Wer ist nicht vor zweieinhalb Jahren umgezogen nach der Wahl? Amsalems sind gleich in die gestaffelten Häuser. Dehans und Bitons haben auch aus zwei Wohnungen eine gemacht. Die Rumänen von unten sind in den neuen Block wo sie bei der Ambulanz gebaut haben. Jeder mit ein bisschen Verstand ist umgezogen oder hat seine Wohnung vergrößert. Was ist los? Was ist denn passiert? Wieso lässt du die Tür los. Wieso gehst du nicht rein? Du regst dich immer noch auf wegen der Wahl?

Ich sag dir was da war. Hier. Ich erklärs dir ja schon. Die kamen vorher vorbei und haben mich gefragt. Und ich hab gesagt geht in Ordnung. Und was ist passiert? Ich hab bloß »in Ordnung« gesagt mehr nicht. Bei der Wahl guckt dir ja keiner auf die Finger. Keiner sieht was du da reinsteckst. Ai Mass'ud was willst du mir sagen wenn du den Kopf so zur Decke hochschraubst und die Augen wegrollst? Was hättst denn du gewollt? Dass wir bis heute in einer Zweizimmerwohnung sitzen? Bloß damit keiner aus meiner Hand den Zettel kriegt mit seinem Namen? Schraub ihn wieder runter deinen Kopf und roll deine Augen wieder her und ich werd dir die Wahrheit sagen: Ich hab meinen Zettel dem gegeben wo ihn verdient hat. Das hab ich getan! MögeihrNameundihrAndenkenausgerottetsein alle zusammen. Was juckt mich das wenn der Name von dem einem öfters in den Kasten gesteckt wird.

Am Anfang hab ich gedacht ich geh gar nicht wählen. Aber wie sie plötzlich vor der Tür gestanden sind. Die sind mir bis an die Tür gekommen und haben mich wie eine Königin in ihrem Auto da hingefahren und haben mir ihren Zettel in die Hand gedrückt. Ich bin so wie ich war mitgegangen. Bloß mit dem Ausweis in der Hand ohne Tasche ohne alles. Ich bin rein und denk ich tausch den Zettel aus. Gegen das was du von mir gewollt hättst. Da hab ich gestanden und gezittert hab ich hab ja nicht gewusst wo ich mit ihrem Zettel hin soll wo sie mir in die Hand gegeben haben. Vielleicht finden sie ihn später drinnen und dann wissen sie dass ich die Zettel vertauscht hab? Er war schon nicht mehr neu der Zettel. Da war der Schweiß von Händen drauf. Ich wette die hätten das erkannt. Ich hab auch gedacht vielleicht stehn die draußen und zählen die Zeit die ich drinnen bin. Da hab ich schnell denen ihren Zettel reingetan und aus und fertig. Bin wieder ins Auto und sie haben mich zurückgefahren wo ich hinwollte. Vier Monate nach der Wahl hab ich eine große Wohnung für die Kinder bekommen.

Was willst du jetzt? Uns die Wohnung wegnehmen? Sie wieder klein machen? Die Leute am Ort sagen auch dass wir sie gar nicht wegen der Wahl gekriegt haben. Das wär alles bloß eine Geschichte. Sie sagen weil man Blocks gebaut hat und weil es Häuser gab wo man hinziehn konnte deshalb haben wir die bekommen. Dass sie das alles fürs Bauamt gemacht haben. Die sollen denken es gibt hier viele Menschen an unserm Ort und uns immer mehr neue Blocks bauen. Hier hör dir das an. Sogar Edri wo alle wissen was der bei der Wahl reinsteckt sogar der hat eine größere Wohnung gekriegt. Genug. Jetzt schraub deinen Kopf wieder runter. Mach die Tür auf aber geh leise rein dass sie mir nicht aufwachen. Weil wenn sie die Augen aufmachen wie soll ich ihnen sagen dass du nur für heute Nacht zurückgekommen bist?

Aus der alten Küche hat Itzik sich ein Zimmer gemacht. Keine Ahnung wie er sein Bett da reingekriegt hat. Ich und Kobi wir haben auf ihn eingeschrien aber er hört nicht auf uns. Er hat es mit aller Kraft da reingeschoben. Und es hat gepasst. Ich hab da keinen Platz mehr für den Stiel vom Wischer was soll ich machen. Da im Spülstein das ist sein Vogel. Ein Weibchen. Gut dass sie jetzt schläft. Ich hab die ganze Zeit Angst vor ihr und auch vor ihm hab ich Angst. Den ganzen Tag tut er nichts andres als sie anschauen wie wenn sie seine Frau wär. Er redet nur mit ihr und mit Dudi. Er ist von der Schule runter und zieht um die Häuser. Ja. Das ist aus ihm geworden aber wenigstens klaut er nicht. Was bleibst du bei Itzik stehn Mass'ud willst du denn nicht weiter? Was willst du von ihm? So ist er halt. Weiß nicht warum er so daliegt. Ich hab nicht gesehn wie er daliegt. Weiß nicht was er im Kopf hat. Die ganze Zeit ist sein Gesicht aus Stein. Die Wahrheit? Ich war bloß einmal bei ihm drin und bin rückwärts wieder raus wegen dem Gestank das ist die Wahrheit. Einmal und dann nie mehr. Ist ein junger Mann jetzt. Weiß nicht wieso ich ihn nicht hab wachsen sehn. Hab auch nicht gesehn dass er sich rasiert. Wie kann er sich rasieren mit den Händen? Weiß nicht wo meine Augen die ganze Zeit waren dass ich nicht gesehn hab wie mein Kind groß geworden ist. Er ist schon alt genug für die Bar Mitzwa. Aber wie soll ich ihm eine Bar Mitzwa machen wo er keinen Papa hat der mit ihm zum Rabbiner geht und wo ich kein Geld hab für nichts.

Du kannst noch weitergehn Mass'ud. Jetzt lass mich mal mit unserm Itzik in Ruh.

Warte. Warte da kannst du nicht allein lang. Wart einen Moment. Hier ist das Zimmer von Dudi. Nicht eine Nacht schläft er in seinem Bett durch bis zum Morgen. Immer steht er nachts auf und geht in die neue Wohnung und schläft mit seinen Geschwistern im Zimmer. Hier jetzt sind wir bei ihrem Zimmer. So groß die Wohnung auch ist sie schlafen wie die Sardinen. Etti ist schon groß siehst du sie da im zweiten Bett. Auch Dudi im Bett neben ihrem siehst du ihn? Und hier das sind die neuen Kinder. Ich heb die Decke hoch dann kannst du sie sehn alle beide. Chaim und Oschri deine beiden Zwillinge die du bei mir dringelassen hast wie du gegangen bist. Beide hab ich nach dir genannt. Was soll ich jetzt sagen? *Masal tov? Masal tov* Herr Dadon Sie haben vor fünfeinhalb Jahren zwei Söhne bekommen. Soll ich dir so sagen? Statt der Schwester im Krankenhaus die auf den Flur rauskommt?

Nein die kannst du nicht auf den Arm nehmen. Nein Mass'ud ich erlaub es nicht dass du deine Totenhand auf sie legst. Die Lebenden und die Toten das sind zwei Sachen die gehn nicht gut zusammen.

Hier jetzt sind sie aufgewacht. Ich sag dir warum sie Opa

sagen. Warum? Weil das ist halt was sie von dir wissen. Dass du ihr Opa bist. Mach ihnen jetzt keine Angst Mass'ud. Wohin gehst du? In unser Zimmer?

Ist vielleicht besser so. Ruh dich ein bisschen aus. Warte. Warte geh nicht allein.

Ai – warum drehst du dich um und willst gehn? Schau doch hin! Das ist kein neuer Mann den ich angeschleppt hab. Schraub deinen Kopf wieder runter und schau ihn dir an – das ist Kobi. Unser Kobi. Was hast du denn? Erkennst du deinen großen Sohn nicht mehr? Das ist Kobi der da mit mir im Bett schläft. Keinen anderen Mann hab ich ins Haus gelassen. Das ist bloß dein Sohn der da zum Schlafen liegt. Seit die Zwillinge geboren sind. Hand in Hand mit mir. Ich sag dir er war noch keine vierzehn und er war die ganze Nacht wach und hat mir mit den Kleinen geholfen. Wo wär ich heut ohne Kobi? Etti hat geschlafen wie ein Stein und morgens hat sie geweint: »Warum hast du mich nicht geweckt zum Helfen?« Nur Kobi war bei mir in den Zwillingsnächten: Hat Flasche gegeben Windeln gewechselt hat sie gebadet hat mich keinen Moment allein gelassen. Schau ihn dir an: Neunzehn Jahr alt geht arbeiten und bringt seinen Lohn nach Hause. Ein guter Junge.

Warum er bei mir schläft? Für Oschri und Chaim schläft er bei mir. Die glauben er ist ihr Papa. Damit sie Papa und Mama haben wie alle andern Kinder auch. Papa und Mama die zusammen ihr Schlafzimmer haben.

Das ist kein Weltuntergang bestimmt nicht.

Guck doch Mass'ud die Welt ist nicht stehngeblieben. So ist das. Du immer wenn was Neues kam da hast du dich hingestellt mit deinen starken Beinen mitten im Zimmer. Dein Gesicht war ganz weiß und du hast gesagt: »Jetzt reichts Simona bis hierher. Wenn das passiert ist die Welt am Ende.«

Und guck wie die Welt sich weiterdreht: Du bist im Loch gelegen und nach dir sind zwei Kinder gekommen. Kann noch mehr sein? Und schau mich an ich lieg nachts draußen mitten in den Katjuschas. Also was ist passiert? Meinst du die Welt wird jetzt wegen Simona stehnbleiben? Gewiss nicht.

Siehst du den Kobi? Schau ihn dir an schau was für ein schöner Mann aus deinem Sohn geworden ist. Er hat sich wirklich sehr verändert seit seiner Bar Mitzwa. Schau ihn dir an und sag du mir selber. Was soll ich mir einen neuen Mann suchen wo ich Kobi im Haus hab? Und was soll ich einen neuen Papa für Chaim und Oschri suchen? Schau dir seine Nase an eine feine Nase wie ein Mädchen. Geh an sein Bett. Schau sie an. Die Kraft wölbt sich unter seiner Nase. Der kleine Hügel über dem Mund so wie bei dir. Und sein Mund? Genau dein Mund wie als ich dich zum ersten Mal gesehn hab auf dem Schiff. Einen vollen roten Mund wo man denkt das wär Lippenstift. Und immer mit einem kleinen Lachen. Dem sein Mund lacht von allein. Dem gehts gut. Auch wenn ihm was schwer aufs Herz drückt du siehsts ihm nicht an. Das Kinn stark die Ohren klein und schön wie von einem Mädchen. Wenn du auf seinem Gesicht von einer Stelle zur nächsten gehst denkst du jeden Moment was andres: Mann. Frau. Mann. Frau. Du kannst durcheinanderkommen bei seinem Gesicht aber wenn du ihn im Ganzen anschaust dann ...

Bist du schon weggelaufen Mass'ud? Das wars? Hast Kobi in deinem Bett gesehn und da ist die Welt untergegangen? Komm her. Leg dich zu mir ins Tor. Gut dann geh eben nicht in die Wohnung. Das ist zu schwer für dich. In eine Wohnung gehn wo du vor sechs Jahren verlassen hast. Aber ich muss noch mit dir reden. Auch wie Itzik aus mir kam hast du gedacht jetzt ist das Leben am Ende. Und es wars nicht. Anderthalb Stunden bin ich dagelegen mit offenen Beinen auf den Beinstützen. Allein. Warum allein? Ich sag dir warum: Warum weil alle sind mit dem Kind von mir weggerannt wie es rausgekommen ist. Nichts haben sie mir gesagt. Bloß die Schwester hat einen Schrei getan wie sie die Finger an seinen Händen gesehen hat und die Zehen an seinen Füßen. Und von ihrem Schrei kamen sie alle angerannt. Packen das Kind und lassen mich da liegen auf dem Rücken die Beine in der Luft. Sie haben mich nicht genäht und gar nichts. Nur die Nachgeburt haben sie mir rausgeholt und weg warn sie. Mit dem Kind weg und habens mich nicht sehn lassen. Und wenn ich ein Monster gekriegt hätt mit drei Köpfen sie hätten nicht so vor mir abhaun dürfen. Wie eine Hündin bin ich da gelegen. Achwas Hündin. Wär ich eine Hündin gewesen hätt ich die Zunge rausgestreckt und ihm leis den Kopf saubergeleckt und keiner hätt mich so ins Gesicht angeschrien. Und du was hast du gemacht in der Zeit wie ich da lag? Du bist zu deiner Mutter heulen gegangen. Das wars. Mass'ud sagt das ist das Ende der Welt. Du hast mich nicht gefragt wies mir dabei ging. Jetzt wirst dus hören. Das Blut ist mir stehn geblieben in den Kniekehlen wie ich da gelegen bin. Ich war kalt wie Eis. Ich hätt trinken müssen. Ich hab geschrien. Geweint hab ich keiner hats gehört. Bloß die Wände wie alle mit dem Kind weggelaufen sind.

Auch ich hab gedacht jetzt ist alles aus. Hab gedacht ich werd da sterben die Beine offen. Wer hat mich zum Schluss gehört? Die Putzfrau vom Krankenhaus. Sie hat mir Trinken gegeben und ist los. Hat die zurückgeholt dass sie mich zunähen.

Ein halbes Jahr lang wolltest du am Schabbat keinen Kiddusch machen zu Haus. Du hast nicht können den Jungen angucken und Kiddusch machen. Ich hab ihm lange Hemdchen angezogen wo die Ärmel die Händchen verdecken dass du ihm nicht die ganze Zeit da hinguckst. Nichts hat mir geholfen. Wie du ihn gesehn hast hast du die Augen weggedreht. Noch mal musst ich dich an der Hand nehmen und dir zeigen die Welt ist nicht untergegangen. Da bin ich ganz schnell schwanger geworden mit Dudi. Nur für dich wollt ich noch ein Kind machen. Dass du wieder Farbe kriegst ins Gesicht. Kein Jahr war um und ich hab dir ein gesundes Kind gebracht. Zum Glück ists ein Junge geworden. Das war das Glück das hat Gott geschickt.

Jedes Mal wie du abgehaun bist zu deiner Mutter bin ich gestorben vor Schande.
  Du hast zu mir gesagt: »Simmi ich fahr zu Mutter rüber. Will sehn ob sie Hilfe braucht im Hühnerstall« und du hast so getan als wärst du der Starke und sie bräuchte Hilfe von dir. Aber ich wusste genau: Simona macht dir das Leben nicht so dass es dir gut geht und deshalb rennst du zu deiner Mutter. Fünfzehn Minuten mit dem Bus und du bist bei ihr. Sitzt da einen halben Tag rum: Isst und liest Zeitung und trinkst und schläfst. Kommst nicht nach Haus. Jedes Mal musst ich bis zum Moschaw fahren euch da sitzen sehn in ihrer Küche wie zwei Tauben mit vollem Bauch. Und ich die hungrige rumstreunende Katze komm und stör euch.
  Du hast mich nicht angeguckt. Hast Kobi oder Etti oder Itzik genommen die ich mitgebracht hab. Und deine Mutter. Die Art wie sie aufsteht mir einen Tee bringen wenn sie dir den Rücken zugedreht hat. Ihr Mund lässt nicht raus was sie denkt aber ihre Augen: Eis. Und ich hab die Wörter gesehn wo sie mir hat sagen wollen wie sie hinter ihren Zähnen stehen: Wie im Hort die Kinder hinter dem Zaun stehn wenn draußen ein Traktor vorbeifährt. »Das ist mein Sohn den du genommen hast Simona. Den Honig den ich ihm hab auf die Zunge gelegt den musst du ihm jetzt auf die Zunge

tun! Du weißt ja nicht wie er ausgesehn hat wie er heut bei mir ankam. Weiß wie ein Toter! Und sieh ihn dir jetzt an. Jetzt hat er wieder Farbe!« Wie sie nach fünf Minuten mit dem Tee zurück war da kam sie mir auf eine andere Art. Ihre Augen haben zu meinen Augen gesprochen: »Was kannst du machen. So sind die Männer. Sind eben doch Kinder. Das ist die Welt *binti*. Nimm ihn mit viel Geduld und alles wird gut.«

Auch meine Schwägerinnen. Egal ob Schoschana oder Jaffa oder Rachel. Die sind alle aus demselben Zeug gemacht. Die sind reingekommen haben mich geküsst haben mit mir über alle möglichen Sachen geredet »was für ein schönes Kleid Simona woher ist denn das?« »ist der Kobi süß« »ist Etti groß geworden. Wie hübsch sie ist wir wolln es nicht beschreien«. Sie reden Zucker. Aber sowie sie den Mund aufmachen entflieht ihnen ihr krummes Lachen aus dem Mundwinkel und steigt ihnen hoch in die Augen und die sagen mir: »So hältst du ihn? So? Was hilfts dir dass du so schön bist was helfen dir deine schönen Kleider wenn du ihm bis hierher hinterherrennen musst?« Das alles hab ich immer wieder bezahlt um dich von deiner Mutter zurückzukaufen.

Bei uns am Ort haben sie das nicht gesehn. Ich weiß was sie über mich gesagt haben: »Schaut doch wie die ihren Mann hält. Wie sie ihn um den kleinen Finger wickelt.« Und Schuschan hat hinter meinem Rücken gesagt wenn ich ins Kino gegangen bin: »Mass'ud Dadon? Wenn der einen ziehen lassen muss da geht er erst nach Haus zu seiner Madam und holt sich von ihr die Unterschrift dafür.«

Mass'ud ist mir gegangen. Er ist gekommen und wieder gegangen. Ist gegangen und hat mir nicht mal sein Gesicht gezeigt. Die ganze Zeit hat er sich weggedreht. Nicht einen Moment hat er mich angeschaut. Er hat nicht gesehn wie ich in den sechs Jahren geworden bin. Er hat auch nicht gefragt wie ich zurechtkomm. Ist in sein Loch geflohn. Allein. Und ich wenn die Katjuscha nicht kommt kann ich nicht mit. Vorbei. Ich hab nichts nicht seinen Rücken. Nicht seine Hand. Auch sein Geruch ist von mir gegangen.

7

Wenn ich könnt ich würd das Netz von den Eisenstangen nehmen und mir über die Schultern legen. Aber wie krieg ich das Netz da runter. Ich hab nichts dabei womit ich es abschneiden kann. Nur die Tasche von unsrer Simona. Und die hab ich schon sechs Jahre nicht mehr aufgemacht. Vielleicht ist da ein Nagelscherchen drin? Was hat unsre Simona in ihrer Tasche?

Ich kann die Tasche nicht aufmachen. Noch nicht.

Ich steck den Kopf wieder rein in mein Kleid. Ich geb mich dem Schlaf dass er mich zu sich nimmt.

Ich geh auf den Friedhof such das Grab von Mass'ud. Ich kanns nicht finden. Es gibt kein Grab von Mass'ud. Da wo sein Grab war ist nur Erde mit sechs hohen Disteln. Wie kann das sein? Ich leg meine Hand auf die Erde an seiner Stelle. Die Erde ist zu. Die hat noch keiner aufgemacht. Meine Fingernägel sind rot zwischen den Disteln. Am andern Ende vom Friedhof hör ich unsern Rabbiner Psalmen lesen. Wieso hab ichs nicht gesehn? Hier ist noch eine andre Seelenfeier? Ich fahr schnell mit der Hand übern Kopf nachsehn hab ich auch mein Kopftuch auf? Mein Finger stößt an eine Haarnadel. Ich versteh nicht. Wie hab ich auf meinem Kopf plötzlich die Frisur von Kobis Bar Mitzwa? Ich heb den Kopf wem seine Seelenfeier ist das denn? Das ist nicht der Rabbiner. Das war bloß eine Biene die mir das Geräusch von Beten gemacht hat.

Ich bin mitten im Ort. Mit der Frisur und mit meinem

gelben Glockenrock und mit meiner schwarzen Bluse mit dem gelben Kragen geh ich in Mass'uds Falafelstand. Er dreht mir den Rücken zu. Ich sag zu ihm Mass'ud lass alles stehn und liegen und komm sofort mit mir mit! Er antwortet nicht. Ich hör jemand von hinten lachen. Das ist die Stimme von seinem Vater der macht mir: *Simona hey Simona aus Dimona was hört man heute von Simona?* Genauso wie er über mich gelacht hat wie er noch gelebt hat. Ich dreh mich um und seh ihn auf der hohen Kiste sitzen wo Etti früher gesessen hat wenn sie Mass'ud geholfen hat. Er spielt mit der Kasse wie ein Kind und sagt mir: Guck was ich mach Simona guck mal was ich mach. Er drückt auf den Knopf und der klingelt und die Kasse geht von selber auf und er lacht und macht sie mit einem Schubs wieder zu und drückt noch mal auf den Knopf. Ich dreh mich zu Mass'ud um. Geh ganz zu ihm rein und er schneidet mit dem Rücken zu mir Salat. Ich sag zu ihm komm jetzt mit nach Haus lass alles stehn und er zeigt mit dem Messer in der Hand auf die große Schüssel. Sei so gut Simona siehst du wie viel Kichererbsen ich heut durch den Wolf gedreht hab? Heut stecken tausend Lira in den Kichererbsen hier. Wär doch schade um die tausend Lira. Hörst du nicht die Leute die aus den Häusern kommen wegen Rav Kahane. Der kommt heut. Hörst du nicht wie sie den Lautsprecher ausprobieren? Bald kommt der Rav Kahane. Ist es da nicht schad um den Schnitt? Heut Abend bring ich den halben Umsatz vom Unabhängigkeitstag nach Haus. Ich wein ihm was vor: Ich hab Hunger Mass'ud. Mach für mich die Kugeln. Und er macht seinem Vater so eine Bewegung von keine-Ahnung-was-die-heute-hat noch nie im Leben hat sie meine Falafel angerührt noch nie ist sie bis hierher reingekommen. Und seine Stimme klingt wie die von einem der zehn Millionen Lira im Lotto gewonnen hat und es noch nicht ganz glaubt sondern nur ein bisschen. Mit der Stimme von einem kleinen Mädchen bitt ich ihn: Ich will Falafel. Er sagt mir noch eine halbe Minute dann hol ich sie raus. Wie viele möchtest du denn Simmi? Vier Kugeln? Vor lauter Freude tanzt er fast und seine Hände machen die Kugeln schnell-schnell-schnell und sooo schön. Ich sag viel-will-ich-ganz-viel und er schaut mir noch nicht ins Gesicht: Ich will alle. Dass du sie alle bloß für mich machst. Ich schau auf die Kichererbsen weiß nicht wie ich das schaffen soll. Ich sag ihm wenn einer an den Stand kommt sag ihm dass du zu hast und ich mach sie alle alle. Alle die du für mich machst. Bis zum Schluss. Und komm schnell mit mir nach Haus wir haben keine Zeit. Und sein Vater ruft mich. Simona komm sieh das Geld. Guck wie schön ordentlich ich die Scheine gemacht hab. Ich hab sie alle gerade gemacht für dich. Die Hunderter auf die Hunderter die Fünfziger auf die Fünfziger die Zehner auf die Zehner und die Lira auf die Lira.

Ich will ihn nicht anschauen denn er ist an einem Herzanfall gestorben noch bevor wir den Falafelstand aufgemacht haben und jetzt lebt nur Mass'ud. Mass'ud dreht seine beiden Hände voller Kugeln. Auf jedem Finger hat er eine Falafelkugel stecken. Ich stürz mich auf seine Finger und esse sie ihm von seinen Fingern runter. Sie brennen mir im Mund so heiß sind die. Ich ess alle auf und will mehr aber er macht mir keine mehr schaut mir nur in die Augen ohne seine Augen zu bewegen. So als wär ihm die Augen stehngeblieben. Nur der Mund bewegt sich. Wohl bekomms Simmi iss soviel du willst. Iss nur iss. Danach senkt er die Augen und schaut auf den Boden. Seine Stimme ist jetzt wie von einem der sieht: Das ganze Geld was die vom Lotto ihm gegeben haben ist verdorben wie sauer gewordene Milch. Er sagt: Ich komm heute nicht nach Haus Simona. Sowie ich mit den Kichererbsen fertig bin geh ich mit meinem Vater. Ich geh Simmi ich geh. Ich sags dir.

Ich fang an und schlag ihn. Schlag ihm auch auf den Kopf. Ich hau ihn tausendmal. Gleich schmeiß ich ihn aufs Feuer mit dem Topf und dem verbrannten Öl. Er schreit nicht schlägt mich nicht. Er versucht nur sich zu halten dass er nicht hinfällt. Aber so wie die Schläge wirken wird er immer kleiner und kleiner. Schon ist er so klein wie ein Kind. Wie er mir nur noch bis zur Hüfte geht pack ich ihn mit beiden Händen und heb ihn hoch wie ein Kind. Eine Hand unter den Knien die andre unterm Rücken. Er ist schwer. Das Gewicht hat er nicht verloren. Ich hab ihn nur klein gemacht. Ich tu noch Kraft in meine Arme noch Kraft aus dem ganzen Körper. Seine Füße lösen sich vom Boden. Ich stell mich grade hin dreh mich um will mit ihm auf dem Arm raus. Will ihn mit nach Hause nehmen. Dass er bloß nicht mit seinem Vater mitgeht. Der Geruch seiner Kleider mit dem Öl und dem Koriander bringt mich um und was mach ich? Ich steck meine Nase nur noch tiefer in sein Hemd seh nicht wo ich lauf geh weiter in Richtung Tür. Denk ich habs geschafft hab ihn hier raus aber sein Vater packt mich mit aller Kraft an der Tür und nimmt ihn mir weg und lacht die ganze Zeit nur: *Simona hey Simona aus Dimona was hört man heute von Simona?* Er packt fest meine Hand. Das Lachen geht ihm aus. Komm komm nimm dein ganzes Geld wir brauchens nicht. Was sollen wir da mit dem Geld. Nimm dus. Warum nicht? Brauchst dich nicht genieren Simona. Komm wir machen zusammen die Kasse auf. Er drückt mit meinem Finger auf den Knopf wo die Kasse aufmacht aber sie geht nicht auf. Klingelt bloß. Die ganze Zeit geht sie nicht auf und klingelt bloß.

Ich mach die Augen auf, ich seh, dass das alles in meinem Traum gewesen ist. Das Licht vom Morgen fängt schon an. Mein Mund ist trocken. Der Rasen auf dem Platz ist voll mit Wassertropfen, wie wenn er mich die ganze Nacht gehört hat und um mich geweint hat. Ich dreh mich auf den Bauch, leck die Tropfen vom Gras. Die Wassertropfen von der Nacht sind das sauberste Wasser, wos gibt. Ich setz mich auf, nehm meine Tasche. Mach sie auf. Der Geruch in ihr, das ist der Geruch von unsrer Simona, ein Geruch von Parfüm und Puder. Ich seh sie da drin sitzen und mich anschaun: die runde Bürste, mein Schminkzeug, wo da schon sechs Jahre lang vertrocknet, den Vergrößerungsspiegel mit der Pinzette, das Fläschchen Lack und das kleine Fläschchen vom Parfüm und das weiße Kopftuch von der Schabbat-Feier in einem Plastiktütchen. Auch die neuen Nylonstrümpfe, wenn ich mitten auf dem Fest eine Laufmasche bekomm, meine Hand gräbt bis nach unten, was ist das da? Keine Ahnung. Ich seh die Serviette von dem Saal von der Bar Mitzwa, und ein Messer eingewickelt, das hab ich zum Andenken mitgenommen.

Hier ist der kleine Reißverschluss, ich hol die Streichholzschachtel raus, die ich da reingetan hab, ich mach sie auf und seh den Ring, wo Mass'ud mir bei der Hochzeit gegeben hat, der liegt da in der Watte, als hätt er eine Krankheit, von der er sich nie mehr erholt. Ich steck ihn nicht an den Finger, ich steck ihn in den Mund, pack ihn mit den Zähnen. Ich mach die Tasche zu, will aufstehn, kann die Beine nicht bewegen. Mit beiden Händen klammer ich mich an den Pfosten vom Tor, zieh mich mit aller Kraft hoch, stell meine Beine hin, die sind auf der Erde eingeschlafen.

Die Sonne kommt hinter dem kleinen Hügel vom Friedhof vor. Die Bäume vom Friedhof nehmen mir die halbe Sonne weg, die andre Hälfte rollt bis zu meinen Füßen, fast wie ein Teppich.

Keine fünfzehn Minuten sind es vom Fußballplatz zu seinem Grab. Ich mach ihm heute keine Seelenfeier wie sonst. Ich mach ihm nicht die Seelenfeier wie jedes Jahr. Ich geh da allein hin, grab in die Erde neben seinem Grab, leg den Ring von ihm da rein, dass er neben ihm liegt, deck ihn mit Erde zu, auf dass die Erd uns scheidet.

Ich will den Pfosten loslassen, aber ich kann ihn nicht loslassen. Wie ich den Pfosten mit beiden Händen festhalte, kommt mir das Bild von dem Tag mit dem ersten Schritt. Der Tag, den wir im Hort nie vergessen werden, wo uns unsre Krabbler das größte Geschenk gemacht haben: dass wir als Erste sehn durften, wie sie das erste Mal laufen. Das war ein Tag! Und wer ist an dem Tag nicht alles gelaufen? Ich schau noch auf Schlomi, der als Erster damit angefangen hat, zwei Schritte hat er getan, am Tisch hat er sich festgehalten, hat ein Stück Banane vom Teller genommen, als wär nichts dabei, so als läuft er schon seit hundert Jahren. Nach Schlomi kam Siva, sie ist die ganze Zeit schon gekrabbelt, mit durchgedrückten Knien, und plötzlich hat sie sich langsam aufgerichtet und stand mit gespreizten Beinen mitten im Zimmer, ist ein bisschen nach vorne und nach hinten gewippt, bis sie gefallen ist. Nach zweimal, wo sie gelernt hat, die Beine ein bisschen mehr zusammenhalten, hat sie den ersten Schritt gemacht und ist auf den Po gefallen. Sie war schon groß genug zum Laufen, sie war schon ein Jahr und fünf Monate. Nach Siva fingen noch andere an, und wir haben bloß noch gelacht und haben vergessen, sie schlafen zu legen, wir haben vergessen zu putzen, alles haben wir vergessen. Was haben wir nicht alles gemacht, wir haben sie auf den Arm genommen, haben sie geküsst, aufs ganze Gesicht, haben ihre Füßchen geküsst, haben sie wieder in die Mitte des Zimmers gelegt, dass sie laufen sollen. Und wer stand dann auf und ging einfach los? Avi! Avi, mit seinen zehn Monaten. Er steht an der Seite, hat ihnen die ganze Zeit zugeschaut, hält sich am Stuhl fest, wiegt sich ein bisschen, quietscht fröhlich. Einen Moment hab ich nicht zu ihm hingeguckt, einen Moment hab ich mein Gesicht im Spiegel angeguckt, und plötzlich seh ich ihn da im Spiegel, wie er einen Schritt macht und vor sich selber erschreckt und aufs Gesicht fällt und anfängt und weint. Nach einer halben Stunde lief er schon wie die Großen. Wie Avi anfing zu laufen, haben wir gedacht, das ist ein Wunder vom Himmel. So klein und läuft schon? Wie die Mütter zum Abholen kamen, haben sie uns nicht geglaubt, im ganzen Hort hast du nur noch gehört: Wer kommt zu mir? Wer kommt zu mir gelaufen? Bis sie gesehn haben, dass wir ihnen nichts erzählen, da haben sie zusammen mit uns mitgelacht.

Ich lass den Pfosten los und geh los, den Ehering im Mund, und die Luft – die nehm ich durch die Nase. Die Luft bringt mir den Geruch von einem neuen Morgen und gibt meinen Beinen Kraft.

Wie ich schon fast am Friedhof bin, brems ich mich, ich will jetzt nicht rennen: Da will ich meinen Ring nicht hintun, ich will ihm kein Grab machen, will nicht für ihn Trauer sitzen und ihm jedes Jahr eine Seelenfeier machen, mein Leben lang.

Ich setz mich auf die Erde, hol das Messer von der Bar Mitzwa zur Hilfe und grab ein kleines Loch, ich mach den Mund auf, seh wie der Ring in sein Loch fällt, deck ihn mit Erde zu.

Ich steh auf, will weiter zum Friedhof. Nach fünf, sechs Schritten dreh ich mich um, noch weiß ich, wo ich ihn vergraben hab. Ich geh noch weiter, dreh mich um, hab die Sonne im Rücken, ich such ihn, vielleicht ist es hier, vielleicht da. Ich glaub, ich weiß noch wo, ja, ich bin mir fast sicher.

Ich geh noch ein Stück, guck zurück, die Sonne steht gegen mich, ich seh keinen Meter weit. Der Ring ist weg. Auch wenn ich zurückgehn will, ich weiß seine Stelle nicht mehr.

Wie ich mich umdreh und gehn will, hör ich Stimmen vom

Friedhof, das sind meine Kinder. Wer ist das? Etti? Und das? Itzik oder Dudi? Vielleicht Kobi? Jetzt klingt es, wie wenn Chaim und Oschri da reden, wie kann das sein? Es ist fünf Uhr in der Früh, höchstens halb sechs, noch ist das Auto nicht vorbeigefahren, wo sie aus den Schutzräumen hoch lässt. Hätte nicht gedacht, dass sie so früh aufstehn und ihrem Papa eine Seelenfeier machen.

Dudi und Itzik Dadon

»Gib sie her! Gib sie her! So wie du sie anfasst, bringst du sie mir noch um! Du sollst sie herbringen, hab ich gesagt, guck doch, was du ihr gemacht hast, noch ein bisschen in deiner Hand und ihr Flügel wär kaputtgegangen. Sie ist zart, die, zart ist die. Kapiert, was ich dir sag?«

»Aber Itzik, du hast gesagt, dass sie stark ist, die stärkste wos gibt. Siehst du, schon wieder verdrehst du. Die ganze Zeit verdrehst du alles!«

»Sie ist stark, klar doch, aber sie ist eben auch zart. Mit der muss man aufpassen! Bei der muss man erst nachdenken und dann handeln. Wie wir sie da runtergeholt haben, da haben wir auch zuerst überlegt, wie wir sie da runterholen, oder? Genauso muss mans auch machen. Wie oft haben wir sie uns angeschaut, von allen Stockwerken aus und auch vom Dach. Hast du kapiert?«

»Pass auf, die kackt dir in die Hand!«

»Soll sie kacken. Mir macht das nichts, sogar der ihre Kacke ist schön. Alles bei der ist schön, gar nicht fies, die ist wie eine Königin, die Königin von allen Vögeln. Sag mal, hast du die überhaupt schon mal pinkeln sehn?«

»Die, die tut nicht pinkeln.«

»Wo hastn das her?«

»Weil ich die ganze Zeit ein Auge auf ihr hab. Bloß weiße

Köttel macht sie den ganzen Tag. Jetzt gib sie mir noch mal ein bisschen. Wenn du glaubst, dass ich dir jemals mal noch wo nachgeb, vergiss es. Du hast mir versprochen, wir machen halbe halbe mit ihr.«

»Dann nimm sie halt. Aber pass auf, ja? Guck, wie sie auf meiner Hand sitzt, guck, ich lass ihr die ganze Hand zum Sitzen, nicht so zusammengeballt vor Angst.«

»Das schaff ich aber nicht. Ich kann sie nicht so auf die Hand nehmen. Dann nimm du sie lieber. Ich sag dir, Itzik, deine Hände sind dir bloß wegen ihr so geboren. Weil du kein Gefühl in der Hand hast, deshalb streckst du ihr die flache Hand so hin. Ich seh die Löcher, wo sie dir in die Hand pickt, mit dem Schnabel. Und du, wie wenns nichts wär, du schreist nicht mal. Du lachst noch, wie wenn sie dich küssen tät.«

»Schon gut, gib sie mir. Du brauchst eben für deine Hand so Handschuhe wie von den Zurückgebliebenen, die sie beim Forstamt arbeiten lassen. Die, wo überall das stachlige Gestrüpp wegräumen. Die besorgen wir dir später. Jetzt hol ihr ein bisschen von dem Fleisch raus, bloß ein bisschen sollst du ihr rausholn, dass sie sich nicht an große Mengen gewöhnt. Den Rest brauchen wir nachher noch für die Dressur. Und schneid es ihr in Stücke. Vergiss nicht, die isst wie eine Königin, immer bloß ein bisschen. Ich muss jetzt überlegen, wie wir das mit ihr machen: Ich brauch eine Lederschnur, ich muss ihr Bein festbinden.«

»Schnürsenkel sind schon nicht mehr gut genug für sie? Ich dachte, wir knoten ein paar Schnürsenkel zusammen. Ich hab welche mitgebracht.«

»Doch keine Schnürsenkel!! Die da, die ist eine Königin, und eine Königin bindest du nicht mit Schnürsenkeln fest, Dudi. Die würden ihr auch das Bein einschneiden. Die ist stark, schon, aber die ist auch zart. Und auf sie werd ich Acht geben, mehr als auf mich selber werd ich auf sie Acht geben.

Alles auf der Welt werd ich für sie tun, alles! Was wir im Film von Kess gesehn haben. Alles, was sie braucht, kriegt sie sofort von mir. Nie im Leben wird die nicht abhaun wollen aus dem Palast, den ich ihr einrichte. Hast du kapiert? Was ziehst du mir jetzt für einen Flunsch?«

»Was heißt da Flunsch, ich geh schier drauf, so tut das weh. Ich hab mir bestimmt den Zeh gebrochen, wie ich da runtergefallen bin.«

»Was heißt runtergefallen? Du bist doch nicht arg gefallen.«

»Nicht mit ihr, aber wie ich mit dem Vogelbuch runtergekommen bin. Ich dacht, du hast gepfiffen, da bin ich schnell in die Büsche gesprungen und hab nicht gesehn, wo der Fuß landet. Hab Angst gehabt um das Buch, ich hab es aus dem Mund genommen, aber was hab ich nicht gemerkt? Dass dieser scheiß Eisenpfosten da in die Erde gerammt bloß auf mich wartet.«

»Gut, schon gut. Komm, setz dich. Ruh dich aus und fang bloß nicht an und heul. Ruh dich jetzt schön aus, weil du musst noch mal für was Kleines hoch.«

»Noch mal hoch? Du hast gesagt, wir wärn fertig! Merkst du nicht, du drehst die ganze Zeit alles um. Erst hast du gesagt, dass wir bloß sie runterholen, dann hast du gesagt, bloß noch das Buch, damit wir sicher wissen, dass sie bestimmt ein Mädchen ist, und jetzt kommst du mir mit noch was. Nur was Kleines? Auch bei dem Buch hast du gesagt, was Kleines. Guck dir meinen Zeh an, ein richtiges Würstchen. Und der Zehennagel bringt mich um, so tut der weh.«

»Ich schwör dir, das wars dann. Bloß das noch. Wir müssen sie doch an was festhalten. Mensch Dudi, wie solln wir sie trainieren, ohne Schnur? Mehr brauchen wir auch nicht, bloß noch die Lederschnur.«

»Warum sind wir erst grad über die Straße und jetzt gehn

wir nach zehn Metern schon wieder auf die andre Seite? Bloß wegen Mordi, bloß dass du nicht zu irgendwem Schalom sagen musst? Tuts dir schon weh, wenn du wem Schalom sagen musst? Jetzt denkt der noch, wir hätten was mit ihm, und rennt zu Kobi und steckt es ihm.«

»Na und? Wer ist Kobi denn? Man könnt grad meinen, er wär mein Vater.«

»Der kriegt die Krise. Und Chaim und Oschri glauben doch auch ...«

»Jetzt nerv nicht mit denen, das sind noch Babys. Die werden auch noch sehen, was Kobi für einer ist, glaub mir.«

»Itzik, leg dich mit Kobi nicht an! Der kriegt die Krise, und dann gibt er uns kein Geld mehr fürs Kino. Und ich, ich kann ohne Kino nicht leben.«

»Gut, ist ja gut, guck sie dir an, wie wenn sie alles versteht, was wir sagen. Guckt die nicht, wie wenn sie jedes Wort versteht? Die versteht auch alles, was gewesen ist, und alles, was noch nicht gewesen ist, und trotzdem bleibt sie cool. Ich schmeiß mich weg, wie sie mit dem Beinchen meinen Finger krallt. Die ist stark, aber die ist auch zart. Sag mal, meinst du, die weiß, dass sie nur uns gehört? Warte, wo gehst du hin? Hier lang musst du gehn.«

»Nein, nein, Itzik, ich bitt dich, nicht noch mal in die Wohnung von diesen Sosos, den Sozial-Soldatinnen, die an der Schule unterrichten. Ich schwör dir, da geh ich im Leben nicht noch mal rein, im Leben nicht, das schwör ich dir bei Papa!«

»Was ist denn los mit dir, Dudi, ich versteh dich nicht. Entweder willst du sie oder du willst sie nicht! Wie solln wir sie denn dressieren ohne Lederschnur? Es reicht, jetzt beruhig dich erst mal, was regst du dich so auf? Ich hab schon aus allen Blickwinkeln über die Sache nachgedacht. Am Montag sind alle unsere Sosos im Gemeindezentrum, da läuft jetzt der Kurs, wo Oma hingeht, von Gegenanalphabetismus.«

»Woher weißt denn du, wo die Oma hingeht? Das letzte Mal, dass wir sie gesehn haben, ist schon wahnsinnslang her.«

»Letzte Woche, da ist sie mit den ganzen alten Frauen da rein. Um vier geht das los. Deshalb brauchst du keine Angst haben. Und ich will dich nicht noch mal hören, wie du bei Vater schwörst, Dudi. Wir, wir haben keinen Vater. Kapiert? Du schwörst nicht bei was, was du gar nicht hast. Kapiert, was ich dir sag?«

»Und wenn eine von den Sosos sich grad nicht wohlfühlt und zu Hause geblieben ist? Da hast du nicht dran gedacht, was? Wenn sie einfach keinen Bock hat auf Gegenanalphabetismus und sagt, sie wär krank? Komm doch du mit rauf, dann klopfen wir bei denen an die Tür und sehn, dass wirklich keiner da ist. Erst danach geh ich bei denen rein. Und wie kommst du drauf, die hätten eine Lederschnur?«

»Glaub mir, die haben eine.«

»Lederschnur?«

»Hast du schon der ihre Sandalen vergessen, von der Großen? Die steht morgens um sechs auf und bindet sich Kreuze hoch bis unters Knie.«

»Klar, die kenn ich. Die ist die Freundin von der Liat, die heißt Schulamit.«

»Der ihre Sandalen brauchen wir. Wir müssen bloß die Bändel von beiden Sandalen zusammenknoten, dann haben wir das super Seil. Und die, die zieht ihre Sandalen eh nicht mehr an, wo alle sie deshalb so angemacht haben.«

»Die hat wirklich ausgesehn wie das zusammengeschnürte Fleisch, das man für Schabbat in den Eintopf tut.«

»Also, die bringst du mir. Das ist ne Sache von einer Minute und fertig.«

»Dann bring ich denen wenigstens ihr Buch zurück, Itzik, ich reiß bloß unsre beiden Seiten raus und stell es wieder in den Schrank, als wär nichts gewesen.«

»Was ist denn mit dir los, Dudi? Mensch, ich kapier dich nicht!«

»Aber du hast gesagt, dass wirs zurückbringen! Siehst du, wie du alles umdrehst! Du hast gesagt, wir schlagen bloß bei den Falken nach und geben es ihnen wieder, du hast mir geschworen, dass wirs nicht klauen!«

»Sag mal, was ist denn bei dir durchgebrannt? Wenn wir das jetzt zurückbringen, dann kommen sie uns doch gleich drauf! Nerv mich jetzt nicht mit dem Buch. Irgendwann, wenn dies mit was ganz anderm haben, geben wir das Buch zurück. Wir bringens in die Schule. Tun so, als wären die das gewesen, als hätten die es da vergessen. Und hol mir auch noch was von dem Fleisch. Die hat echt noch mal Hunger. Wie die schreit! Bloß, was ich mir grad überleg, wo doch denen ihr Radiorecorder weggekommen ist, da haben sie vielleicht den Rollladen reparieren lassen. Du kannst nicht noch mal von da einsteigen, hast du kapiert?«

»Wenn Liat zu Hause ist, Itzik, dann sterb ich! Ich sterb, wenn die mich mit ihren Augen anguckt. Das überleb ich nicht. Die kann losweinen, die, wenn die mich erwischt. Nie im Leben wird die mich verraten, aber das Schlimmste, das Schlimmste sind ihre Augen. Das Schlimmste ist, wenn sie mir so in die Augen guckt. Das ist für mich der Tod, der ihre Augen.«

»Fängst du schon wieder an? Wann kapierst du endlich, dass sie dich an der Leine hat? Liat morgens, Liat mittags, Liat beim Volkstanz, Liat im Kino, Liat in der Schule, Liat im Gemeindezentrum und Liat nachts im Bett im Traum. Einen indischen Film hast du aus ihr gemacht. Den ganzen Tag machst du alles Mögliche, bloß um ein halbes Lächeln von ihr zu kriegen, dabei hast du noch nicht mal einen Blick in ihr Zimmer geworfen, sie hat dir ja die Tür vor der Nase zugemacht. Ich schwör dir, Dudi, nie im Leben, nie im Leben wirst du mich so eng mit nem Menschen sehn. Kapierst du, was ich dir sag? Und außerdem ist die auch bald mit dem Armeedienst fertig, dann geht sie zurück nach da, von wo sie gekommen ist, und interessiert sich einen Dreck für dich.«

»Warum musst du mir alles kaputtmachen? Bloß weil du mit Menschen nicht kannst, soll ich auch die ganze Zeit vor Menschen abhaun? Was störts dich, dass ich nachts von ihr träum? Geht dich das was an? Und du redest über ihr Lächeln? Vielleicht hat sie ein Lächeln, das der Itzik gar nicht kennt, he? Vielleicht gibt sie dir nur ein halbes Lächeln, aber ich, ich krieg von ihr das volle Gesicht, wenn sie mich anlacht. So nah guckt sie mir in die Augen, wenn sie lacht. Und jetzt hör mir mal gut zu. Ich geh nicht in der ihre Wohnung rein. Ich schwör dir, da geh ich nicht rein, bloß durch die Tür geh ich da noch rein, und bloß wenn sie mich reinlässt.«

»Ach, da gehst du nicht mehr rein?«

»Ich geh da nicht rein!«

»Dudi, weißt du überhaupt, was dein Problem ist? Dein Problem ist, dass du immer Vögeln hinterherrennst, die dann weiterziehn. Mensch, ich weiß nicht, was du an denen findest. Die Volontäre genauso. Ein halbes Jahr hier, dann gehn die wieder nach Amerika, und du, du siehst sie im Leben nicht wieder. Jetzt erzähl mir bloß nicht, du träumst, dass eine von den Freiwilligen dir I-love-you-David macht und dich im Flugzeug mitnimmt. Du, Dudi, du wirst Amerika im Leben nicht mit deinen eigenen Augen sehn, hör zu, was Itzik dir sagt. Allerhöchstenfalls das Foto von dir, wo sie Gitarre spielen und du hinten mit drauf bist, das ist das Einzige von dir, was nach Amerika fliegen wird. Glaub mir, bloß dein Foto. Und was hast du mit den Sosos, die in der Schule unterrichten und die nichts wie weg hier wollen? Du kannst mich umbringen, ich versteh dich nicht. Am Freitagmorgen in der Schule, schon frühmorgens, gucken sie dauernd auf die Uhr, zählen ihre Zeit hier, jede Minute. Und wenn du sie mal in der Stadt siehst, Dudi, dann gehn die an dir vorbei, als wärst du Luft.«

»Genug, Itzik, es reicht!«

»Aber ich bin noch nicht fertig. Hör zu, was dein Bruder dir sagt. Auch die, die für zwei Jahre hierherkommen, allerhöchstens für zwei Jahre, was hast du von denen? Bloß weil ihnen das Geld in der Stadt ausgegangen ist, bloß weil einer hier mit Ohnevielgeld leben kann, bloß deshalb sind die hierhergekommen. Gucken dich an, als ob sie nicht kapieren, was sie hier verloren haben. Da sind sie fein und sauber aus der Mikwe gekommen, und der liebe Gott hat sich geirrt und sie in diesen Müllhaufen gesteckt. Jeden Tag zählen sie, wie viel Geld sie hier verdient haben, wie lang sie noch hier bleiben müssen, bis sie sich zurück in die Stadt verpissen können. Die einen verpissen sich und die andern verpissen sich und die Dritten verpissen sich auch. Hör deinem Bruder zu. Die machen sich alle zusammen lustig, was Dudi für ein Behinderter ist, dass er glaubt, er kann hier wegfliegen. Der sieht echt nicht, dass er allerhöchstenfalls ein Hühnchen ist. Allerhöchstenfalls flattert er mal zwei Meter weit übern Hof. Dudi, du wirst dich noch dran erinnern, was dein Bruder dir gesagt hat: Ich glaub nicht an Menschen, wo kommen und gehn. Ich halt ihnen nicht mein Herz hin, so aufm Tablett, dass sie damit machen können, was sie wolln. Die kommen für ne Weile und gehn wieder, nicht mein Problem. Ich hab sie schon vergessen, noch bevor sie gekommen sind. Und außerdem, du hast niemand, niemand, gar niemand in der Welt. Außer deine Familie. Kapiert, was ich dir sag?«

»Was für eine Familie? Ich sag Papa, und du sagst, wir haben keinen Papa. Ich sag Kobi, und du tobst, als hätt dich der Hund gebissen.«

»Nerv mich nicht mit Kobi, tausendmal hab ich dir schon gesagt, Kobi denkt bloß an sich selber, tausendmal.«

»Genug, es reicht! Du hast mir das Herz durch den Wolf gedreht, das hast du gemacht, mit deinem ganzen Gelaber. Das ist das letzte Mal, dass ich da reingeh, bei Gott, und nicht jetzt. Ich hab einen Riesenhunger. Ich kann da nicht hoch, wenn ich Hunger hab.«

»Warum nimmst du dir bei denen nicht was? Geh doch bei denen in die Küche, du hast genug Zeit, ich schieb für dich Wache, hinter dem Laden vom Cohen. Iss schnell was und bring mir bloß die Sandalen. In sieben, acht Minuten bist du wieder draußen, hast auch schon gegessen und hast alles dabei.«

»Wo soll ich denn bitte da was zu essen finden? Bei den Sosos? Guter Witz! Da merkt man gleich, dass du noch nie in denen ihrer Wohnung warst. Nichts haben die da drin, nichts. Denen ihre Küche ist leer. Da riechts noch nicht mal nach Essen, bei denen. Du riechst immer noch den schwarzen Schimmel, den sie im Winter gehabt haben. Auch wenn sie die Wände getüncht haben, vor Pessach, der Geruch ist noch da. Was die den ganzen Tag essen, glaub mir Itzik, ich hab keine Ahnung.«

»Das Problem ist, dass der Cohen uns nicht mehr anschreiben lässt. Wie Kobi ihm noch bezahlt hat, haben wir von ihm Sachen holen können. Bis hierhin riecht man dem sein Brot. Gut, also gehn wir nach Hause, holn uns was zum Essen. Schon vom Drandenken, dass die Sosos da den ganzen Tag fasten, hab ich auch Hunger gekriegt. Danach gehn wir für die Sandalen hin, wir haben Zeit bis um sieben, dann ist denen ihr Kurs aus. Lass uns was essen gehn, und dann tun wir sie ein bisschen in den Küchenschrank. Hast du ihr die Löcher in den Schrank gemacht? Wehe wenn nicht.«

»Hab ich gemacht. Fünf Löcher.«

»Dann brauchen wir keine Angst um sie haben. Wir lassen sie im Schrank, klemmen hinter ihr die Tür mit dem Nagel zu, aber um sechs müssen wir wieder hier sein, bevor es dunkel wird. Das hätt dir noch gefehlt, dass du bei denen da oben in der Wohnung Licht machen musst.«

Dudi

Ohne Itzik wär ich nie drauf gekommen, in Wohnungen hochzuklettern. Wenn Itzik das nicht mit seinen Händen und Füßen hätte, dann tät er nämlich hochklettern, glaub ich. Aber das ist Itzik, mein großer Bruder, und wir sehn aus wie echte Zwillinge. Guck dir unsre Gesichter an, wenn er seine Mütze abnimmt, du kannst nicht sagen, wer Itzik ist und wer Dudi, bloß seine Hände und seine Füße – soll Gott uns vor so was bewahren. Was kannst du machen, so ist er der Mama aus dem Bauch gekommen.

Das ist alles Itzik, er sagt mir, wie ich hochkomm, ohne den bin ich nichts.

Hundertmal geh ich schon Häuser hoch, kletter Felsen und Zäune hoch – und ich mach es, wie Itzik es mir sagt. Aber wenn ich wo Neues hinkomm, keine Ahnung, wie einer da hochkommen soll. Das ist bloß weil – er kann die Wände lesen und ich nicht.

Er guckt sich den Block von unten bis oben an und vertieft sich in das, was auf der Wand geschrieben steht. Ich weiß nicht, was er da sieht, ich versteh nicht, warum nicht einfach gerade hoch und fertig. Er redet nicht. Ich fang an rumlaufen, tret gegen Steine, bring meine Haare in Ordnung, geh um die Ecke pinkeln, komm zurück, da liegt er schon auf der Erde, wie eine Küchenschabe auf dem Rücken. Er streckt seine kaputten Hände und Füße in die Luft und tut so, wie wenn er selber da hochklettert, aber er rührt sich nicht vom Fleck. Wie soll er auch. Bewegt bloß Arme und Beine, so in der Reihenfolge, wie wenn er hochklettert, und die ganze Zeit wandern seine Augen langsam an dem Haus hoch, und er setzt die Hände und die Füße genau an die richtigen Stellen, macht auf der Erde das, was ich gleich an der Wand machen soll.

Danach fängt er an: »Siehst du die Gitter vom Chasan? Da tust du den rechten Fuß rein, dann kletterst du am Gitter hoch bis zum Ende von dem seinem Fenster. Pass aber auf, steck den Fuß nicht zu fest rein, dass dir nicht noch mal der Schuh steckenbleibt. Dann greifst du oben das Rohr mit beiden Händen und ziehst dich da dran hoch, bis du den linken Fuß auf die neue Überdachung von Edri ihrem Wäschebalkon kriegst. Aber pass auf, ja, das Plastik da ist glatt. Und jetzt gehst du mit dem andern Fuß nicht auch auf den Balkon, Dudi, verstehst du, sondern du hältst dich weiter an dem Rohr fest, noch weiter oben, und hebst das rechte Bein über den Betonvorsprung, und von da ists dann kinderleicht. Da hast du die kleinen Fensterchen, wo die Vögel ihre Nester bauen, auf das untere Fenster tust du den linken Fuß, streckst den Arm zum nächsten hoch, dann holst du das andre Bein nach und hältst dich mit beiden Händen fest, und so kommst du wie auf einer Leiter da hoch, bis du die Verankerung von den Wäscheleinen von den Sosos packen kannst. Über die steigst du rüber, ein Bein nach dem andern, und schon bist du auf denen ihrem Balkon.«

Wie er mit Reden fertig war, bin ich da hoch, genau wie ers gesagt hat, und zum Glück hab ich die Sandalen von Schulamit auch gleich gefunden: Sie lagen in einer Ecke von denen ihrem Wäschebalkon. Ich hab Itzik mit zwei Fingern das Zeichen gemacht, und er hat mir mit den Lippen gesagt: »Gott ist groß!« Dann bin ich schnell zum Zimmer von der Liat, seh, dass es mit dem Schlüssel abgeschlossen war. Was hatt ich da noch zu tun? Itzik hat mir ein Zeichen gemacht, die Luft ist rein, und ich hab ihm die Sandalen runtergeschmissen, hab das Regenrohr gepackt und bin an ihm runter.

Wie ich neun war, hat er mich das erste Mal dafür hergenommen, dass ich ihm Sachen besorg. Zuerst bin ich überall runtergeflogen, die ganze Welt hat sich mir im Kopf gedreht, schwarz geworden ist mir vor den Augen. Ich bin runtergefallen, hab mich überall aufgeschlagen, hab mir fast mal den Arm gebrochen, und Itzik – der zuckt noch nicht mal im Gesicht. Ich hab geheult und geschrien, so hat das wehgetan, und der – bleibt total cool.

Nicht dass er mir nicht hat helfen wolln. Er kam angerannt, wollte mir helfen, wie er bloß kann, aber seine Hände, die lassen eben alles fallen. Wie ich fertig war mit Heulen, hat er mir gesagt: »Weißt du, was dein Problem ist, Dudi? Dein Problem ist, wenn du was hinkriegst, wenn du einen Meter richtig gut hochgeklettert bist, dann bist du plötzlich ganz besoffen von dir und vergisst, wo du bist. Stell dir mal vor, der John Wayne schießt auf drei Indianer, er zieht den Colt, peng-peng-peng, und die fallen um, noch bevor sie ihn überhaupt gesehn haben, und dann wird er ganz besoffen, setzt sich mit Itzik und Dudi ins Kino und guckt sich an, wie klasse er das im Film hingekriegt hat, und da kommt noch son Indianer an, mit einem einzigen Pfeil, und macht ihn auf der Stelle fertig. Hast du kapiert?«

So hat er mir jedes Mal gesagt, bis ich das mit dem Klettern richtig gelernt hab. Aber wenn ichs schaff, dann legt er mir seine Hand auf die Schulter. Itzik macht mir nicht: *gimme five*. Der legt mir bloß seine Hand da hin. Das ist das Beste auf der Welt, seine Hand auf meiner Schulter. Bloß, da denk ich immer gleich an Papa, und dann ist mir zum Heulen. Wie Itzik das merkt, zieht er die Hand weg. Wir sagen beide kein Wort. Über Papa reden wir nie.

Was solln wir über Papa reden. Was tot ist, ist tot.

Bloß für Itzik hol ich Sachen von andern Leuten. Und jedes Mal denk ich, morgen hör ich damit auf. Du sollst nicht stehlen? So was gibts bei Itzik nicht. Der erzählt dir immer irgendwas, der verdreht dir alles. Du denkst, rechts ist gut und links ist schlecht, da kommt der Itzik und dreht dir die Seiten um.

Und dann hat er auch noch seine Gebote, wann wir ja stehlen dürfen:
1. Wir dürfen stehlen, wenn wirs heil zurückbringen.
2. Wir dürfen was stehlen, wenn der, von dem wirs nehmen, es grad nicht braucht.
3. Wir dürfen bei Leuten stehlen, die ihr Leben lang von anderen klauen. Dann ist es sogar eine gute Tat, denn von denen solln wir sogar was zurückholen. (Zum Beispiel der Asulin vom Laden, der hat Wahnsinnspreise, weil die Leute können nicht für alles in die Stadt fahrn. Sie sehn nicht, da kostet es ja bloß die Hälfte. Vor einem Monat haben wir bei ihm Batterien mitgehn lassen, Itzik hat die gewollt. Ich weiß nicht, wofür. Er schmeißt am Ende vom Laden mit seinen Händen einen Karton mit Dosenöffnern runter, da rennt Asulin hin, hilft ihm aufheben, und ich steck in der Zeit die Batterien ein. Dann hab ich ihnen noch geholfen, als wär nichts gewesen, und wir sind gegangen. Wie ich aus dem Laden raus bin, fing ich an und zitter, und Itzik sagt mir, komm, jetzt, auf der Stelle zeig ich dir, was der sich für eine Villa hingestellt hat, mit seinem Bausparprogramm. Wo, meinst du, hat der das ganze Geld her, für so ne Villa, wenn nicht von allen zusammengeklaut?)
4. Für jemand andern darf man klauen. Das ist dann nicht Klauen, sondern Weitergeben. (Itzik sagt, du darfst einem was wegnehmen, wenns dem nicht arg wehtut, und kannst es wem anders geben, für den es alles in der Welt ist.)

5. Manchmal klauen wir was zurück. Das darf man auch. (Itzik sagt zu mir: Das Buch, das gehört denen nämlich gar nicht, auch deine Sosos haben das nicht gekauft. Guck mal, was da für ein Stempel drin ist, das gehört der Schule, wo die Abi gemacht haben.)
6. Man darf bei jemand klauen, der uns was getan hat.
7. Für einen wichtigen Zweck darf man klauen. (Dudi, denk an alle, die von Terroristen gestorben sind. Stell dir vor, wir gehn zu Schulamit und sagen ihr: Wenn du uns deine Sandalen gibst, wird deine beste Freundin nicht von den Terroristen sterben, würde sie uns dann nicht ihre Sandalen geben, für Liat?)

Wenn ich zu viel davon red, wenn wir was zusammen von wem genommen haben, dann kommt er mir gleich mit dem Liebengott: »Was heißt gerecht? Wer ist hier gerecht? Kriegen denn alle dasselbe von Gott? Gott selber zeigt uns, dass das mit der Gerechtigkeit Quatsch ist. Nie verteilt er an alle dieselben Karten, aber die Zehn Gebote, die hat er für alle gleich gegeben. Oder kannst du mir das erklären? Warum wird einer in einem Palast geboren und der andre in einem Zelt? Ich sag dir, warum. Weil auch der liebe Gott bei den einen klaut und es andern gibt, bloß damit es ihm da oben nicht langweilig wird. Grad wenn wir was mitgehn lassen, findet er das gut. Dann sieht er, wir haben sein Spiel kapiert.«

So dreht Itzik mir die Gedanken um. Wenn wir zusammen sind, glaub ich ihm jedes Wort, aber in dem Moment, wo ich allein bin, kann ich nicht mehr so denken wie er. Ich geh nach Haus, seh den Papa auf dem Foto und könnt losheulen. Papa sieht mich und fängt an: Dudi, was ist aus dir geworden? Ein Verbrecher? Was soll ich ihm da antworten? Soll ich ihm erzählen, was Itzik mir heut gesagt hat? »Du kannst nicht die ganze Zeit im Rahmen des Gesetzes leben. Du musst dich entscheiden, wann du im Rahmen des Gesetzes bist und wann du aus ihm rausgehst. Was ist das denn, ein Gutermensch? Einer, der den Gesetzen folgt, damit Gott ihn gut findet? Dass ich nicht lache. Wer so tut, als ob er an Gott denkt, der denkt doch die ganze Zeit bloß an sich selber. Hör zu, was der Itzik dir sagt, bloß an sich selber denkt so einer. Soll er doch ins Paradies gehn, wenn er mal tot ist.«

Itzik

Seit ich klein war, überleg ich mir, was hat Gott im Kopf gehabt, wie er im Bauch von meiner Mutter zu meinen Händen und Füßen gesagt hat, sie solln nicht mehr wachsen. Es gibt doch nichts, gar nichts, was Gott nicht sieht. Keine Stelle, wo der nicht reinkommt. Und sich selbst hat er nicht so Augen gemacht wie uns, die bloß nach vorne sehn, und bloß ein kleines Stück von der Welt. Für sich hat er sich das besser eingerichtet. Keine Ahnung wie, aber es gibt nichts, was der nicht sieht. Er sieht alles, der Gott, und aus Kilometern Entfernung.

Und er hat es auch so eingerichtet, dass eine Mutter – da hilft ihr keiner – nicht sehn kann, was er dem Kind in ihrem Bauch tut. Sie hat keine Wahl. Sie kann bloß auf Gott vertrauen. Wie die blinde Sulika. Wenn die allein über die Straße geht, kann die bloß beten, Gott, pass auf mich auf. Genauso kann auch eine Mutter dem Kind in ihrem Bauch nicht helfen. Bis sie dann mit Schmerzen ein fertiges Kind zur Welt bringt, und erst, wo es schon zu spät ist, und man kann nichts mehr reparieren, erst dann sieht sie ihr Kind. Und sie kann sich auch nicht rausreden, das ist nicht meins, weil alle haben ja gesehn, wie es aus ihrem Bauch gekommen ist und wie es noch mit dieser Schnur an ihr gehangen hat. So lehrt Gott sie von Anfang an: Sie ist klein und blind. Aber er, er ist groß und sieht alles.

Wie ich klein war, hab ich viel auf dem Boden gelegen. Wie ein Teppich. Der Boden und ich, den halben Tag haben wir aneinandergeklebt. Jeden Morgen hab ich versucht, Sachen zu machen wie alle andern Kinder im Kindergarten, aber nichts hab ich hingekriegt. Und wenn ich was nicht hingekriegt hab, hab ich mich still auf den Boden gelegt und die Augen zugemacht und hab mich gesehn, wie ich im Bauch von Mama liege und Gott hör, wie er jeden Tag zu einem andern Finger sagt, zu jedem einzeln: Du hörst jetzt auf mit Wachsen. Ich hab Gott rumlaufen sehn, mit seinem leisen Gang, wo niemand hört. Und hab gesehn, wie er auf mich zeigt, jede Woche auf einen andern Finger. Und der Engel, der hinter ihm herfliegt, schreibt auf meinen Zettel, was gemacht werden muss, was Gott gesagt hat. Ich hab die Zeichnung von meinen Händen und Füßen auf dem Zettel von dem Engel gesehn, wo er aufgeschrieben hat, dass die Finger, die bei mir rauskommen, aufhören sollen mit Wachsen.

Wie ich das alles gesehn hab, ist mir das Herz zersprungen, so weh hat das getan, und ich fing an und tob, hab den Kopf auf den Boden gehaun: bumm bumm bumm, hab mit Armen und Beinen um mich geschlagen so fest ich bloß konnte, mit den Knien hab ich gestoßen und gebrüllt. So laut, dass ich die Gedanken in meinem Kopf nicht mehr gehört hab. Bis mir der Körper noch mehr wehgetan hat als wie das Herz. Erst wie mir der Körper so mordsmäßig wehgetan hat, hab ich aufgehört. Ich lieg noch auf dem Boden. Hör, wie mein Herz rast, dann wird es langsamer und noch langsamer. Und die Schritte von den Leuten auf dem Boden hör ich. Wie der Boden bin ich geworden, der hört uns die ganze Zeit. Das tut gut. Ich lieg da und spür das ganze Klopfen, spür meine Wangen, die wolln die kalten Steinplatten erwärmen, aber zum Schluss siegt der Boden und kühlt sie mir ab. Ich riech meinen Schweiß. Ich atme laut. Wie ich spür, mein Schweiß ist kalt geworden, steh ich vom Boden auf, und in dem Moment, wie ich aufsteh, versuch ich wieder wie-alle-andern-Kinder-sein.

Und wenn ich dagelegen bin, haben sie mich auf die Beine stellen wollen. Sie haben versucht, mit mir zu reden, haben mich angeschrien, mich an den Armen gezogen. Zum Schluss haben sie mich in Ruh gelassen. Und wenn ich dagelegen bin und am Toben war, da haben sie sich im Kreis um mich gesetzt und haben sich die Ohren zugehalten und geschrien »Itzik, Itzik!!«, als wär ich ein Fußballspieler auf dem Platz, so haben sie sich begeistert, dass ich weitermachen soll. So haben die geschrien, auch die Mädchen, bis die Kindergärtnerin kam und sie von mir weggenommen hat und sie woanders hingesetzt hat.

Irgendwann kam es ihnen in den Kopf, sie geben mir einen festen Platz auf dem Boden im Kindergarten. Die Kindergartenhelferin nahm meine Hand und sagt mir: »Itzik, wenn du auf dem Boden liegen musst, dann kommst du einfach immer hierher«, und sie hat mich in die kleine Ecke neben der Küche gelegt, da wo der Besen, der Wischer, Eimer und Lumpen sind. Sie hat zu mir gesagt: »Du musst dich bloß so lang zusammenreißen, bis du hier bist. Hier störst du nicht. Hier sieht dich keiner, dass du so bist.« Das hat sie mir genauso erklärt, wie sie einem, der in die Hose pinkelt oder scheißt, erklärt, wo man dafür hingeht und was es für eine Schande ist, das zu machen, wenn andre dabei sind. Dann bin ich immer dahin gegangen, zum auf dem Boden liegen. Statt meinen Schweiß hab ich jeden Tag den Wischlumpen und das Putzmittel gerochen. Ich glaub, seitdem bin ich verrückt nach dem Geruch. Noch heute, wenn ich mich abregen muss, geh ich ins Bad, schütte »Ultra Badreiniger mit Zitrone« ins Waschbecken, atme das ein, und ich werd ruhig und denk an nichts mehr.

Am Anfang hab ich Gott dafür gehasst. Gehasst hab ich ihn, dass er mich so gemacht hat, bloß damit er seinen Spaß hat. Bloß damit er einen Mensch sieht, dem alles aus der

Hand fällt. Sieht, wie er hinschlägt und Blut schwitzt, bei allem, was er zum ersten Mal versucht. Wie er hinfällt, wenn er laufen will, weil seine Beine sind nicht so wie bei den andern. Vielleicht wollt er ja den Schweiß sehn, wo er in den Mensch reingetan hat, wie der ihm ausbricht, auf einen Schlag, wenn er versucht, wie alle andern zu sein.

Immer wenn ich dran gedacht hab, hab ich ihn im Stillen verflucht. Beim Fluchen ist mir der Name von Gott immer gleich mitgekommen. Ich hab ihn verflucht, auf Hebräisch, auf Arabisch hab ich ihn verflucht und auf Marokkanisch. Und ich hab auch ein paar *Special*-Flüche für ihn erfunden. Am Schabbat bin ich nicht länger in seine Synagoge gegangen, damit er kapiert, ich mach sein Spiel nicht mehr mit. Was will der denn? Doch bloß, dass alle in seine Synagoge rennen und ihm schöne Lieder singen, wie toll er ist.

Zeig mir einen Mensch, der es nicht toll fänd, dass die Menschen ein Buch in die Hand kriegen, wo alles über ihn drinsteht. Ein Buch, was einer, wenn es ihm runterfällt, schnell aufhebt und küsst, als wär ihm ein Baby runtergefallen. Sofort guckt man, dass ihm nichts passiert ist, und gibt ihm einen Kuss auf den ganzen Dreck vom Boden. Zeig mir einen Mensch, der nicht will, dass alle Menschen zusammen gleichzeitig in dem Buch lesen, in dem steht, dass sie bloß über ihn singen sollen, wie gut er ist und wie stark. Und dass alle immer alles tun müssen, was er sagt. Einen, der das nicht toll fänd, kannst du lange suchen, auch einen halben findst du nicht.

Wann kam mir der neue Gedanke? Vor vier Monaten, wie ich dreizehn geworden bin, ohne Bar Mitzwa und ohne alles. Weiß nicht, wie das auf einmal kam, vielleicht hat Gott gesehn, dass er mit mir nicht so umspringen kann, und da hat er mir den neuen Gedanken in den Kopf reingetan. Erst hab ich gedacht, Gott will vielleicht sehn, wie so ein Mensch auf der Welt zurechtkommt, mit einer andern Art von Händen und Füßen. Vielleicht hat er was ausprobiert und will eine neue Art von Mensch erfinden.

Aber vielleicht wollt er auch auf der Welt einen Mensch machen, für den alle Maschinen, die Menschen vor ihm gebaut haben, nicht passen, alles Besteck und Geschirr zum Essen, alle Arbeitsgeräte, alle Kriegssachen und auch ihre Anziehsachen, ihre Schnürsenkel, der Bleistift, der Radiergummi, das Rasiermesser – einen, für den das alles nicht passt, hab ich gedacht.

Warum nicht? Bestimmt wollt er sehn, was so einer denkt und wie der sich alle Werkzeuge und Geräte selbst neu erfindet.

Sogar die Gebetsriemen, die sie gemacht haben, um den Mensch an Gott zu binden, sogar die sind nicht gut für ihn, für diesen Mensch. Wenn der sich an Gott binden wollte, müsst er erst mal selber rauskriegen, wie. Und Gebetsriemen, das ist nicht was, was dein Bruder dir umbinden kann.

Aber in Wahrheit, ich weiß nicht sicher, was Gott damit vorgehabt hat. Wenn er mich dumm gemacht hätte, hätt ich gedacht, er will sich vielleicht bloß über mich lustig machen. Aber wo er mir viel Hirn in den Kopf reingetan hat, und wo ich über alles in der Welt nachdenk, da hab ich gedacht, Gott will vielleicht doch was an mir ausprobieren. Was findet Gott denn interessant, wenn er sich die Menschen auf der Welt anguckt? Die sieht er schon Millionen Jahre und sie machen immer dasselbe. Ich glaub, er schaut die ganze Zeit auf mich. Gott hat mich extra so gemacht, deshalb hat er mich noch im Bauch von meiner Mutter auserwählt, mich, Itzik Dadon. Das wird das erste Kind auf der Welt von der neuen Art von Menschen.

Dudi

Heut gehn wir runter ins Wadi, auf dem Weg mit den großen Felsbrocken. Wir sind schon weit weg von den Häusern. Uns ist nicht heiß und auch nicht kalt. Itziks Mütze ist groß und sitzt ihm wie ein Helm auf dem Kopf, bloß die Ohren halten sie. Die wird er im Leben nicht abnehmen, auch nachts schläft er mit ihr. Er wäscht sie bloß an der Wasserleitung im Wadi und setzt sie gleich wieder auf, mit dem ganzen Wasser drin. Ich gäb was drum, ihm die abzunehmen. Sie macht ihn so hässlich, die und seine Finger, aber Itzik denkt gar nicht dran, wie er aussieht. Nicht einmal im Leben hat er sich im Spiegel angeguckt. Läuft draußen rum, als würd ihn keiner sehn.

Itzik und andre Menschen, das geht nicht gut zusammen. Aber ich, gib mir eine ganze Welt bloß mit Menschen, sonst nichts, bloß Menschen auf der Welt, ich würd die sofort nehmen.

Für ihn sind alle Menschen untreu. Und nicht bloß alle Menschen, auch alle Sachen. Einmal kam er mir damit: Guck dir unsre Anziehsachen an, wie die uns betrügen. Weißt du noch, wie Kobi dir an Pessach sein blaues Hemd gegeben hat? Ich guck dich an, am Anfang, wie ers dir gegeben hat, und ich seh, es hängt an dir, so wie wenn Dudi in Kobi seinem Hemd rumläuft und sich als Kobi verkleidet. Am nächsten Tag dasselbe, Dudi läuft mit Kobi seinem Hemd rum. Noch ein Tag, wieder dasselbe, Dudi läuft mit Kobi seinem Hemd rum, das Hemd hat noch nicht vergessen, wem es wirklich gehört. Aber nach einem Monat – aus damit. Das Hemd ist von Kobi weg und hat sich dem Dudi gegeben. Ich sehs, wenn du damit rumläufst. Todsicher dein Hemd, keine Frage. Man sieht ihm nicht an, dass es von einem Mensch zum andern übergelaufen ist! Oder guck doch, Dudi, mit den Autos ist es genau dasselbe. Am Anfang, wie Reuven Amar seinen Lieferwagen an Machluf verkauft hat, wenn der Lieferwagen in unsre Straße abbog, was hast du da gedacht? Da ist Reuven Amar, hast du gedacht. Auch wenn du dem Machluf seinen Kopf hinterm Steuer gesehn hast, hast dus nicht geglaubt, und du hast gedacht, Machluf fährt in Reuven seinem Wagen. Zwei, drei Monate später siehst du den Wagen in unsrer Straße parken, und sagst dir: Machluf. Das wars, vorbei. Das Auto hat den Mensch vergessen, der es drei Jahre lang gefahrn hat. Ich seh mir die Sachen an, von denen wir denken, sie gehören bloß uns, aber die betrügen uns, ohne mit der Wimper zu zucken. Und jetzt sag du mir, Dudi, wenn uns schon Autos und Anziehsachen so betrügen, warum sollten dann ausgerechnet die Menschen treu sein?

Wir gehn noch weiter runter ins Wadi. Ich, vorneweg, such den Weg, wo Itzik gehn kann ohne Hinfallen. Und ich geh so, dass man denkt, wir haben beide dasselbe Problem an den Füßen. Wie ich hör, dass er schwer schnauft, tu ich so, als müsst ich pinkeln, oder dass ich müde bin oder dass mir der Fuß wehtut, und wir suchen uns einen schönen Stein, auf dem wir beide zusammen sitzen können.

Plötzlich fängt er an und redet. Langsam fängt er an. Seine Wörter sind wie Felsen, und er hat nicht die Kraft, viele auf einmal hochzuheben. »Sag mal, Dudi«, fängt er an. Ich kenn dieses »Sag mal, Dudi« schon. Das fängt mit »Sag mal, Dudi« an, und du weißt nicht, womit es endet. Einmal hat es für mich fast bei der Polizei geendet. »Was sagst du, Dudi«, er bringt mir noch schwere Wörter an, »angenommen, du wärst ein Terrorist. Wo würdest du da hingehn? Zu unserm Block?«

»Keine Ahnung. Aber was hab ich dir getan, dass du mich zum Terroristen machst?«

»Denk nach, Dudi, denk mal einen Moment nach. Angenommen, wir wärn Terroristen. Wo würden wir reingehn?«

»Was soll denn das?«

»Hör mir zu, Dudi. Bist du bei der Sache? Setz dich mal hier auf den Stein. Mach einen Moment die Augen zu und denk nach.«

Meine Augen gehn von allein zu. Von der Gewalt, die Itzik über mich hat. Mit den Händen bin ich ihm immer überlegen, sogar wenn ich krank bin. Seine Hände sind kaputt, aber wie er redet, da steckt er mich schon mit zwei Wörtern in die Tasche.

»Wir sind jetzt Terroristen, Dudi. Ich und du, Terroristen. Kannst du uns sehn? Wir haben tausend Ausbildungscamps hinter uns. Unser Herz ist dabei stark wie Eisen geworden. Es rennt nicht plötzlich vor Angst. Jetzt ist unser Tag da. Wir sind nachts durch den Grenzzaun gekommen, und sie haben uns nicht gekriegt. Ganz nah an der israelischen Armee vorbei. Keine zweihundert Meter waren es von uns bis zu denen ihrem Stützpunkt. Aber mit denen ihrer Festbeleuchtung merken die ja nichts. Bist du bei der Sache?«

»Für mich musst du das auf Arabisch sagen. Auf Hebräisch kann ich nicht denken, ich bin ein Terrorist.«

»*achlan wasachlan, tfadalu, allahu-akhbar! allahu-akhbar! ruch min hon! itbach eljehud!*«*

»O. K., jetzt seh ich uns als Terroristen, mit *Kaffije* aufm Kopf.«

---

* Herzlich willkommen, bittesehr, Allah ist groß! Allah ist groß! Hau ab hier! Schlachtet die Juden!

»Und jetzt, Dudi, es ist zwölf Uhr nachts. Wir laufen schon die ganze Nacht. Zwanzig, dreißig Kilometer sind wir gelaufen, mit den ganzen Gewehren und Bomben auf dem Rücken. Wir kriechen auch manchmal, lautlos kriechen wir. Und die kriegen uns nicht. Wir kommen voran. Wir haben eine Karte dabei, aber wir holen sie gar nicht raus. Wir, wir kennen den Weg auswendig im Dunkeln, von den ganzen Tagen, wo wir ihn auswendig gelernt haben. Dann erreichen wir das Wadi hier, kommen bis zu dem großen Stein hier. Wir klettern drauf, wir spüren seine Kälte, wie wir auf ihm langkriechen. Wir gehen an dem roten Baum vorbei, siehst du ihn?«

»Ich seh ihn.«

»Jetzt wirds schon ein bisschen hell. Jetzt machst du die Augen auf, aber nicht ganz, du hältst sie mehr zu als offen. Ja, ge-nau-so. Jetzt erkennen wir die ersten Häuser, die Straßen, wir sehn den Wasserturm da oben. Bloß, wir kennen den Ort nicht. Wir kennen da nichts. Kapierst du, was ich dir sag?«

»Was? Warum kennen wir da nichts?«

»Wir sind zum ersten Mal hier, wie solln wir den Ort denn kennen. Wir wissen nicht, wo die Rumänen wohnen und wo die Sefarden, wo die Tunesier und in welchen Blocks bloß Marokkaner wohnen. Wir haben keine Ahnung, wo was ist. Wir sind ja nicht von hier. Gar nichts wissen wir. Wer die Leute sind, wer die Kinder sind, wer die Alten sind, nichts.«

»Null Ahnung.«

»Und jetzt, Dudi, hör mir gut zu. Wenn du jetzt Gesichter von Leuten aus dem Ort siehst, dann ist alles, alles, was wir gemacht haben, am Arsch. Wenn du Leute siehst, dann denkst du, den mag ich, bei dem steig ich nicht ein, und mit dem andern, mit dem hab ich noch ne Rechnung offen. Du bist jetzt Terrorist, du hast hier keine Familie und keine Freunde, gar nichts. Hast du kapiert?«

»Alles kapiert!«

»Jetzt ist es an der Zeit, du musst ein Haus aussuchen. Du allein entscheidest jetzt, wo du reingehst. Also, was antwortest du mir, wo gehst du rein?«

»Ich antwort dir so: Wenn ich ein Terrorist bin, und ich lauf hier im Wadi rum, dann geh ich den kürzesten Weg hoch in den Ort. Das erste Haus, wo ich seh, da geh ich hin, auf dem gradesten Weg, ohne zweimal zu denken. Hier, hier in die Reihenhäuser geh ich rein. Stimmts nicht, Itzik?«

»Nein, Dudi, eben nicht.«

»Warum nicht? Du kannst mich umbringen, ich versteh nicht, warum nicht, warum soll ich nicht in die Reihenhäuser einsteigen und fertig?«

»Komm, ich erklär dir, warum. Ich bin jetzt ein Terrorist. Bist du noch bei der Sache? Gut. Ich such mir den Block sehr genau aus. Ich weiß, hier werd ich sterben, und sterben will ich nicht einfach irgendwo. Der Mensch stirbt bloß einmal im Leben, stimmts oder hab ich recht? Und ich weiß auch, dass sie mich fotografieren werden und dass ich in die Zeitung komm.«

»Du in die Zeitung?«

»Todsicher komm ich in die Zeitung. Nach so ner Sache, meinst du, komm ich nicht in die Zeitung? Wer will nicht in der Zeitung stehn? Ich guck mir die Blocks an, welcher am besten ist. Nicht alle Blocks sind gleich gut für denen ihre Bilder. Und ich will auch was anrichten. Wir sind Terroristen, ich glaub, du hast vergessen, dass wir Terroristen sind. Was sollen wir bei den Reihenhäusern? Das lohnt sich doch nicht, da legen wir eine Familie um, und gleich stürzen sich alle andern auf uns und machen uns fertig. Bis wir beim nächsten sind, hören die uns schon und kommen aus allen Eingängen rausgerannt. Kapiert, was ich dir sag?«

»Was? Wir gehn gar nicht in die Reihenhäuser? Aber guck doch, wie die vor Angst sterben, die, denen ihre Häuser auf der Erde stehn, wo jeder einen eignen Eingang hat. Rafi seine Familie, die hören bloß ›Infiltranten‹ im Radio und holen gleich die Äxte, die ihr Vater unterm Bett versteckt, und schlafen nachts mit ihnen. Der hat die bestimmt vom Forstamt mitgehn lassen, ihr Vater. Was ist los, Itzik, bist du mir taub geworden? Also, wo gehn wir rein? Du hast mir noch nicht gesagt, wo wir reingehn. Vielleicht in die gestaffelten Häuser am Hang? Wieso schüttelst du den Kopf? Wohin denn dann? Zum Schluss sagst du mir noch, wir gehn in unsern eigenen Block.«

»Ich schwör dir, Dudi. Nie im Leben würd ich unsern Block aussuchen! Niemalsnie im Leben würd ich den aussuchen. Ich glaub, sogar wenn ich da gern hin würd, zu unserm Block, ich würd es nicht tun, wegen dem Dreck. Bloß wenn der Block unten am Eingang sauber wär, ohne vollgeschmierte Wände, und wenn er nicht so stinken würd, dann würd ich ihn ganz vielleicht vielleicht auswählen. Vielleicht, das ist nicht sicher. Komm, wir gehn noch bis zum Johannisbrotbaum, wir gehn hoch, bis wir ihn von hier sehn.«

Wir gehn bis zum Johannisbrotbaum, gehn auch an den hohen Bäumen mit den Eicheln vorbei, langsam den Weg hoch, bis wir unsern Block sehn.

»Im Leben würd ich den nicht auswählen, Dudi«, sagt er zu mir, »siehst du denn nicht? Was das für ein Müllhaufen ist! Der ganze Dreck von den Kinderreichen bei uns unten am Eingang. Wenn sie ein bisschen saubermachen würden, hätt ichs mir noch überlegt, aber so? Im Leben würd ich da nicht so rein. Die solln erst mal saubermachen. Das mal zuerst. Und dann solln sie ein bisschen die Wände tünchen. Was solls? Sie warten die ganze Zeit, dass die Nachbarschaftssanierung kommt. Solln sies doch selber machen. Sie können ja viel Wasser in die Farbe tun, dann wirds nicht so teuer, du kaufst zwei Eimer, das reicht für den ganzen Eingang. Aber zu viel

Wasser darfst du auch nicht reintun. Warum? Weil es sonst nichts überdeckt.«

»Was willst du denn?! Dass die Terroristen zu uns in den Block kommen? Das ist es, was du willst? Itzik? Mensch, jetzt bist du aber auf deinem Hirn ausgerutscht. Warte, bis Kobi das hört. Da halt ich nicht mehr dicht. Wenn der von der Arbeit kommt, geh ichs ihm sagen.«

»Nerv mich jetzt nicht mit Kobi. Was kann der Kobi dir helfen! Hat er dich gekauft, mit den paar Lirot, die er dir fürs Kino gibt? Und wenn die Terroristen kommen, was hast du dann von deinem Kobi? Sowie die in den Block kommen und er sie hört, rennt er zum Kleiderschrank, so wie er es die ganze Zeit trainiert hat. Keine Sekunde bleibt der bei uns. Das soll ein Mann sein? Einer, der trainiert, wie man sich versteckt? Und er ist auch nicht dein Vater, denn der würd dir sagen: Komm, mein Lieber, geh du in den Schrank, mir ists lieber, dass du lebst und ich draufgeh!«

»Und, weißt du was Bessres, als sich im Schrank verstecken? Dann erzähl mal!«

»Aber ich hab wenigstens keine Angst vor ihnen. Ich bibber nicht vor den Terroristen wie die ganze Stadt. Solln die ruhig kommen. Itzik hat was mit ihnen vor. Glaub mir, Dudi. Du musst bloß machen, was ich dir sag. Und die werden den Tag beweinen, wo sie hierhergekommen sind. Die werden noch den Tag beweinen, an dem sie geboren sind.«

Danach hat er angefangen und mir seinen Plan erklärt. Die Falkin, hat er gesagt, die kann sie zwar nicht umbringen, aber was sie bestimmt kann, ist ihnen die Augen auspicken. Und es reicht auch, wenn sie nicht allen die Augen auspickt, sondern bloß dem Anführer. Denn bei Terroristen, das wär bekannt, wenn du denen ihren Anführer umbringst, sind die verloren.

Nachdem er gesehn hat, dass ich ihn echt kapiert hab, sagt

er mir: »Einen Orden kriegen wir dafür, was? Allermindestens den Tapferkeitsorden. Ich brauch bloß, dass du mit dem Freiwilligen redest, der wo die ganzen Bunker hier anmalt und die Betonverhaue von den Müllcontainern, wie heißt der noch? Dass er auch bei uns ein Bild hinmalt. Das ist noch besser als wie Tünche. Das überdeckt die ganzen Kratzer und auch die Scheiße, die Motti da hingeschmiert hat, wo Bejtar in der Kreisliga verschissen hatten.«

»Meikel?«

»Was Meikel? Wieso Meikel? Motti Abergil hat das gemacht.«

»Nicht Abergil, ich red mit dir von dem Freiwilligen, der die Bilder malt. Meikel heißt der. Ich war schon tausendmal bei dem zu Haus. Der hat mir auch einen Kaffee gemacht. Den Meikel, den kannst du mir überlassen. Ich sag ihm auch, was er malen soll. Dem musst du bloß sagen, mach da Berge mit Schnee hin, dann macht er dir da Berge mit Schnee hin und auch Bäume und Wasser, wo aus dem Felsen springt, wie im Film. Das hat er im Block von Schimon gemalt. Sagst du ihm, ein Meer mit Schiffen, dann malt er ein Meer mit Schiffen hin. Von mir aus kann er uns die Klagemauer da hinmalen, wenn er will.«

»Die Klagemauer? Von wo bringst du denn jetzt die Klagemauer an?«

»Er ist an Pessach nach Jerusalem gefahrn, und seitdem will er unbedingt die Klagemauer malen. Eine hat er schon bei sich im Zimmer gemacht. Gib ihm ne große Wand, Itzik, und er bringt dir die Klagemauer. Und du schwörst bei deiner Mutter, dass das echte Steine sind. Bloß wenn du mit der Hand rangehst, siehst du, alles gelogen. Und er malt dir auch die Superfrommen drauf, die Schwarzen. Von hinten, mit den runden Hüten. Und die Zettelchen und das Gras in der Mauer malt er auch. Was du ihm sagst, macht er dir.«

»Was nimmt der für die Klagemauer?«

»Drei, vier Tage. Höchstens eine Woche. Und er macht es für umsonst. Du kannst sie bei Sonnenuntergang kriegen oder mit blauem Himmel. Mit Vögeln. Was du ihm sagst, das malt er dir, glaub mir.«

Itzik hat mir zugehört, hat gewartet, bis ich fertig bin, aber danach hat er gesagt, ich soll aufhörn und nicht so für die Klagemauer schwärmen.

»Man könnt ja schon denken, das ist so was Tolles. Was ist sie denn, die Klagemauer? Ein Stück Mauer. Und was hat die Mauer bitte mit dem Liebengott am Hals?«

Danach hat er gesagt, er hätt ein kleines Problem.

»Die ganze Nacht hab ich deshalb nicht geschlafen, Dudi. Ich überleg mir die ganze Zeit einen Namen für sie, und das lässt mir keine Ruh. Es geht nicht, einfach unmöglich, dass jemand so bei dir lebt und du ihm keinen Namen gibst. Sie schläft mit mir, und ich weiß nicht, wie sie heißt? Glaub mir, mein Hirn glüht mir gleich durch, und mir fällt einfach kein Name ein. Nichts. Alles trocken. Das ist nicht so leicht. Sie ist ja kein Hund. Ein Raubvogel ist sie. Zu einem Hund kannst du sagen, Blacky, komm her, nenn ihn Bubi, er wird trotzdem kommen, egal wie du ihn nennst, er kommt gleich angewackelt und wedelt den Schwanz. Aber die, die hat viel Ehre. Der ihr Platz ist im Himmel. Sogar kacken tut die im Himmel.«

»Einen Namen brauchst du? Ich sag dir auf der Stelle hundert. Bei Mädchennamen, da findst du keinen größeren Meister als wie mich!«

»Bloß mach sie mir nicht zu Liat. Und komm mir auch nicht mit den Namen von den Freiwilligen im Auffanglager. Du bringst mir jetzt keinen Namen von einer, auf die du scharf bist, kapiert, was ich dir sag? Ich brauch einen Namen, wo Ehre macht. Nicht einfach von irgendeiner.«

»Liat ist nicht einfach irgendeine! Sogar Kobi und Mordi, wie sie sie bei der Gedenkfeier gesehn haben –«

»Nerv mich nicht mit Mordi und Kobi! Ich brauch jetzt einen Namen, der dir kommt, wenn du siehst, wie sie fliegt, und wie sie sich auf ihre Beute stürzt und die zerreißt, und wie sie dir die Hand aufreißt mit ihren Krallen, wenn sie die Krise kriegt, weil sie Hunger hat. Weil, obwohl sie stark ist und keine Angst vor niemandem hat – du musst dir bloß ihre Federn ansehn, und sofort siehst du, das ist ein Mädchen. Und komm mir nicht noch mal mit Kobi. Mit Kobi redst du kein Wort über das, was Itzik dir sagt oder was Itzik vorhat. Der ist nicht mehr unser Bruder, basta. Auf einen Schlag hat Mutter ihn auch noch zum Vater von Chaim und Oschri gemacht. Zeig mir einen Menschen, der gleichzeitig zwei Sachen sein kann. Ist der denn Gott?«

»Delila.«

»Was Delila?«

»Delila. Delila nennen wir sie.«

»Ist das nicht eine aus der Bibel?«

»Klar aus der Bibel. Dem Simson seine Frau. Zwei Monate lang bist du nicht in der Schule, und schon hast du Simson und Delila vergessen?«

»Hab ich vergessen. Das ist mir echt aus dem Kopf. De-li-la. Der Name gefällt mir sogar. Der hat Ehre, und er ist nicht zu schwer. Hat auch was Edles, Delila. Nicht schlecht, Dudi, hey, ein super Name. Und gleich der Erste, wo du mir sagst. Nie im Leben wär ich da drauf gekommen. Delila. Wahnsinn! Komm, jetzt holn wir ihr Fleisch vom Metzger. Hast du mit Mosche geredet, dass er uns auf die Seite legt, was sie sonst wegwerfen? Du bist ein super Bruder. Und dann dressieren wir sie auf ihren Namen, weißt du noch, der Junge im Film, wie er in den Himmel zu ihr Kess! Kess! gerufen hat? Und wie sie dann angeflogen kam? Auch das muss erst mal dressiert werden, Dudi, das braucht viel Dressur, verstehst du?«

Wir kommen zurück in den Ort. Wieder seh ich Itziks Gedanken, wie schwer sie sind. Sein Kopf arbeitet wie ein Betonmischer. Jeder Gedanke aus Itzik seinem Kopf, wenn er nach zwei, drei Tagen aus seinem Kopf rausfließt, wird er was in der Welt.

Aber wenn mir ein Gedanke kommt, dann seh ich ihn, und er ist bloß Wind. Er fährt in eine Plastiktüte, die jemand unterwegs weggeschmissen hat, und weht sie weg, bis du bloß noch eine kleine Fliege im Himmel siehst. Danach siehst du auch die Fliege nicht mehr. Und nach fünf Minuten findest du keinen Menschen mehr, der mitgekriegt hat, dass ein Gedanke von Dudi auf die Welt gekommen ist.

Itzik

Wie ich morgens aufwach, will ich bloß eins: Dass man mir einen Berg hinstellt, will ich.

Dass neben meinem Bett ein großer Berg steht. Ein brauner Berg mit weißen Felsbrocken drin. Wie ich die Augen aufmach, wie ich meine Füße aus dem Bett auf den Boden tu, soll da ein Berg stehn, und ich, Itzik Dadon, scheißegal, ich steh auf und mach ihn fertig. Mit den bloßen Händen nehm ich den auseinander. Mit meinen Händen, wo Gott von beschlossen hat, sie solln so auf die Welt kommen, Hände von der neuen Art.

Ich denk an den Berg, der morgens neben meinem Bett steht. Ich hab nichts gegen ihn. Er hat mir nichts getan. Er hat mich nicht gestört. Er kennt mich gar nicht. Nicht dass ihr denkt, ein besonderer Berg, wie der Berg Sinai, wo der Moses die zehn Gebote gekriegt hat. Ich mein einen Berg, an dem kein Name steht, einen, wo nicht jeder kennt. Und ich steh aus dem Bett auf, wie ich bin, und zerschlag ihn in zwei Stücke, mit einem Schlag. Danach leg ich mich wieder schlafen. Ich bleib ein bisschen im Bett liegen, ruh aus, und wie ich ein bisschen ausgeruht hab, steh ich auf, wie es sich gehört, und bin so, wie die Leute mich am Morgen wollen. Die Leute, mit denen du unter einem Dach wohnst, die wollen, dass du aufstehst wie ein frisch geborenes, weiches Brot, das sie noch formen können, wie sie wollen.

Etti zum Beispiel, wie die aufsteht, seh ich sie wie eine Maus, die aus ihrem Loch rausguckt. Sie weiß noch nicht, was sie will. Soll sie raus oder soll sie zurück dahin, wo sie die ganze Nacht gewesen ist. Ihre Träume hat sie sich noch nicht ausgezogen. Steht da und bewegt sich nicht. Ihr Mund ist ein bisschen offen, wie wenn sie mitten in einem Wort ist. Auch die Finger ihrer Hand sind offen, jeder Finger schläft bei ihr allein. Ich guck sie an, wie sie zwei Schritte geht, stehn bleibt. Sie geht ins Klo, vergisst, dass sie auch wieder rauskommen muss. Du denkst schon, sie ist da eingeschlafen. Erst wenn sie ihr fast die Tür einschlagen, kommt sie raus. Jetzt steht sie wieder da, diesmal neben dem Bad. Alle drängeln sich vor. Sie sagt nichts. Wie sie morgens den Mund aufmacht, kommt ihr eine Stimme raus, wie ein Vogel. Auch wenn sie bloß »ja« sagt, wenn du sie was fragst, klingt ihre Stimme wie ein Vogel.

Ich kann den ganzen Morgen lang bloß Etti angucken. Einmal im Leben will ich so aufstehn wie Etti. Wie du sie siehst, denkst du, die sitzt mitten in einem Film, im dunklen Kinosaal, und noch ist kein Schuschan geboren, der sie in der Pause rausschmeißt, weil sie bloß ne halbe Karte hat. Ich wüsst ja gern, welche Filme sie in Ettis Träumen zeigen. Wär sie bloß ein Junge geworden, ich würd bestimmt mit ihr im Wadi rumlaufen, sie könnt mir mit Delila helfen, und ich bräucht nicht den Dudi, dem ich alles tausendmal erklären muss, und nachher muss ich ihm noch Prüfungen machen, ob ers auch kapiert hat.

Die ganzen zwei Monate, seit ich nicht mehr in die Schule geh, steh ich morgens bloß für Etti auf, ich guck bloß sie an, und die ganze Krise, mit der ich aufgewacht bin, vergeht mir von selber. Aber gleich danach, wenn ich seh, wie sie auf einen Schlag die Mama von Oschri und Chaim wird, werd ich verrückt, wenn sie sich erinnert, dass sie die noch schnell in den Kindergarten bringen muss, bevor sie selber in die Schule geht. Als ob es nicht reicht, dass Kobi ihr Papa geworden ist, jetzt ist auch noch sie denen ihre Mama. Da hat sie schon nicht mehr ihre Träume an. Da ist sie schon ne alte Frau. Rennt bloß noch rum, wie alle andern.

Wie sie mit ihnen aus dem Haus geht, überleg ich mir, was kann ich für sie machen, dass sie sich freut. Plötzlich hab ichs. Ich bring ihr noch mal Batterien für ihr Transistorradio. Jeden Moment, wo sie mal nicht irgendwas machen muss, geht sie mit dem alten Transistorradio vom Falafelstand unter die Bettdecke und hört still zu. Deshalb redet sie auch schon so komisch, wie die im Radio. Nachts, wie sie fest eingeschlafen ist, geh ich zu ihrem Ranzen, hol es raus und leck an den Batterien, um zu sehn, wie lang ich noch hab, bis sie alle sind. Zwei Tage später, nachdem ich gesehn hab, dass sie leer sind, besorg ich mit Dudi Batterien, hol nachts aus ihrer Tasche aus dem Radio die alten, tu die neuen rein und seh, wie sie lacht, wenn sies am Morgen sieht. Sie weiß nicht, wer ihr das gemacht hat. Vielleicht denkt sie, in der Nacht sind Zwerge gekommen.

Dudi

Jeden Donnerstag, mitten in der Nacht, warten Itzik und ich, bis auch der Letzte in der Wohnung schläft. Dann gehn wir leise ins Badezimmer und ich rasiere ihn.

Erst mach ich ihm das Gesicht nass, dann schmier ich ihm Schaum auf alle Härchen, die ihm die Woche über gewachsen sind. Ich kenn sie, jedes Haar einzeln. Bis du nicht jemanden rasierst, denkst du, alle seine Haare wachsen in eine Richtung. Erst wie du nah ran gehst, siehst du, jede Familie von Haaren hat ihre eigne Richtung. Eine Familie geht nach rechts, eine nach unten, eine nach links. Und dann gibts auch ein Haar, das selber entscheidet, in welche Richtung es geht.

Du nimmst den Griff vom Rasiermesser und gehst mit ihm auf die andre Seite von da, wo die Haare sich hinbiegen, und schneidest sie ab.

Itzik macht die Augen zu, wenn ich ihn rasier. Er hält mir sein ganzes Gesicht hin. Ich kann es ihm in jede Richtung drehn, und er stört mich nicht.

Ich muss aufpassen, das ist keine Resopalplatte, wo ich schnell machen kann. Das Messer darf bloß die Haare schneiden. Nicht die Haut. Bloß dass die Haare und die Haut immer an derselben Stelle sind. Wie ich Itzik das erste Mal rasiert hab, da hat er von dem Messer fünf, sechs blutige Stellen gehabt. Heut passiert mir das nicht mehr. Ich setz das Messer grade auf die Haut, und meine Hand tanzt dahin, wo sie muss. Kein Wort reden wir beim Rasieren, und auch danach tun wir die ganze Woche so, als gäbs das Rasieren nicht. Itzik macht Augen und Hände zu, und ich mach den

Mund zu, und so kleben wir aneinander und werden zu einem Mann, der sich allein im Badezimmer rasiert. Da, wo wir stehn, zwischen dem Waschbecken und der Wand, ist eh bloß Platz für einen.

Sogar wie ich ihn mit dem Messer geschnitten hab, hat er nichts gesagt. Ich hab ihm Papier auf die Stelle gedrückt, bis es aufgehört hat mit Bluten, und er hat sich nicht bewegt. Wenn ich ihn geschnitten hab, hab bloß ich geschrien. Wer mich gehört hätte, war bestimmt todsicher, dass es meine Haut war, die da geschnitten wird. Wenn ich Itzik rasier, ist meine Nase voll vom Geruch von dem Schaum. Wie der Geruch von dem Schaum kommt, verschluckt er auf einen Schlag alle Gerüche, wo du vorher noch gerochen hast: den Geruch vom Schimmel an der Badezimmerdecke, den Geruch von dem Ammoniak, das Mama überall reinschüttet, und den Geruch von Itzik, der sich schon mit dem von Delila vermischt hat.

Als er sich das erste Mal hat rasieren müssen, hat er ein Gummi um den Griff von dem Rasiermesser gemacht. Mitten in der Nacht kam er zu mir ans Bett, weckte mich auf und sagte, mach mir das Gummi ganz fest an die Hand, sonst wackelt das Messer. Er dachte, er kann das allein. Nach zehn Minuten kam er wieder, das ganze Gesicht weiß von Schaum, und wenn er was nicht hinkriegt, explodiert er und seine Augen werden schwarz und stark. Er hat nichts sagen müssen, ich bin hinter ihm her ins Bad und hab es ihm gemacht. Er stand da, mit aufgerissenen Augen, die sehen nichts und bohren gleich zwei Löcher in den Spiegel. Und mir, mir hat die Hand gezittert, und ich hab ihn geschnitten und still geschrien und hab ihm das Blut mit Klopapier abgewischt. Keine Ahnung, wie lang das gebraucht hat, bis wir fertig waren und ins Bett gegangen sind. Die ganze Nacht hab ich nicht mehr geschlafen, nach dem ersten Mal. Mein ganzer Körper war ein Stein, die Hände haben mir gezittert. Ich hab sie mir jede in die Achselhöhle von der andern gesteckt, um sie aufzuwärmen, und da sind sie mir eingeschlafen und haben nachher gestochen wie Disteln. Ich hab mir gedacht: Was wird jetzt? Wird es jeden Tag so? Muss ich ihn jede Nacht rasieren? Danach hab ich geweint, über mich selbst, dass ich einen Bruder hab, der so geboren ist. Die ganze Nacht hab ich gedacht, wenn er bloß schon gestorben wär. Und jeden Moment hab ich ihn jünger gemacht, immer jünger, bis ich so weit war und mir gedacht hab, wenn er doch schon tot gewesen wär, wie er aus der Mama rausgekommen ist. Wenn ich geboren worden wär ohne so einen Bruder. Manchmal seh ich, wie auch Kobi ihn so anguckt, so als ob er sich vor ihm ekelt. Vielleicht hat er ihm deshalb keine Bar Mitzwa gemacht. Aber nächstes Jahr bin ich dran, und mir macht er bestimmt eine. Ich bin ja nicht Itzik. Mir muss er eine machen.

Am Morgen bin ich in die Schule gegangen, ohne dass ich Itzik gesehen hab. Ich bin den ganzen Tag auf der Straße geblieben, keine Ahnung, was ich gemacht hab, und abends bin ich nach Hause und gleich ins Bett. Hab gewartet, dass er kommt und mich aufweckt – aber er kam nicht. So noch eine Nacht und noch eine Nacht. Ich hab gesehn, wie ihm die Haare wachsen, bis der Donnerstag kam und wir wieder ins Bad gegangen sind. Im Bad hat er die Augen zugemacht und hat ein Gesicht gemacht, als ob er schläft. Plötzlich hab ich gemerkt, ich mach ihm das gern. Weiß nicht, was mit mir los war. Auf einmal war ich wie umgedreht.

Itzik atmet immer langsam. Ich kenn seinen Atem. Dreimal atmet er normal, ich atme zusammen mit ihm, mein Bauch berührt seinen Bauch, wenn beide sich aufblasen, aber das Mal danach atme ich allein aus, ich hab Angst: Hat der Typ das Atmen aufgehört? Ist ihm die Luft drinnen steckengeblieben? Das macht mich verrückt. Statt dass er atmet, fang ich an, ganz schnell zu atmen, drei, vier Mal, und denk, jetzt geht mir gleich die Luft aus, bis ich hör, wie er die Luft auf einen Schlag rauslässt, und dann fang ich wieder an und atme normal mit ihm.

Die Haut von Itzik und von mir haben sie aus demselben Stück gemacht – wir haben beide die Farbe von Mama. Die Nase von Itzik und mir ist auch dieselbe, die von unserm Papa. Wenn ich ein Mädchen seh, das mir gefällt, der zeig ich mich erst mal von der Seite, dass sie mein Bild sehn kann, wie mir die Stirn grade runtergeht bis ans Ende von der Nase. Der Mund von Itzik ist auch genau gleich, bloß dass er ihn immer zu hat, als könnt einer kommen und ihm die Zähne rausklaun. Aber ich, ich krieg den Mund nicht einen Moment zu, und auch die Zunge beweg ich die ganze Zeit, von oben nach unten, so wie Papa, wenn er die Resopalplatten vom Falafelstand geputzt hat. Beim Rasieren geht mir die Zunge raus und fährt langsam in alle möglichen Ecken. Man könnt meinen, die will mir beim Rasieren helfen. Am liebsten rasier ich ihm die Knochen, die zum Kinn gehen, danach das Kinn selbst, da ist es am schwersten, weil du keinen Zentimeter hast, der gleich geht. Ich fahr mit dem Messer im Kreis, aber ich guck nicht mehr hin. Meine Hand läuft besser mit dem Rasiermesser, wenn ich ihr nicht zuseh.

Ich guck auf Itziks Augen. Ich kenn nichts Schöneres an einem Mensch als die Haut von seinen Augen, wenn er sie zu hat. Da siehst du das Baby im Bauch von seiner Mama. Das Auge, das sich da drinnen bewegt, das ist das Kind in seinem Wasser, und die Haut vom Auge ist der Bauch von der Mama. Manchmal würd ich am liebsten meine Hand da drauflegen und das spüren, was sich da bewegt.

Wie ich mit dem Kinn fertig bin, wasch ich ihm sein Gesicht mit viel Wasser, trockne ab, guck, dass ich nichts vergessen hab, fahr mit der Hand über sein Gesicht und spür das Glatte. Wenn ich ihm den Duft ansprühn könnte, den Kobi benutzt, aber ich trau mich nicht. Der bringt mich um, wenn ich das mach. Bei Itzik musst du bloß einmal Kobi sagen, sofort springt er im Dreieck. Keine Ahnung, was er mit dem hat. So oder so redet Kobi nicht mit uns. Wie er fertig ist mit Essen, geht er ins Zimmer, schläft mit Mama im Zimmer. Für Oschri und Chaim, die sollen denken, das wären Mama und Papa. Die sind noch klein, die glauben alles, was du ihnen fütterst.

Wie Itzik rausgegangen ist, guck ich mir im Spiegel ganz genau mein Gesicht an. Ich hab noch nichts zum Rasieren. Ich geh ins Bett, leg mir die Finger auf die Augen und dreh meine Augäpfel. Ich spür die Babys da drinnen. Danach geh ich runter von den Mutterbäuchen und berühr die Haare, die unten dranhängen. Gleich brennt bei mir was durch, ich halt das nicht länger aus, ich mach aus meinen Händen eine Decke, leg sie über die Mütter und die Kinder und schlaf ein. Die Träume, die mir bloß davon kommen, dass ich sie zugedeckt hab, erzähl ich Itzik. Aber der, der träumt ja nicht von Mädchen. Dem seine Träume kommen immer krumm raus. Wie er noch mit mir im Zimmer geschlafen hat, bin ich jedes Mal aufgewacht, wenn die Träume ihn im Bett von einer Seite auf die andre geschmissen haben.

Itzik

Ich fütter Delila das letzte Mal vor der Nacht.
 Zwei Mäuse hab ich aus den Fallen. Eine kriegt sie jetzt, die andre heb ich ihr für den Morgen auf. Ich tu die Maus mit der Falle in den Küchenschrank, schlag drinnen auf den Stock, der die Falle aufmacht, zieh schnell meine Hand zurück und schlag mit der andern Hand die Schranktür zu. Drei Mäuse sind mir so schon abgehaun, bis ich das richtig raus hatte, und eine hat mich auf dem Weg nach draußen in die Hand gebissen. Jetzt sind bloß Delila und die Maus da drin, und ich bin draußen und hör alles.
 Wie sie die Maus zerreißt.
 Wer an der Grenze wohnt, hat andre Ohren als alle. Katzenohren hat der, und hört alles. Hört, wann was von uns abgeschossen wurde und bei denen runterkommt und wann es denen ihre Katjuschas sind, die bei uns runterkommen, und wann das Bumm von einem Flugzeug ist. Der erkennt auch, wo eine Katjuscha runtergekommen ist. Er hört sie noch in der Luft, wie sie pfeift. Bloß dass nach ein paar Tagen mit Katjuschas auch meine Ohren die Sachen verwechseln, weil sie schon müde sind. Und zwei Tage danach, wie die Katjuschas vorbei sind, wenn du da einen windigen Tag hast, da klingt dir jede knallende Tür wie eine Katjuscha. Von allem springst du hoch. Und jedes laute Sprechen ausm Radio klingt für dich wie der Lautsprecher von dem Auto, das durch die Straßen fährt und uns in den Schutzraum schickt. Sogar wenn ein Hund bellt, denkst du einen Moment, das ist der Lautsprecher für die Schutzräume. Sogar die Freudenschüsse

von den Hochzeiten bei den Arabern im Dorf. Deine Ohren, die musst du jetzt erst mal in ein Krankenhaus für Verrückte tun, bis sie wieder normal sind.

In der Wohnung von Alisa aus dem Hort, wo Mutter arbeitet, ist ihnen nachts im Wohnzimmer der Hängeschrank von der Wand gefallen. Mit dem ganzen schönen Geschirr, wo sie zur Hochzeit gekriegt haben. Die ganze Nacht haben sie gezittert, weil sie dachten, das wär eine Katjuscha im Haus, oder Terroristen. Erst am Morgen haben sie den Wandschrank auf dem Boden liegen sehn. Und alles drin war zerbrochen. Alles kaputt.

Im Schrank von Delila ist es still. Wie nichts hat sie die Maus verschlungen.

Nicht mehr lang, dann fängt bei uns im Block die Nacht an.

Bis zum Tag von dem Terroristenüberfall hatten wir keine feste Zeit, wann die Nacht anfängt. Jeder hat seine Nacht angefangen, wann er wollte. Wegen den Terroristen fangen wir, alle in unserm Block, die Nacht jetzt zusammen an. Ich sitz im Bett und ich spür, die Nacht kommt rein.

Zuerst bei den Dehans im obersten Stock. Sie schreien vom Balkon runter, Mosche soll endlich hochkommen. Danach ziehn sie das Stromkabel vom Kühlschrank aus der Wand und schieben ihn an die Wohnungstür. Einen schweren Kühlschrank haben die, und der hat keine Räder, so wie Kobi an unseren welche drangemacht hat. Der Boden von denen ihrer Küche ist die Decke von meinem Zimmer. Bis die nicht angefangen haben, abends den Kühlschrank zu schieben, hab ich gedacht, meine Decke ist der Himmel, und da sitzt keiner mehr über mir. Außer Gott. Wie dann die Terroristen kamen, haben sie mir den Himmel kaputtgemacht. Jedes Mal, wenn ich mit Gott rede, macht es mich ganz verrückt, dass ich die Dehans dazwischen hab. Was soll ich machen? Bei dem Krach kannst du nicht mehr denken, über dir wär der Himmel. Sie kriegen ihn bloß schwer durch die Küchentür, ihren Kühlschrank: Oder du hörst, wie er ihnen die Bodenkacheln kaputtmacht, oder du hörst, wie sie sich anschreien, weil sie wieder vergessen haben, seine Tür rechtzeitig aufzumachen. Jeder schwört, er hätte das ganze Gewicht zu schieben. Und jeder will der Anführer des Verschiebens sein, der bloß faul auf dem Küchenboden sitzt und seinen Brüdern sagt, wies gemacht wird.

Ich hör sie gut. Von ihrem kleinen Küchenbalkon kommen die Stimmen auf meinen Küchenbalkon. Irgendwann tut ihr Vater einen Schrei, dann sind endlich alle still. Nach zehn Minuten sind sie mit Schieben fertig. Jetzt sitzen sie in ihrem Gefängnis, keiner geht mehr rein oder raus. Bis zum Morgen. Manchmal bin ich so genervt, dann stell ich mir vor, wie die Kugeln von den Terroristen durch denen ihre Tür durchgehn und direkt in die Rückwand vom Kühlschrank und wie sie alles, was da drinsteht, umschmeißen, und die Milch platzt auf, die *Madbucha* spritzt rum, und dann bleiben sie in einem großen Kohlkopf stecken. Jedes Mal seh ich was anderes in denen ihrem Kühlschrank auseinanderfliegen und seine Wände beschmieren.

Nach dem Kühlschrank von den Dehans, den alle im Block hören, hört man Ilus und Cohens, die machen eine Eisenstange an die Wohnungstür. Sie knallen mit der Eisenstange überall dagegen, bis sie sie in die Eisenringe geschoben kriegen, wo sie sie links und rechts von der Tür an der Wand festgemacht haben. Auch bei denen hat die Nacht schon angefangen. Auch die sitzen in ihrem Gefängnis. Bei Bitons sehen sie jetzt fern, und Albert sitzt mit seiner Kalaschnikow auf den Knien da. Zur Sicherheit für seine Familie. Keine einzige Kugel hat er da drin, aber das wissen sie nicht, nicht seine Mutter und nicht seine Schwestern, das hat er bloß Dudi erzählt. Seine Mutter hat nachts nicht mehr schlafen können, bis er die Kalaschnikow rausgeholt und sich neben sie gesetzt hat. Ich seh Albert Biton vor Augen und weiß, mein Bruder geht jetzt zum Schrank.

Todsicher geht er jetzt da hin. Das weiß ich auch, ohne dass ich ihn hör. Er geht wie zufällig da hin, dass keiner es merkt. Steht mit dem Rücken zum Schrank, lehnt sein ganzes Gewicht gegen ihn, prüft, ob er auch hält, schließt mit dem Schlüssel auf und wieder zu, denkt, der ganze Schrank ist bloß für ihn. Von ihm aus können alle andern verrecken. Er geht wieder vom Schrank weg, schaut ihn nicht an, geht weg. Und jetzt geht Etti ans Fenster, das aufs Wadi rausgeht, von wo die Terroristen letztes Mal gekommen sind. Sie steht da, als wär nichts los, tut so, als hätt sie einfach so Lust und guckt ausm Fenster ins Dunkel. Ich kann sie sehn. Ich würd ihr gern sagen, beruhig dich, ich hab einen Riesen-Plan für die Terroristen. Aber zum Schluss sag ich ihr nie was. Ich red nicht mit ihr. Ich will nicht sehn, wie sie Angst kriegt vor mir und vor Delila.

Früher hab ich auch am Fenster gestanden. Aber dann hab ich gesehn, wenn du am Anfang der Nacht da hingehst, dann kommst du nicht mehr weg. Wie du bloß einen Moment am Fenster stehst, da hast du schon keine Chance mehr, in der Nacht noch zu schlafen. Du stehst am Fenster, lässt deine Augen spazieren, willst sehn: Da ist kein Terrorist aus der Dunkelheit geboren worden. Danach fängst du an und siehst Sachen. Du siehst einen Baum und denkst, da bewegt sich einer, dein Herz fängt an rasen. Danach siehst du, es ist bloß ein Baum. Du siehst, die Luft ist rein, also gehst du vom Fenster weg. Aber wie du bloß vom Fenster weggehst, da bist du dir sicher, todsicher, dass dir in dem Moment gleich ein paar Terroristen aus dem Dunkel geboren wurden. Wie nichts. Genau wie du weggegangen bist, sind sie gekommen. Du gehst zurück ans Fenster, du musst sie kriegen, bevor sie unter deinen Block kriechen, mit ihrem ganzen Sprengstoff. Jetzt fängt auch dein Bauch an, arbeitet wie ein Verrückter, macht in fünf Minuten die Arbeit von einer ganzen Nachtschicht. Du rennst aufs Klo, rennst wieder ans Fenster. So gehts die ganze Nacht. Du willst vom Fenster weg, aber du kannst nicht. Du gehst da bloß weg, zum deine Angst im Klo Runterspülen.

Von dem Tag an, wo ich Delila nach Haus gebracht hab, musste ich nicht mehr am Fenster stehn. Ich bin fertig mit der Angst. Sowie ich hör, sie hat aufgegessen, lass ich sie gleich aus dem Schrank und ruf Dudi, er soll sie anbinden und wegputzen, was sie von der Maus übriggelassen hat. Er bindet sie an den Wasserhahn, steckt den Stöpsel in den Spülstein, lässt ein bisschen Wasser ein, damit sie nachts trinken kann, wenn sie will. Er macht ihr da einen kleinen Bach. Was haben wir ihr nicht alles in dem Spülstein gebaut. Einen kleinen Wald haben wir ihr da gemacht, ich und Dudi. Sie soll sich fühlen wie draußen. Dass sie bloß nicht anfängt und glaubt, sie wär ein Mensch. Wozu braucht es noch mehr Menschen? Davon hats eh schon zu viel. Wir haben Zement in den Spülstein gekippt und ihr da einen schönen kleinen Baum reingesteckt. Und ich hab ihr runde Steine aus dem Wadi gebracht, bloß die schönen, von der Quelle. Auch große Blätter. Und Eicheln. Delila steht in ihrem Wadi im Spülstein und putzt sich. Erst den Schnabel, sie reibt ihn an dem Stamm, eine Seite andre Seite, eine Seite andre Seite, sie macht das so, wie Edmond, der Frisör, es mit dem Lederstreifen macht, so wetzt sie ein paar Mal den Schnabel. Wie sie das macht und ihr die Flügel so nach hinten abstehn, muss ich an Schmuel

Cohen denken, wenn der am Schabbat nach der Synagoge mit die Hände auf dem Rücken verschränkt rumläuft.

Danach hebt sie ein Bein und kratzt sich die Federn am Hals. Die stehen erst in alle Richtungen ab, danach legen sie sich aufgeplustert wieder an ihren Platz. Wie Mutters Haar auf Kobi seiner Bar Mitzwa. Aber das Schöne an Delila ist, bei der ist es nicht bloß für einen Abend. Die kommt nicht vom Frisör und alles geht beim Duschen wieder weg. Delila – immer wenn du sie anguckst, siehst du, sie hat dieselbe Frisur. Die Farben auf ihrem Kopf gehn nicht weg, bei ihr fangen auch keine weißen Haare an, wie bei Mutter. Sie verändert sich nicht die ganze Zeit.

Sowie sie sich aufgeplustert hat, ordnet sie ihre Federn. Das ist die beste Show auf der Welt. Ihr Schnabel läuft schnell über die Federn, kein einziges Härchen entgeht ihm. Zum Schluss macht sie mit dem Hals das, was ich mir am liebsten anguck: Sie geht mit dem Kopf hoch und runter, als hätt sie im Hals so was, was ihn lang oder kurz macht. Wir können mit unserm Kopf nicht so machen. Vielleicht ordnet ihr das auch die Gedanken, so wie sie die Federn geordnet hat. Vielleicht stehn bei der im Kopf alle Gedanken ordentlich in einer Reihe, Gedanken, die noch nie Dreck abgekriegt haben und die sich noch nie ineinander verheddert haben.

Wie wir mit der Dressur von Delila fertig sind, stell ich sie die ganze Nacht über ans Fenster, das aufs Wadi rausgeht. Da wartet sie auf die Terroristen, und ich, ich leg mich schlafen. So wie Gott, nachdem er die Welt fertig geschaffen hat.

Jetzt das letzte Geräusch vom Anfang der Nacht. Jetzt geht Biton runter zum Eingang, macht die Eisentür vom ganzen Block zu, mit Kette und Vorhängeschloss. Genau so ein Schloss haben wir am Hühnerstall von der Großmutter. Auch die Eisentür haben sie erst nach dem Terroristenüberfall da hingemacht. Jetzt wissen wir endgültig, für uns hat die Nacht angefangen. Keiner kommt mehr in den Block rein und keiner geht mehr raus, bis Viertel vor sechs, wenn der erste Fahrdienst in die Fabriken vorbeikommt. Auch die Angst kommt hier die ganze Nacht nicht raus. Wir sind mit der Angst im Block, wie Delila und die Maus im Küchenschrank.

Dudi

Sowie Papa gestorben war und die Zwillinge geboren sind und wir plötzlich sieben Leute waren, haben wir die Wohnung von Almakias dazugekriegt. Die sind nach Aschdod gezogen. Ihre Tür ist gegenüber von unserer Tür. Alle hier am Ort sind da umgezogen. Jeder hat seine Wohnung ein bisschen vergrößert. Auf der Straße hast du die Leute mit Kartons rumlaufen sehn und mit Stühlen in der Hand. Kobi hat gesagt, das wär bloß wegen der Wahl, dass jetzt alle Wohnungen kriegen. Und er hat gesagt, auch wie wir zu sechst waren, als Papa noch gelebt hat, hätten sie uns längst noch sechsundfünfzig Meter dazugeben müssen, aber Papa hätte nicht den richtigen Zettel in den Kasten gesteckt, und deshalb haben wir nichts bekommen. Wie Papa tot war, hat Kobi dem Richtigen versprochen, dem man was versprechen musste, und gesagt, Mama »wüsste schon Bescheid«. Da kamen die Arbeiter vom Bauunternehmer von *Amidar*, haben uns eine Wand durchgebrochen und uns aus zwei Wohnungen eine gemacht.

Unser Haus hat die Form von einem Schmetterling. Alles ist doppelt: Zwei Küchen, zwei größere Zimmer und zwei kleine Zimmer. Und wir haben auch einen langen Flur. Wenn du am Ende vom Flur stehst, glaubst du, da wär ein Spiegel, du siehst ja alles doppelt.

Am Anfang, wie sie uns die Wohnung vergrößert hatten, hat jeder eine Ecke besetzt. Wir sind so weit wir konnten voneinander weg. Jeder hat in einem andern Zimmer geschlafen. Nach einem Monat waren wir alle wieder zusammen.

Wer will schon, wenn er schläft, bloß die Wände von seinem Zimmer sehn? Ich kann nachts nicht schlafen, wenn ich nicht noch zwei, drei Leut neben mir atmen hör.

Bis zu dem Tag, wo Itzik Delila mit nach Hause gebracht hat, hat auch er bei uns im Zimmer geschlafen. Wie er Delila mitgebracht hat, hat er gesagt, es ist besser, wenn er sie in die alte Küche tut. Da hat sie Wasser, und nachts hört man sie nicht. Mama und Kobi haben rumgeschrien, er soll sie aus der Wohnung schaffen. Wie sie gesehn haben, dass es mit Schreien nicht hilft, haben sie es im Guten versucht. Was haben sie ihm nicht alles erzählt. Dass in der Bibel steht, es ist verboten, in der Küche zu schlafen. Auch, dass es an der Küchentür keine *Mesusa* gibt. Itzik hat sich taub gestellt. Einen Tag, wo sie bei der Arbeit waren, hat er sein Bett in die Küche geschoben: allein mit seinen Händen. Keiner hat ihm geholfen. Wir haben zugeguckt, wie er hinfällt, wie ihm die Hand blutet, von den Eisenstangen von seinem Bett, wie er das Bett gegen die Flurwand rammt. Wir hätten ihm geholfen, aber wir hatten Angst vor Kobi.

Wie Itzik das Bett in die alte Küche geschoben hatte, war die voll. Du ziehst die Schiebetür zur Seite und gleich fällst du in sein Bett rein. Er hat Delila ans Spülbecken gebunden und schläft neben ihr, und von dem ganzen Zimmer siehst du keinen halben Meter Fußboden mehr.

Itzik

Ich lieg den halben Tag auf dem Rücken im Bett. Beweg mich nicht.

Heut Nacht hab ich von den Terroristen geträumt. Kein Monat verging, wo sie nicht in meine Träume gekommen sind. Jedes Mal hab ich Schreie gehört und Explosionen, und dann steht da einer mit dem Gewehr über mir. Ich lieg auf dem Boden, und er tritt mir mit seinem Stiefel den Kopf auf den Boden. Die Erde von seinen Schuhen fällt mir in die Augen. Ich hab gesehn, wie sie Etti an der Gurgel packen, wie sie ihr den Mund mit Lumpen zubinden, wie sie ihr Radio kaputtmachen. Die ganze Familie liegt tot in den Betten. Jeder mit dem Loch von einer Kugel im Kopf, und das Blut tropft aufs Kopfkissen. Auch Vater hab ich gesehn, er ist mit uns zu Hause, auch er hat eine Kugel im Kopf, genau an der Stelle, wo die Biene ihn gestochen hat. Er hat noch mal gelebt, bloß damit er mit uns zusammen an den Terroristen sterben kann.

Heut Nacht hab ich nicht das gesehn, was ich sonst seh. Das erste Mal träum ich die Terroristen, dass sie draußen vor unserm Block stehn und warten. Ich freu mich. Ich kanns nicht glauben. Ich hab sie hierhergelockt! Sie sind, wie nichts, genau zu unserm Block gekommen! Alles, was ich mir für sie ausgedacht hab, hat geklappt. Delila und ich, wir gucken sie uns aus unserm Fenster an, aus dem vierten Stock.

Drei fette Terroristen stehn unter der Straßenlampe. Keine Ahnung, wie sie den Weg von der Grenze bis hierhergelaufen sind, mit dem ganzen Fett. Sie heben die Köpfe zu den

Fähnchen, die ich vor meinem Fenster aufgehängt hab. Die Fratze von dem in der Mitte sieht aus wie Schuschan aus dem Kino, bloß mit einer *Kaffije* auf dem Kopf. Die beiden andern kenn ich nicht. Beide mit Schnauzbart. Die wissen nicht, was Angst ist. Breitbeinig stehn sie da und lachen. Die Tränen laufen ihnen runter vor Lachen, gleich machen die sich noch in die Hose. Der Terrorist mit dem Gesicht von Schuschan hat die Hände auf den Schultern von denen, die um ihn herum stehn, und die halten sich den Bauch. Der hüpft ihnen vor Lachen. Ich wart, dass Delila zu ihnen rausfliegt. Nichts passiert. Sie interessiert sich gar nicht für die. Plötzlich nimmt der, der wie Schuschan aussieht, seine Hände von ihren Schultern und dreht sich um. Wie der sich umdreht, drehn sich auch die andern um und gehn. Sie haben keine Angst, dass sie mit dem Rücken zu mir sind. Jeder trägt auf dem Rücken ganze Ketten von Handgranaten. Ich seh ihre Rücken, wie sie lachen mit den ganzen Granaten, bis sie im Dunkel verschwinden.

Ich werd schier wahnsinnig. Die haben dagestanden und gelacht, und Delila ist nicht auf sie los! Ich halt sie in der Hand. Ich spür, die ist aus Eisen. Ihre Federn sind nicht weich, die stechen mich in die Hand. Ich schau sie an. Ihre Augen sind aus Glas. Sie kennt mich nicht. Ich krieg die Krise und schmeiß sie aus dem Fenster. Und wie ich sie runterschmeiß, noch in der Luft, seh ich, sie wird ein richtiger Vogel. Sie fliegt mir weg. Haut ab in die Dunkelheit, bis ich sie nicht mehr seh.

Ich hör meine Mutter in der Küche. Ich mach die Augen auf und seh, das ist erst der Anfang vom Ende der Nacht. Delila ist bei mir im Zimmer angebunden. Keine Terroristen. Keine Granaten. Gar nichts.

Wie ich den Traum unterbrech, frag ich mich: Wie krieg

ich Delila bloß in den Kopf, dass sie dem Anführer von den Terroristen die Augen aushackt? Bis heut hab ich mir das noch nie überlegt.

Ich mach die Augen zu. Denk an die ganzen Tiere in unserm Land, nicht bloß an die Vögel, an alle. Ich seh sie, die ganzen großen Tiere und die kleinen und die Vögel und die Fische, sie alle machen bei unserm Spiel gar nicht mit. Wie ist es möglich, dass sie nicht in den Schutzraum rennen, wenn hier Katjuschas fallen. Plötzlich denk ich mir, vielleicht bist du in unserm Land lieber eine Ameise als ein Mensch. Weil die Ameise hat keine Angst vor dem Krieg. Die weiß von nichts: Wenn ihr eine Katjuscha runterkommt – ist sie tot, und wenn ihr keine runterkommt, dann denkt sie da auch nicht drüber nach.

Ich hör, Mama geht in den Hort. Ich schlaf wieder ein.

Wie ich die Augen aufmach, ist es ganz hell im Zimmer. Und still. Alle sind gegangen.

Mein Mund ist trocken, bis runter in den Hals. Ich muss dringend pinkeln und was zwischen die Zähne kriegen. Ich guck an die Decke. Alle möglichen Fragen kreisen noch in der Luft. Wegen was kämpfen die Soldaten der Armee – aus Angst, aus Ehre oder aus Hass?

Angst – kennt Delila nicht. Todsicher nicht. Wer so im Himmel fliegt, wovor sollte der schon Angst haben? Und die Ehre, bei Delila kommt die von innen, die muss da nicht extra was für tun. Ich denk nach über den Hass. Davon kommen mir gleich tausend Fragen: Was ist Hass? Wo fängt er an, der Hass, bei einem Mensch? Wo sitzt er im Körper? Wie kriegt man den Hass in die Soldaten rein? Tust du denen den Hass einmal rein, wie eine Spritze, und dann reicht er ihnen ihr Leben lang? Oder ist der Hass wie Futter, und du musst es die ganze Zeit neu ranschaffen?

Und Delila, kennt die so was überhaupt: Hass oder Liebe? Ich heb den Kopf vom Bett und schau in ihr Gesicht. An ihrem Gesicht kann ich nicht sehn, ob sie traurig ist oder ob sie sich freut. Ihr Gesicht sieht aus, als ob sie immer wütend ist. Sie verändert es nicht. Dass du denkst, sie wär wütend, das ist, weil ihre Augen so stehn. Und auch wegen den schwarzen Federn in der Mitte zwischen den Augen. Die sehn für dich aus, wie wenn ein Mensch wütend ist und die Stirn runzelt. Das ist aber bloß dein Kopf, der sagt dir, sie wär wütend.

Und es ist auch noch kein Vogel geboren, der dich aus seinem Gesicht anlächelt. Das gibts nämlich bloß bei Menschen, diese Gesichter. Das Gesicht vom Mensch ist wie die Leinwand im Kino. Du siehst dadrauf den Film, wo innen abläuft. Aber Delila hat ihre Ehre. Was die drinnen hat, kommt nicht raus, da hilft dir alles nichts. Die Menschen, sowie sie ein bestimmtes Gesicht machen, schon fangen sie an und lügen. Innendrin verbrennen sie vor Wut und draußen kleben sie sich ein Bild an von einem, der zufrieden ist. Drinnen freun sie sich, weil sie haben jemand getroffen, den sie gern haben, vielleicht haben sie auf der Straße das Mädchen gesehn, von dem sie träumen, und draußen haben sie das Bild drauf von einem, den das nicht juckt. Da hat Gott dem Mensch schon das Gesicht gegeben, wo er ohne ein Wort alles sagen kann, was er in sich drin hat, und was macht der Mensch? Er spielt damit rum und klebt sich Bilder drauf, zum Lügen.

Delila, die fragt dich auch nicht jeden Tag, wies dir geht. Bei der musst du nicht alle die Wörter sagen und das Gesicht davon aufsetzen. Die interessiert sich nicht, was mit dir los ist. Die macht sich nicht dreckig mit dem Zeug von den Menschen. Sieben Monate bin ich schon mit ihr zusammen, und ich hab keine Ahnung, was in ihr drinnen los ist. Ich weiß noch nicht mal, ob sie mich auch liebt. Das werd ich nicht wissen. Im Leben werd ich das nicht wissen.

Wenn sie bloß unsre Sprache verstehen würde. Ich würd sie mitnehmen, dass sie den Rav Kahane hört, wenn er in den Ort kommt. Das könnte die Hassspritze für sie sein. Bloß, würd sie verstehn, was er sagt, sie würd vielleicht aus Versehn auch auf Hassan losgehn, den stellvertretenden Direktor der Bank, weil bei Kahane, bei dem sind alle Araber Terroristen. Der macht da keinen Unterschied. Wie ich ihn das erste Mal gesehn hab, wie alt war ich da, grad mal sieben, wir haben auf dem Platz gespielt, und auf einmal sind alle zum Falafelstand gelaufen. Ich bin mit Dudi auch hin. Wir wussten ja nicht, was wir da sehn würden. Woher sollten wirs wissen. Da lag mein Vater auf dem Boden, mit dem Stich von einer Biene unterm Auge. Einen kleinen Berg hatte er da unterm Auge. Bis du das nicht siehst, glaubst du doch nicht, dass so eine Biene einen Mensch umschmeißen kann.

Ich steh auf. Muss mich an der Arbeitsplatte festhalten, dass ich nicht hinflieg. Ich hab Kopfweh wie an Jom Kippur. Es ist bestimmt schon zwölf. Ich geh pinkeln. Ich schieb die Hose und die Unterhose runter. Alle meine Anziehsachen sind mit Gummi und ohne Knöpfe. So kann ich sie selber ausziehn. Ich hab einen langen Finger. Der hat eine gute Größe, bloß am Ende ist er ein bisschen krumm. Ich nenn ihn Eliahu, weil er wie Eliahu aussieht, dem Rafi sein Opa, der läuft immer so gebückt. Auch auf meinem Finger sitzt der Fingernagel schief drauf, wie bei ihm die Kippa auf dem Kopf. Mit Eliahu zieh ich die Hose auch wieder hoch.

Ich geh in die Küche. Meine Mutter hat uns drei Töpfe zum Mittag hingestellt. Ich nehm den Deckel von einem ab, zähl die Hühnerstücke, nehm zwei Stücke, eins für mich und eins für Delila. Wo ich seh, wie sie im Waschbecken dadrüber herfällt, hab ich die Antwort: Für Fleisch macht die alles.

Dudi

Drei Ketten mit Fähnchen hab ich Itzik besorgt. Aus dem Auffanglager, wo die Neueinwanderer leben. Eine will er vor sein Fenster hängen und die andern beiden an die Bäume im Wadi, weil er will die Terroristen bis zu unsrer Wohnung locken. Ich weiß nicht, wie er drauf kam, mich zu fragen, ob ich die Hauswand vom Gewerkschafts-Ortsverband hochkletter, für die Fähnchen. Unmöglich! Bloß Eidechsen kommen an der Wand hoch. Aber ich hab Glück gehabt. Wie er mich mit der Sache mit den Fähnchen überfallen hat, da hab ich gewusst, wo ich ihm welche besorgen kann. Ich bin zu Sali, das ist die Verantwortliche für die Freiwilligen im Auffanglager, und hab ihr gesagt: Jehuda von der Instandhaltung schickt mich, ich soll die Fähnchen für die Stadtverwaltung abholn. Dafür musst du Gideon nicht extra rufen, ich hol sie schon selber runter. Sie hat gar keine Probleme gemacht, hat mir die Leiter geholt und festgehalten, weil die so wackelt, und zum Schluss hat sie mir auch noch Danke gesagt.

Danach sind wir wieder nach Hause. In die Küche, wo Itzik schläft, mit Delila. Er hat gesagt, wir machen für die Dressur die Maske von einem Terrorist. Ich sollte ihm aus Papas weißer Schüssel das Gesicht von einem Araber machen. Die Schüssel, in der er immer Wasser gehabt hat, zum Ausspülen für das Ding, mit dem man die Falafelkugeln macht. Ich sag ihm, das Weiß passt aber nicht, er sagt mir, macht nichts, wir verbrennen ein paar Streichhölzer und malen sie damit an.

Alle Geräte von Papas Falafelstand stehn im Schrank von der alten Küche, wo Itzik mit Delila schläft. Wie Mama die

Sachen in die neue Küche umgezogen hat, hat sie die Falafelsachen dagelassen. Was soll sie damit in der neuen Küche? Sie wollt sie nicht mehr sehn.

Zwei Löcher hab ich mit dem Messer in die Schüssel gebohrt, für die Augen von dem Terrorist. Itzik hat nicht die Hände dazu. Und ich hab auch das ganze Arabergesicht mit den Streichhölzern schwarz gemacht und hab ihm mit einem Filzstift von Etti eine Nase gemalt. Und einen schwarzen Bart hab ich ihm angeklebt, aus der Stahlwolle, mit der Mama den Herd putzt. Und Augenbrauen auch. Den Kontaktkleber haben wir bei Asulin mitgehn lassen. Zum Schluss hab ich ihm noch einen Schnauzbart gemacht, der soll den Mund verdecken, weil der aussieht wie bei einem Clown. Was soll ich machen, so ist es mit dem Messer halt geworden. Ein Mund, der alle anlacht, einer, der gar nicht an das Ende vom Leben denkt. Mit dem Bart drüber ist er aber schon einer, der an seinen letzten Tag denkt und weiß, was auf ihn wartet. Ich hab ihm auch eine *Kaffije* umgemacht, aus einem weißen Unterhemd, und eine schwarze Kordel auf der *Kaffije*, die die *Kaffije* und meinen Kopf zusammenbindet, dass ich nicht die Schüssel und die *Kaffije* selber halten muss. Aber zum Schluss hab ich doch alles selber gehalten.

Da'ud hat bloß ein Gesicht. Den Körper, den kriegt er von mir. Wenn ich im Bad in den Spiegel gesehn hab, hab ich Da'ud am Bart gekratzt und hab geübt, seine arabischen Wörter zu sagen und auch seinen Hass zu haben, auch wenn man mir die Augen ja nicht sieht. Ich hab alle Flüche gesagt, wo ich kenn. Danach hab ich den Wasserhahn aufgedreht, dass mich keiner hört, und hab sie rausgeschrien.

Damit sie lernt, die Augen auszupicken, haben wir Fleisch genommen und es in Mamas Fleischwolf durchgedreht, mit ein bisschen altem Brot, das haben wir erst eine Stunde in

Wasser gelegt, und dann war das Ganze fest genug, so haben wir es schön in die Löcher kleben können. An eins haben wir nicht gedacht: Wie ich mit der Schüssel vorm Gesicht draußen was sehn soll. Drinnen ist es kein Problem, da kenn ich alles. Und auch an den Geruch haben wir nicht gedacht. Wenn das Fleisch ein paar Stunden draußen ist, dann steckst du den Kopf lieber gleich in ein Klo mit Scheiße.

Dudi und Itzik

»Und ich frag dich, Itzik, warum machst du das nicht selber? Ich stell mich auf den Hasenfelsen und lass ihre Schnur los, und du setzt dir die Schüssel selber aufs Gesicht!«

»Warum? Glaubst du etwa, ich hab Angst vor ihr? Komm hierher. Halt du sie. Aber vergiss nicht, du musst ihr viel Schnur nachgeben, dass sie auf einen Satz bis zu meinem Gesicht kommt. Kapiert?«

»Lass schon. Muss nicht sein. Ich machs ja. Besser, du lässt sie fliegen. Bei dir weiß sie besser, was sie machen soll. Die ist dir wie an dein Hirn angebunden, die Delila. Na gut, ich stell mich hin, aber von dem Gestank, von dem Gestank könnt ich kotzen.«

»Jetzt hör auf mit Heulen. Ich zähl bis sieben, dann lass ich sie los. Und stell dich grad hin und halt das Ding gut fest. Eins, zwei –«

»Mensch, Itzik, braucht es wirklich das ganze Fleisch?«

»Jetzt hör auf mit Heulen. Haste die Hosen voll? Gleich fliegt sie auf dich los. Ich lass ihr die Schnur auf einen Schlag los, dass sie fliegen kann, ohne anhalten müssen. Stell dich bloß grad hin, grad, Dudi, grad wie ein Strommast stellst du dich hin, und wehe, du bewegst dich, vier, fünf –«

»Warte, jetzt kommen die Fliegen. Denen macht der Gestank nichts aus. Okay. Ich steh grade. Rühr mich nicht.«

»Sechs, wehe, du bewegst dich!«

»Ich hab mich ja nicht bewegt!«

»Sieben, Delila, Delila, fass Fleisch, fass Fleisch!«

»So ein Idiot! Alles am Arsch! In einer Sekunde geht alles an den Arsch. Hätt ich bloß Etti mitgenommen. Die hätt mir besser geholfen.«

»Etti kann Delila nicht ausstehn. Hat sie dir das nicht gesagt?«

»Ich hab sie fasten lassen, einen echten Jom Kippur hab ich ihr heut gemacht, den ganzen Tag hat sie mich genervt mit ihrem hungrigen Geschrei. Und jetzt sieh sie dir an. Jetzt frisst sie das Fleisch von der Erde, wie eine Königin. Der Gestank stört die gar nicht. Nichts stört die. Die lacht uns bloß aus.«

»Ich hab dir ja gesagt, du sollst dich selber hinstellen!«

»Du hast gesagt, ist nicht nötig!«

»Itzik, aber noch einen Moment und ich wär gestorben. Hab mit meinen eigenen Augen gesehn, wie sie sich auf mich stürzt. Weißt du, was das ist, der ihre Kralle im Auge? Ein Kratzer reicht, und ich hätt mein Leben lang keine Filme mehr sehn können! Und überhaupt, was denkst du eigentlich? Die kommen an und stelln sich hin wie Strommasten? Das hättst du wohl gern. Ich seh nicht, dass die ihre Bomben ablegen und auf Arabisch einer zum andern sagen: Itzik hat gesagt, wir solln uns nicht bewegen. Itzik hat gesagt, steht da wie ein Mast. Itzik hat gesagt, wartet hier schön, bis die Delila kommt, machts euch ruhig bequem. Itzik, und außerdem ist das Fleisch alle. Ich sags dir noch mal, wir haben echt kein Fleisch mehr.«

Er hat mir gesagt, ich soll von Mosche Fleisch holen. Drei Tage sag ich ihm schon, Mosche macht nicht mehr mit. Aber er hört nicht zu. Auch die Falle fängt nichts. Ich will ihm noch mal sagen, dass Mosche bei Delila eine Beteiligung will, aber dann springt er gleich wieder im Dreieck. Von mir aus können wir noch fünf Leute dabeihaben.

Ich mach bloß den Mund auf, da fängt er schon an: »Bei Delila gibts keine Beteiligung! Nichts da! Nichts da. Ich sags dir zum letzten Mal: An der beteiligt sich keiner! Haben wir nicht gesehn, was passiert, wenn andre mitmachen? Es gab bloß einen König der Falafel. König ist immer bloß einer, stimmts oder hab ich recht? Dann haben sies auf ein paar Leute verteilt, und was ist geblieben? Gar nichts. Geh und zerschneid die Krone von einem König in fünf Stücke!«

»Aber warum, Itzik? Warum? Ist es denn besser, wenn unsre Dressur nicht klappt? Und wenn sie uns verhungert?«

»Die verhungert uns nicht! Die stirbt nicht so schnell. Hör zu, was Itzik dir sagt. Die ist die Königin der Vögel! Zeig mir noch einen Vogel, der so im Himmel fliegt! Und auch, wie soll ich dir das erklären? Das musst du schon selber kapieren. Stell dir vor, du heiratest morgen und du schaffst es nicht, deiner Frau das Essen zu bringen, der Frau, die für dich die Königin aller Mädchen ist. Deshalb hast du ja sie ausgewählt und geheiratet. Jetzt fängst du an, in der Fabrik zu arbeiten. Bloß wird die Fabrik plötzlich krank. Da kommen alle Ärzte der Fabrik angefahren, mit ihren schönen Autos, mit ihren schönen Klamotten, und sagen: Ihr schmeißt zwanzig Arbeiter raus, dann wird die Fabrik wieder gesund. Und du, Dudi, du bist als Letzter gekommen, deshalb schmeißen sie dich auch als Ersten wieder raus. Nach zwei Tagen feuern sie dich, du sollst nicht stören, wenn die Fabrik wieder gesund wird, »Sanierung« nennen sie das. Du gehst zum Sozialamt. Die fragen dich: Bist du gesund? Dann geh arbeiten. Du suchst Arbeit. Nicht dass du nicht suchst. Gehst jeden Tag zum Arbeitsamt, bloß es klappt nicht. Deine Frau ist zu Hause mit dem kleinen Baby. Beide haben Hunger. Was machst du da, Dudi?«

»Keine Ahnung.«

»Ich sag dir, was du machst. Du kommst zu mir. Heulst mir

was vor, dass ihr nichts zu essen habt. Ich bin dein Bruder, und was sag ich dir? Kein Problem, geh zu Mosche, der gibt euch was zu essen. Bloß hat er mir gesagt, er will auch eine Beteiligung an deiner Frau. Na, was sagst du dazu? Willst du das von deinem Bruder hören, wenn du in Not bist? Würdest du ihm an deiner Frau eine Beteiligung geben? Eine reinhaun tätst du ihm. Auf der Stelle tätst du ihn auseinandernehmen!«

»Genug, Itzik, wie willst du den auseinandernehmen? Bist du denn Simson? Komm, nimm mich auseinander. Hier steh ich. Ich rühr mich nicht. Strommast. Was willst du mir tun?«

»Wehe, du sagst mir jetzt nicht die Wahrheit. Hast du ihm noch was von ihr erzählt?«

»Ich hab ihm erzählt ... nichts hab ich ihm erzählt ... weiß nicht, was ich ihm erzählt hab. Was sollt ich ihm auch erzählen? Aber von der Dressur hab ich echt nichts gesagt. Das schwör ich. Keine Angst, das erzähl ich keinem.«

»Jetzt siehst du, jetzt frisst sie alles auf.«

»Warum nicht, soll sie fressen. Mahlzeit!«

»Wenn du wen kommen siehst, Dudi, packst du die Maske in die Büsche, bis sie vorbei sind, dass keiner sie sieht, und ich zieh sie schnell von dem Fleisch weg.«

»Was können die schon sehn? Sie denken, die frisst vergammeltes Fleisch. Davon werden sie nichts verstehn.«

»Dudi, bau du mir nicht auf Menschen. Nicht auf was sie verstehn und nicht auf was sie nicht verstehn! Die wolln nämlich selber gar nicht, dass du auf sie baust.«

»Du, bei dir sind alle Menschen gleich. Du würdest sie am liebsten alle auf den Müll schmeißen!«

»Wie, Dudi, wie willst du denn auf einen Mensch bauen, der selber keine Ahnung von seinem Leben hat? Der weiß noch nicht mal, ob er nächste Minute noch lebt. So ist es doch. Einen Moment steht er noch, im nächsten fällt er um. In dem Moment, wie er noch gestanden ist, woran hat er da gedacht? Hilfe, das ist vielleicht der letzte Moment in meinem Leben? Nein, er hat ganz andre Sachen gedacht: Ich muss pinkeln, das hat er im Kopf gehabt. Mir ist heiß, hat er vielleicht gedacht, ich hab Durst. Alle Menschen haben den Kopf voll mit solchem Quatsch. Bloß wir, Dudi, bloß ich und du, haben so große Gedanken. Wir sind nicht wie alle andern hier. Die – wer wird von denen je hören? Wer wird über die in der Zeitung schreiben?«

»Was juckt mich die Zeitung? Was hab ich von meinem Bild in der Zeitung, wenn ich einen Kratzer im Auge hab?«

»Und wenn ich dir sag, Gott hat uns geschickt, dass wir uns auf die Terroristen vorbereiten. Hast du da schon mal dran gedacht? Hast du überhaupt schon mal an Gott gedacht, Dudi? Vielleicht hat der mir ja den Plan in den Kopf gesetzt? Was soll ich machen? Soll ich ihm was vorheulen, dass er mir keine Lederschnur dazugegeben hat, oder das Fleisch für sie oder die Fähnchen? Ich bin nicht einer, der heult, Dudi, kapierst du, was ich dir sag? Bei Gott, bei dem heul ich nicht. Bloß so kannst dus mit dem zu was bringen. Lacht er über dich, dann lachst du über ihn. Und zum Schluss hält er dich mehr in Ehren als alle, die sich vor ihm fürchten.«

Itzik

Wenn ich verstehen will, was Gott ist, geh ich raus und setz mich an ein Ameisenloch. Erst such ich mir eine aus, und die lass ich nicht mehr aus dem Auge. Kein Problem, denkst du, ein Kinderspiel. Und wie du noch denkst, nichts leichter als das, merkst du, so einfach ist das gar nicht.

Sie rennt, und es gibt noch tausend andere, die genauso rumrennen, und deine Augen wollen immer zu andern Ameisen abhaun. Es wird auch schnell langweilig, sie die ganze Zeit beobachten. Sie rennt bloß rum. Plötzlich siehst du eine, die schleppt was, und du willst sehn, was die schleppt. Wie du bloß einmal zu der rübergeguckt hast, hast du deine Ameise schon verloren, du erkennst sie nicht mehr, unter allen andern. Also fängst du mit der zweiten an. Du würdest gern denken, dass du sie kennst. Du siehst, wie sie in das Loch reingeht, und du wartest, bis sie wieder rauskommt. Die ganze Zeit kommen Ameisen aus dem Loch, du denkst, vielleicht ist das da meine, oder die da, aber du kannst es nicht wissen, vorher hatte sie den Brocken Futter, den sie geschleppt hat, an dem hast du sie erkannt, aber an was erkennst du sie jetzt?

Ich bin einen halben Meter von ihnen entfernt, und ich weiß, sie können mich nicht sehn. Genauso ist das mit Gott. Die ganze Zeit denken wir, er versteckt sich oder er ist weit weg. Wieso sollt er sich verstecken?! Warum weit weg? Seine Größe neben uns reicht schon, dass wir ihn nicht sehn können. Die Ameisen hier, sogar wenn die hochgucken würden, sie würden noch nicht mal das Ende meiner Schuhsohle sehn.

Jetzt überleg ich mir, sie sollen wissen, dass sie einen halben Meter von sich entfernt einen Gott haben. Wie mach ich das? Ich kenn dafür nur zwei Spiele. Das Spiel vom lieben Gott und das Spiel vom bösen Gott. Das Problem bei den Spielen ist, du musst echt in denen ihrem Kopf drin sein. Du musst wissen, was ist für sie gut und was ist für sie schlecht, in denen ihrem Leben.

Du weißt leichter, was ihnen nicht gut tut. Macht auch irgendwie mehr Spaß. Keine Ahnung warum. So wie Oschri und Chaim ihren Spaß haben, wenn sie im Kindergarten die Bauklötze aufeinander tun und einen großen Turm bauen. Aber noch mehr Spaß haben sie, wenn sie dagegentreten und alles zusammenfällt. Wenn sie einen Turm bauen, ist ihr Kopf schwer. Wenn sie ihn kaputtmachen, kreischen sie und toben vor Freude.

Du denkst, ich gieß ihnen Wasser aus der Flasche direkt in ihr Loch rein. Ich hab keine andre Wahl – ein Teil wird auf der Stelle sterben – ein Teil wird grad noch rauskrabbeln können und draußen sterben. Die, die danebenstehn und denen nichts passiert, die werden vielleicht einen Moment stehn bleiben und fragen, was soll das ganze Gerenne? Was gibt es einen Meter von hier? Solche Sachen werden die fragen. Vielleicht kommt ihnen dabei auch der Gedanke an mich, dass ich ihr Gott bin. Und wenn ich ihnen was Gutes machen würde, sagen wir, ich stell einen ganzen Berg Essen neben ihr Loch? Sie würden nicht stehn bleiben. Warum sollten sie stehn bleiben? Sie würden gleich anfangen und alles in ihr Loch reintragen. Einer, der im Toto gewinnt, schreit der denn, mein Gott, warum ausgerechnet ich? Erst wie man dir was Schlechtes macht, fangen deine Gedanken an und rennen.

Sagt, das ist grausam, sagt, Gott ist böse. Nein, er ist nicht schlechter als ich, wenn ich neben den Ameisen sitz. Er ist bloß zu groß für uns. Angenommen, ich will jetzt mit so einer Ameise reden. Was kann ich tun? Kann ich mit ihr reden? Kann ich ihr die Hand auf die Schulter legen und ihr sagen: Ganz schön heiß heute, was? Ich hab sie geschaffen, und ich kann doch nicht mit ihr reden. Warum hat Gott uns so anders von sich gemacht? Keine Ahnung. Vielleicht will er auf einen Blick alles sehn, was er gemacht hat, vielleicht hat er uns deshalb so klein gemacht. Und deshalb ist er jetzt allein. Zum Schluss hat er gar nichts davon, dass er sich die Menschen erfunden hat. Weil es gibt ja sowieso mehr, die nicht glauben, dass es ihn gibt, als welche, wo glauben.

Wenn ich mir jetzt eine Ameise aussuchen will, eine eigne, muss ich sehn, dass sie nicht dieselbe Form hat wie alle andern. Ich muss was an ihrem Körper machen, sonst kann ich sie nicht erkennen. Dass ich sie bloß nicht umbring dabei. Wie ich die Sache auch dreh, es kommt immer wieder dasselbe dabei raus: Gott hat, noch wie ich im Bauch von meiner Mutter war, beschlossen, mir so ein Zeichen zu machen, dass er mich, wo immer er ist, von weitem sehn kann und mich nicht verwechselt mit wem andern. Und ich seh ihn auch manchmal in der Nacht, wie er leidet, weil er so gar nicht in der Welt ist, die er geschaffen hat. Ich streit nicht mit ihm. Einer, den Gott auserwählt hat, der kann Gott auch sehen, wenn der selber leidet.

Weil er mich ausgewählt hat, deshalb sag ich ihm auch schön Danke. Und alles, was er mir in den Kopf setzt, was ich machen soll – da frag ich nicht weiter nach. Ich zerbrech mir bloß den Kopf, dass ich es auch genauso mach, wie er es haben will.

Dudi

Ich schlaf im Bett. Auf einmal spür ich Itziks Hand. Ich dreh mich auf den Bauch, er lässt mich nicht, ich schrei ihn an, er soll gehn.

»Mensch Dudi, schrei doch nicht so, du weckst ja das ganze Haus auf! Halt die Klappe. Weck ich dich etwa jede Nacht auf, dass du so tobst? Wenn ich dich mal aufweck, dann bloß weil es wichtig ist. Stimmts nicht, Dudi?«

»Meinen ganzen Traum hast du mir kaputtgemacht, Itzik, ich sag dir, das war ein Traum –«

»Wieso, was hast du geträumt?«

»Weiß ich nicht mehr, ich weiß gar nichts mehr davon.«

»Was heulst du mir dann vor?«

»Wenn ich mich erinnern könnt, hätt ich keinen Grund zum Heulen. Warte, warte, da kommt es wieder. Das Pferd. Ich hatte ein Pferd – ein tolles Pferd hab ich, ganz schwarz, bloß mit einem weißen Fleck auf der Stirn, und wie ich mich auf es draufsetz, da geht so ein Lied los, wo mir beim Hören schon die Tränen kommen. Mehr weiß ich nicht mehr. Der ganze Traum ist futsch.«

»Und, hast du auch noch ein tolles Mädchen dabeigehabt? Mit so einem schwarzen Rock bis zum Boden und einer weißen Schürze über dem Rock und langen Haaren, noch länger als wie die von Etti? Hat sie aufm Balkon gestanden und geweint, dass du weggehst?«

»Woher hast du das? Wieso weißt du meinen Traum? Jetzt sag mir bloß nicht, dass wir auch im Traum zusammen sind, wir beide.«

»Von wegen im Traum. Ich hab heut Nacht noch kein Auge zugetan. Aber ich bin mit dir zusammen im Kino gewesen, daher weiß ich das. Von dem Film, den wir gesehn haben, Dudi, den ganzen Traum hast du aus dem Film, und das Mädchen da, das hat genau vor der Pause geheult. Danach hat Schuschan uns rausgeschmissen. Schade, dass er dich nicht schon früher rausgeschmissen hat, dann hättst du das jetzt nicht im Kopf.«

»Echt, du hast recht. Ich glaub, ich spinn. Aber wozu hast du mich geweckt? Einmal denk ich an nichts und schlaf wie ein Brett, und grad dann weckst du mich auf. Was ist passiert? Jetzt sag schon, was ist los. Was erzählst du mir jetzt von dem Film. Du hast doch gesagt, es wär was passiert, oder?«

Danach musst ich ihm sagen, was für Farben die Federn von Delila haben. Ich dachte, jetzt ist er nicht mehr ganz dicht. Er hat mir doch versprochen, wenn alles so weit ist und wir Delila dressiert haben und sie ans Fenster stellen, dass wir dann wie Könige schlafen können. Wie Könige, hat er gesagt. Und jetzt ist es ihm plötzlich ganz wichtig, dass ich ihm die Farben auf Delilas Kopf sag? Er packt mich fest an der Hand, als wär er selber ein Raubvogel, und wirklich sind seine Finger ja so krumm. Und er hat mich nicht in Ruh gelassen, bis ich ihm nicht gesagt hab: Auf dem Kopf hat sie dieselben Federn wie am ganzen Körper auch, genau dieselben. Dann hat er mich mit in sein Zimmer genommen, damit ich sie mir ganz genau anseh, mit meinen Augen.

»Stimmt es nicht, dass sie erst am ganzen Körper dieselbe Farbe gehabt hat«, fragt er mich, »stimmt es nicht, dass wir deshalb aus dem Vogelbuch gewusst haben, dass sie ein Mädchen ist? Dann guck sie dir jetzt an! Schon ein paar Tage geht das so, aber ich habs nicht geglaubt – jetzt kriegt sie Jungenhaare auf dem Kopf! Noch zwei Tage, dann hat sie da die ganze Kappe von den Falkenjungen. Guck dir das an und sag mir, bin ich jetzt blind, oder was?«

»Ich seh, sie bekommt graue Federn auf dem Kopf, und auch ein bisschen Blau ist dabei, aber nicht stark.«

»Was ist denn los mit der, Dudi, was hat die denn? Wie ich gesehen hab, sie wechselt die Schwanzfedern, da hab ich noch gedacht, das ist vielleicht weils so heiß ist im Sommer. Dann hat sie einen roten Bauch gekriegt, da dacht ich, gut, das sind die Geschichten von den Mädchen, jetzt ist ihr eben nach einem roten Kleid mit schwarzen Flecken, bald zieht sies wieder aus und wird wie früher. Aber jetzt seh ich, die wechselt sich nicht mehr zurück, die wird langsam ein Junge! Einfach so. Die betrügt mich. Plötzlich, auf einmal. Warum, warum tut sie das, Dudi, was meinst du?«

»Beruhig dich, Itzik, guck dich doch an, du zitterst ja richtig! Und du weißt selber ganz genau, warum sie sich verwandelt!«

»Sag das nicht!«

»Das sag ich wohl. Du hast mich aus meinem schönsten Traum gerissen, dann sag ich es jetzt auch: Die verwandelt sich bloß wegen deinen Dressurübungen. Weil du sie nie einfach mal so rauslässt, einfach so zum Spaß. Du schikanierst sie bloß die ganze Zeit rum. Einen Rekrut hetzen sie nicht so rum. Am Anfang hast du gesagt, sie wär eine Königin, sie würd im Himmel wohnen. Zur Königin von allen Vögeln hast du sie gemacht. Sie und Gott, die wohnen da oben Tür an Tür. Sogar ihre Köttel wären schön, hast du gesagt. Und was hast du aus ihr gemacht? Einen Grenzpolizist! Zeig mir noch eine Königin, die wo vor Hunger den ganzen Tag lang schreit! Ich sag dir, Itzik, wenn sie nicht die Lederschnur an ihrem Bein hätte, die wär dir längst abgehaun und zurück in den Himmel. Aber so, wohin soll sie abhaun? In den Spülstein? Sie will dir zeigen, dass sie nicht länger alles mit sich machen lässt. Die macht nicht mehr, was du von ihr willst. Ab heute entscheidet die für sich selbst. Dafür hat sie sich verwandelt! Wenn du dir was in den Kopf gesetzt hast, dann begeisterst du dich, was für einen tollen Plan du hast, und du gehst keinen Millimeter davon ab, egal was kommt. Aber die, die hat keinen Mund. Wie soll sie dir Nein sagen? So sagt sie Nein.«

Sieben Uhr abends. Itzik und ich sind allein in der Schule. Den ganzen Tag, wo Warnalarm war, wollten wir hierherkommen. Für das Vogelbuch. Das hab ich ihnen ins Lehrerzimmer zurückgestellt. Aber wir kamen nicht rein. Alles war abgeschlossen. Um halb sieben abends kam Zion, der Hausmeister, ist rein und hat die Tür offengelassen. Wir sind nach ihm rein und haben uns versteckt, bis er gegangen ist. Die ganze Zeit hatte Itzik Angst, dass Delila den Mund aufmacht. Wie Zion draußen war, haben wir das Buch im Lehrerzimmer gefunden, es stand noch genau da, wo ich es hingestellt hab, und wir haben gesehn, dass die Farben von Delila wirklich zu denen von einem Männchen gewechselt haben.

Ich hab die ganze Zeit gesehn, gleich rastet Itzik aus, und ich hatte echt Angst vor ihm. Hab alles probiert. Dass vielleicht auch im Film die Kess vom Weibchen zum Falkenmännchen wird, wir hätten ja nicht das Ende gesehn. Wenn Schuschan sich nicht in der Pause auf die Bühne gestellt hätte und gerufen hätte: »Die Brüder Dadon – raus!«, dann hätten wir vielleicht gesehn, dass mit Kess dasselbe passiert ist.

Ich hab mich erinnert, wir standen da an der Tür, mit einer Kinokarte für zwei, und wie wir uns draußen noch die Filmbilder angucken, sagt Itzik zu mir: »Glaub mir Dudi, wenn du in einen Film gehst, dann bist du raus aus der Welt. Ein Paradies ist das, hörst du, ein Paradies. Einen Himmel in der Farbe und so weißen Schnee und solche Pferde, das gibts eh nicht auf der Welt, das gibts nur im Film. Bloß dass der Wächter vor dem Tor zum Paradies eben kein Engel ist, sondern Schuschan, dieser Hurensohn. Komm, drück dich eng an mich, wir gehn zusammengeklebt für einen rein.«

Er ist als Erster rein, mit der Karte, und ich schnell hinter ihm, und hab auch in die andre Richtung geguckt. Schuschan hat ihm die Karte eingerissen und ihn durchgelassen, aber mich hat er am Hosenbein gepackt und nicht durchgelassen, »Immer schön langsam, Monsieur Dadon, wo meinst du geht es hier rein? Hast du schon mal davon gehört, Dadon, dass keiner ins Cinema reinkommt, wenn er seinen Geldbeutel nicht erst etwas erleichtert?« Itzik war auch stehn geblieben und nicht reingegangen. Schuschan sah ihn warten und redete weiter: »Nur dass dus weißt, mein schmaler Monsieur Dadon, ich zähle die Leute, die reingehn, an den Beinen. Deshalb sitz ich auf dem Kindergartenstuhl. Früher seid ihr mir problemlos durchgewitscht, da hab ich nach den Köpfen von den Leuten geguckt, und schon sind mir unten drei oder vier durchgewitscht. Heut weiß Schuschan aber: Auf jede zwei Beine, die er zählt, reißt er eine Karte ab. Wie in die Arche Noah marschieren sie hier rein, rechtes Bein, linkes Bein, dieselbe Hose, dieselben Schuh. Warum? Weil den Kopf, Dadon, den kann jeder hinstecken, wo er will. Aber noch ist kein Mensch geboren, der mir hier langgeflogen kommt. Nichts zu machen, alle kleben sie auf der Erde, damit sie nicht vergessen, wo ihre Reise mal anfing und wo sie auch wieder enden wird.«

Ich mach ihm ein Gesicht, als würd ich gleich losheulen, da erinnert er sich an Papa, und es war ihm unangenehm. Schnell erklär ich ihm, eine halbe Karte für jeden von uns, und in der Pause würden wir auch rausgehn: »Zwei halbe, das ist doch so gut wie einer.« Er vergaß Papa, und alle, die schon drinnen warn, lachten zusammen mit ihm über mich: »Im

Rechnen bin ich noch ganz gut, mein schmaler Dadon. Zwei halbe Filme auf eine Karte? So was hats noch nie gegeben und so was gibts auch nicht. Sag, als ihr zwei auf die Welt gekommen seid, habt ihr da auch zu Gott gesagt, lass uns zusammen auf eine Karte rein, wir schwören dir, wir kommen nur für ein halbes Leben auf die Welt?« Ich sah, Itzig mag nicht, wie er über Gott redet, und kriegt drinnen gleich die Krise. Ich frag Schuschan: »Aber warum denn? Für dich ist es doch dasselbe Geld, Schuschan. Tu eine gute Tat.« Da fing er an, unser Vater wär wirklich arm dran, er würd sich schämen, uns so zu sehn, denn er wär einer gewesen, der im Leben nie um was gebeten hätte, was ihm nicht zusteht, und er hätt auch nie im Leben was umsonst gegeben.

Ich hab schon fast geheult deshalb, aber Itzik hielt mich fest, dass ich nicht rausgeh, und machte jetzt ein Prinzip draus. Und Schuschan kriegte den Mund nicht zu: »Ich bin keinem eine Erklärung schuldig! Das ist unser Problem hier im Land. Alles muss man erklären. Sogar ein Großer soll sich einem Kleinen erklären? Wo gabs das früher, dass ein Kind überhaupt den Kopf hebt, um mit einem Erwachsenen zu reden. Das Kind hat gewusst, dass sein Kopf genau auf der richtigen Höhe sitzt und es nur sieht, was es sehn muss. Hab ich nicht recht, Schula? Nein, wir haben noch nicht angefangen. Zwei Minuten von jetzt, dann fang ich an, und wie gehts Zion? Wo war ich stehn geblieben, Dadon? Wenn das Kind seinem Vater bis an die Knie reicht, wenn es ein Jahr lang bloß seine Knie sieht, dann ist es das, was es sehn muss. Und alles, was es sich das Herz ausschütten muss, das soll es den Knien von seinem Papa erzählen. So war das früher. Und warum? Weil das alles unreifes Zeug ist, das ists nicht wert, angehört zu werden. Und die klugen Sachen, die sein Vater ihm zu sagen hat, die kriegt es nicht über die Ohren mit, die fallen direkt von oben in seinen Kopf. Dreizehn Jahre ist es auf der Welt und hebt nicht den Kopf, um seinem Vater in die Augen zu sehn.«

Ich sah auf Schuschans Uhr, gleich geht die Wochenschau los, und er ließ uns immer noch nicht rein. Und Itzik, ich kenn meinen Bruder doch, der kann jeden Moment ausrasten, und zum Schluss schmeißen sie uns noch beide raus. Ich sag zu Schuschan: »Dann lass uns eben bloß einmal so rein, du hast uns die Karte schon abgerissen, was juckt es dich?« Aber der ist aus Eisen. Jetzt haben sie die Tür schon von innen zugemacht, und man hört den Anfang von der Wochenschau. Er schaute mir in die Augen: »Also, Monsieur Dadon, wie entscheidest du dich? Vielleicht machst du deinem Bruder eine großzügige Geste und lässt ihn reingehn. Schade, wenn er den ganzen Anfang verpasst.« Zum Glück kam dann Rachel dazu.

»Hab ich nicht recht, Rachel?«, sagt er zu ihr, und schon hat er einen andern Ton wegen ihr. Ich dachte, jetzt lässt er uns rein, aber nein, er musste uns noch ein bisschen schmoren lassen. »Kommt, zählt zusammen mit mir: zwei Strumpfhosenbeine, zwei neue Schuhe mit Absatz, eine Karte. Komm, komm einen Moment, schöne Rachel, sag mir, was sagst du dazu. Du verpasst den Film nicht, jetzt läuft erst mal die Wochenschau. Ich hab hier diese beiden Früchtchen, die wollen zusammen auf eine Karte in den Film, bis zur Pause. Was meinst du?« Und Rachel legte los: »Was hat denn dich gestochen, Schuschan? Mit zwei Waisenkindern machst du den Geizhals?«, und ging rein. Aber Schuschan murmelte »Die hat gut reden« und wollte, dass wir ihm noch schwören: »Aber ich, ich will euch beide in der Pause hier sehn, dass ihr Schuschan bittet, euch rauszulassen. Die wollen so ehrlich sein, dass sie zu Noah in der Arche kommen und sagen: Wir haben nur bis hierher eine Karte gelöst, jetzt schmeiß uns in die Flut, wir sind ja keine Betrüger. Und jetzt ab mit euch durch die Mitte. Der Film fängt an. Aber leise, dass ihr nicht die Leute stört. Ist eh kein besondrer Film, bloß so ein Kind mit so einem Vogel. Ich glaub, die haben mir den falschen Film geschickt.«

Wer hätte gedacht, was wir wegen dem Film alles erleben würden? Am Anfang war Itzik noch gereizt und sagte: »Den mach ich noch fertig, das sag ich dir. Der redet mir nicht so über Gott. Man könnt ja meinen, er und Gott, die wohnen Tür an Tür. Gott hat bestimmt noch nie im Leben auf ihn geguckt.« Bis die Leute gerufen haben, er soll die Klappe halten. Noch ein bisschen, und sie wärn aufgestanden und hätten ihn verhauen. Schnell hab ich uns einen guten Platz gesucht. Ich hab mit ihm getauscht, dass er hinter einem kleinen Kind sitzt, damit er gut sieht, und erst, wie ich gesehn hab, dass er sich gefangen hat, bin auch ich rein, in das Paradies von dem Film. Aber was war das für ein Paradies! Der Junge hat die ganze Zeit von allen Prügel eingesteckt: von seinem Lehrer, von seinem Bruder, vom Fußballtrainer, von wem nicht? Von allen steckt er ein, und bloß weil er keinen Vater hat, der ihn beschützt. Aber das, das hat Itzik gar nicht gesehn. Wie er sich beruhigt hat, hat er bloß noch das Falkenjunge gesehn, und wie der Junge es dressiert und wie er klauen geht, auch ohne unsere Gebote. Die konnten ihn alle mal, er hat mitgehn lassen, was er gekriegt hat.

Draußen wurde es schon dunkel. Bloß wir beide allein in der Schule. Ich hab geredet, aber Itzik antwortet mir nicht. Er geht vorneweg, ich hinterher. Keine Ahnung, wo er hinwill. Da geht er in den Werkraum, nimmt die große Schere von Simcha, und nach einer Sekunde, echt, bloß eine Sekunde, wie wir da stehn mit der Schere und Delila, da fallen zwei Mords-Katjuschas. Bestimmt bei uns im Ort. Todsicher. Die erste hat gleich den ganzen Strom runtergeholt.

Im Dunkeln sind wir runter in den Schutzraum von der Schule, was auch unsre Turnhalle ist, und da saßen wir bei der neuen Notbeleuchtung, die sie grad eingebaut haben, und ich freu mich schon über die Katjuschas. Ich hoff, jetzt vergisst er, was er vorhat. Ich denk mir, jetzt vergisst er auch alles, was ich über Delila gesagt hab. Aber denkste, die Katjuschas stören ihn nicht. Der Strom auch nicht. Noch zwei Katjuschas mehr hätten ihn auch nicht gejuckt. Ich schwör ihm, sowie wir aus dem Schutzraum raus sind, frag ich jemanden, was am Ende von dem Film passiert, aber er hört mich gar nicht, er hat sich schon wieder was in den Kopf gesetzt. Bei den Filmen interessiert ihn das Ende nie. Er sagt mir immer: »Ich sag dir selber, wies ausgeht.« Immer entscheidet er alles allein. Und wie er sich was in den Kopf gesetzt hat, hört er nichts andres mehr. Ich sag ihm, vielleicht kommen ihr ja in zwei, drei Tagen die Federn zurück und sie wird wie früher. Vielleicht wechselt sie sich ja zurück. Er antwortet nicht. Ich hab ihm nichts mehr zu sagen. Ich halt den Mund.

Er gibt mir die Lederschnur in die Hand und sagt, bind sie an die Turnbank. Ich bind sie an. Er sagt, und jetzt nimm mir meine Mütze vom Kopf, und ich nehm sie ihm ab und leg sie ihm auf die Knie. Er packt Delila fest an beiden Seiten, steckt sie in die Mütze rein und will, dass ich ihr die Federn auf dem Kopf wegschneid und die am Körper auch, so wie ich ihn rasiert hab. Er sagt mir: »Scheißegal, ob alle andern ihre Federn wechseln, scheißegal auch, was in dem Buch steht. Sie ist nicht alle andern. Ich hab sie mir aus allen ausgewählt und ich hab eine Königin aus ihr gemacht. Ich erlaub ihr nicht, dass sie sich wechselt.« Ich nehm die Schere, und meine Hände zittern, sie wollen nicht schneiden. Die ist edel, aber stark, das hat er selber gesagt. Ich sag ihm: »Das ist gefährlich, was hat sie dir getan? Lass sie in Ruh.« Da steht er auf, hält sie mir hin und schreit: »Schneid ab, alles ab. Ist mir scheißegal!« Ich sag: »Ich kann nicht, ich kann das nicht«, und er schreit mich an: »Schneid jetzt! Mach sie kahl!« Und ich geh ein paar Schritte zurück, und er kommt auf mich zu, bis er nicht mehr weiterkann wegen der Lederschnur an der Bank. Ich lass die Schere auf den Boden fallen, und er hebt sie auf. Eine Ewigkeit versucht er, sich die Schere richtig auf seine Finger zu setzen. Zum Schluss sitzt er auf der Bank und fängt an und bearbeitet ihren Kopf. Seine Hand ist so riesig, und ihr Kopf klein wie ein Ei. Mit seiner Hand, mit der er nichts schneiden kann, will er an ihrem Kopf arbeiten. Und sie hackt mit ihrem Schnabel in seine andere Hand, wo er kein Gefühl drin hat. Das ist die Hand, die er Oschri und Chaim immer gibt, dass sie ihm da Nadeln reinstecken, und er stellt sich schlafend, und die werden schier verrückt, dass ihm die Nadeln nichts ausmachen.

Ich steh dabei und schau sie an. Ich konnt nichts machen. Noch nicht mal irgendwas Kleines, so schnell ist das gegangen. Ich hab nur gedacht: Wenn ich bloß nicht hier stehn würde, wenn ich das nicht mit ansehn müsste. Ich hab alles gesehn. Wie ihr Kopf nicht mehr hält, wie soll er auch halten, auch der Kopf von einem Menschen hätt nicht gehalten. Ich hab ihren Kopf gesehn, wie er in die Mütze fällt, und die war voll mit ihrem Blut, ich hab den Moment gesehn, wo er gefallen ist, und wie Itzik da hinstarrt und hinstarrt und anfängt und um sie weint, leise, ganz leise in sich rein hat er geweint, und es hat noch ne Weile gebraucht, bis ihm die Tränen in die Augen hochgestiegen sind. Und dann, wie sie rausgekommen sind, da hat er sie sofort mit den Fäusten abgewischt, an denen klebten noch Delila ihre Haare und die Federn, und ich hab gedacht: Delila ist tot. Delila ist tot. Er hat sie umgebracht. Sie ist tot. Und ich bin zur Tür. Ich bin gegangen. Hab ihn dagelassen.

Unten im Wadi an der Quelle, es war dunkel, aber ich wusste, was ich tun muss. Delila war tot.

Delila war tot und mit ihr der ganze Plan. Und die Fähnchenketten, kein andrer weiß, wo wir die aufgehängt haben, bloß ich kann sie runterholen. Ich hab mich hingesetzt und gewartet, bis ich Kraft hatte, da hochzuklettern. Ich trank ein bisschen aus der Quelle und ging langsam, dass ich nicht noch in irgendein Loch reinfall, und ich kam bis zu dem roten Baum. Keine Ahnung, wie ich ihn hochklettern sollte, im Dunkeln, und sie runterholen, und so fing ich an und spring hoch und reiß ab, spring hoch und reiß ab. So bin ich vielleicht hundertmal gehüpft, bis ich das erste Fähnchen erwischt und feste gezogen hab, aber das andre Fähnchen hing an einem Ast und ist zerrissen, und ich bin immer wieder hochgesprungen. Dann hab ich einen Ast packen können und runtergezogen und hab die ganze Schnur mit den Fähnchen abgemacht, und dann ist mir der Ast ins Gesicht gesprungen und hat mich geschnitten, aber das war mir jetzt egal. Da hab ich die ganze Kette runtergezogen, bis ich sie ganz in der Hand hatte, bloß ein Fähnchen ist mir zerrissen, vom Meeresstreifen bis zum Himmelsstreifen. Wenn ich noch ein bisschen gezogen hätt, wärs ganz durchgerissen. Mein ganzer Körper hat gezittert, ich wusste, dafür musst du dich entschuldigen. Aber bei wem? Du kannst dich ja nicht bei einem Stück Stoff mit einem Bild drauf entschuldigen.

Im Dunkeln hab ich Itziks Stimme in meinem Kopf gehört: Du entschuldigst dich doch nicht bei einem Stück Stoff mit einem Bild drauf, Dudi, hast du kapiert? Ich war sauer auf ihn, weil er so tat, als hätt er den Gedanken selber gedacht, obwohl der bei mir war, noch bevor Itzik den Mund aufgemacht hat. Zum Schluss hab ich gedacht: Herzl, bei dem kann ich mich entschuldigen, und ich hab geschrien: Herzl, Entschuldigung! Entschuldigung, Herzl! Und ich hab den Kopf gehoben und wollt es ihm direkt hoch zu seinem Balkon rufen, da im Ausland, wo er auf den ganzen Bildern steht. Ich mach dir auch ein neues Fähnchen, Herzl. Für jedes, wo ich hier zerreiß, mach ich dir zehn neue.

Und den ganzen Weg lang hab ich nicht aufgehört und geschrien: Entschuldigung, Entschuldigung!

Auf einmal fing ein gemeiner Wind an, so einer, der jeden Moment die Richtung ändert, aber ich bin weiter ausm Wadi hochgelaufen. Die großen Felsen haben jetzt ruhig auf mich gewartet, ganz schwarz, und ich hab mich nicht mehr erinnert, wie ich sie zum ersten Mal hoch bin, als ich die Fähnchen aufgehängt hab, und wie ich zu einem hingegangen bin, ist er mir plötzlich größer geworden. Vielleicht war das auch der Wind, der in sie gefahren ist, oder die Dunkelheit. Und sowie ich nah an einem Felsen war, hat er mich angemacht: Wer kennt dich nicht, du bist doch der kleine Bruder vom Itzik. Dann zeig mal, was du kannst, ohne dass er dir zeigt, wie du wo hochkommst. Aber ich hab bloß in den Himmel geguckt und hab die Sterne gesehn, die sind die ganze Zeit mit mir mitgegangen, und wie ich den Kopf runtergetan hab, hab ich gespürt, wie sie mir oben eine Schnur anbinden und auf mich aufpassen.

Und ich hab geradeaus geguckt und bin über die Felsen von einem zum nächsten geklettert, und ich hab nicht kein einziges Mal den Kopf gehoben, um die Sterne zu sehn. Sie sollten nicht denken, dass ich ihnen nicht vertrau. Und ich bin schnell gegangen. Musste ja nicht auf Itzik hören, ob er hinter mir ins Schnaufen kommt, ich bin nicht stehn geblieben, auf ihn warten, und ich hab nicht gemerkt, dass ich schon bei dem Johannisbrotbaum angekommen war, bis ich nicht die Fähnchenkette sah, die ich da in den höchsten Ästen aufgehängt hab. Und der Mond stand über ihnen, und ich hab mich gefreut, ihn mit den Fähnchen zu sehen. Und ich bin zu dem Baum hin, hab seinen Stamm umarmt. Im Dunkel war es sogar leichter, hochzuklettern, wo du selber mit der Hand spürst, wo er Löcher hat und wo was vorsteht. Und ich bin bis in die obersten Äste geklettert und dachte, ich hol sie da runter, alle Fähnchen, heil und unverletzt, aber die hatten schon Löcher von der langen Zeit, die sie da schon hingen, und bei jedem Fähnchen, das mir zerriss, hab ich mich bei noch wem entschuldigt, bei Herzl, bei König David, bei Abraham, Isaak und Jakob und den vier Stammmüttern, und auch Hagar hab ich dazugenommen, weil sie die in der Wüste ausgesetzt haben, mit Ismael, und ich hab mich auch bei allen unsern Soldaten entschuldigt, wo sie auch immer grad sind, hier im Norden oder da unten im Süden, im Osten und im Westen, wo auch immer, und bei denen, die nicht da und nicht da und nicht da und nicht da sind, sondern schon unter der Erde oder im Himmel, und danach hab ich leise, aber bestimmt gesagt: Liat, entschuldige. Aber im Herzen drin hab ich gewusst, das wird sie mir nie im Leben verzeihn.

Und ich dachte, bloß gut, dass ich das mach, und nach dem Johannisbrotbaum bin ich auch schon fast zu Hause. Denn die Katjuschas reichen uns schon. Brauchen wir dazu noch, dass die Terroristen schnurstracks in unsre Wohnung kommen? Jetzt, wo Delila tot ist, pickt ihnen keiner mehr die Augen aus. Die würden uns alle zusammen erwischen, Mama und Oschri und Chaim, und Etti und Kobi auch. Und ich sagte: »Kobi«, ganz laut sagte ich jetzt »Kobi«, und Itzik fing nicht an, im Dreieck zu springen.

Und ich dachte an Mama. Sie hat mich ganz gesund geboren, aber Itzik ist sich sicher, ich bin bloß zur Welt gekommen, damit ich sein Ersatzteil bin. Gott hätt das so eingerichtet, dass meine Hände seine Reserve sind. Und wie ich wütend war, wurde auch der Wind noch wütender und pfiff, er hat schon seine ganze Sippe ins Wadi gerufen, seine Brüder, Schwestern, Onkel, Cousins, aus allen Richtungen kamen sie an. Und ich ging jetzt den Weg hoch, den wir immer runtergehn, wenn wir von unsrer Wohnung ins Wadi gehn, und an den großen Bäumen mit den Eicheln vorbei, und hab sogar den Wind schon nicht mehr gehört und keinen Teil von meinem Körper gespürt. Nicht die Füße, nicht die Hände, nicht das Gesicht.

Und auf einmal war der Strom wieder da. Ich bin noch im Wadi, und der Strom kommt zurück, und ich hab unsern Ort auf dem Hügel gesehn, wie ein Fernsehbild im Dunkeln, wenn überall drumrum das Licht ausgeschaltet ist, und ich hab schon gesehn, wie unsre Blocks näher kamen, und ich spür wieder die Beine, die Arme und das Gesicht, und sag laut: Die Gedanken von Dudi sind nicht bloß Wind! Meine Gedanken, die tauscht mir keiner mehr aus.

Einen Block seh ich auf der rechten Seite und einen links, und unser Block stand in der Mitte, wie eine Braut, die sich den ganzen Tag im Brautsalon feingemacht hat, für ihren Bräutigam. Am Eingang das Bild mit den Bergen und dem Schnee und dem fallenden Wasser von Meikel, und alle Fenster vom Block mit Licht, und an unserm Fenster seh ich die Schnur mit den Fähnchen im Wind flattern, aber die muss ich nicht mehr runterholen, wozu auch, wir haben die Terroristen ja nicht mehr angelockt, das waren bloß ein paar vergessene Fähnchen vom Unabhängigkeitstag.

Mein Gesicht war wie Eis, und ich wollte bloß noch in unsern Schutzraum und auf irgendeine Matratze fallen. Aber ich hab selber kapiert, wenn ich jetzt, mitten in der Nacht, plötzlich in den Schutzraum komm, wo alle schlafen, mit meinen dreckigen Klamotten und so verkratzt, da würden die Leut sterben vor Angst oder mich vor Wut totschlagen. Und ich, was wollte ich? Vor allen schwören, dass ich nie mehr in irgendwelche Wohnungen einsteig, dass ich bloß noch durch die Türen in Wohnungen reingeh. Und fast hätt ichs bei Papa geschworen, ich war schon drauf und dran, da ist mir Itzik eingefallen, der sagt, wir schwören nicht beim Vater, wir haben keinen Vater. Und ich hab mit ihm gestritten: Doch! Doch, wir haben einen! Wir haben einen toten Vater! Ich hab ihn nicht vergessen. Kein Tag, an dem ich nicht an ihn denk. Kein Tag, an dem ich nicht seine Hand auf meiner Schulter spür. Wie ein Kissen lag sie da und hat mich gewärmt. Und ich weiß auch noch, wie er mir das Papier vom Eis abgemacht hat, ganz vorsichtig, dass die Schokoladenhülle nicht bricht, und dann hat er mir den Stiel mit dem Papier in die Hand gegeben, wie eine Banane, damit es nicht tropft, und ich erinner mich auch, wie ich ihn am Schluss gesehn hab. Alles hab ich gesehn. Wie kann Itzik bloß denken, ich hätt das vergessen.

Wie soll ich das je vergessen, dass Papa da lag, ganz schön, schöner als alle, die drumrumstanden und geschrien haben und mich die ganze Zeit weggeschoben haben. Sie haben mich aus dem Kreis der Leute weggeschoben, dass ich ihn nicht seh, aber ich bin immer wieder zurückgekrochen in den Kreis und hab ihn mir genau angeguckt. Am schönsten von allen war Papa, obwohl sie lebendig waren und er auf dem Boden tot.

Und das brachte mich auf einen anderen Gedanken wegen seinem sechsten Todestag, wo wir ihm jetzt keine Feier machen, wegen den Katjuschas. Und ohne dass ich jemand gefragt hab, hab ich, Dudi, ganz allein beschlossen, dass wenn keiner dem Papa einen Todestag macht, aus Angst vor den Katjuschas, dann mach ich ihm einen! Weil ich bin ja sowieso schon draußen. Und weil man an so einem Tag nicht draußen rumläuft und zum Friedhof geht, wenn man erst mal im Schutzraum sitzt. Und wie ich schon am Fußballplatz vorbei bin und langsam bergauf geh, denk ich mir, hier werd ich auch schwören, weil das ist der beste Platz, um Papa zu schwören. Dass ich niemals mehr, nie mehr im Leben klauen geh, und dass ich nie mehr im Leben in Wohnungen einsteig, durch die Fenster. Ich komm bloß noch durch die Tür. Und den ganzen Weg zum Friedhof sag ich: Papa! Ich will anfangen und schwören, deshalb hab ich Papa gesagt. Bloß weiter kann ich nichts mehr sagen. Ich mach den Mund auf, da kommt Papa raus. Mein ganzer Mund ist voll von dem Wort: Papa, Papa, Papa, immer wieder Papa, Papa, ich weiß nicht, was mit mir los ist: Papa, Papa, Papa, Papa, ich kann nicht mehr aufhörn, Papa, Papa, Papa, Papa, Papa.

Kobi Dadon

1

Kobi Dadon, unterschreib mal mit so nem Namen, versuch das mal. Kobi Dadon: alle mittleren Buchstaben mit Loch. Mein Name hat bloß Löcher. Schon ein ›l‹ im Namen mit der kleinen Schlaufe oben würd mir die ganze Unterschrift in Form bringen. Ich könnt sie mit Schwung nach oben ziehn, das würd die ganzen Löcher unten wettmachen. Als gäb es nicht genug Namen mit ›l‹ – Aflalo, Almakias, Ilus, Amsalem, Lilo, na gut, es brauchen nicht gleich zwei ›l‹ sein, eins würd mir schon reichen, damit wär ich bedient und ich hätt ne Unterschrift wies sich gehört. Auch meine Handschrift, keine Ahnung was los ist, ich krieg sie nicht so hin, dass sie mehr Platz braucht. Wenn ich meine ganze Unterschrift mit dem Lineal mess, komm ich grad mal auf dreieinhalb Zentimeter. Und die kommt bei mir so vertrocknet raus, wie wenn Streichhölzer nebeneinanderstehn. Tausendmal leg ich mir die Unterschrift von Talmon vor, fahr sie mit einem schwarzen Stift nach, Talmon Israel, aber wie macht er das, bei ihm sieht die Unterschrift aus wie von einem Maler!

Sowie ein Schreiben von ihm auf meinem Tisch landet, hol ich gleich das Lineal, vermess seine Unterschrift, erst die Breite und dann vom größten bis zum kleinsten Buchstaben. Ich hab noch keine gehabt, wo weniger wie acht Zentimeter breit war und dreieinhalb bis vier Zentimeter hoch.

Dann mach ich mich an meine Unterschrift, setz mich auf dieselbe Art hin wie er, halt den Stift genau wie er, aber es wird nichts. Bei mir kommen bloß einzelne Buchstaben raus. Die werden sich nie im Leben miteinander verbinden. Keine Ahnung, wo ich sie noch größer machen soll. Wenn ich das ›D‹ am Anfang größer mach, wird sein Loch noch größer, und wenn ich alles größer mach, denkst du, das hat ein Erstklässler geschrieben. Sorum oder sorum, ich krieg es nicht hin. Heut müssen mit der Hauspost die Formulare fürs Lager kommen: das Formular zwei-drei-acht mit den Bestellungen von allen Abteilungen und das Formular vier-eins-zwei mit der Entnahmeerlaubnis. Wie lang hab ich dadran gearbeitet, bis ich sie so weit hatte. Und was versaut mir die Sache jetzt? Meine Unterschrift! Mir fehlt noch die endgültige Unterschrift, die durchs Werk zieht und mir Ehre macht.

Stell dir vor, der klügste Mensch auf der Welt würd das Werk besichtigen, von mir aus soll er einen ganzen Tag lang rumrennen und sich alles ansehn – wenn du den am Ende fragst: Wer ist hier nach Talmon der Boss? Er würde sagen: Die Abteilungsleiter, die Vorarbeiter oder die von der Arbeitskräfteverwaltung. Lass ihn zehnmal raten, er kriegt es nicht raus. Wenn du ihn fragst, wer bestimmt hier, was ins Werk reinkommt und was rauskommt, von der kleinsten Reißzwecke am schwarzen Brett an bis zum Größten, bis zu den Menschen, die hier ne Stelle kriegen, wer bestimmt, wer gefeuert wird, wer ne Lohnerhöhung kriegt – nie im Leben käm er drauf, auch bloß in meine Richtung zu gucken. Und wenn ich ihm sagen würd, hey, ich bin das, der würd über mich lachen. Aber deshalb brauch ich auch keine Angst haben. Ich kann den ganzen Tag aufrecht rumlaufen. Ich muss mich vor keinem verstecken.

Im ersten halben Jahr, wer war ich da für sie? »Der Kleine,

den sie statt der armen Rosetta eingestellt haben.« Meinen Namen haben sie erst gar nicht gelernt. Aber der Maschine, an der ich gearbeitet hab, haben sie einen besonderen Namen gegeben: das Monster. Nachts um zehn, wie wir in die Werkhalle gingen, liefen alle jungen Frauen schnell an ihr vorbei und spuckten in ihre Richtung aus. Niemand wollte an ihr arbeiten. Sie sind an ihre Plätze gegangen, und die ganze Schicht über ist ihre Spucke vor meinem Gesicht runtergetropft. Ich wollt ihnen sagen, dass sie damit aufhören, aber ich hatte echt Schiss, so wie die drauf warn. Und auch ohne denen ihre Spucke. Du stehst eh schon an einem hässlichen Platz. Keinen Funken Schönheit gibt es in der Halle. Ich hab mich jeden Abend fein angezogen, als würd ich ausgehn, bloß damit ich spür, ich bin da bald wieder weg, ich steig die Karriereleiter hoch. Da unten bleib ich keine dreiundzwanzig Jahre sitzen. Es heißt ja, Kleider machen Leute. Wenn du dein Leben lang dreckige Kleider trägst und nach Frittieröl stinkst, kein Wunder, dass du am Ende auf dem Boden liegst.

Bloß von diesen Nachtschichten hab ich mir den Rücken versaut. Ich konnt ihn danach nicht mehr grade halten. Und ich konnte ja nicht fragen, ob ich bei der Arbeit nicht vielleicht sitzen darf. Ich hatte Angst, dass sie mich wegen einem Stuhl rausschmeißen. Jeder, der mit mir geredet hat, sagte: »Ach, du bist jetzt auf Rosetta ihrem Platz«, und zog mir ein Gesicht, wie wenn ich schuld wär, dass sie mit dem Kopf an die Maschine geknallt ist.

In meiner ersten Nacht im Werk hab ich schon gelernt: Die Maschinen bleiben automatisch stehn, wenn es ein Loch in der Isolierung von den Kabeln gibt. Sofort stoppt der Stromfluss der Maschinen. Aber wenn ein Mensch sich wegen ihnen sein ganzes Leben versaut, merken sie nichts. Rosetta hat da um halb vier in der Nacht gestanden, an meiner Maschine. Halb vier nachts, das ist die Zeit, wo du durchdrehst, du glaubst nicht, dass du die Stunde noch überlebst. Zehn Mal in einer halben Minute wandern deine Augen zur Uhr, danach zu den Fenstern oben in der Decke, – was gäbst du drum, das erste Licht zu sehn, und dann wandern sie wieder zurück zur Uhr. Alles steht – die Uhr bewegt sich nicht, das Dunkel bewegt sich nicht. Dann denkst du auf einmal, das wars wohl. Die Zeit steht still. Gott ist schlafen gegangen und hat vergessen, einen Aufseher dazulassen, der den Zeiger weiterdreht. Angenommen, sie wären um zwei oder drei in der Nacht gekommen und hätten uns einen Wisch vorgelesen, dass wir ein Jahr von unserm Leben geben, wenn sie uns jetzt schlafen lassen würden? Alle hätten Schlange gestanden und unterschrieben. Aber nach der Sache mit Rosetta schlief hier um halb vier keiner mehr. Immer wenn ihre Zeit kam, warn alle wieder hellwach und haben den Kopf in meine Richtung gedreht. Das ganze Werk stand unter Strom, jede Nacht haben sie das gemacht, eine Art Gedenkminute für Rosetta, obwohl die ja noch lebt. Tausend Gedanken kamen mir um drei Uhr in den Kopf, ich dachte, ich will den Lärm von den Maschinen ausschalten, könnt sie mit ner Axt zerschlagen, und mit allen zusammen hab ich an Rosetta gedacht.

Es war an einem Donnerstag gewesen, Rosetta hat genau da gestanden, wo ich steh, das Kabel lief durch ihre Finger. Alle sagen, was für Finger sie gehabt hat, sie hat gefühlt, ob es einen viertel Millimeter zu dünn oder zu dick war. Vielleicht hat sie den Kopf zur Seite gedreht, hat sehn wollen, ob es hinter den Dachfenstern schon hell wird, da ist ihr plötzlich ihr langes Haar zwischen die Räder gekommen, und es hat sie reingezogen, wie wenn auch ihre Haare eingefädelte Kabel wären. Es hat sie bis zum Ende reingezogen, bis ihr Kopf gegen die Maschine geknallt ist. In fünf Sekunden zieht die Maschine dreißig Zentimeter Kabel oder Haare ein, oder was eben kommt. Der Maschine ists doch egal, was sie frisst. Was da reinkommt, läuft durch einen Dschungel von Rädern und kommt am andern Ende wieder raus. Immer wieder haben sie in der Kaffeepause davon erzählt und gefragt, warum ist keiner aufgesprungen, warum hat keiner die Maschine ausgemacht, und wieder schimpfen sie: Wenn wir nicht mit dem Rücken zueinander sitzen müssten, damit ja keiner die Augen von einem andern Menschen sieht, damit wir wie Maschinen für sie arbeiten, dann hätten wir es bestimmt gesehn. Todsicher. Aber so? Und wie hätten wir sie hören sollen, bei dem Krach hier, wie denn?

Danach erzählten sie von denen, die mit dem Gesicht zu ihr gearbeitet haben, aber die waren viel zu weit weg. Die sind sofort aufgesprungen, vier auf einmal, aber fünf Sekunden ist keine Zeit, was kannst du in fünf Sekunden machen, das ist echt keine Zeit, fünf Sekunden.

Erst nachdem sie sich langsam wegen Rosetta beruhigt hatten, fing ich an, das Werk so zu sehn, wie es ist. Mit den Witzen in der Kaffeepause, was da so abgeht, wenn sie die Alukanne mit dem Tee an den Schwachstrom von den Maschinen anschließen, dass wer sich einen Tee macht, ein bisschen hüpft. Mit der Kassette »Du, Blume in meinem Garten«, die sie nie wechseln, immer bloß umdrehn. Nach einer Weile hab ich gesehn, sie achten schon nicht mehr so auf die Schutzregeln wie am Anfang, eine halbe Stunde nach Schichtbeginn nehmen sie die Brillen ab, dann die Ohrenschützer, keine hält es damit länger aus, bei der Hitze. Bloß das Haar binden sie seitdem alle zusammen, keine traut sich, damit aufzuhören. In der ersten Zeit besuchte immer wieder jemand Rosetta und erzählte dann von ihr, das hat sie daran erinnert, aber das um halb vier in der Nacht machten sie dann nicht mehr. Damit haben sie aufgehört. Und irgendwann haben sie auch angefangen, um meine Maschine zu streiten. Auf einmal haben sie sich erinnert, dass es die beste Maschine im

Werk ist. Sie haben ihr alles verziehn und bei Schichtbeginn schnell ihre Karten gestempelt und sind in die Halle gerannt, um als Erste bei ihr zu sein und an ihr zu arbeiten.

Um Viertel nach sechs bin ich mit dem Fahrdienst nach Hause gekommen, Mama war schon lang auf den Beinen, hat mir einen Tee hingestellt, und dann bin ich ins Bett gefallen, das war noch warm von ihr, und auch der Geruch von ihr war noch im Bett, aber nicht mehr so sauer, wie als sie noch gestillt hat. Bis nachmittags hab ich auf ihrer Seite geschlafen und bin nachts wieder zur Arbeit. Jeden Tag, zehn Monate lang, bis Talmon in die Fabrik kam.

Heut gibt es niemand mehr im Werk, der mich nicht kennt. Und es gibt auch niemand, der dem Kobi nicht sein Herz ausschüttet. Schon wie ich klein war, kamen die Leute zu mir und haben mir alles erzählt. Keine Ahnung warum. Dabei erzähl ich ihnen dafür gar nichts von mir, ich heb bloß alles gut bei mir auf, was sie mir sagen. Aber ich mach den Mund nicht auf, ich tratsch es nicht weiter, wie die andern. Das hat Talmon gewusst, wie er zu mir kam und mich von den Maschinen weggeholt und mir das Lager besorgt hat. Aber die Art, wie er mich zu sich ins Büro rief, drei Tage nachdem er als Chef hier angefangen hat, da haben die Leute gedacht, er will mich feuern. Bis heute gibts welche, die glauben das. Von außen sehn wir aus wie Katz und Maus. Wie haben wir es geschafft, dass sie uns diese Geschichte abnehmen? Haben die Leute keine Augen im Kopf? Sehn die denn nicht, wie ich die ganze Zeit aufsteig.

Am Anfang, das konnt ich noch verstehn, er holt mich aus der Produktion raus und lässt mich schwer schleppen, Regale einräumen, da hab ich schon hart arbeiten müssen, geschwitzt hab ich. Die Leute glaubten, ich hätt total verschissen. Aber danach, wie er mir die Kaffeeecke eingerichtet hat, mir das beste Heizöfchen, den Tisch und die Stühle aus seinem Zimmer hingestellt hat, wie er neue kriegte. Wie kommts, dass die Leute nicht sehn, wie wir Hand in Hand arbeiten? Mein Lohnstreifen hat um die Hälfte mehr als denen ihrer, ich sitz in meinem Zimmer, hab schon vergessen, wies war, wo ich noch geschwitzt hab. Jetzt bin ich schon Verwalter, jetzt komm ich mit Jackett, und er hat mir den kleinen Sisso besorgt, der schleppt mir die schweren Trommeln. Aber die, was sehn die? Bloß weil Talmon ihnen was vorspielt, weil er mich in die Werkhalle ruft und so tut, als wär er mit irgendwas, was ich bestellt hab, nicht zufrieden, oder weil er in der Kantinentür steht und mich, wo ich mitten beim Essen bin, grimmig zu sich ruft. Bloß deshalb denken sie, er hätt keine Achtung vor mir, und dass ich am nächsten Tag vielleicht gefeuert werd. Aber hallo, wer wird hier gefeuert? Wieso denn gefeuert? Ich besprech mit ihm, was er besprechen will, geh zurück an meinen Platz, ess weiter, und dann zähl ich sie, einen nach dem andern, die Leute, die bloß wegen einem guten Wort von mir hier ihre Stelle gekriegt haben, und ich denk auch an alle, die wir gefeuert haben, er und ich, und dann, dann weiß ich wieder, ich hab hier nichts zu fürchten.

Was muss ich jetzt tun? Bis die Lieferungen kommen, hab ich noch Zeit. Ich hab aus dem Lager eine Apotheke gemacht. Seit ich Talmon dazu gekriegt hab, die Seitentür abzuschließen, kommt mir hier keiner mehr allein rein. Wer was braucht, darf bloß rein, wenn ich drauf guck, was er sich von den Regalen runterholt. Kaffeetrinken – gern draußen an meinem Tisch, da können sie bei Kobi sitzen, soviel sie wolln. Solln sie Kaffee trinken und mir ihr Herz ausschütten, Kobi nimmt ihnen alles ab. Aber ins Lager, da lass ich sie allein nicht rein. Heut kommen die Formulare. Alle im Werk müssen jetzt zuerst aufschreiben, was sie wolln, und auf meine

Unterschrift warten. So überlegen sie sich zweimal, ob sie wirklich was brauchen.

Die Uhr zeigt sieben. Ich hol die Papiere von Talmon aus der unteren Schublade, die Papiere von unserm ersten Gespräch. Tausend Fragen hat er mir gestellt, bevor er irgendwas von sich rausgelassen hat. Ich hab dagesessen und ihm von meinem Leben erzählt und von meiner Familie. Sachen, wo alle am Ort wissen, und Sachen, wo keiner nicht weiß, und bei jedem Wort, was ich sag, hab ich mir gedacht: War das echt so? Ist das wirklich mein Leben? Bis zu dem Gespräch mit Talmon hab ich da mit keinem drüber geredet, und nach dem Gespräch mit ihm denk ich bei allem, was mir passiert, wie ich es ihm erzählen würde und was er dazu sagen würd.

Sowie er alles über mich und über meine Familie gehört hatte, fing er an: »Sieh mal, Kobi«, hat er zu mir gesagt, nie im Leben werd ich diese Worte vergessen, »gleich wirst du sehen, dass ich mit dir mit offenen Karten spiele. Ich habe keine Wahl, von einem muss ich mir in die Karten schauen lassen. Und dich hab ich dafür ausgewählt. Mein größtes Problem ist, dass ich hier neu bin. Das ist eine schwache Karte. Eine verdammt schwache Karte. Ich bin neu am Ort, aber ich kann es mir nicht leisten, auch nur einen Tag länger der Neue zu sein. Sieh mal«, er holte ein Papier aus seiner Tasche, »seit viereinhalb Jahren arbeitet dieses Werk, und es hat schon sechs Chefs gehabt. Sechs Chefs in viereinhalb Jahren! Ich bin der siebte. Leicht zu rechnen: alle neun Monate ein neuer Chef. Das macht mir große Sorgen. Denn die waren alle gut und klug. Alle waren erfolgreiche Abteilungsleiter im Mutterwerk, und alle sind hier wieder weg, noch bevor sie auch nur angefangen haben zu kapieren, was hier läuft. Nachdem sie von hier geflogen sind, hat man ihnen irgendwo eine kleine Stelle besorgt. Aufsteigen werden die da nicht mehr.

Ich hab diese Arbeit vor drei Tagen angefangen, und ich will hier fünf Jahre bleiben. Das ist es, was ich will.«

Er nahm noch ein Blatt, schrieb die Jahreszahl von in fünf Jahren drauf und setzte seine Unterschrift dadrunter. Da hab ich das erste Mal seine Unterschrift gesehn. Auch seine Zeichnungen hab ich da zum ersten Mal gesehn: Auf das Blatt mit den Namen von den letzten Chefs hat er unser Werk gemalt, das steht da auf der Erde, und drumrum ist Meer, und sechs Leute, die sich mit beiden Händen ihre Aktentaschen übern Kopf halten, fliegen durch die Luft und landen kopfüber im Wasser.

Am Anfang hab ich die ganze Zeit bloß gedacht: Feuert er mich oder nicht? An nichts andres konnt ich denken. Feuert er mich oder nicht? Danach, wie ich schon kapiert hab, dass er mich nicht feuert, hab ich den Mund gehalten und Angst gehabt, dass er aufhört zu reden und ich nicht versteh, was er von mir will. Ich hab mir gesagt: Kobi, pass auf, das ist kein Kino. Der Mann zieht dir hier eine große Show ab, aber dem seine Show ist echt.

»Ich telefonier schon zwei Tage überall herum, bis in die letzten Winkel, und ich sag dir: Jeder, der hier weg musste, wurde gefeuert, weil er die Ortsverwaltung geärgert hat. Wie heißt es bei unsern Weisen so schön: Nehmt euch in Acht vor der Obrigkeit. Das ist nicht leicht. Nein, das ist echt nicht leicht. Wer glaubt, dass die, die vor ihm geflogen sind, dumm waren, der ist selber dumm. Ich sage mir, die waren alle sehr klug und trotzdem haben sies nicht geschafft, deshalb muss ich jetzt besonders klug sein. Und du, Kobi, du musst mir dabei helfen, schnell ein alteingesessener Weiser zu werden und kein dummer Neuling zu bleiben.«

Wie er so redete, kamen immer mehr Blätter auf seinen Tisch. Er zeichnete oder schrieb bloß ein Wort auf ein ganzes Blatt und unterstrich es. Das Blatt, wo er den Durchschnitt ausgerechnet hat, ist ihm beim Unterstreichen zerrissen. Wie er von den andern Chefs sagte, dass sie alle klug waren, schrieb er ihnen »klug« auf ihre Aktentaschen. Er sagte auch, die Arbeiter im Werk wären wie Früchte in einer Obstkiste, es reicht, wenn eine faul ist, die musst du sofort rausnehmen, sonst steckt sie die andern an. Die ganze Zeit sagte er »zu meiner Rechten und zu meiner Linken«, oder »ich muss auch wissen, was hinter meinem Rücken passiert, nicht nur, was sich vor meinen Augen abspielt. Der Kluge hat seine Augen überall, die ganze Zeit. Denk dir einfach, ich bin ein blinder Mann, den du über die Straße führst.« Auch dazu zeichnete er ein Bild. Du glaubst ja nicht, dass ein Chef von einem Werk so zeichnen kann. Zwicka, der vor ihm Chef war, der hatte nicht die Hälfte von dem auf dem Kasten, was Talmon hat. Der war schwerfällig und immer müde. Talmon ist ganz anders, den hab ich noch nie im Leben nicht müde gesehn. Zu jeder Zeit am Tag sieht er aus, als wär er grad erst zur Arbeit gekommen.

Wie sein Tisch voll mit Papieren war, warf er alles in den Papierkorb und erzählte mir, was er mir für ein Lager machen würde. Er fing so an: »Du kriegst ein Lager mit deinem eigenen Tisch, ich mach dir da eine Art Büro, du hast was Bessres verdient als einen Falafelstand.« Er sagte mir auch, was ich ihm aus dem Werk besorgen muss, von den Arbeitern, und was ich ihm von draußen, aus dem Ort, besorgen muss, vom Stadtrat und vom Gewerkschafts-Ortsverband und von den Leuten auf dem Markt. Immer, wenn er von den Leuten bei uns im Ort gesprochen hat, sagte er, »was sagen die Leute auf dem Markt«, und bis heut sagt er zu mir »und vergiss mir nicht die Leute auf dem Markt«. Ich glaub, er denkt, die Leute am Ort machen die ganze Zeit nichts andres als wie rumstehn und einer über den andern tratschen, wenn am Donnerstagvormittag Markt ist.

Die ganzen Papiere zog ich danach aus seinem Papierkorb, wie er seine Runde durchs Werk machte. Auch das Bild, das er zum Schluss malte, hab ich mir genommen, das mit den beiden Kreisen. In einem Kreis siehst du uns beide, zusammengebunden mit einem Seil, und wir stehn oben auf einem Berg und lachen, und in dem andern Kreis hängen wir beide tot an unserm Seil, und den hat er ganz groß durchgestrichen.

Ich würd so gern noch mal so mit ihm in seinem Büro sitzen, so wie beim ersten Mal, wo ich da reingegangen bin. Was gäb ich nicht drum. Da hatte er noch nicht seine Sekretärin Lea, die hat er erst vier Wochen später von seinem vorigen Job nachgeholt. Er hat sie auf die Stelle von Racheli gesetzt, nachdem er von mir das O.k. hatte, sie zu feuern. Schade, dass wir Racheli gefeuert haben, weil diese Lea, wenn du einmal versucht hast, an der vorbei ins Zimmer vom Chef zu kommen, und sie dich so klein macht, dass eine Fliege neben dir ein Riese ist, dann hast du keine Lust, das noch mal zu tun. Da hat er auch noch nicht die ganzen Leute gehabt, die er von draußen reinholt und mit denen er immer rumläuft. Er hatte noch nicht die Sicherheit von einem, der fest auf seinem Stuhl sitzt. Ich hol seine Zeichnungen raus. Sie erinnern mich dran, wie er mich bei unserm ersten Gespräch angeguckt hat. Da, wo er mir die ganzen Fragen über mein Leben gestellt hat. Seine Augen haben geguckt, wie wenn ich für ihn die Nummer eins auf der Welt bin. Er und ich, wir sitzen allein in seinem Zimmer, und die Karten liegen offen auf dem Tisch: Israel Talmon. Um im Leben Erfolg zu haben, braucht er Kobi. Ohne Kobi ist er nichts. Auch jetzt noch, das seh ich, nimmt er viel an von dem, was ich ihm sag. Aber nicht alles. Zion hat er gefeuert, obwohl ich ihm gesagt hab, da soll er aufpassen. Er hat bestimmt gedacht, eine Frucht, die anfängt zu faulen, muss man schnell aus dem Karton nehmen, weil der was gesagt hat, wegen den Überstunden. Aber er gibt immer noch viel auf mein Wort. Er lässt mich die Liste von Leuten für die Drecksarbeiten machen. Er fragt mich hier was und da was, und so merk ich die ganze Zeit, dass er noch mit mir verbunden ist, mit dem Seil von seinem Bild. Er kann sich noch nicht bewegen, ohne dass ihm sein Blindenstock den Weg zeigt.

Aber was gäb ich drum, wenn er noch mal so mit mir sitzen würde, mit alle Karten offen. Wenn er einmal auch der Lea zeigen würde, wer ich für ihn bin. Wenn er einmal mit mir vor der Belegschaftsversammlung vor Neujahr oder vor Pessach stehn würde, wenn er das Plastikbecherchen hebt und die Zahlen vom Werk vorliest, wie viel es sich seit dem letzten Mal vergrößert hat, wenn er ihnen sagen würde, wer ich wirklich für ihn bin. Wenn er sagen würde, ohne Kobi hätt er die zwei Jahre nicht durchgehalten. Ohne Kobi hätt er das Werk nicht von vierundzwanzig auf dreiundsiebzig Arbeiter vergrößern können, von einem Gebäude auf zwei, von fünfzig Bestellungen auf zweihundertzwanzig. Ohne Kobi wär er ins Meer geflogen und hätt irgendwo einen kleinen Job gekriegt, wo er im Leben nicht mehr aufsteigen kann. Aber nein. Was mich so auffrisst, ist, er gibt allen das Gefühl, dass sie ihm gleich wichtig sind. Keinen macht er besser und keinen schlechter, sagt bloß immer zum Schluss der Versammlung so was wie »die mit Tränen säen, werden mit Freuden ernten« oder »wer sich vor Schabbat abmüht, hat am Schabbat zu essen«, dass du denkst, du bist wieder in der Grundschule gelandet. Er schiebt sich die Kippa auf seinem Kopf zurecht, und dann gehn alle wieder an ihren Platz. Und er geht auch, und hat kein einziges Wort bloß für mich gesagt. Wie ich bloß daran denk, weiß ich nicht mehr, was ich Gutes im Leben hab. Alles seh ich dann schwarz.

Aber sowie ich mich dran erinner, dass Kobi ja nicht bloß der weiße Stock in seiner Hand ist, kommt in mir die Freude hoch, dass ich still sitzen und abwarten kann, dass ich Geduld hab wie sonst keiner. Geduld wie ein Stein. Weil, Talmon ist für mich bloß ein Schlauch, und er wird im Leben nicht erfahren, dass es unter seiner Nase noch einen zweiten Schlauch gibt, der mir die Kraft gibt, dass ich jedes Mal ruhig bleib, wenn er vor allen andern Scheiße zu mir ist, dass ich nicht aufsteh und allen erzähl, was ich schon alles für ihn getan hab.

2

Ich nehm den Lappen, wisch meinen Tisch ab. Auf meinem Tisch steht nichts rum, kein einziges Papierchen will ich dadrauf sehn. Alles liegt in den Schubladen.

Ich wart noch ein paar Sekunden, bis genau halb acht. Das ist meine und ihre Zeit. Da hol ich die weiße Plastikhülle aus der zweiten Schublade und geh der Reihe nach über ihre Papiere. Ich fahr mit meinem Kuli die Linien auf ihrem Plan nach, erst alle Wände, die Bögen, wo zeigen, in welcher Richtung die Türen auf- und zugehn, die Betten und Sofas, die Küche, die Zeichen für den Spülstein, die Kreise für den Gasherd, das Viereck vom Kühlschrank, den Tisch in der Essecke, ich fahr alles nach. Ich denk mir, vielleicht kann ich sie ja schon ohne Hinschaun selber zeichnen. Wenn ich ein weißes Blatt nehmen würde, ich glaub, ich würd sie genau so hinkriegen.

Sie und ich – das geht jetzt schon ein Jahr und zwei Monate. Das erste Mal, wie ich bei ihr rein bin, was hab ich da gewollt? Nichts wie weg hab ich gewollt. Wie wir mit dem Minibus in Rischon LeZion angekommen sind und alle Leute abgesetzt hatten, musst ich dringend aufs Klo. Mordi sagte: »Komm, wir gehn hier rein. Ich tu so, als ob ich kaufen will, und du findest in der Zeit das Klo.« Wir gingen rein. Mordi fing an, mit der jungen Frau da zu reden, und ich fand problemlos die Toilette mit Badezimmer. Ich hab die Tür aufgemacht und bin schier gestorben.

Das ist ein Klo? Auf seinem Deckel ein grüner Teppich, und auf dem Boden davor noch so ein Teppich, genau ausgeschnitten in der Form von dem Klo. Ich hatte keine Ahnung, was ich machen soll. Hab die Schuhe ausgezogen, damit der Teppich nicht dreckig wird. Ganz langsam hab ich mich hingesetzt, vorsichtig stell ich die Füße auf den Teppich und fühl, wie weich er ist, und weine. Ich sitz da zum Kacken und weine, ich wisch mir den Hintern ab und weine, steh auf, spüle und weine. Ich klapp den Deckel zu und sitz auf dem Teppich von dem Deckel. Ich hab keine Kraft aufzustehn. Auf einen Schlag bin ich hundert Jahre alt. Ich seh mich um. Alles glänzt neu, das Waschbecken ist groß, zartrosa, der Spiegel mit lauter kleinen Lämpchen, und der lässt sich hoch und runter drehn, dass du sehn kannst, was du sehn willst. Die Kacheln mit roten, violetten und rosa Blumen, das Handtuch im Grün von denen ihren Blättern und von dem Kloteppich. Die Seife ist neu, die Badewanne groß und glänzend, die Wasserhähne in goldner Farbe. Auf dem Boden vor der Badewanne noch so ein kleiner Teppich. Ein Teppich im Badezimmer! Wer hat schon mal von einem Teppich im Badezimmer gehört!

Das Fenster ist angelehnt und lässt frische Luft rein. Da steht kein schwarzer Heißwasserkessel im Bad und macht Krach, der Boden ist nicht schwarz. Die haben auch keinen Schimmel an der Decke, nichts, nicht ein Tröpfchen Wasser läuft da rum. Alles ist weiß, alles ist neu. Ich steh auf, geh zum Waschbecken, wasch die Hände und guck mich an, wie ich weine, und wisch mir das Gesicht ab und weine wieder, bis ich den Spiegel so dreh, dass er an die Decke guckt, bloß damit ich mich nicht weinen seh. Ich nehm das Handtuch, drück es mir ein paar Sekunden aufs Gesicht, wie einen Verband. Dann mach ich die Augen auf und reib das Waschbecken mit dem Handtuch von allen Seiten, bis es wieder glänzt.

Ich zieh meine Schuhe an und geh raus, seh Mordi. Der

ist glücklich, als hätt er im Toto gewonnen, und ich denk bloß, ich kipp gleich um. Ich versuch, ihn rauszuschleppen, er will nicht mitkommen. Ich geh allein raus, warte vor der Tür auf ihn. Nach einer Weile kommt er auch: »Was ist denn los? Wohin hast dus so eilig? Mein Gott, ich versteh dich nicht, Kobi. Noch ein bisschen und sie hätt mir einen Kaffee gemacht.« Wir gehn ein paar Minuten über die Baustelle, ich dreh mich alle paar Schritte um, ich muss ihr Schild sehn. Da steht mit Grün »Musterwohnung«. Ich dreh mich wieder um, Mordi quatscht von der jungen Frau, und ich dreh mich zu dem Schild um, dass ich es nicht mehr vergess. »Musterwohnung«. Mordi redet und redet, lacht, sieht eine Tonne, wirft da die ganzen Papiere rein, die er gekriegt hat. Ich bin schier gestorben. Ich denk, steck die Hand da rein und zieh die Sachen wieder raus, aber im letzten Moment lass ichs. Mordi soll nicht wissen, was ich im Kopf hab. Ich sag nichts, nehm mir eine Zigarette von ihm und geh mit ihm durch die Stadt.

Mein erstes Mal in Rischon, und nichts seh ich von der Stadt. Weil meine Augen, die hab ich da gelassen. Ich hab bloß das Bild von dem Badezimmer aus der Musterwohnung im Kopf, mit meinem Gesicht weinend im Spiegel. Wir gehn durch die Stadt, und ich seh, dass mein Gesicht innen drin immer noch weint. Dann fangen die Rückenschmerzen an. Aus den Schuhen steigen zuerst die kleinen Schmerzen hoch bis zum Ende der Beine. Dann kommen die großen Schmerzen, die klettern hoch bis zur Mitte vom Rücken und suchen sich die Stelle, wo sie sich gleich festsetzen. Sie klettern hoch und suchen, klettern und suchen, und zum Schluss finden sie ihre Stelle. Was sonst? Erst noch schwach, wie einer, der vom Boden aus die Höhe misst und mit dem Bleistift ein Zeichen an die Wand macht, dass er da ein Loch machen will, und dann geht er weg, die Bohrmaschine holen. Bevor die Bohrmaschine anfängt, schwör ich bei Oschri und Chaim, den Spiegel da, den werd ich nicht noch mal mit meinem weinenden Gesicht verlassen. Kobi Dadon wird noch im Badezimmer von der Musterwohnung stehen und in den Spiegel lachen. Ich schwörs so fest, bis ich mir sicher bin, der, wo die Bohrmaschine holen gegangen ist, der kommt nicht wieder. Und da schwör ich weiter, vor mir selbst, so lang, bis auch der kleine Schmerz im Rücken vorbeigeht. Bloß, danach hab ich keine Kraft mehr. Ich bin total geschafft vom Kampf gegen die Rückenschmerzen.

Wir gehn zurück zum Minibus und essen, was Fanny Mordi mitgegeben hat, und auch, was seine Mutter ihm eingepackt hat. »Ich sag beiden, dass ich nichts zu essen hab«, sagt er zu mir und lacht, »dann krieg ich wenigstens auch das doppelt. Die bedrängen mich ja immer, eine von hier, die andere von da, und so krieg ich sie dazu, dass sie mich beide verwöhnen.« Danach zeigt er mir neue Fotos von seinem Sohn. »Ich und du«, sagt er, »bloß zwei wie wir können gleich ticken. Das war echt Glück, dass ich dich noch vor der Einberufung erwischt hab. Du hast echt vorgehabt, den Wehrdienst zu machen, was? Guck sie dir an, die, wo zum Militär gegangen sind. Haben gedacht, sie würden da die großen Helden, aber Kinder sind sie. Die wissen noch gar nichts vom Leben. Einer, den man Papa nennt, noch bevor er sechzehn ist, der spielt in einer andern Liga. Na, was sagst du zu Lior? Schon wie er geboren ist, hat man gesehn, das ist ein echter Mann.« Ich guck mir die Bilder von seinem Sohn an und mach einen Nachtrag zu meinem Schwur – ich werd noch im Spiegel der Musterwohnung lachen, und Oschri und Chaim werden auf den Fotos lachen, die ich von ihnen machen werd.

Zum Schluss wird es vier Uhr. Wir bringen die Leute zurück, die wir am Morgen hergefahren haben, ich sitz hinten, will schlafen und höre ihren Namen wie das Lied: »einfach musterhaft, die Mu-Mu-Musterwohnung«. Ich wartete einen Monat, bis ich noch mal einen Tag frei gekriegt hab. Überstunden und Schichtdienst hab ich dafür machen müssen, damals stand ich noch an der Maschine, da hatt ich das Lager noch nicht. Ich bin zu Mordi hin und hab ihn gefragt: »Wann hast du wieder ne Fahrt nach Rischon?«, und Mordi lachte: »Hast dich in die Stadt verguckt, was? Aber es gibt echt keine feinere Stadt. Glaub mir, sogar Tel Aviv ist nicht wie Rischon. Jeden Donnerstag fahr ich da hin.« Und ich sagte ihm: »Jeden letzten Donnerstag im Monat kommst du in der Früh bei mir vorbei, und ich fahr mit.« So hab ich mich nach beiden Seiten abgesichert, ich hab bei Oschri und Chaim geschworen, und außerdem hab ich Mordi dazu gebracht, dass er mich nicht mehr in Ruhe lässt.

3

Acht Uhr. Wie ich den Schlüsselbund in der Hand hab und das Heft mit dem Geld rausholen will, kommen sie und sagen, das Werk wird zugemacht. Das Militär hat Warnalarm gegeben. Nachts war wieder was los. Uns sind aus Versehn ein paar Granaten auf ein Dorf hinter der Grenze gefallen. Eine Frau und fünf Kinder sind dabei gestorben, heißt es bei denen im Radio, und jetzt hat man Angst, dass die loslegen. In der ganzen Gegend hier schicken sie die Leute nach Haus. Um Viertel nach acht ist das Werk endgültig zu. Ich geh mit allen raus und wart auf den Fahrdienst. Talmon ist grad erst angekommen, springt zurück in sein Auto, lässt es an, man könnt denken, das Werk steht in Flammen. Wie ne Rakete ist er ausm Ort rausgedüst, die Leute reden noch mit ihm, und er reißt das Steuer rum und schreit aus dem Fenster: »Bis morgen. Das kann alles bis morgen warten, brennt doch nichts!«

Alle sagen, diesmal ist es ernst, einfach so machen die kein ganzes Werk zu. Sie bringen Busse und schicken uns nach Hause. Aber das soll jetzt ernst sein? Sieht so der Ernstfall aus? Ich kapier echt nicht, was das Militär von diesem Warnalarm hat, kein Mensch setzt sich für sie in den Schutzraum. Bei so schönem Wetter. Wer bleibt an so einem Tag im Schutzraum? Die Sonne ist die ganze Zeit genau richtig. Sie haben scheints jemand hochgeschickt, der hat ihr das Thermostat gerichtet, dass sie dir genau die richtige Wärme macht.

Wie alle von ihrer Arbeit zurück sind, von der Schule, aus

den Kindergärten, wie sie alle Läden geschlossen haben, da sind die Straßen auf einmal voll, und du denkst, du bist in der Stadt. Minibusse und Taxis aus allen Richtungen bringen die Lehrerinnen, Kindergärtnerinnen und Sozialarbeiter so schnell wie möglich aus dem Ort. Auch ein paar Familien haben schnell Koffer gepackt, ein Taxi oder den Bus genommen und sind zu Verwandten im Süden. Nach einer halben Stunde ist der Ort mit seinen Bewohnern allein. Ich geh mit allen runter in den Schutzraum und zähl, wie lang sie durchhalten. Fünfunddreißig Minuten haben sie lieb im Schutzraum gesessen, haben alles aufgegessen, was sie mitgebracht haben, die Sonnenblumenkerne, den Kaffee getrunken, bis alles alle war, dann gehn die Ersten raus. Erst die Männer. Machen die Tür auf, rauchen draußen eine. Du siehst, die haben keinen Nerv mehr, mit den Kindern drinnen. Nach den Männern gehn nach und nach alle hoch, die Frauen besuchen sich gegenseitig, schicken die Kinder zum Papa auf die Straße. Um zehn Uhr sitzt keiner mehr im Schutzraum. Alle streifen durch die Straßen, als wärn sie Millionäre, wo nicht arbeiten müssen. Rafis Vater hat sein Backgammonspiel auf der Straße aufgeklappt und mit Schuschan ein Spiel angefangen. Und zehn Leute stehn im Kreis und gucken zu, und ihre Kinder rennen überall rum. Auch Reuven, der Sekretär vom Ortsverband der Gewerkschaft, steht in Hausschuhen dabei, raucht und ist ganz zufrieden mit sich und der Welt.

Nichts zu machen, bis nicht was passiert, geht es dir nicht in den Kopf, dass das gefährlich ist. Jede Minute, wo nichts passiert ist, glaubst du, ist die Garantie, dass auch in der nächsten Minute nichts passiern wird.

Halb eins, ich geh durch die Straßen. Die Hände in den Taschen. Es gibt nichts, wo ich mehr drauf aufpassen muss wie auf meine Hände. Keiner, keiner darf meine Hände sehn. Mein Mund, kein Problem, mir kommt ohne Abholschein kein Wort aus dem Mund. Auch meine Augen machen, was ich will, aber die Hände nicht, die gehorchen mir nicht, die tun, was sie wollen, sie können noch alles verraten. Ich seh die Leute hier und hab keine Ahnung, was ich mit denen anfangen soll. Seit ich in Rischon war, lauf ich nicht mehr gern im Ort rum, ich halt es nicht mehr aus, mit den Leuten zu reden. Wie ich am Unabhängigkeitstag mit Mordi und den Kleinen hier gestanden bin und das Feuerwerk angeguckt hab, sagt er auf einmal zu mir: »Ich werd verrückt, wenn ich diese Dinger seh, wie sie aufsteigen, immer höher, immer höher, du verfolgst sie, den ganzen Weg bis nach oben, fragst dich, was aus denen wohl rauskommt, und am Ende kommt gar nichts, sie fallen einfach wieder runter, ohne dass sie sich geöffnet haben.« Seit ich in Rischon war, denk ich mir: Alle Leute hier, auch mein Vater, steigen noch nicht mal auf wie diese Feuerwerksdinger.

Ich geh los zu Mordis Haus, denk mir, mit dem könnt ich mir die Zeit vertreiben. Bloß weil sie mich mittendrin von meinen Schubladen weggeholt haben, soll ich nicht zu Mordi gehn können?! Bloß weil ich noch nicht mit meinen Schubladen fertig bin?! Jeden Dienstag geh ich sie alle durch, von der untersten bis zur obersten, ich fang um sieben an und bin um Viertel nach acht damit fertig, dann schreib ich in das Heft von der Wohnung, wie viel Geld in der letzten Woche für sie reingekommen ist. Ich zähl es zusammen und rechne aus, wie viel ich noch machen muss, leg das Heft in die Schublade und fang meinen Tag an. Aber jetzt, wo sie mich rausgeholt haben, bevor ich das in mein Heft geschrieben hab, kann ich nicht, ich kann einfach nicht, ich muss das erst machen, wie soll ich sonst meinen Tag anfangen?

Ich geh zu Fuß runter zum Werk. In fünfundzwanzig Minuten bin ich da. Ein Glück hab ich alle Schlüssel. Das ist leicht ein halbes Kilo Schlüssel. Das Industriegebiet ist tot, du denkst, heut ist Schabbat. Ich guck in den Himmel und krieg ein bisschen Angst. Die Angst spür ich auch, wie ich die Tür vom Lager von außen aufmachen will, meine Hand lässt mich nicht richtig aufschließen, ich halt sie mit der andern Hand fest und geh rein. Einen Monat nach Pessach ist letztes Jahr eine im Industriegebiet runtergekommen. Wenn jetzt hier was runterkommt, wer findet mich dann? Die Leute werden denken, Gott sei Dank, sie ist nicht auf die Wohnhäuser gefallen. Keiner wird in meine Richtung lossiehn. Ich geh bloß für fünf Minuten rein, schreib die Summe auf, dann bin ich schon wieder weg.

Ich geh in mein Zimmer, mach schnell die Schublade auf, hol das Heft raus, will das Datum schreiben und wie viel ich bis heute für sie zusammen hab. Das war eine gute Woche. Hundertzwanzig Dollar. Zusammen mit dem, was ich schon hab, sind das runde siebentausend Dollar. Ich rechne ein paar Mal nach. Genau siebentausend Dollar! Wie viel brauch ich noch? Noch mal siebentausend, dann kann ich hier weg! Heut bin ich genau in der Mitte. Ich schreib das Datum und fang an und zitter. Heut, das ist ja mein Geburtstag. Neunzehn bin ich. Genau an meinem Geburtstag kommt es so aus, dass ich die Hälfte von meinem Weg schon hab. Ich unterstreich das Datum zweimal. Siebentausend Dollar, das ist die halbe erste Rate für die Wohnung! Das ist, wie wenn du oben auf dem Berg stehst, du siehst schon den Ort, wo du hinwillst, jeder Dollar, der ab heute reinkommt, macht dich schneller, dass du dein wirkliches Leben anfangen kannst. Ein Glück, dass ich nicht zum Militär bin. Wo wär ich jetzt, wenn ich meine Zeit beim Militär verschwendet hätt.

Ich guck auf den Kalender an der Wand. Auf jeden Tag, der rum ist, mach ich ein X. Jeden Monat, der rum ist, reiß ich ein Blatt ab, jedes Jahr, das rum ist, häng ich einen neuen

Kalender hin. Der Kalender, der zeigt dir, dass die Zeit vergeht, die Uhr – nicht. Ich finde, die Uhr lügt. Jedes Mal wenn du auf die Uhr guckst, glaubst du, das ist das erste Mal, dass sie diesen Kreis zieht, sie hinterlässt kein Zeichen, dass die Zeit vergeht, jede Stunde ist bei ihr die erste Stunde auf der Welt. Wenn sie eine echte Uhr machen wollten, müsste der Zeiger ein Messer sein, was den Kreis von innen ausschneidet. So würdest du sehn, dass jede Stunde was macht und nicht einfach so vorbeigeht, ohne irgendwas.

Ich steh auf, geh zum Kalender, möcht ein X auf den Tag heute machen, bevor ich rausgeh. Und wie ich das X machen will, da seh ich, dass heute auch mein hebräisches Geburtsdatum ist – der 14. Sivan. Wie kann das sein? Die fallen doch sonst nie aufeinander. Heut ist mein hebräischer Geburtstag und auch der nach dem allgemeinen Kalender, und morgen ist der 15. Sivan, und das ist Vaters Todestag. Warum hat sie nichts davon gesagt? Sonst sagt sie doch immer schon zwei Wochen vorher Bescheid, ich soll mich drauf einstellen. Ich denk an sie und merk, sie redet nicht mehr. Schon fast eine Woche hab ich kein Wort von ihr gehört. Sie schweigt mich bloß an. Wie ich heut aufgewacht bin und ihr Gesicht gesehn hab, hab ich gedacht, vielleicht hab ich im Schlaf was von der Wohnung erzählt. Aber das kann nicht sein, ich bin sicher wie ein Tresor, Tag und Nacht behalt ich alles drinnen. Was hat sie in letzter Zeit? Auch vorher, wie ich in den Schutzraum gegangen bin, hat sie noch nicht mal in meine Richtung geguckt. Vielleicht hat sie ja trotzdem gemerkt, dass wir die Bar Mitzwa von Itzik übergangen haben und nichts für ihn gemacht haben, und jetzt weiß sie nicht, wie sie mich deshalb fragen soll? Sie hat bestimmt Angst, dass ich ihr Nein sag. Sie hat schon kapiert, dass ich nicht Papa bin, der ihr alles gegeben hat, was sie wollte.

Kein Wort red ich mit ihr über die Bar Mitzwa. Auch mit

Itzik nicht. Ich versteh aber nicht, warum er nichts sagt. Seit er von der Schule ist und diesen Vogel nach Hause gebracht hat, ist ihm alles egal. Bloß noch der Vogel, das ist jetzt sein ganzes Leben. Bloß wegen seiner Falkin ist er zurück in die alte Wohnung gezogen, und noch dazu in die Küche! Aber die Dame braucht ja ein Waschbecken. Und er selbst, er ist sich egal, als wär er selbst ein Tier. Ein Käfig mit zwei Tieren stinkt nicht so wie die beiden. Wenn ich ihr jetzt Geld geb, dass sies für die Bar Mitzwa verpulvert, dann komm ich in Rückstand mit der Musterwohnung. Auch wenn sie bloß die Hälfte macht von dem, was sie für mich gemacht hat, wie nichts fall ich dann um vier Monate zurück in meinem Heft. Eine Bar Mitzwa wie für Könige hat sie mir gemacht. Keiner hier, kein andrer hat so eine Feier gehabt. Hat es uns an irgendwas gefehlt? An nichts! Aber in dem Moment, wo du denkst, das Leben lacht dich aus vollem Mund an, da kommt dein Vater und versaut dir alles.

Zwei Tage nach deiner Bar Mitzwa kommen sie dir sagen: »Dein Vater ist im Falafelstand gestürzt.« Bei der Bar Mitzwa haben sie dir immer wieder gesagt: »Ab heut bist du ein Mann. Jetzt bist du zum Mann geworden, was?« Sie klopfen dir auf die Schulter, rammen dich fast in den Boden, und du lachst dabei auch noch, wie ein Idiot.

Am Tag nach der Bar Mitzwa bin ich der König, alle im Ort haben von meinem Fest gehört, überall reden sie bloß von mir. Unsre ganze Familie ist schön, mit neuen Kleidern und Frisuren, und überall im Haus Blumen und Geschenke. Zwei Tage danach, ich geh über den Platz, in meinem neuen Jackett von der Bar Mitzwa, meine Schuhe glänzen, ich hab die neue Armbanduhr am Arm, noch sagen mir alle *masal tov*, wo ich auch hingeh. Der Platz füllt sich mit Menschen, der ganze Ort ist auf den Beinen und will Rav Kahane hören.

Ich seh mir die Leute an, die mit ihm gekommen sind, finde raus, wer bei denen der Boss ist, und helf ihnen bei den Vorbereitungen. Ich red nicht viel. Geb zwei Jungs, die Kraft haben, ein Zeichen, sie solln die Bühne hertragen, auf der der Rav stehn wird, schnapp mir den Großen von Abutbul, zeig ihm, dass ich einen Lira für ihn hab, wenn er die Störer verhaut. Einen halben Lira geb ich ihm jetzt schon, dann weiß er, ich mein es ernst. Und ich ruf Albert Biton, er soll ihnen mit dem Strom helfen. Nach zehn Minuten hab ich sie in der Tasche. Die können nicht mehr ohne Kobi. Sie wissen noch nicht, wie ich heiß, kommen aber alle zwei Minuten angerannt, was fragen. Wie ich seh, dass sie in ein paar Minuten mit Aufbauen fertig sind, pfeif ich Dudi her, er spielt mit seinen Freunden bei den Telefonzellen. Ich schick ihn los, er soll mir von Papas Falafelstand ein paar Flaschen Getränke bringen. Ich hatt ja nicht gedacht, dass mein Vater da Probleme machen würde, was sind für den schon ein paar Flaschen. Aber mein Vater, der hat im Leben nie begriffen, mit wem er sich zusammentun muss. Deshalb ist er auch so geendet.

Ich komm selber mit den Getränken zurück, mach ihnen die Flaschen auf und drück jedem eine in die Hand. Wir sitzen zusammen und trinken. Wir fangen an und reden. So ganz nebenbei erfahr ich alles über den Rav. Sachen, die sonst keiner weiß. Ich tu so, als obs mich gar nicht interessiert, als ob ich so einer bin, der jeden Tag Geschichten über wichtige Leute hört. Aber in Wirklichkeit werd ich schier verrückt, was sie da erzählen. Die denken, ich arbeit bei der Stadt, und sie checken auch nicht, wie jung ich bin. Weil, damals hab ich mich schon rasiert, und so haben sie mich für vier oder fünf Jahre älter gehalten. Sie sagen zu mir: »Nicht an jedem Ort hilft man uns so. *Schkojach! Schkojach!*« Keine Ahnung, was das bedeutet. Ich lass mir nicht anmerken, dass ich das nicht kenn. Danach lach ich mir ins Fäustchen: Noch nicht mal einen Tropfen Schweiß hab ich schwitzen müssen.

Als der Rav fertig gesprochen hat und sie mit ihm tanzen, bringen sie mich zu ihm hin, und er gibt auch mir seinen Segen. Jakob nennt er mich. Die Leute aus dem Ort gehn allmählich nach Hause, auch der Rav und seine Leute packen zusammen und fahren wieder weg. Ich schau ihrem Wagen nach, bis er aus dem Ort rausfährt. In der Kurve winkt mir einer von denen noch aus dem Fenster. Ich glaubs nicht – der fährt weg und hat mich nicht schon längst vergessen. Vielleicht wird er später noch über mich reden, egal wo er hinfährt, und dann schreien die Leute auf einmal: »Kobi, komm schnell, dein Vater ist im Falafelstand gestürzt.«

Gestürzt? Wieso gestürzt? Ich renn hin und seh alles: Vater liegt auf dem Boden, mitten im Falafelöl, der Topf liegt umgekehrt daneben und das große Messer auch, neben ihm, mit den Petersiliestückchen, seine Augen sind bloß halb offen, und unter dem linken Auge ist es unheimlich geschwollen. Albert Biton findet danach im Öl die Biene, die ihn gestochen hat. So wie der Platz erst leer gewesen war, so ist er jetzt wieder rappelvoll. Ich steh da, mit allen andern, seh meinen Vater, wie sie ihn da rausschleifen. Wie den Sack Kichererbsen, den er alle paar Tage zum Stand gebracht hat. Sie legen ihn auf dem Platz auf den Boden. Vom Schleifen ist ihm das Hemd aus der Hose gerutscht und man sieht ihm den Bauch. Seinen ganzen nackten Bauch. Ich hab gedacht, das bringt mich um. Ich weiß nicht warum. Ich wollt ihm den Bauch zudecken, aber ich konnt mich nicht bewegen. Ich wollt bloß, dass alle aufhörn zu reden und dass sie nicht die ganze Zeit rumlaufen, er erinnerte mich an Jechiel, den Lehrer für Bibelkunde, der so mit halb zunen Augen gewartet hat, bis wir still sind, bevor er den Mund aufgemacht hat. Ich wollt ihnen sagen: Seht ihr denn nicht, er wartet, bis Ruhe ist? Keinen einzigen Moment war es ruhig. Bloß Vater lag da und rührte sich nicht, seine Haare klebten von dem Öl auf dem schwarzen Boden, und dazu dieses Geschrei.

Da kam Tschiko und fing an, aus seinem Mund Luft in den Mund von Vater zu blasen. Die ganze Zeit haben Leute gesagt: Das ist nichts für die Kinder. Die dürfen ihren Vater nicht so sehn, bringt die Kinder weg. Aber keiner hat was getan, um uns da wegzuholen. Wer hätt schon dafür seinen guten Platz aufgegeben, von wo er alles gut sieht. Jede Minute schreit einer: Wo bleibt der Krankenwagen? Noch bevor der kam, wussten alle schon, dass er tot ist. Zum Schluss haben sie uns nach Hause gebracht. Itzik war auch dabei. Ich, Dudi und Itzik. Wir kommen zu unserm Block. Ich hör Mama kreischen, sie will zum Platz laufen, aber die Frauen aus dem Block lassen sie nicht. Sie halten Mama fest, bringen sie hoch in die Wohnung, legen sie im Wohnzimmer aufs Sofa, schütten ihr Wasser ins Gesicht.

Wo die Beerdigung hin ist – keine Ahnung. Die ist mir ganz aus dem Kopf. Bloß wie wir nach Hause kommen, das weiß ich noch. Keine einzige Tür ist zu. Wie wir die Treppen hochsteigen, ist der ganze Block eine Wohnung geworden. In unsrer Wohnung fangen die Leute an und räumen alles um. Ich kann nirgendwo hin, überall jagen sie mich weg, und rausgehn darf ich nicht. Zum Schluss setzen sie mich auf eine Matratze auf den Boden, nach und nach kommen die Leute, sie stehn rum, setzen sich hin, immer mehr Leute kommen, tausend Gesichter seh ich von unten, die nehmen die ganze Luft, bis ich nichts mehr zum Atmen hab. Ich geh aufs Klo. Da wartet schon ne ganze Schlange, aber sie lassen mich vor. Ich mach schnell, wasch mir das Gesicht, mach mir die Haare nass, steck die Kippa von der Bar Mitzwa mit der Haarklammer fest, ich sag zum Spiegel »Papa ist tot. Papa ist tot«, damit ich wein, sag ich das. Ich kann nicht weinen, es kommt nichts raus. Kein Tropfen. Ich mach Gesichter, beschließe, welches Gesicht ich jetzt den ganzen Tag aufsetz, dann weiß ich sicher, was sie von mir sehn. Sie klopfen an die Tür, ich soll rauskommen. Ich halte das Hemd, das sie mir auf der Höhe vom Herz eingerissen haben, mit den Fingern zusammen, kapier nicht, wozu sie mir diesen Riss machen mussten, das war ein neues Hemd. Was haben die davon, dass sie es eingerissen haben? Wieder klopfen sie an die Tür. Ich mach auf, geh wieder zu meiner Matratze. Statt dem Schulterklopfen und dem Lachen von der Bar Mitzwa kommen sie jetzt zu mir, einer nach dem andern, mit dem allerernstesten Gesicht, das sie fertigbringen, drücken mir die Hand und knallen mir noch mal die Wörter von der Bar Mitzwa vor die Füße: »Du bist jetzt der Mann im Haus. Du musst jetzt deinen Mann stehn.«

Auch Mamas Brüder aus Ashdod sind für einen Tag gekommen, sie haben Angst um sie, so allein. Auch sie sagen mir dasselbe. Was soll ich ihnen antworten? Ich nicke und lass den Kopf unten, tu die Hand vors Gesicht, warte, dass sie weitergehn, solln sie doch mit Mama reden, mit Papas Brüdern, mit Großmutter. Bloß mich solln sie in Ruhe lassen. Beim Gebet steh ich mit Papas Brüdern zusammen und sag mit ihnen das *Kaddisch*, da bin ich dann nicht allein. Hab ja nicht wissen können, was noch wird, dass sie ein Jahr später ihr wahres Gesicht zeigen, dass sie mich alleine lassen und ich dann der einzige Mann im Haus bin.

Eineinhalb oder zwei Monate später kommt Mama weinend vom Ärztehaus zurück und geht in ihr Zimmer. Und Riki Amar, die mit ihr im Hort arbeitet, ist auch dabei. Die kommt danach allein aus dem Zimmer, geht in die Küche und stellt Teewasser auf. Wir ihr hinterher, in die Küche. Sie sagt: »Kommt her, ich muss euch was sagen. Eure Mama ist schwanger. Ihr müsst jetzt gut auf sie aufpassen, dass sie nicht so viel arbeitet.« Am Anfang versteh ich nicht, wie hat sie sich jetzt was gefangen? Danach hab ich es schon kapiert. Das hat der Papa ihr noch gemacht, bevor er gestorben ist. Ich bin sauer auf ihn, keine Ahnung warum. Aber ich bin ihm böse und er widert mich an. Nachdem das Spiel aus ist noch auf dem Platz rumrennen und einfach so ein Tor schießen. Es gibt so Leute. Solang noch Publikum im Stadion ist, das ist ihre Chance, dass man sie auf dem Rasen sieht. Sie rennen rum und schießen ein Tor, ohne Torwart, ohne andre Spieler, Hauptsache ein Tor geschossen. Ich hasse das. Die widern mich an.

4

Ich klapp das Heft zu und schließ es in der Schublade ein. Jetzt aber nichts wie weg. Die Fabrik ohne den Maschinenkrach, das ist schlimmer als wie ein Friedhof. Das letzte Mal, wo ich so eine Stille gehört hab, war an dem Tag, wo ich das erste Mal hierherkam und mir die Arbeit angesehn hab. Sonntag früh um sechs. Ich war sechzehn Jahre und zwei Monate alt. Die Arbeiter gingen mit dem Vorarbeiter in die Werkshalle. Wie Felsen standen die Maschinen im Dunkel. Ich dachte mir, warum nicht? Da stehn wir ein bisschen einer neben dem andern, reden, machen ein bisschen Spaß, und im Nu ist so ein Tag rum. Bis sie plötzlich die Maschinen angeschaltet haben, alle auf einmal, die von den Frauen und die von den Männern. Ich denk, die Ohren fliegen mir vom Kopf. Wie wilde Tiere, die den ganzen Schabbat geschlafen haben, gingen die Maschinen los, und ich wollte bloß weg, meinen Schulranzen holen, den ich in die Ecke geschmissen hatte, und zurück in die Schule. Auch in der ersten Nachtschicht wollt ich wieder in die Schule. Den ganzen ersten Monat lang wollt ich jeden Tag zurück in die Schule, bis mein erster Lohnstreifen kam und ich sah: Jetzt bin ich ein Mann, jetzt kann ich Geld nach Hause bringen. Nach dem 15. des Monats, wo ich zur Bank gegangen bin, wollt ich nicht mehr zurück in die Schule. Das ist so, wie wenn du eine Weile in der ersten Klasse warst und dann gehst du an deinem alten Kindergarten vorbei. Du siehst deine Kindergärtnerin, wie sie hinter dem Zaun mit den Kindern sitzt, und du weißt, da hast du nichts mehr verloren. Später, als die Einberufung kam, wusst ich, beim Militär hast du auch nichts verloren. Ein Glück, dass ich Mordi da getroffen hab, der hat mir erklärt, was ich tun muss, und dann hat auch Talmon noch etwas nachgeholfen. Keine Ahnung, mit wem er da gesprochen hat, die Leute sagen, sein Bruder wär ein hoher Offizier. In der Woche drauf kam die Freistellung mit der Post.

Ich steh auf, geh durch den Flur, bleib vor Jamils Zimmer stehn, Jamil, der ist mein zweiter Schlauch, aber von dem wird Talmon im Leben nichts wissen. Jamil, der Buchhalter vom Werk, hat uns unser Spiel keinen Moment abgenommen. Schon bei seinem Einstellungsgespräch hat er alles durchschaut. Er hat mich einen Tag später, als ich auf dem Weg ins Lager war, angehalten und mir Danke gesagt. Da ists mir warm im Gesicht geworden. Hier hab ich gestanden, und er ist in sein Zimmer rein. Bloß »Danke« hat er gesagt. Keine Ahnung, wie er gecheckt hat, dass ich bei Talmon was zu sagen hab. Wie ist er mir bloß draufgekommen, dass er den Job gekriegt hat, weil ich mitgeholfen hab? Vielleicht hat er gewusst, dass ein Jude sich um denselben Job bewirbt? Als wir noch im Kindergarten waren, als wir das Spiel mit den Bewegungen gemacht haben, wo einer was vormacht und alle es ihm nachmachen, und einer, der draußen war, muss raten, wer der Vormacher ist, da ist Motti Ifergan ins Zimmer gekommen, hat uns einen Moment angeguckt und gleich gewusst, von wem alle es haben, und hat sich auf dem seinen Platz gesetzt. Die Kindergärtnerin ist schier verrückt geworden. Was hat die nicht alles gemacht, um ihn durcheinanderzubringen, aber er ließ sich nicht. Später haben sie ihn bei der Armee zum Geheimdienst geholt. Nicht schlecht. Und Jamil, der ist genauso. Dem sein Kopf arbeitet schnell und ohne Fehler. Sofort checkt er, was keiner sonst kapiert, und reden tut er bloß das Nötigste. Er hat ein Diplom als Buchhalter und als Steuerberater und noch so ein paar Urkunden, und auf allen steht »mit Auszeichnung«.

Bei seinem Einstellungsgespräch bin ich zu Talmon ins Zimmer und hab so getan, als ob ich den Schrank aufräum, und hab an die Decke geguckt. Das war unser Zeichen, schon beim ersten Einstellungsgespräch. Einen, bei dem ich so an die Decke guck, den stelln wir ein. Eine Woche davor gibt Talmon mir immer eine Liste mit den Namen von denen, die sich bewerben, und dann mach ich meine Arbeit, zieh los, frag rum, hör mich um, komm bis in die innersten Zimmer, in den Gewerkschafts-Ortsverband, bis zum Stadtratsvorsitzenden und seinem Stellvertreter, und krieg raus, wer in welche Richtung zieht. Ich weiß, wen sie uns schicken, bloß damit er die Stelle nicht kriegt, von wem sie wollen, dass Talmon ihn nicht nimmt, aber es darf nicht so rauskommen, dass sie ihm das gesagt haben. Zum Beispiel einer, dem sie ne Empfehlung geschrieben haben, weil sie ihm was schuldig waren, noch von den Wahlen, aber in Wirklichkeit ist das einer, den man nicht einstellen darf, einer, der keine Arbeit, die man ihm gibt, richtig macht. Wenn ich keine Zeit hab, ihm in aller Ruhe einen Zettel zu schreiben, ruft er mich rein und ich mach ihm unser Zeichen, und danach redet er mit mir da nicht mehr drüber. Manchmal ist es ganz einfach, zum Beispiel, wenn es der Schwager vom Stadtratsvorsitzenden ist oder von einer Familie, von denen alle wissen, dass man denen nichts tut. Du verstehst nicht, wie er das nicht selber sieht, und du denkst, Talmon, der muss ja taub und blind sein, alles zusammen. Manchmal red ich mir den Mund fusselig, um was für ihn rauszukriegen, heul Mordi was vor, dass er mit jemand reden soll, wenn er seine Fahrten macht, dass er mit seinen Witzen ein bisschen am Pokerface von der Sekretärin vom Stadtratsvorsitzenden kratzt, wenn sie mit ihm die Fahrtlisten durchgeht. Und das alles bloß, damit ich Talmon zwei Wörter auf einen kleinen Zettel schreiben kann oder in sein Zimmer gehn, ihm unser Zeichen machen und wieder ins Lager gehn. Danach will er nichts mehr davon hören.

Die Wahrheit – Jamil hab ich als Buchhalter bloß deshalb genommen, weil der zweite Bewerber mein Cousin Gabi war. Der hat fertig studiert und ist zurück in den Moschaw gekommen. Der hat bei Talmon drinnen gesessen und mit ihm geredet, als hätt er den Job schon in der Tasche. Er wusste, dass er bloß gegen einen Araber ausm Dorf antritt. Wenn Mordi wüsste, dass ich die Stelle von einem Juden einem Araber gegeben hab, der würd mich umbringen. Denn der sagt mir immer: »Dem Araber kannst du nicht trauen, noch aus dem Grab wird der dich beklauen.« Aber mir ist das egal, ob einer Araber oder Jude ist. Von mir aus soll er Beduine sein, solang er gut zu mir ist, hat er es gut, aber wer was gegen mich macht, kriegt von mir nichts. Bei Gabis Vorstellungsgespräch hab ich bloß die Tür aufgemacht, den Kopf reingestreckt und wieder rausgezogen. Hab ihm noch nicht mal Schalom gesagt, hab bloß auf den Boden geguckt, damit Talmon mich ja nicht missversteht. Nein, die Familie von meinem Vater, die hat hier keine Chance, von denen setzt keiner einen Fuß ins Werk. Was die mit uns gemacht haben, wegen dem Falafelstand, nachdem Papa tot war – damit haben die bei mir verschissen. Für die mach ich keinen kleinen Finger krumm.

Zwei Wochen nachdem er in der Fabrik angefangen hat, kam Jamil zu mir und fing an: »Für jeden von meinen Leuten, den du einstellst, kriegst du zehn Prozent von seinem ersten Monatslohn.« Ich sagte »zwanzig«, und wir schlossen auf fünfzehn ab. Ich weiß nicht, wie viel bei dem Geschäft in seine Tasche wandert, und ich frag auch nicht. Ich ging aus seinem Zimmer und kam nach ein paar Minuten mit den Unterlagen von der Musterwohnung zurück. Zitternd saß ich ihm gegenüber. Ich legte ihm die Papiere hin und hab den Mund nicht mehr aufgekriegt. Ich war schon ganz durcheinander von meinen Träumen über sie. Jamil nahm die Plastikhülle, zog mit seinen langen Fingern alles raus und legte es auf den Tisch. Ich sagte nichts. Er fragte mich, wie das mit dem Geld ist, nahm seine Rechenmaschine und ein sauberes Blatt, saß ein paar Minuten still da, schrieb Zahlen auf den Zettel und machte mir auf der Stelle einen Plan, wie die Musterwohnung aus meinen Träumen raus und in mein Leben reinkäm. Ich hätt ihm fast die Hände geküsst.

Danach, wie er mir das erste Mal Geld gegeben hat, trug ich es den ganzen Tag in der Hosentasche rum und wusste nicht wohin damit. Ich ging durch die Wohnung, es gab keine Stelle, wo sies nicht finden würden, und auch ist immer irgendwer da, wenn ich nach Haus komm. Aber wenn ich es zur Bank aufs Sparbuch bring, können die Angestellten da mal irgendwas zu Mama sagen. Oder sie erzählen denen von *Amidar*, dass ich Geld hab und doch etwas Miete für unsre Sozialwohnung zahlen kann. Die Leute hier, die können ja den Mund nicht halten. Erst gestern hat mich die Lehrerin von Itzik auf dem Platz erwischt und hat mir vor allen Leuten erzählt, er käm schon zwei Monate nicht mehr in die Schule. Sie würde uns die Frau vom Schulamt schicken oder den neuen Sozialarbeiter für die Straßenkinder. Einfach so, draußen, vor dem Supermarkt, hat sie mich angesprochen, und alle habens gehört.

Nachts hab ich mit dem Geld an mir geschlafen. Am nächsten Morgen hab ich im Werk Jamil gefragt, was ich machen soll. Er sagte: »Ich heb dir das in Dollars auf, bis du vierzehntausend für die erste Rate hast.« Ich dachte mir, was kann schon schiefgehn, er hat mich in der Hand und ich hab ihn in der Hand. Jetzt waren auch ich und er mit demselben Seil verbunden.

Seitdem, immer wenn der Fünfzehnte kommt, geh ich zur

Bank, heb meinen Lohn ab, geb ihm die Hälfte davon, und er tauscht sie in Dollars und hebt sie für mich bei sich im Dorf auf. Bei jedem aus seinem Dorf, der hier anfängt und arbeitet, schreibt er mir einen Zettel, wie viel Dollar er bei mir dafür reintut, so einfach ist das. Ich hab meine Dollars noch nie gesehn, aber ich mach mir keine Sorgen. Jamil ist ein ehrlicher Typ, bei dem gilt ein Ehrenwort. Und Dollars – das ist eine sichere Währung. Ich sag nicht, dass ich die nicht irgendwann mal sehn will, sie in der Hand halten will und zählen, mit ihnen in der Tasche rumlaufen, sie an meinem Körper tragen. Aber ich hab ihm mein Wort gegeben, dass ich nicht in sein Dorf komm, und auch mein Wort ist ein Ehrenwort. Im Werk sieht keiner, was wir miteinander haben. Nie im Leben würd ich mit ihm in der Kantine zusammensitzen. Und er trinkt bei mir auch keinen Kaffee wie alle andern. Ich hab ihm mein Wort gegeben, dass ich nicht in sein Dorf komm, und Jamil hat mir sein Wort gegeben, auch wenn ich ihm noch so was vorheul, er rückt keinen Dollar von meinem Geld raus, bis die Zeit für den Kauf nicht gekommen ist.

Das hab ich mit ihm aber erst später abgemacht, wie sie mich so gedrängt hat, wegen Nachhilfestunden für Itzik. Dafür hätt er in die Stadt fahrn müssen. Sie hat mir gesagt: »Wenn er nicht privat lernt, was wird dann aus ihm? Den ganzen Tag bloß mit seinem Vogel. Das ist doch kein Leben.« Und ich hab ihr gesagt: »Ich hab kein Geld.« Auch wie sie mir in die Augen guckt, hab ich nicht mit der Wimper gezuckt. Ich hab sie nicht mal anlügen müssen. Das ist ja wirklich kein Geld. Das sind Wände, Waschbecken, ein Ofen, eine Badewanne, ein Teppich. Wie ich bloß dran gedacht hab, was ich da auf die Seite leg, ists mir leicht gefallen, ihr und den andern Nein zu sagen. Auch mir selber sag ich nein, wenn ich Lust auf ein neues Jackett hab. So leben wir, die ganze Familie, bloß von meinem halben Lohn, vom Kindergeld und dem bisschen, was sie aus dem Hort mitbringt. Alle habens jetzt begriffen: Bei uns ist kein Geld da. Sogar Dudi, der so gern ein paar Lira in der Tasche hätt, sogar der kommt nicht mehr zu mir. Aber einen Film alle zwei Wochen geb ich ihnen schon. Nichts zu machen, Kino muss sein. Ohne Kino gehst du hier ein. Und sie betteln auch schon eine ganze Weile nicht mehr um einen Fernseher, um ein elektrisches Heizöfchen und Klamotten. Damit brauchen sie mir erst gar nicht kommen, das haben sie schon gecheckt. Auch der Stadt zahl ich keine Steuern und kein Wasser mehr. Einmal haben sie uns das Wasser abgestellt, da bin ich hin, hab ihnen was vorgeheult, und zum Schluss haben sie mir die Hälfte der Schulden erlassen und uns wieder angeschlossen. Und die von *Amidar*, die haben schon ein Jahr keine Miete von mir gesehn. Jetzt drohen sie uns, aber auch mit denen handel ich was aus.

Für die Wohnung hier schaff ich fast gar nichts an. Das ist keine Wohnung, ich weiß jetzt, was eine Wohnung ist. Hier, das ist ein Stall, keine Wohnung. Ich arbeite heute bloß noch dafür, mich, sie und die Zwillinge da rauszuholen. Itzik, Dudi und Etti, die kommen schon allein zurecht. Wie ich so alt war wie Etti, da hab ich schon gearbeitet. Und außerdem, ich kauf mir ja auch nicht, wo ich Lust drauf hab. Ich würd der Mama gern mal eine schöne Kette kaufen, einen neuen Armreif, eine Uhr. Das wär was, ihr was kaufen und ihr Gesicht sehn, wenn sie die Schachtel aufmacht. Aber ich bin nicht mein Vater. Der hat es jeden Tag gebraucht, dass sie mit ihm zufrieden ist. Wie ein Kind hat er mit seinen paar Groschen vor ihr angegeben. Ich kann warten, ich behalt alles in mir drinnen. Wenn ich beschlossen hab, nichts zu sagen, dann kommt mir auch kein Wort über die Lippen. Und zum Schluss kriegt sie von mir das schönste Geschenk auf der Welt – den Schlüssel.

Kein Wort hab ich zu ihr von der Musterwohnung gesagt. Erst wenn sie die Schlüssel dazu in der Hand hat, wird sie das erste Mal davon hören. Sie wird mit mir und Chaim und Oschri da in Rischon stehn. Nichts werden wir aus der alten Wohnung mitnehmen. Kein einziger Lumpen zieht mit um. Da wird sie alles sauber erwarten. Ich seh sie, wie sie mit dem Schlüssel die Tür aufmacht, und wie ihr der Schlüssel aus der Hand fällt, sie will sich hinsetzen, sie sagt mir, bring mir einen Stuhl. Warum einen Stuhl? In den Sessel im Wohnzimmer setz ich sie und bring ihr ein Glas kaltes Wasser aus der Küche. Danach seh ich, sie kriegt wieder Farbe, und ihr Leben fängt noch mal neu an. Mit dem neuen Bettzeug, den schönen Handtüchern, den Töpfen – alles werd ich neu anschaffen. Immer wenn ich sie hör, was ihr wehtut, wenn sie neben mir aufs Bett fällt, keinen halben Meter von mir, würd ich ihr am liebsten sagen: Hör im Hort auf, wir haben Geld, du brauchst nicht mehr arbeiten – aber das erlaub ich mir nicht. Ich mach die Augen zu und ich seh sie im Bett liegen, in Rischon, ein großes Bett, Spanplatte mit Holzimitat, in derselben Farbe wie der große Kleiderschrank. Das ist die allerneuste Mode.

Jeden Monat lauf ich da eineinhalb Stunden durch die Straßen, guck bei den Leuten in die Fenster, seh, was die zu Hause haben, was die so machen, was die kaufen. Wie sie miteinander reden. Was sie mit ihren Kindern machen, wenn die vom Kindergarten und von der Schule kommen. Und das alles sammel ich in meinem Kopf für den Tag, wo ich dann umzieh. Ich kann schon sehn, wie sie in der Herzlstraße aus dem Bus steigt, nachdem sie gut geschlafen hat und sich in der neuen Badewanne gebadet und was Anständiges angezogen hat. Ich seh, ihr Gesicht ist wieder so wie auf dem Bild von meiner Bar Mitzwa. Sie hat eine schöne Handtasche, aber nicht die weiße von der Bar Mitzwa, eine neue, und einen Geldbeutel voll Geld. Sie geht in die Läden und kauft, was sie haben will. Ich weiß auch schon, zu welchem Frisör sie gehn wird. In Rischon wird sie dann bestimmt auch mit dem Kopftuch und den Trauerkleidern aufhörn. Auch ihre Kleidergeschäfte kenn ich schon. Ich seh ihr ganzes Leben in Rischon – jetzt lebt sie wie ein Mensch.

Alle vier Wochen bin ich dort. Zu Haus weiß keiner davon. Um halb elf komm ich auf die Baustelle. Als Erstes mach ich meine Runde, will sehn, wie der Bau vorangeht. Dass sie mir bloß nicht zu schnell fertig werden. Ich brauch die Zeit, muss doch das Geld beschaffen. Ich guck mir die Gebäude an und ich weiß genau, wo meine Wohnung ist. Bloß die will ich für uns. Die Musterwohnung. Keine andere in den Häusern dort. Und so wie sie ist, will ich sie. Mit allem, was sie da reingestellt haben, nehm ich sie. Wie ich zu ihr komm, muss ich mich zuerst draußen hinsetzen, die Schuhe ausziehn und den ganzen Sand, der mir reingekommen ist, ausschütten. Die haben da keine Erde. Es ist, als wärst du auf einer andern Welt. Die Erde in Rischon ist keine Erde und die Luft ist anders als wie bei uns, und wenn die Sonne dahin guckt, ist es nicht dieselbe Sonne, die bei uns auf den Platz guckt. Ich sitz da, zieh mir die Schuhe wieder an, bind sie zu und geh in meine Wohnung. Jedes Mal guck ich nach, was sich im letzten Monat verändert hat, ein Zimmer nach dem andern. Ich geh ins Schlafzimmer, in Mamas Zimmer, ins Zimmer von den Zwillingen, ins Badezimmer und untersuch jede Ecke. Ich hab Angst, dass sie mir was kaputtmachen. Blöd, dass ich sie nicht abschließen kann, damit mir hier keiner die Sachen benutzt. Der Teppich kriegt das meiste ab, von den vielen Schuhen.

Einmal hab ich zu Jafit gesagt: »Sollen wir nicht lieber Plastikfolie auf den Teppich legen?« Aber sie hat mich ausgelacht und gesagt: »Du bringst mich noch um mit deinen Witzen.« Ich hab ihr gesagt: »Komm, wir nehmen das Klopapier aus der Toilette im Badezimmer, damit uns da keiner draufgeht. Wenn einer muss, kann er ja auf die kleine Toilette gehn.« Auch darüber hat sie gelacht. Ich nehm einen Lappen, mach ihn ein bisschen feucht und geh damit über jeden einzelnen Lichtschalter und wisch den Schmutz vom letzten Monat ab. Die Wohnung ist schon sauber, der Boden glänzt, die Fenster glänzen auch, kein Stäubchen Schmutz, bloß die Schalter putzt denen ihre Putzfrau nicht. Jafit wird schier verrückt an mir. »Wenn ich nicht vor Langeweile sterben würde, würd ich gar nicht mit dir reden.« Am Anfang sagt sie immer, ich wär verrückt, aber am Schluss von ihrem Arbeitstag macht sie doch, was ich will. Um halb zwölf geh ich weg, in der Stadt spazieren, und um ein Uhr fünfundzwanzig schließt sie die Wohnungstür zu, zieht die Schlüssel ab und legt sie auf den kleinen Balkon, wo sie auf mich warten. Ich komm genau um halb zwei zurück, nehm die Schlüssel, steck sie in die Tasche und tu so, als ob ich mit meinem eigenen Schlüssel in die Wohnung reingeh. Ich schließ von innen ab, werf die Schlüssel auf den Tisch von der Essecke, trink ein Glas Wasser. Jafit schläft im Bett im Schlafzimmer. Immer auf dem Bauch. Ich schau sie an, wie sie die Beine übereinandergeschlagen hat. Sie zieht noch nicht mal die Schuhe aus, aber ich erlaub ihr nicht, dass sie damit auf die Tagesdecke geht. So hängen ihre Füße in der Luft. Ihre Jeans ist supereng. Wenn Mordi hier wär, der könnt sich nicht beherrschen. Aber mich, mich macht die nicht an. Die ist wie eine Vertretungs-Lehrerin, springt von einem zum Nächsten und füllt die Löcher im Stundenplan, wo man sie braucht, denk ich mir.

Sie erzählt mir alles. Wem soll sies erzählen, wenn nicht Kobi. Jedes Mal wenn ich komm, hör ich den Namen von einem neuen Typ. Ich brauch nicht eine, wo mit allen rumzieht. Auch wenn sie jetzt so tut, als wär sie meine Frau – in dem Moment, wo ich mal nicht zu Haus bin, wird sie mit wem anders gehn. Bei der, bei der ist doch alles bloß Show. Aber aus mir kriegt sie nichts raus. Sie weiß noch nicht mal, wo ich wirklich her bin. Bloß einmal, wie sie mich gefragt hat, was mein Vater macht, hab ich ihr gesagt »Gastwirt«. Ich wollt mal ausprobieren, wie das klingt. Ich hab gehört, dass die Leute in Rischon so sagen. Sie ist gar nicht drauf gekommen, dass er tot ist. Hat bloß schon zweimal gefragt, wann ich die Anzahlung mitbring, weil man ihr Druck macht, von der Hauptfiliale. Ich sag ihr: »Mein Vater hat grad so viel zu tun, noch einen, höchstens zwei Monate. Sowie er Zeit hat, wird er mit denen von der Hauptfiliale abschließen. Keine Sorge.« Und ich mach mir keine Sorgen. Sie sagt, das wär die letzte Wohnung, die sie in dieser Anlage verkaufen, die brauchen sie bis zum Ende.

Nicht lang bleib ich so stehn und schau sie mir an, ich geh gleich zu ihr ins Zimmer rein. Sie steht auf, gibt mir einen kleinen Kuss auf die Wange. Wir gehn in die Küche. Sie fragt mich: »Willst du einen Kaffee? Wie wars bei der Arbeit?« Ich bring ihr immer was für die Wohnung mit. Blumen oder ein paar schöne Früchte. Sie freut sich, nimmt die andern, die aus Plastik, aus der Schüssel oder aus der Vase und tut rein, was ich ihr mitgebracht hab. Bevor wir rausgehn, geh ich ins Badezimmer, schau mir im Spiegel an, welches Gesicht ich anhab, schau mich ganz genau an. Ich will mir nichts vormachen – noch krieg ich im Spiegel nicht das Gesicht hin, das ich mir geschworen hab. Wie wir zusammen aus der Wohnung gehn, lässt sie mich abschließen. Ich werd schier verrückt, wenn ich meine Schlüssel in der Hand halte. Einmal, wie ich unterwegs war, hab ich den schönsten Schlüsselanhänger der Stadt gekauft. Aus Plastik, aber du tätst schwören, der ist aus Glas, mit echten kleinen Blumen drin. So getrocknet. Dafür bin ich auch den ganzen Tag unterwegs gewesen. Jafit sagt: »Los, Kobi, es ist schon spät. Hast du vergessen, ich muss um vier schon wieder hier sein.« Ich weiß, ich muss den Schlüssel bei ihr lassen, und ich kann es nicht. Jedes Mal wirds mir schwerer, ihn dazulassen. Ich spür den Schlüsselbundanhänger wie mein Kind, dem ich die Hand geb, aber ich muss ihn noch mal für einen ganzen Monat dortlassen. Jafit weiß, wie schwer mir das fällt, und sie sagt einen Satz, der es mir leichter macht. Das letzte Mal hat sie gesagt: »Kobi, du musst mit den Nachbarn reden, dass sie den Eingang nicht so dreckig machen. Diesmal gehst du zur Mieterversammlung. Diesmal gehst du da hin; ich will diesen Markowitz aus dem dritten Stock nicht mehr sehn, nach allem, was am Schabbat hier los war.« Und ich sagte zu ihr: »Keine Sorge, ich red mit denen«, hab die Schlüssel in ihre Hand gelegt, und sie ist gegangen.

Immer bleib ich da noch ne Weile stehn, wenn sie gegangen ist, eine Viertelstunde. Ich kann nicht einfach weggehn. Zu gern würd ich fragen, was eine Mieterversammlung ist, was die für Versammlungen haben, wodrüber die da reden. Das ist doch keine Fabrik hier, sondern bloß ein Haus. Wozu braucht man in einem Haus eine Versammlung? Aber ich frag sie nicht. In Rischon guck ich mich bloß um und stell keine Fragen. Ich lern die Sachen eins nach dem andern. Keiner darf merken, wo ich herkomm. Bei dem, was ich anhab, könntest du denken, ich käm aus Rischon und wär einer von denen.

So nach und nach lern ich von dem, was Jafit redet, schon alles, was ich brauch. Ich weiß auch schon, wie man Leuten die Wohnung zeigt. Einmal kam ein älteres Paar rein, wie sie sich grad hingelegt hatte. Sie ist oft müde, weil sie geht abends aus und kommt erst spät heim. Wie ich komm, schick ich sie ins Zimmer, dass sie sich ein bisschen ausruht, und pass so lang auf die Wohnung auf. Da kam dieses Paar.

Ich hab leicht an ihre Tür geklopft, dass sie sich fertig macht und kommt, und hab die inzwischen rumgeführt. Sie kam raus und ist schier verrückt geworden. Aber ich konnte ihnen alles beantworten. Es gibt nichts, was sie macht, was ich nicht gelernt hab. Ich weiß, dass man einmal mit der Frau und einmal mit dem Mann rumgeht. Jafit hat mir erklärt: »Wenn einer will und der andre nicht, dann misch ich mich da nicht ein. Ich mach das Loch nicht noch größer, das die grad entdeckt haben. Ich nehm Nadel und Faden und näh es ihnen wieder zu. Ich helf ihnen, die Stellen zu finden, wo sie wieder zusammen sind, wo beide dasselbe wollen. Hast du mal gesehn, wie man ein Loch in einem Strumpf stopft? Du gehst mit viel Geduld von einer Seite zur andern und wieder zurück, stichst bloß da rein, wo der Stoff fest ist, damit dir nicht alles auseinanderfällt, und so gehst du längs und quer, bis keiner mehr sieht, dass da mal ein Loch war.« Ich sagte zu ihr: »Da hab ich noch nie drauf geachtet, aber meine Mutter macht das genauso«, und sie legt los: »Meine Mama, meine Mama. Kobi, du bist ein Baby, jetzt sag bloß nicht, dass du jeden Abend bei ihr zu Hause sitzt.«

Das hab ich still geschluckt. Ich seh ja auch, wie es sie jedes Mal auffrisst, wenn die Leute wieder rausgehn und nicht kaufen wollen. Sie tut so, als macht ihr das nichts. Und sie sagt, wie wenn sie nichts damit zu tun hätte: »Solln sie gehn. Wer nicht will, der hat wohl schon. Nachdem du hundert Leute in der Wohnung gesehn hast, weißt du gleich, wers ernst meint und wer bloß kommt, damit er nicht den nächsten Schritt machen muss. Ich spür das gleich. Wieso soll ich mit denen streiten, wenn sie mir alles aufzähln, was an der Wohnung nicht gut ist? Solln sie doch gehn und sich selber renovieren. Bitteschön! Aber, du musst wissen, wenn sie den Preis von der neuen Wohnung hören, dann kommt ihnen die Renovierung ihrer alten wie ein Kinderspiel vor.«

Am liebsten hab ichs, wenn sie so anfängt: »Bloß dir hab ich die Wohnung nicht zeigen müssen. Du bist gekommen und hast gesagt, du willst sie kaufen, und warst noch nie in den Zimmern gewesen. Ich kapier nicht, was du für ein Mensch bist. So einer, der durch die Wände sehn kann? Wie hast du dich in die Wohnung verliebt? Wegen ihrer Tür? Wegen den Fenstern?«

Das zweite Mal, wie wir nach Rischon gefahren sind und ich die Musterwohnung sehn wollte, hat Mordi geglaubt, das wär wegen Jafit. Gleich wie wir die Arbeiter abgesetzt hatten, dachte ich, er merkt nichts, und sagte zu ihm, bring mich dahin, wo sie die neuen Häuser bauen. Er ist erschrocken, hielt am Straßenrand an und redete auf mich ein: »Wenn das wegen dem Mädchen da ist, wie heißt sie noch, Jafit? Wenn es wegen der ist, dann bring ich dich da nicht hin. Du bist mein Freund. Ich lass dich nicht denselben Scheiß machen, den ich gemacht hab. Vergiss nicht, was ich damals gewesen bin: noch ein Kind! Ich hab bloß ein bisschen mit Fanny rumgespielt und hab nicht gedacht, dass ich in diesem Moment mein ganzes Leben verspiel. Nichts zu machen. Ich habs zerbrochen – ich habs auch bezahlt. Mein Leben lang werd ich dafür zahlen. Ich sag nicht, Fanny ist keine gute Frau, nein, aber guck dir mein Leben doch an. Guck es dir an. Das ist ein Leben von einem, der keine halbe Minute mal nachgedacht hat. Das ist das Leben von einem, der in einen schönen Laden geht – in den da zum Beispiel, siehst du den?«, er legte den Rückwärtsgang ein und fuhr ein paar Meter zurück, dass wir genau vor dem Laden standen. »Ich bin mit fünfzehn in den Laden rein, mit einem Geld in der Hand, was du bloß einmal im Leben kriegst. Und das Erste, was ich gesehn hab, hab ich in die Hand genommen. Hab noch gar nicht überlegt, was ich damit will, hab mich noch gar nicht umgeschaut gehabt, da rutscht es mir aus der

Hand. Was blieb mir andres übrig? Nichts außer bezahlen und mit dem, was ich zerbrochen hab, nach Hause gehn. Die Leut sehn, dass ich immer lach, aber die wissen nicht, wie Mordi jeden Tag von innen verbrennt, wie sehr er will, dass man ihn noch mal in diesen Laden reinlässt.« Was soll ich ihm sagen. Wenn ich ihm sag, das ist nicht wegen Jafit, dann muss ich ihm das mit der Wohnung erzählen. Aber von der Wohnung sag ich kein Wort. Bis heut weiß bloß Jamil davon.

Dem Mordi sein Problem ist: Er kann Ruhe nicht ab. Immer fängt er gleich an mit Reden: »Du bist kein Junge mehr, Kobi. In deiner Situation – kannst du dir so Spielchen nicht leisten. Wenn du ein bisschen Hirn im Kasten hast, dann holst du dir ne Frau von draußen. Importmäßig. Guck dir Eliko an. Was hat der für ein Leben! Guck ihn dir an, jede wär mit dem gegangen, jede aus dem Ort wär mit ihm unter den Trauhimmel gehüpft, wenn er sie bloß angeguckt hätt. Aber der, der wollte nicht, was er leicht kriegen konnte. Der hat sich Zeit genommen, hat seinen Wehrdienst zu Ende gemacht, ist dann ein Jahr in die große Stadt, hat gesehn, dass er in Tel Aviv eine Null ist, dass er da keine mit Niveau kriegen kann, und ist ab nach Norwegen. Und in Norwegen, wenn du da aus dem Flugzeug steigst, da macht dich keiner an, »du siehst doch aus wie ein Marokkaner«, »wo bist du denn her?«, »wer ist dein Vater?« Bei denen gilt: Was du hast, das hast du. Das nimmt dir keiner weg, mit seinem blöden Geschwätz. Deinen Körper und deine Kraft, und du, du hast auch noch deine Schönheit, und das ist eine Sprache, die verstehn alle Mädchen auf der Welt. Du arbeitest da als Fischer, so wie Eliko. Ein halbes Jahr hat er mit dem Fischen ein Mords-Geld gemacht, hat ihre Sprache gelernt, ist ein bisschen rumgekommen und hat sich ein Mädchen mitgebracht. Hübsch, aber auch nicht zu hübsch, mit Geld, aber nicht mit zu viel, nicht dass sie denkt, alles kommt bloß von ihr.«

Er lässt das Auto an. Jetzt ist er fertig, dacht ich und drück auf den Knopf vom Radio. Er drückt gleich wieder drauf, schaltet die Werbung *Knallt die Sonne aus dem All, trinkst du erst mal ein Kristall!* ab und macht weiter: »Ich sag dir, was Eliko sich gedacht hat: Er pflückt sich eine Frau und stellt sie in ein Glas Wasser. Er ist für sie alles: ihr Vater und ihre Mutter, ihre Brüder und ihre Freundinnen. Und das Wichtigste: Er hat sich eine geholt, die kapiert hat, zu Hause ist seine Mutter die Königin. Macht doch nichts. Ihr fehlt ja nichts. Er verwöhnt sie genauso. Sie ist seine Prinzessin. Jede hat halt ihren Platz.« Ich sitz in seinem Auto und überleg mir, wie komm ich bloß zu der Wohnung. Keine Ahnung, wie ich hier wegkomm. »Und das Beste: Die beiden können nicht miteinander reden. Die haben keine Sprache. Für das kleinste Wort brauchen sie ihn zwischen sich. Guck dir das an, echt schlau, dieser Eliko. Stell dir vor, die sitzen da, die eine spricht Norwegisch und ein bisschen Englisch, die andre spricht Marokkanisch mit ein bisschen Französisch und Hebräisch. Fünf Sprachen, und sie können nicht miteinander reden – und wer ist die Brücke zwischen ihnen? Bloß Eliko. Und der, glaub mir, der weiß ganz genau, was er von hier nach da tragen muss, dass er seine Ruhe hat.«

Ich sag nichts, und er redet weiter auf mich ein. Wie wir in derselben Klasse saßen, da hast du kein Wort von ihm gehört. Ich versuch mich an ihn zu erinnern, Mordi in der Achten, das war ein andrer Mensch. Jetzt ist sein Mund immer offen. Ohne Pause. Zum Lachen oder zum Rauchen oder zum Essen oder zum Spucken oder zum Reden oder zum Singen oder zum Trinken oder zum Witzeerzählen oder zum Pfeifen. Sogar wenn er einen Brief kriegt, macht er den mit den Zähnen auf. Ich glaub, das hat er sich beim Fahren angewöhnt. Einer, der die Hände den ganzen Tag am Steuer hat und die Augen auf der Straße und die Füße auf dem Gas, auf der Bremse und der Kupplung, der ist ja wie gelähmt. Was kann der noch bewegen? Bloß den Mund.

Auf der Rückfahrt merk ich, er hat mir das importierte Mädchen aus dem Ausland in meine Musterwohnung gesetzt. Ich will schlafen, aber seine Sätze kommen mir immer wieder: »Noch im Ausland machst du ihr klar: Du, deine Mutter und die Zwillinge, das gibts bloß komplett. Einzeln nicht zu haben. Da hat sie nichts zu sagen.« Ich seh die Musterwohnung, ich bin im Wohnzimmer, seh das große mit braunem Cordsamt bezogene Sofa, den polierten Tisch mit der Fruchtschale, wo Kamele draufgemalt sind, die durch die Wüste ziehn. Und den großen Aschenbecher, auch in der Farbe von Sand. Und den kleinen Tisch an der Seite mit der schwarzen Vase und den Blumen und den großen Teppich mit den Kreisen drauf und die Vorhänge in der Farbe von dünnem Nescafé mit viel Milch, die reichen bis zum Boden. Und der Riesen-Blumentopf, der da auf dem Boden steht, wo du denkst, da wächst dir in der Wohnung ein Baum. Ich geh zum Fernsehschrank und schau auf das Bild überm Sofa. Ein Fluss mit Blumen, die nicht untergehn. Die fahren einfach auf dem Wasser. Wenn du die siehst, denkst du, das sind grüne Bötchen. Wie du denkst, das sind grüne Bötchen, siehst du da Mädchen in weißen und gelben Kleidern drinsitzen. Einen Moment seh ich Blumen und im nächsten die Bötchen mit den Mädchen. So ist es schön und so auch. Ich muss das nicht entscheiden. Das Bild sagt dir nicht, wie du es angucken musst. Wer hat sich so Blumen ausgedacht, die man im Wasser pflanzt, ohne Erde? Das ist todsicher irgendwo im Ausland. Auch die Unterschrift von dem Maler ist auf Englisch. Ich bin total verrückt nach dem Bild. Jedes Mal wenn ich da bin, nehm ich mir einen Stuhl und guck es mir eine halbe Stunde an. Und das Bild, das steht nicht still. Das bewegt sich ganz langsam und macht dir Ruhe im Kopf. Wenn ichs mir lang genug angeguckt hab, mach ich die Augen zu, und wenn ich sie wieder aufmach, egal wo ich hinseh, ich seh immer das Bild.

Ich seh das Bild vor mir und hör, was Mordi über Elikos Frau gesagt hat: »Ich war mal bei denen zu Haus. Die Frau sitzt da und füttert das Baby, im Wohnzimmer mit der Flasche. Die sieht aus wie eine Puppe aus Porzellan. Und seine Mutter bringt den Tee und ihre Plätzchen, und Eliko sitzt einfach da, ganz zufrieden mit sich und seinem Leben.«

Ich setz die importierte Frau in den Sessel in der Musterwohnung. Sie trinkt Kaffee und guckt fern. Ihr Haar hat dieselbe Farbe wie der Aschenbecher, blond-braun, und es glänzt auch so. Auf ihrem Kleid sind Kreise in den Farben wie auf dem Teppich, bloß kleiner. Sie atmet leise. Ich atme mit ihr zusammen, auch leise, bis ich, ohne dass ichs merk, bei Mordi im Auto einschlaf. Ich treib auf dem Wasser wie die Blumen auf dem Bild und mach die Augen erst auf, wie wir am Abend bei uns im Ort ankommen.

5

Die ganze Zeit, wie ich vom Werk zu Fuß rauf in unsern Ort geh, denk ich an Rischon und an die Wohnung. Ich komm bis auf den Platz, der ist jetzt genauso ausgestorben wie das Industriegebiet. Die ganzen Leute sind weg. Es ist halb drei, bestimmt sind alle zum Essen nach Haus. Ich muss was trinken, will nach Haus. Irgendwas zieht meine Augen auf die Straße, die vom Platz zum Ärztehaus runterführt. Keine Frage, das ist Mama, die da geht, todsicher meine Mutter. Ich seh sie von hinten – das Kopftuch, das Kleid, die Schuhe, alles von ihr. Bloß kannst du nicht glauben, dass sie da die Straße runtergeht. Du denkst, das ist eine andere Frau, der man ihre Sachen angezogen hat. Wohin soll sie jetzt gehn, wo Warnalarm ist? Alles hat zu. Ich kann ihr nicht hinterherpfeifen. Du pfeifst deiner Mutter nicht auf der Straße hinterher. Zu Hause, da sieht es keiner, aber draußen, auch wenn du keinen siehst, wie willst du jemand sehn, wenn er dich von hinterm Fenster beobachtet? Ich will sie rufen, aber ich weiß nicht, was ich rufen soll. Ich nenn sie nicht Mama. Seit ich der Papa von den Kleinen geworden bin, hab ich damit aufgehört. Was würden Oschri und Chaim denken, wenn ich sie Mama nennen würde, so wie sie? Also steck ich von beiden Seiten in der Klemme. Auf der einen Seite kann ich sie nicht Mama nennen. Auf der andern, wenn ich sie Simona nennen würde, würd ich ihr nicht die Ehre als Mutter geben. Dann wär ich wie einer von der Straße. Was soll ich sagen? Soll ich sie Simmi rufen, so wie Papa sie genannt hat?

Am Anfang hab ich mir das überlegt, noch wie ich in der Schule war: Wenn sie heut heimkommt, fang ich damit an.

Ich nenn sie Simmi, wo Oschri und Chaim dabei sind. Was kann sie mir dann tun? Jeden Tag hab ich gewartet, dass sie nach Hause kommt und ich sie Simmi nenn, aber ich hab es irgendwie nicht geschafft. Im Hals ist es mir stecken geblieben, ich habs einfach nicht rausgebracht. Das ist wie mit Feuermachen am Schabbat – du überlegst es dir hundertmal, aber du kannst es nicht wirklich machen. Sogar wenn du keine Kippa aufhast, nicht in die Synagoge gehst und am Schabbat ans Meer fährst: Deine Hand lässt dich nicht das Streichholz an der Schachtel reiben.

Sie, sie hat kein Problem mit meinem Namen. Sie nennt mich die ganze Zeit Kobi. Bloß wenn sie mit Oschri und Chaim redet, dann sagt sie Papa, »geht zum Papa«, »Papa schläft, seid leise«. Ich schau ihr nach, wie sie die Straße runtergeht, und ich weiß, alles was ich brauch ist, dass ihr Name mir einmal über die Lippen kommt. Danach kennt er dann schon den Weg. Aber das geht nicht auf der Straße. In letzter Zeit denk ich, in Rischon werd ich damit anfangen. Da kennt uns keiner. In unserm ersten Moment in Rischon leg ich den Schlüssel in ihre Hand und sag ihr »*Masal tov*, Simmi! Gratuliere zu deiner Wohnung«. Was kann mir passieren? Dass Papa aus dem Grab kommt und mir eine knallt? Was kann schon passieren? Sie freut sich bestimmt so über die neue Wohnung, dass sies gar nicht merkt.

Ich seh sie bis ans Ende der Straße runtergehn und ich halt sie nicht auf. Sie hat die Tasche von meiner Bar Mitzwa um. Seit Papa tot ist, hat sie die nicht aus dem Schrank geholt. Die Träger sind zwei weiße Kordeln, die hängen von der Schulter runter, bis zu den beiden großen goldnen Ringen von der Tasche. Auch der Verschluss ist golden, bis hierher seh ich die Sonne blinken. Sonst geht sie doch auch nie mit Tasche raus. Zur Arbeit geht sie mit einer Plastiktüte und für den Markt tut sie den Geldbeutel in die große Tasche.

Was will sie jetzt mit der weißen Tasche? Ich seh sie über die Straße gehn. Danach seh ich nicht mehr, was sie macht. Keine Ahnung, wo sie hinwill. Was hat sie da verloren? An dem Ende wohnt bloß Silvi. Vielleicht will sie ein bisschen mit Silvi reden? Was weiß ich, was sie heut hat. Sonst geht sie doch auch nicht zu Leuten.

Ich dreh mich um und geh nach Hause. Mit einem Schlag hab ich Hunger. Ich lauf die Treppen hoch, geh rein. Oschri und Chaim und Etti machen Mittagsschlaf. Ich geh in die Küche, wärm das Couscous, mach mir einen Teller mit einem großen Stück Kürbis, nehm einen Löffel davon in den Mund und kann nicht schlucken. Ich seh sie die Straße runtergehn, mit ihrer Tasche, wie die hin und her schlenkert und sie von hinten schlägt, und ich krieg nichts runter. Ich muss ins Bad. Schnell ins Bad, dass das aufhört. Ich zieh Jackett und Schuhe aus, ich geh in die Dusche, versperr die Tür mit dem Stiel vom Gummiwischer, dass mir nicht mittendrin einer reinkommt. Ich zieh mich aus, leg die Sachen aufs Waschbecken, zieh den Vorhang zu, dreh den Wasserhahn bis zum Anschlag und setz mich auf den Boden. Der Boden ist kalt, aber das Wasser kocht und hämmert mir auf den Kopf. Ich nehm den Kopf runter, dass es mir auf den Rücken hämmert. Das tut gut. Ich fass ihn nicht an. Ich kann nicht sehn, wie sie die Straße runtergeht, und ihn dabei anfassen. Ich guck ihn an, seh ihn wie ein schönes Tier in großer Not und kann ihm nicht helfen. Auch ich bin in Not. Ich mach die Augen zu und denk mit aller Macht an die importierte Frau. Ich schaff es, dass ich sie ins Badezimmer bring, aber sie ist wie Luft. Unter ihren Kleidern hat sie nichts. Ich will Jafit holen, sie soll ihn mir halten, aber mit ihr klappt es nicht, sie zieht ein blödes Gesicht, sagt, ich wär verrückt, und lacht mich aus. Nie im Leben käm die in so eine Wohnung rein. Aber ich seh sie auf dem Sofa in der Musterwohnung, danach geht sie ins Schlafzimmer und legt sich aufs Bett, mit dem Rücken zu mir. Sie zieht sich nicht aus, aber sie kickt die Schuhe mit den Absätzen auf den Boden und fängt an, ihre Füße ohne Strümpfe aneinanderzureiben, ich nehm ihn in die Hand, langsam hoch und runter, hoch und runter, ganz langsam, ganz langsam geht die Hand, aber das Blut fängt an und rennt und der Atem auch, und ich will das so, weiter, dass es nie aufhört, nie aufhört, und es macht mich wahnsinnig und ich will, dass es schon endlich aufhört, und ich mach langsam weiter, langsam mit den Beinen und den Händen, von unten bis zum Kopf eine eiserne Sprungfeder, und die Lippen werden mir trocken und das Herz schlägt, bis ich dann ganz schnell muss, jetzt mach ich schnell und feste, ich mach schnell, schnell, und ich tu einen kleinen Schrei, wie es von ihm wegfliegt, mit einem Schlag.

Da sitz ich, rühr mich nicht, bis das heiße Wasser ausgeht und kaltes kommt und mit aller Macht auf mich einhämmert. Ich streck die Hand hoch, dreh es ab. Ich steh auf, wisch mit dem Wischer das Wasser, das bis zur Tür gelaufen ist, trockne mich ab, zieh mich schnell an und geh raus. Guck nicht in den Spiegel. Mir ist kalt. Der Hahn tropft bei uns die ganze Zeit, und das Hemd, das ich ins Waschbecken gelegt hab, hat einen nassen Fleck auf dem Bauch. Und die Hose ist unten nass von dem Wasser auf dem Boden. Ich geh ins Zimmer, zieh mich um, leg mich mitten am Tag ins Bett, zieh die Decke bis oben.

Dass sie bloß jetzt nicht nach Haus kommt. Das hätt mir grad noch gefehlt, dass sie jetzt ankommt. So ein Scheiß-Tag. Ich kapier nicht, was die Armee von diesem Warnalarm hat, was haben die davon, dass sie ein paar tausend Menschen den Tag klauen? Sie haben ihn umgestülpt, ausgeschüttet und ihnen einen leeren Tag zurückgegeben, mit dem sie durch die Straßen laufen können und warten, dass ihnen was vom Himmel fällt. Besser, sie hätten uns nicht gewarnt. Solang wir leben, leben wir, und wenn wir sterben, dann lieber mitten in unserem Tag. Bei der Arbeit, in der Schule, soll jeder an seinem Ort leben oder sterben. Ich hab eine Mords-Wut auf die Armee, und ich spür langsam die Wärme vom Bett. Alles riecht gut. Ich guck auf das Laken. Hat sie uns noch mal das Laken gewechselt? Keine Ahnung, was sie hat. Sie wechselt es jeden Tag. Letzte Woche hat sie damit angefangen. Woher nimmt sie die Kraft, jeden Tag abziehn, waschen und wieder neu beziehn?

Ich mach die Augen zu. Ich seh uns mit Oschri und Chaim, wie sie noch Babys waren. Eineinhalb Jahre waren wir ihr Zaun – sie lag an der einen Seite, ich an der andern und die Babys mittendrin. In der Mitte, hat sie gesagt, haben wir zwei Lämmchen. Keine Sekunde haben wir wirklich mal hundert Prozent geschlafen, und keinen Moment waren wir mal hundert Prozent wach. Einmal hab ich gedacht, sie schaut mich an, und hab mit ihr geredet, und sie hat nicht reagiert, da hat sie geschlafen, und einmal, als beide von ihr getrunken haben, gleichzeitig, da war ich mir sicher, sie ist mit den Zwillingen auf sich eingeschlafen, und plötzlich hat sie mit mir geredet: »Meine Tante Tamu in Marokko, die hat zu Hause eine Schlange gehabt. Wie sie ihrem Baby von der einen Seite Milch gegeben hat, kam die Schlange und hat ihr von der andern Seite getrunken.« Ich wusste nicht, ob ich ihr die Geschichten glauben soll. Sie hat oft von denen ihrer Schlange erzählt. Von dem Schlangenweibchen, das sie im Haus von ihrer Tante, bei der sie gelebt hat, großgezogen haben. Das Schlangenweibchen hat in einem Korb in der Ecke gewohnt und hat am Schabbat mit ihnen am Tisch gesessen und Eintopf gegessen. Auch das Haus war aus Stroh, aus Lehm mit Stroh vermischt. »Einmal kamen wir nach Hause, und wir konnten nicht ins Haus rein: Die Schlange lag auf der Türklinke und hat uns nicht reingelassen. Nachher haben wir gesehn, da war eine Viper. Sie hat uns vor der Viper gerettet.« Tausend Schlangengeschichten hatte sie aus Marokko. Da gibt es einen ganzen Markt voll mit Schlangen, aber sie hat das immer bloß im Zimmer erzählt. Keine Ahnung, warum im Zimmer. Vielleicht hat sie das ja bloß geträumt.

Ich hab nie geträumt. Ich war immer der Erste, der wusste, wer gleich aufwacht, und ich hab die Hand auf ihn gelegt, hab ihm den Schnuller wieder in den Mund geschoben und hab mir gemerkt, wer getrunken hat und wer Kacki gemacht hat. Sie – sie hat sich an gar nichts erinnert. Wie betrunken war sie. Ich hab die beiden hochgenommen, hab sie dann geweckt und ihr zwei Kissen hinter den Rücken gesteckt, eins unten und noch eins hinter den Hals, weil sie die ganze Zeit einen steifen Hals hatte, und ich hab ihr die beiden gegeben und wieder abgenommen und ihnen im Dunkeln die Windeln gewechselt und sie gewaschen. Oschri war bloß still, wenn er grad getrunken hat oder im Wasser war. Vor dem Schlafengehn hab ich die Wäschewanne mit Wasser im Zimmer auf den Stuhl gestellt, und wenn er anfing und weint, hab ich einen Kessel heißes Wasser gebracht und ihn ohne Seife gewaschen, bloß damit er sich gut fühlt. Ich hab ihn ausgezogen und ins Handtuch gewickelt, dass es ihm ja nicht einen Moment kalt wird. Mein Herz hat ganz stark geklopft, wie ich ihn hab weinen sehn. Ich hab immer gedacht, er schreit mich an, weil ich was falsch mach. Wie ich ihn im Handtuch gehalten hab, ist mein Schatten über die Wand gelaufen, fast bis zur Decke hoch. Wir hatten nicht viel Licht. Bloß das bisschen vom Klo. Weil Dudi hat nicht geschlafen, wenn auch bloß ein kleines Licht irgendwo an war. So haben wir alle Lampen ausgemacht, und erst wie er eingeschlafen war, haben wir im Klo das kleine Licht angeschaltet und seine Tür ein bisschen aufgemacht.

Wenn ich ihn aus dem Handtuch geholt hab, hat Oschri immer noch geschrien, aber wie sein Körper bloß das Wasser gespürt hat, war er still. Ich hab ihn so gewaschen, wie sies mir beigebracht hat. Erst hab ich ein bisschen Wasser in die Hand genommen und bin ihm damit übers Gesicht gefahren, von oben nach unten, drei Mal: Abraham, Isaak und Jakob. Ich hab gespürt, wie der Segen mein Herz ruhig macht. Danach hab ich ihm Wasser auf den Bauch gegossen, hab ihn vor und zurück bewegt, ihn umgedreht, ihn unter der Brust gehalten, dass sein Kopf nicht ins Wasser kommt, und hab ihm Wasser auf den Rücken und auf den Po gegossen. Dann hab ich ihn wieder auf den Rücken gedreht, hab ihn mit angezogenen Beinen an den Rand der Wanne gehalten, dass er sich abstoßen kann, und ich hab ihn in der Wanne gedreht, wie ein Karussell, und wie das Wasser abgekühlt war, hab ich ihn rausgeholt und ihr auf den Arm gegeben, dass sie ihn anzieht.

Das ganze Zimmer war voll von ihrem Geruch. Was für ein Geruch war das bei uns! So was gibts nicht noch mal auf der Welt. Wenn sie mit dem Schnuller nicht still waren, hab ich sie auf den Arm genommen, und sie haben ihren Kopf gegen mein Hemd geklopft und die Milch gesucht. Sie hatte die Bluse die ganze Zeit offen, hat sie schon gar nicht mehr zugemacht. Ich hab ihr die Kleinen gegeben und zugeguckt, wie die sie mit dem ganzen Mund packen. Ich hab mir das angesehn wie so ein Spiel – wie sich die roten Ringe von ihren Mündern auf ihre beiden roten Kreise setzen. Danach hab ich gesehn, wie sie mit zwei Fingern drückt, um etwas rauszuholen, wenn sie gemeint hat, sie hat keine Milch mehr drin. Und ich hab die Kleinen schlucken gehört und ich hab mir gern ihr Gesicht dabei angesehn, denn wenn einer gut im Takt war, dann hat das auch ihr gut getan. Ich hab auf der Seite gelegen und ihnen meinen Finger gegeben, dass sie ihn beim Trinken mit ihrer ganzen Hand packen. Und mit der andern Hand hab ich ihnen das Haar gestreichelt. Die haben vielleicht Haare! Du legst deine Hand drauf und es ist, wie wenn ihre Haare dich streicheln.

Kein einziges Mal hat sie Papas Namen gesagt. Ich hab gewartet, dass sie ihn sagt. Sogar an seinem Todestag hat sie nicht von ihm gesprochen, bloß gesagt, was gemacht werden muss und wer auf die Zwillinge aufpasst, bis wir vom Friedhof zurück sind. Sie hat auch nicht um ihn geweint. Aber über ihre Mutter, die noch in Marokko gestorben ist, über die hat sie plötzlich geweint. Ich, wenn ich an ihn gedacht hab, dann hab ich gewartet, bis sie aus dem Zimmer ist, und hab mit meinem Körper seinen Platz bedeckt. Er hat links geschlafen. Ich hab das Kopfkissen einmal geknickt, so wie ers immer gemacht hat, und den Kopf drauf gelegt, und dann die Beine so weit gestreckt, wie ich bloß konnte, und hab gewartet, dass ich mit ihnen endlich bis ans Ende vom Bett komm. Jedes Mal hab ich gesehn, ich muss noch ein bisschen größer sein, dann bedeck ich seinen ganzen Platz. Er ist groß gewesen, der Papa. Größer als seine Brüder, größer als seine ganze Familie. Bis heute, wo ich einsachtundsechzig bin: Wenn ich im Bett lieg, seh ich seinen Fuß noch unter meinem vorschauen.

Manchmal hat sie mit zunen Augen geredet. Dann hat sie gesagt: »Kobi, sei so gut, weck mir die Etti auf, dass sie mir hilft, und du, geh du ein bisschen schlafen, du musst doch morgen in die Schule. Nun geh schon, du musst was lernen.« Ich bin gegangen, hab Etti schlafen gesehn, bin zurück ins Zimmer und hab ihr gesagt, Etti schläft wie ein Stein, ich krieg sie nicht wach.

Bis sie aufgehört hat, ihnen Milch zu geben, hab ich gedacht, ich muss ihr das zurückgeben, was die von ihr nehmen. Woher soll sie sonst wieder was haben, wenn die Kleinen aufwachen? So stand ich in der Küche, das Gesicht über dem kleinen Topf, ich machte die Augen zu, spürte, wie die Milch hochkam. Meine Haut wurde glatt wie Babyhaut, von dem Dampf von der Milch. Wie ich hörte, dass sie kocht, hab ich die Augen aufgemacht, das Gas abgedreht, zwei Teelöffel Zucker und einen halben Teelöffel Nescafé reingetan und ihr das ins Zimmer gebracht. Auch drei, vier Mandeln hab ich ihr oben aus dem Schrank geholt, davon hat Riki mir eine ganze Packung gebracht und gesagt, ich soll sie verstecken und bloß ihr davon geben, dass ihre Milch richtig weiß wird und nicht so wässrig ist. Wir haben im Bett gesessen, getrunken und zusammen die Kleinen angeguckt. Ausgerechnet wenn sie geschlafen haben, haben wir die Augen nicht zumachen können, da haben wir sie die ganze Zeit anschaun müssen. Diese Stille war sehr schön. Bevor die Zwillinge kamen, hat sie nämlich die ganze Zeit rumgeschrien. Und wenn sie einmal am Schreien war, ist sie nicht mehr leiser geworden. Aber wie sie mit den Zwillingen aus dem Krankenhaus kam, da hat sie leise mit mir geredet, damit die nicht aufwachen. Nachdem sie getrunken haben, hat sie sie so gehalten, dass ihnen die Luft rauskommt. Sie hat ihnen auf den Rücken geklopft, ha-ha-ha-hai, ha-ha-ha-hai.

Auch diese Nacht hab ich geträumt, dass sie ein Kind an ihrer Schulter hält. Das war ich, mich hat sie da gehalten. Jetzt kommt mir der Traum aus der Nacht zurück. So ist das mit Träumen. Wenn du dich mit Gewalt erinnern willst, siehst du gar nichts, aber wenn du ihnen den Rücken zudrehst, springen sie dich an. Ich hab geträumt, ich bin ein Baby und mach so Rülpser, und sie hält mich auf dem Arm und klopft mir auf den Rücken, dass ich die Luft rauslass, noch mal und noch mal auf den Rücken, und auf den Po und wieder auf den Rücken, noch mal stark, dass ich das rauslass, sie hebt mich hoch und sieht das in meiner Hose und klopft mir auf den Rücken, ha-ha-ha-hai, und auf den Po haut sie mich mit der ganzen Hand und noch fester als vorher, und ich komm ihr und sie sagt zu mir: »Wohl-be-komms.« Aber ich hätt sie doch nie mich anfassen lassen! Und ich hätt das doch in der Hose gespürt!

Plötzlich tut der Rücken wieder weh. Mit einem Schlag haben sie mir die Schraube mit dem Hammer bis innendrin reingetrieben, ohne Bleistift und ohne Bohrmaschine, so wie er ist, haben sie ihn mir reingetrieben.

Aber diesmal wird er mich nicht fertigmachen. Ich mach das Laken glatt, zieh mein Jackett an, geh in den Flur, halt mich an den Wänden. Oschri und Chaim rufen mich aus dem Zimmer, ich antwort ihnen nicht. Schon kommen sie angerannt. Ich setz mich hin, will mir die Schuh anziehn, aber der Rücken lässt mich nicht. Ich muss ihnen gar nichts sagen. Jeder von seiner Seite zieht mir einen Schuh an, bindet eine Schleife, so wie ichs ihnen beigebracht hab. Dafür brauchen sie sehr lang. Ich sitz da und bloß vom ihnen Zuschaun vergeht mir der Schmerz. Sie sind so süß und sie wollen es auch unbedingt richtig machen. Sie sind ganz mit den Schnürbändern zugange, drücken feste auf den Knoten, dass er ihnen nicht abhaut. Papas Bild schaut mich von der Wand an. Wieso hab ich mich jetzt genau gegenüber von seinem Bild hingesetzt? Wie ich Papa anguck, kann ich nicht so tun, als wärn sie meine Kinder. Wie er hier weg ist, da haben sie sein Gesicht genommen und es wie einen Schlüssel in die Maschine gespannt und zwei Nachbildungen von ihm gemacht und die zurück in die Welt geworfen. Was soll ich tun? Ich kann es nicht mehr sehn, sein Bild an der Wand. Abnehmen will ich es. Die ganze Zeit musst du dir sagen: Er sieht dich nicht wirklich. Aber seine Augen kleben schon an dir, wie du bloß reinkommst in die Wohnung.

Sie sind gleichzeitig mit den Schnürsenkeln fertig, küssen mich auf beide Seiten vom Gesicht. Am Kuss erkenn ich, wer wer ist. Die Seite von Oschri ist nass.

Ich steh auf, hab die Tür schon in der Hand, weiß nicht, was ich ihnen sagen soll. Ich geh den Flur lang, bis zur alten Wohnung, und sie mir hinterher. Ich leg die Hand an den Schrank von den Terroristen und sag ihnen: »Das ist der Schrank von den Terroristen. So wie ihr ein großes Bumm hört, wisst ihr, die Terroristen sind da. Aber ihr braucht keine Angst haben – Kobi hat euch einen Platz vorbereitet. Ihr steigt auf den Stuhl, nehmt den Schlüssel, der da oben liegt, macht auf und kriecht rein. Da war einmal ein Mädchen, das hat hinter so einer Schranktür gestanden, und die haben es wirklich nicht gefunden, die Terroristen. Und so werden sie euch da auch nicht finden. Ihr kommt da nicht raus. Ihr habt da drinnen eine Flasche Öl. Die schüttet ihr auf den Boden, dass die Terroristen ausrutschen und hinfallen und sterben. Und ihr bleibt da drinnen still sitzen und wartet, bis ich euch raushol.« So erklär ichs ihnen, obwohl ich weiß, nicht ich werd sie da rausholen. Ich würd ihnen am liebsten sagen, eines Tages hol ich euch aus dem Ganzen hier raus, nicht bloß aus dem Schrank. Aus dem Block, aus dem Ort, aus den Katjuschas und den Terroristen, aus allem. In Rischon merken die noch nicht mal, was bei uns hier los ist. Und wenn sies im Radio hören – verstehn tun sies nicht.

Sie sind ganz verrückt danach, in den Schrank zu kriechen, hüpfen und rennen rum, ziehn sich einen Stuhl ran, klettern drauf. Ich seh sie und sofort muss ich weinen. Keine Ahnung warum, aber grad wenn ich sie fröhlich seh, muss ich weinen. Nicht bloß bei meinen Kindern. Immer wenn ich kleine Kinder fröhlich seh, könnt ich weinen.

Ich will rausgehn, aber sie lassen mich nicht. Sie wollen mich die ganze Zeit bei sich. Für sie bin ich der Papa. Ich nehm die Armbanduhr von meiner Bar Mitzwa ab, sie glauben nicht, dass ich ihnen die wirklich dalass. Sie untersuchen, wie schwer sie ist, halten sie sich ans Ohr. Jeder will sie sich an den Arm machen. Aber ich hab keine Zeit, wenn jetzt bloß die Mama nicht zurückkommt. Ein Glück, dass Etti so fest schläft. Ich sag ihnen, sie sollen schaun, wie lang sie brauchen, von ihrem Bett zum Terroristenschrank, und ich sag ihnen, wer zuerst rennt und wer dabei die Zeit misst, sonst streiten sie bloß.

Jetzt weiß ich, was ich mach. Ich geh zu Jamil. Ich geh die Treppe runter, halt mich an beiden Seiten. Das ist der einzige Ausweg. Ich hol jetzt mein ganzes Geld, genug gewartet. Ich kann damit nicht länger warten. Wie lang kann ein Mensch warten. Was hab ich hier verloren? Ich fahr mit meinen Dollars ins Ausland, flieg nach Norwegen und heirate da. Dafür brauchst du kein Norwegisch, Mordi sagt, meine Schönheit tät schon selber mit den Mädchen sprechen. Ich fahr nach Norwegen, mach einen Haufen Geld und dann komm ich zurück und bring meine Frau mit. Vom Flughafen direkt nach Rischon bring ich sie, mit den Koffern vom Flughafen unterschreib ich den Vertrag für die Musterwohnung, zahl ihnen die erste Rate bar auf die Hand. Ich werd schon eine finden, die das Geld hat, was mir für die Wohnung noch fehlt. Ich muss das machen. Meine Zeit hier ist um. Keinen Tag länger bleib ich in diesem Loch.

Ich geh aus unserm Block und zu Mordis Haus, pfeif nach ihm. Er streckt den Kopf aus dem Fenster und sagt, er käm runter. Ich warte bei seinem Wagen. Er kommt hinterher, macht mir die Tür auf und steigt auf seiner Seite ein. Ich sag nichts, bloß: »Fahr los.« Ich sag ihm: »Fahr schon, nichts wie weg hier.« Mordi kapiert was Sache ist und fragt nicht weiter, macht die Handbremse los und den Gang rein. Nach zwei Minuten, wie wir schon fast aus dem Ort sind, zeig ich ihm mit dem Kopf nach rechts, und danach nach links. Er guckt mich an, sagt aber nichts und fährt weiter. Wir fahren zehn

Minuten. Kurz vor Jamils Dorf sag ich ihm, er soll halten. Er fragt: »Wieso, was ist passiert?«, und legt mir die Hand auf die Schulter. Ich guck ihn nicht an. Ich kann nicht. Er stellt keine Fragen, nimmt die Hand von mir, lässt mich aussteigen. Ich steig aus und merk, er fährt nicht weg. Ich mach ihm mit der Hand ein Zeichen, er soll fahrn. Ich geh los und er fährt hinter mir her, sagt mir aus dem Fenster: »Ich lass dich hier doch nicht allein, mit den ganzen Arabern.« Ich sag, ich geh zu wem aus dem Werk, zieh mir ein Lächeln an, dass er denkt, alles ist in Ordnung. Er braucht sich keine Sorgen machen. Und ich erinner ihn, sie haben Warnalarm gegeben, und er soll Fanny und seinen Jungen nicht so lang allein lassen. Zum Schluss, als er sieht, dass er mich nicht von meinem Plan abbringen kann, fährt er zurück. Ich geh zu Fuß ins Dorf. Keine Ahnung, wo ich hin muss. Woher soll ich das wissen. Alles ist tot hier. Keine Menschenseele auf der Straße.

Warum hab ich Mordi weggeschickt? Keine Ahnung. Ich hab gedacht, das krieg ich schon allein geregelt. Weiter hab ich nicht gedacht. Aber jetzt frag ich mich, warum bin ich nicht mit ihm zusammen ins Dorf rein? Warum hab ich ihn nicht mitgenommen, das Geld holen und dann nichts wie weg? Warum? Weil ich ihm nichts von der Wohnung in Rischon erzählt hab. Ich geh durch die Straßen, und die ganze Zeit warum, warum, warum, wo hab ich meinen Kopf gehabt, als ich ihn weggeschickt hab. Ich kann noch nicht mal aufrecht gehn. Der Rücken bestimmt über den ganzen Körper, wie der läuft. Er hält mich verdammt kurz mit dem Schmerz. Auf einen Schlag hats die Schraube da reingetrieben, mit dem Hammer zusammen. Bloß eine Bewegung, die ihm nicht passt, und schon knallt er mir einen Stromschlag, der geht bis in den Kopf hoch und bis in die Beine runter. Da hab ich kein Wörtchen mitzureden, auch kein halbes. Ich mach alles, was die kleine Schraube im Rücken von mir will.

Ich guck mich um: Die haben hier kein einziges Haus, was ganz fertig ist. Wo du hinguckst, siehst du, alles wächst, alle Häuser sind mitten im Bau. Da ist eins, dem sie grad eine Treppe aufs Dach bauen, aber das ist noch der nackte Beton, und ein anderes, da ist bloß eine Wand mit Stein verkleidet, und bei der andern fangen sie grad erst an. Du hast da Häuser, wo du siehst, wie sie zwischen die Säulen vom Erdgeschoss Wände einziehn, hier zwei Reihen Steine, da drei Reihen Steine. Überall Sand, Kies, Bodenkacheln, Bretter, kein einziges Haus steht fertig da. Ich lauf rum, bis ich mich fast selbst vergessen hab. Plötzlich wird es dunkel. Wie kann das sein, dass es schon dunkel wird?

Keine Ahnung, wo ich hingehn soll, nach links, nach rechts, wo ich hinschau, seh ich, wie ihnen auf einmal die Farbe raus ist, bloß das Schwarz bleibt da. Du könntest glauben, jemand hat ihnen hinter meinem Rücken die Farben geklaut, hat ihnen auf einen Schlag alle Farben von ihren Häusern geklaut und von den geschlossenen Fensterläden und von der Wäsche, die an den Leinen hängt, und von den Mülltonnen.

Was gäb ich drum, mich hinzulegen. Aber in dem ganzen Dorf haben sie keinen einzigen Gehweg. Ich will bloß noch den Rücken grade hinlegen, dass er sich wo gegendrücken kann. Das ist das Einzige, was da noch hilft. Im Werk schließ ich die Tür ab und leg mich auf den Boden, bis es vorbeigeht. Wie ich schon auf der Straße sitz und mir denk, ich zieh lieber mein Jackett aus, dass es mir beim Liegen nicht dreckig wird, da hör ich Kinder. Ich steh auf, will abhaun, aber mein Rücken lacht mich aus. Und ich geh wie ne alte Frau.

Die Kinder sehn mich über die Straße gehn und kommen angelaufen. Ich frag nach Familie Chouri. Einer, der Hebräisch kann, fragt: »Welchen Chouri? Da gibts viele von.« Ich sag: »Jamil Chouri.« »Es gibt viele Jamil Chouri.« Ich sag: »Er hat blaue Augen.« Da lacht er über mich, übersetzt es den andern ins Arabische, und sie lachen: »Die Chouris haben alle blaue Augen.« Zum Schluss, wie ich ihnen sag, »Buchhalter in der Fabrik im Ort«, da nehmen sie mich mit. Alle kommen sie mit. Erst rennen sie, dann merken sie, dass ich kaum noch laufen kann, nehmen mich in die Mitte und gehn langsam mit mir und hören nicht auf, miteinander auf Arabisch zu reden. Was haben die alles zu besprechen? Was lachen die so?

Ich schnapp hier und da ein Wort auf, aber daraus versteh ich noch nichts. Ich krieg die paar Wörter nicht zusammen. Das ist nicht das Marokkanisch von den Alten bei uns. Warum hab ich Mordi fahren lassen, wo ist mein Kopf da gewesen? Warum hab ich ihn nicht mitgenommen zu Jamil? Warum, warum, warum, warum? Den ganzen Kopf hab ich voll kleinen Nägeln, auf die ein Hammer immer zweimal klopft, dass sie gut reingehn: Wa-rum wa-rum, wa-rum wa-rum. Und dann dreht einer den Hammer um und zieht sie mit der Klaue wieder raus. Keine Ahnung, was die Antwort auf die ganzen Warums ist. Ich weiß es echt nicht.

Sieben, acht Kinder stehn hinter meinem Rücken. Ich sag ihnen *Schukran*. Ich will, dass sie gehn. Aber sie bleiben stehn. Rührn sich nicht vom Fleck. Ich möcht zum Werk gehn und meine Stempelkarte rausnehmen, die Uhrzeit streichen und den ganzen Tag zurückgeben. Komplett, von Anfang bis Ende. Wie soll ich in Jamils Haus rein, wo die ganzen Kinder gucken? Wie mach ich das jetzt? Wie brech ich mit meinen eigenen Händen mein Wort, das ich ihm gegeben hab? Dass er meine Visage nie im Leben nicht in seinem Dorf sehn wird? Dass keiner je eine Chance kriegen wird, uns auf unsern Deal zu kommen. Ich erinner mich an seine blauen Augen, wie er mich angeschaut hat und mir gesagt hat: »Entweder du vertraust mir oder nicht. Dazwischen gibts nichts.«

Die Kinder klopfen an die Tür. Und wer die Tür aufmacht, ist niemand anders als Amin, der Verantwortliche für den Fahrdienst, der die Araber aus den Dörfern zur Arbeit bringt. Die Kinder nennen ihn Abu Jamil und sagen ihm: »*fi wachad jahudi bissal an Jamil.*« Er nimmt mich mit rein, drückt mir die Hand, geht Jamil rufen. Ich hätt nie gedacht, dass das sein Vater ist. Jetzt seh ich ihn anders, jetzt überleg ich mir, vielleicht hab ich bisher bloß die Hälfte gesehn, vielleicht steckt er bei unserm Deal mit drin, vielleicht wissen sowieso alle in der Familie Bescheid? Vielleicht machen sie mit meinem ganzen Geld, was sie wollen?

Ich schau mir das Haus an, alles ist sauber und ordentlich. Da ist ein Waschbecken mitten in der Wand mit Seife und Handtuch. Ohne Badezimmer drumrum, steht da einfach so im Flur. Jamil kommt, führt mich in ein Zimmer an der Seite. Wir gehn rein. Eine Frau sitzt auf dem Boden und schneidet mit einem kurzen Messer Fleisch. Das Zimmer ist klein, sie ist dick und nimmt das halbe Zimmer ein. Sie sitzt auf dem Boden in einem großen blauen Kleid in der Farbe von ihren Augen. Das Kleid liegt um sie herum auf dem Boden wie ein Wasserbecken. Danach versteh ich, das ist Jamils Mutter, und was da tot auf dem Boden auf einer Plastikplane liegt, ist eine Lamm, und sie zerschneidet es in Würfel, wirft sie auf ein Tablett, holt grad dem Lamm seine Leber raus und lacht: »Willst du was? Das ist gut und gibt viel Kraft. Das isst man ungekocht.« Sie schneidet ein paar Stücke davon ab, steckt eins, so wie es ist, in den Mund, mit dem ganzen Blut.

Jamil ist ganz der Jamil von der Arbeit, im weißen gebügelten Hemd, zugeknöpft bis oben hin, lacht nicht, weint nicht, bewegt sich nicht, nichts siehst du ihm an. Auch wenn er seine Mutter sieht, zuckt er nicht mit der Wimper. Ich versteh nicht, wie der so geworden ist, so klug und elegant angezogen, und seine Mutter sitzt in dem alten Kleid barfuß aufm Boden. Wir gehn an ihr vorbei und durch eine andre Tür raus in ein Zimmer weiter drinnen. Ich setz mich da aufs Sofa, er nimmt sich einen Stuhl. Er schaut mich nicht an, schaut zum Fenster. »Ich geb dir das Geld nicht«, fängt er an, »und du bleibst jetzt noch ein bisschen bei uns, isst mit uns zu Abend, und dann bringt mein Bruder dich zurück, und morgen stehst du zur Arbeit auf und alles ist vergessen. Wär doch schade um das, was du alles schon gespart hast. Noch ein bisschen Geduld, dann kannst du den Vertrag für deine Wohnung unterschreiben.« Jetzt guckt er mich an, mit seinen blauen Augen. Was soll ich denn machen? Mein ganzes Geld liegt bei ihm eingeschlossen, weil ich hab ihm mein Wort gegeben. Ich hab es mit einem Schlüssel verschlossen und ich hab kein Wort, das den Schlüssel in die andre Richtung drehn kann. Er hat es mir versprochen, und sein Wort ist ein Ehrenwort. Was soll ich ihm tun? Am liebsten würd ich lostoben, rumschreien, aber woher nehm ich die Wut dazu? Er sitzt ganz still da, so kann ich ihm nichts machen. Wenn er mich angeschrien hätte, warum bist du ins Dorf gekommen, ich hätt mich über ihn hergemacht, scheißegal, ich hätt alles mitgenommen und wär in fünf Minuten weg gewesen.

Wir sitzen da. Reden nicht. Der Rücken bringt mich noch um. Bei dem Sofa, wo ich sitz, ist das Brett kaputt, ich bin eingesunken, und mein Rücken kann sich schon nicht mehr halten. Ich rutsch ein bisschen hin und her. Jamil denkt, wir sind fertig. Er steht auf und will gehn. Ich rühr mich nicht, halt mich an der Sofalehne fest.

Da seh ich plötzlich Mordis Gesicht, wie er mich auslacht: »Wieso lässt du den deine Pläne machen? Wieso? Wer ist der überhaupt? Was hast du dir dabei gedacht? Dass der dich nicht beklaut? Bist du ein Kind, das jedem glaubt? Und dazu noch einem Araber? Das hätt ich nicht von dir gedacht, Kobi, einem Araber hast du dein ganzes Geld gegeben? Einem

Araber? Wie oft hab ich dir gesagt, dem Araber kannst du nicht trauen, noch aus dem Grab wird der dich beklauen. Siebentausend Dollar hast du ihm gegeben? Siebentausend Dollar weggeschmissen!«

Ich seh Mama mit der weißen Handtasche, die ihr auf den Hintern klopft, und ich seh die braunen Flecken, die ich auf die Matratze gemacht hab, und ich seh auch die Schlüssel von der Musterwohnung, wie sie mir wegfliegen. Ich hör, wie Jafit mich auslacht und meine Schlüssel wem anders in die Hand legt. Mit einem Satz steh ich auf, tu einen Mords-Schrei und tob los. »Gib mir das Geld«, schrei ich, »wo hast du mein Geld?« Ich seh in meiner Hand die Kugel von der Sofalehne, die da rausgegangen ist, sie war schon locker. Ich steh vor ihm und er fängt an: »Kobi, was machst du denn«, und ich schlag sie ihm gegen den Kopf. Er weicht zur Seite aus, ich fall über den Stuhl, meinen Rücken zerreißt es in zwei Stücke.

Danach lieg ich mit angezogenen Beinen auf dem Boden, hör bloß noch, wie die Tür zugeht. Gleich explodiert mein Kopf, das Bein hab ich mir, glaub ich, verrenkt, und mein Rücken fliegt auseinander. Fliegt weg, ich spür ihn nicht mehr. Wie der Rücken zurückkommt, ist die Schraube schon draußen, die ganzen Schmerzen sind auf einen Schlag weg, die sind jetzt im Bein. Ich steck die Hände in die Achselhöhlen, seh, dass mein Jackett an einer Seite aufgerissen ist, mein Hemd ist offen, mein ganzer Bauch ist draußen. Ich will aufstehn, aber das Bein hält nicht, ich sink wieder auf den Boden.

Die Tür geht auf. Ich dreh den Kopf weg, Jamils Mutter steht da, mit dem Messer in der Hand. Ich mach die Augen zu, seh wie sie mir mit einer Handumdrehung die Leber rausholt und sie sich roh in den Mund steckt, damit sie viel Kraft davon kriegt.

6

Seine Mutter geht wieder. Jamil kommt rein, hilft mir aufstehn. Er setzt mich auf den Stuhl, als wär nichts gewesen, gibt mir ein Bündel in die Hand und sagt kein Wort. Er hat einen kleinen Kratzer am Auge, von der Kugel vom Sofa. Auf seinem Gesicht siehst du nichts. Du kämst nicht drauf, dass das der Mensch ist, dem du grad fast das Auge ausgeschlagen hast. Keine Ahnung, wo der seine Krise hinsteckt. Warum steigt ihm nicht das Blut in den Kopf? Wie schaut er mich an mit dem Blau von seinen Augen, als wär nichts passiert. Ich mach die Plastiktüte auf, hol einen braunen Umschlag raus, auf dem Kobi steht, mit Rechnungen auf Arabisch. Ich hol sie raus, guck mir die Dollars an, fang an zu zählen. Nach den ersten tausend weiß ich schon, alle meine siebentausend Dollar sind in dem Umschlag. Ich kann Jamil nicht in die Augen sehn. Ich tu die Dollars in den Umschlag, leg ihn wieder in die Tüte, lass die Tüte auf den Boden fallen und fang an und wein. Kann nicht mehr aufhören. Wie ein Kind.

So sitz ich da, halt meinen Kopf und wein. Wo kommt das ganze Wasser her. Ich seh gar nichts mehr, spür bloß, wie mir das Wasser aus den Augen fließt. Wie soll ich das stoppen? Ich warte, ob es von selber aufhört. Gedanken von einem Verrückten kommen mir in den Kopf. Vielleicht, wenn ich die Wasserrechnung nicht zahl, stellen sies mir ja irgendwann ab. Ich denk mir: Das ganze Blut in meinem Körper ist zu Wasser geworden, es lässt die Farbe drin und kommt mir durch die Augen raus, tut so, als wärs Wasser, und ich kann gar nichts dagegen machen. Was kann ich noch machen? Bloß auf Jamils Stuhl sitzen, spüren, wie mein Körper ausläuft, bis ich kein Blut mehr hab.

Jamil zieht mir den Schuh und den Strumpf aus, geht und bringt noch einen Bruder von sich an. Sohir, der ist Krankenpfleger im Krankenhaus. So beherrscht wie Jamil ist, ist der das Gegenteil von ihm. Der nimmt mich in einer Minute auseinander, und bloß mit einem Finger. Mein Bein tut weh. Ich hab da eine dicke blaue Kugel. Ich schluck den Schmerz runter, vor ihm genier ich mich. Er wickelt mir eine Binde ums Bein. Ich möcht, dass er damit nicht aufhört, dass er immer weiter wickelt. Seine Hände sind gut. Ich möcht sie ihm küssen. Was für Hände. So dick wie von Babys und auch so glatt. Wie wenn die Welt sich auf den Kopf gestellt hat und die Babys die Erwachsenen pflegen. Ich will, dass er noch mehr Binden bringt und mir den ganzen Körper verbindet, dass er mich bis oben hin einwickelt.

Seine Mutter kommt mit einem Glas Tee für mich und einer Schmerztablette. Sie sprechen Arabisch. Ich will nichts verstehn. Ich such nicht nach den Wörtern, die ich kenn. Ich such auch nicht, wo die Tüte mit dem Geld hin ist. Ich will sie nicht sehn. Was ich will? Bloß dass sie mich an der Hand nehmen, dass sie mir zu essen geben und mich schlafen legen, dass sie besprechen, was sie mit mir machen, aber bloß in ihrer Sprache. Dass sie mich ins Bett legen, dass sie mich am Morgen aufwecken, dass sie mich zur Arbeit schicken, dass sie mir den Lohn abnehmen und ihn für mich aufbewahren. Dass sie mir eine Frau zum Heiraten bringen, dass sie mir jeden Moment sagen, was ich tun soll.

Jamils Bruder zieht mir den Strumpf über den Verband. Sie nehmen mich zwischen sich und führen mich zum Abendessen, ich bin von beiden Seiten sicher. Einen Arm hab ich auf der Schulter von Jamil, den andern auf seinem

Bruder Sohir. Wir gehn zum Tisch. Sie setzen mich auf den Stuhl. Aus dem ganzen Haus kommen noch Leute an. Wo sind die alle vorher gewesen? Ich sitz da, und alle kommen sie zu meinem Stuhl, dass ich nicht aufstehn muss, mit meinem Bein. Ich geb seinem Vater die Hand und seinen Brüdern. Alle setzen sich und fangen an und essen. Zwei Minuten nachdem wir angefangen haben: der erste Knall, und gleich noch einer.

Wie hab ich bloß den Warnalarm vergessen können? Schon vom ersten Knall steh ich auf, will in den Schutzraum, und sie alle sagen: »Was für ein Schutzraum? Bei uns hier gibts keinen Schutzraum wie bei euch dort. Iss ruhig weiter, das hier ist das beste Zimmer. Die Mauer hier ist fast einen Meter dick.« Wir essen das Fleisch, Reis, Salate, hören den zweiten Knall und essen weiter, wie wenn nichts passiert wär. Im Leben hab ich nicht dran gedacht, dass auch bei denen eine Katjuscha runterkommen kann. Keine Ahnung warum. Das ist mir einfach nie in den Kopf gekommen, dass auch im Dorf bei den Arabern Katjuschas fallen können. Nach ein paar Minuten kommt jemand von draußen rein. Ein kleiner Mann, schmal, er redet schnell. Jamil übersetzt mir das Arabische: Die beiden Katjuschas sind im Ort gefallen. Da ist der ganze Strom weg. Die zweite ist todsicher auf den Platz gefallen. Das ist der Schulleiter, der Bruder von Jamils Vater, er war auf seinem Dach und hat alles gesehn. Auch die Krankenwagen und die Feuerwehr hat er von hier aus gesehn.

Sie machen ihm am Tisch Platz, stellen auch ihm einen Teller hin. Der Schulleiter sagt auf Hebräisch: »Ich ruf die Katjuschas jedes Mal: Kommt, kommt, fallt auf meine Schule! Aber sie kommen nicht zu mir.« Alle am Tisch lachen, er lacht auch, er guckt mich an, weil ich nicht mitlach. »In der Schule ist ja keiner. Und jede Katjuscha gibt eine Million Lira von der Regierung. Mit zwei Katjuschas könnt ich eine neue Turnhalle bauen, und aus allen Dörfern kämen sie da hin.«

Ich denk mir, wenn ich ein anständiger Mensch wär, müsst ich mich sorgen, was mit meiner Familie ist. Ich müsst da hinrennen und ihnen helfen. Unser Haus ist bloß fünfzig Meter vom Platz. Ich guck Jamil an. Er kapiert nicht, was er mir da grad gesagt hat, er weiß ja nicht, wo unser Haus steht. Ich sag ihm nichts. Will nicht dran denken, was ihnen vielleicht passiert ist. Will auch nicht für sie entscheiden, wer leben wird und wer sterben. Will auch nicht für sie über das Geld entscheiden, will nicht für sie entscheiden, wo sie wohnen und was sie tun. Ich tu so, als wär ich einer aus dem Dorf, der jeden Tag das Lamm isst, das die Mutter vorher zerschnitten hat, ich nehm noch ein Stück mit dem Fladenbrot und denk nicht an unsern Schutzraum.

Sohir gibt mir noch ein Fladenbrot in die Hand und sagt: »Greif zu, greif zu. Brauchst dich nicht genieren.« Ich nehm mit dem Fladenbrot aus den kleinen Schälchen, wie alle andern auch, und ess. Jetzt fang ich an und schmeck den Geschmack vom Essen, ich spür, dass ich hungrig bin, ich spür, dass ich denen ihr Haus mag. Da sitz ich und ess wie alle andern.

Ich treff den Blick von Jamils kleinem Bruder, ein Lachen rennt ihm übers ganze Gesicht, ganz schnell, bleibt keine Sekunde stehn, damit die Erwachsenen es nicht erwischen. Bloß ich seh sein Lachen und weiß, dass er unterm Tisch mit einem kleinen Ball spielt. Sein Vater lässt ihn aufstehn und zu sich kommen, um ihm ein schönes Stück Fleisch auf den Teller zu legen, er fängt meinen Blick und rollt mir den Ball zu, zwischen die Füße, dass ich so lang auf ihn aufpass. Wie er wieder sitzt, kick ich ihm den mit meinem guten Bein zurück. Jetzt seh ich, er ist der Kleinste in der Familie. Die ganze Zeit sorgt sich einer um ihn, alle überlegen, was gut für ihn ist. Wir essen beide, schaun uns nicht an, aber unterm Tisch haben wir den Ball, der rollt von einem zum andern und wieder zurück. Ich heb den Kopf zu ihm, erwisch sein Lächeln, wie es ihm aus den Augen zur Seite wegrennt. Plötzlich merk ich, er hat mich damit angesteckt, jetzt hab auch ich mein eignes Lachen, und keiner sieht es. Bloß er sieht mich lachen, schickt mir den Ball schräg rüber, dass ich ihn schnell kriegen muss. Ich bring ihn in die Mitte, behalt ihn erst mal bei mir, unter meinem Stuhl, warte, trinke, ess was. Bis ich seh, wie ihn das verrückt macht, und dann lass ich ihn zurückrollen. Noch mal steht er auf, jetzt ist es wegen seinem Onkel. Der Ball ist wieder unter meinem Stuhl. Als er zu seinem Onkel geht, frag ich Jamil: »Wie alt ist der Junge?« Jamil versteht nicht, nach wem genau ich frag, erst wie der Junge sich wieder hinsetzt, kapiert ers und sagt: »Wer? Amir? Das ist der Jüngste, der wird diesen Monat dreizehn.«

Etti Dadon

1

Alles habe ich vergessen, als sie runterkam. Eine, ganz entsetzlich, hat gleich den ganzen Strom mitgerissen, und danach noch eine, millionenmal stärker als die erste. Ich konnte mich an nichts mehr erinnern. Auch die andern wussten nichts mehr: die Erwachsenen, die Alten, die Kinder und die Babys. Alles hatten wir vergessen. Und geschrien haben wir.

Nachdem sich der Schrei im ganzen Treppenhaus ausgebreitet hatte, in dem zähen Dunkel, das uns alle zu einem Klumpen mit vielen zitternden Händen und Füßen und aufgerissenen Mündern machte, tauchten bei einigen erste Erinnerungen auf. Kinder fingen plötzlich an, Mama-Papa zu rufen, und die Eltern riefen die Namen ihrer Kinder und jemand schrie: »Warum ist denn der Schutzraum abgeschlossen?«

Und das ganze Monster hinter ihm fragte, klagte an, flehte dutzendfach: »Warum ist denn der Schutzraum abgeschlossen?«

Eine Stimme schimpfte: »Wo ist der Schlüssel? Einer muss den Schlüssel holen«, und das Monster echote: »Schlüsselholen.«

Hände trafen sich und fragten: »Bist du das, Eliko? Bist du das?«

»Mejtal, wo ist Mejtal? Ich seh sie nicht.«

»Mama, hier bin ich«, piepste es irgendwo.

Sofort geriet das Monster in Bewegung, ordnete sich nach Familien. Glieder rissen sich los, stürzten sich in das sechsstöckige Dunkel und riefen flehend die Namen noch fehlender Kinder. Und die Echos der Namen stiegen das Treppenhaus hoch und runter wie ein verrückt gewordener Fahrstuhl und schlugen das Monster auf den Kopf.

Und wieder kreischte das Monster: »Wo ist der Schlüssel? Bevor uns noch eine auf den Kopf fällt, soll doch einer den Schlüssel bringen«, und das Kreischen wurde zu einem langgezogenen Jaulen, und nur einer rannte schnell die Treppen hoch, den Schlüssel suchen.

Doch bis er zurückkam, war das Monster weiter angewachsen, jetzt wimmerten alle seine Glieder, auch die fehlenden, und beschwerten sich und beschuldigten sich gegenseitig: »Kinder, ihr könnt doch nicht ruhig in der Wohnung sitzen bleiben, wenn ihr die Katjuschas hört« – »Gestorben bin ich vor Angst, bis ich euch gefunden hab!« – »Jetzt schrei hier nicht so rum, schau sie dir doch an, wie bleich sie zurückkommen« – »Wo siehst du denn bitte, dass sie bleich sind. Ich seh gar nichts in dem Dunkel« – »Lasst ihn doch durch!« – »Jetzt macht schon Platz, dass er durchkann!« – »Er hat den Schlüssel ja. Lasst ihn durch, er hat den Schlüssel«, beteuerte das Monster laut, doch statt sich zu entspannen, zog es sich nur noch fester zusammen und presste sich gegen die Tür des Schutzraums. Bis es einer ruhigen und sicheren Stimme gelang, die Eingeweide des Monsters zu entkrampfen und hindurchzuschlüpfen.

Hier, der Schutzraum ist offen.

Im Schutzraum ist alles nackt. Das Licht der Lampen und der Kerzen ist der absolute Kontrast zum nachmittäglichen Sonnenlicht an diesem Tag, der schöner gewesen war als jeder Feiertag oder Schabbat. Hier war es wie bei Aschenputtel, bevor die Fee kommt: ein dumpfes, gelbliches Licht, ein Licht wie abgewetzte Lumpen.

Die Kinder, die sich an ihre Eltern drückten, wichen einen Moment zurück, wollten sicher sein, dass das wirklich Mama war, dass das der Papa war. Irgendetwas an deren Umarmung fühlte sich plötzlich fremd an. Und wir alle bewegten uns wie im Bauch dieses Walfischs. Ich zitterte, bekam kaum noch Luft. Mein Bauch war wie ein Sack voll spitzer Steine, er zwang mich mit einem Schlag zu Boden, auf die nächstbeste Matratze. Die Hände gingen hoch, wollten die eiskalten Wangen wärmen und mussten die schwere Stirn stützen; die war kalt wie Eisen.

Das allgemeine Summen klang wie eine Art Stille, aber ich konnte sehen: Die Leute bewegten die Lippen. Auch Marcela sagte etwas und reichte mir ihr Baby. Das Fläschchen und eine Stoffwindel gab sie mir gleich dazu. Ich musste Ascher gut festhalten, denn er strampelte, sein Gesicht war rot, seine Augen geschwollen. Ich führte die Flasche an den kleinen offenen Mund, und er schloss ihn um den Sauger und nuckelte sofort gierig los. Da hörte er auch auf sich zu wehren und machte die Augen zu.

Das drückende Summen verstummte allmählich. Marcela berührte meinen Kopf. »Halt das Fläschchen steiler«, sagte sie, »dass ihm da keine Luft reinkommt. Was soll ich machen, Jehuda ist eben nie da, wenn ich ihn brauch.« Ascher schluckte regelmäßig. »Ich muss zu Moran«, sagte sie, »Mensch Etti, jetzt beruhig dich doch, du zitterst ja am ganzen Leib.« Die Steine in meinem Bauch wurden runder, wie Bachkiesel.

Das Fläschchen war noch nicht leer, aber Ascher war eingeschlafen; nur ab und zu nahm er mit geschlossenen Augen noch einen Schluck. Wenn er nuckelte, spürte ich, wie mein BH mich drückte. Ich wusste nicht, ob man ihm das Fläschchen rausziehen muss, ich traute mich nicht, mich umzudrehen und zu fragen. Er sollte nicht aufwachen, und ich wollte auch nicht den Kopf heben und all die andern Leute sehen. So fühlte ich mich gut, mit ihm dazusitzen, als seien wir allein im Schutzraum.

Aber wir waren nicht allein. Moran kreischte hinter mir, und Marcela versuchte sie zu beruhigen. »Meine Süße, das ist nur, damit hier ein bisschen Luft reinkommt«, erklärte sie die runden Belüftungslöcher, »eine Katjuscha kommt da nicht durch. Hör mir mal gut zu. Das da, das sind keine Fenster, das ist nur ein Schlauch, der uns Luft bringt. Und überhaupt, Schätzchen, guck doch nicht da hin, komm, dreh dich wieder zu mir. Siehst du Eliko, den Lieben, wie er ganz still dasitzt?«

Aber Moran weinte weiter. Zusammen mit uns allen atmete sie den Geruch der Angst, den das Monster aus all seinen über den Schutzraum verteilten Gliedern absonderte.

Aschers Haar klebte nassgeschwitzt an seinem Kopf, und ich sah eine große Laus zwischen seinen Haaren laufen. Zum ersten Mal hab ich alle ihre Glieder gesehen: den Kopf, die glatten, durchsichtigen Beine, den braunen Rücken. Läuse haben mich immer angeekelt, und ausgerechnet jetzt, wo meine Hand unter seinem Kopf eingeschlafen ist, guck ich mir die Laus an, als wär sie Rotkäppchen, wie es allein durch den Wald spaziert, und gleich kommt der Wolf. Plötzlich wollt ich mich am Kopf kratzen, wie immer, wenn sich jemand neben mir kratzt oder einer von Läusen nur redet, aber ich hatte keine Hand frei, mit der ich mich kratzen konnte.

Moran stieß ein langes klagendes Jaulen aus und rannte los, in Richtung Tür. Von links und rechts hagelten Ratschläge auf Marcela, nur eine Ohrfeige könne ihre Tochter aus ihrer Hysterie holen.

Und plötzlich waren da auch andere Stimmen, laute Stimmen. Man stritt um Matratzen, stritt um Decken, darum, wer zu viel Platz brauchte. Die Leute lösten die Ketten der hochgeklappten Eisenbetten, bauten sie auf und kletterten sofort auf beide Stockbetten und klebten mit dem Wachs ihre mitgebrachten Schabbatkerzen auf die Eisenrahmen. Von allen Betten flackerten Gesichter zu mir, wie auf dem Bild, das wir am Schoah-Gedenktag gesehen haben, und ich wurde es nicht mehr los. Ich schloss die Augen und sagte mir flüsternd: Du weißt, das kannst du gar nicht vergleichen, das ist überhaupt nicht dasselbe! Aber es kamen noch mehr Bilder dazu, die ganze Reihe von Bildern: Erst diese Stockbetten, auf denen Skelette in gestreiften Kleidern lagen, dann Karren beladen mit weißen Leichen, und zum Schluss Stacheldrahtzäune – da ist meine Hand, dünn, zitternd, ausgestreckt zwischen dem Stacheldraht, dass mir jemand ein Stückchen Brot durch den Zaun durchstecken soll.

Dann hörte ich das Geschrei: Fünf oder sechs Leute machten sich über Schmuel Cohen her, der den Schutzraum mittags abgeschlossen hatte und mit dem Schlüssel schlafen gegangen war.

»Der hat echt fest geschlafen. Erst die Katjuschas haben ihn geweckt. Allein hat er geschlafen, weil Ziona und die Kinder, die sind zu der ihrer Schwester nach Beer Schewa«, sagte Marcela zu mir, »zitternd hat er auf dem Bett im Dunkeln gesessen und sich nicht bewegen können. Bis Jehuda hochgegangen ist, den Schlüssel holen. Fest umklammert hat er ihn in Schmuels Hand gefunden. Keine Ahnung, was der sich gedacht hat, Etti. Dass der Schlüssel ihn retten kann?«

Und Schmuel antwortete mit gesenktem Kopf, das Kinn im Kragen vergraben: »Bloß wegen den Kindern ausm Block hab ich abgeschlossen, die haben im Schutzraum rumgetobt. Eure Kinder waren das, nicht meine.« Bloß als er »eure Kinder« sagte, hob er den Kopf ein bisschen.

»Wegen dir wären wir fast gestorben, Schmuel! Gestorben, kapierst du das?«, klagten sie weiter und bereuten schon, dass sie nicht beim Tiefbauamt einen Tisch umgeschmissen hatten, damit endlich jemand kommt und die Kanalisation hier in Ordnung bringt. Die hätten ja wenigstens jemand schicken können, der mal ein bisschen saubermacht und ein paar *Frau im Spiegel* und ein paar Decken vorbeibringt.

»Schluss mit dem Gejammer jetzt«, sagte jemand, »wer hätt denn auf die Sachen aufgepasst? Es wär doch eh alles weggekommen oder kaputtgegangen.« Erst da hielten sie den Mund, drehten einander die Rücken zu, zogen unsichtbare Mauern um sich und legten sich zum Schlafen auf die Matratzen. Ich lehnte mich an die Wand und sah zu, wie sie die Kinder schlafen legten, vier auf einer Matratze, wie Sardinen, Kopf an Schwanz an Kopf an Schwanz. »Leg den Kopf hin, Schätzchen, wenn du schläfst, merkst du nicht, dass es dich juckt.« Rundherum öffnete der Schlaf schon hier und da kleine Türen und schmuggelte nach und nach die Kinder zu sich, bis er alle bei sich versammelt hat, und da war die Nacht auch schon da.

Es ist erst sieben oder acht, aber die Nacht kam auf einen Schlag über uns. Eine ganz private Nacht, und nur bei uns, als ob es aus nur einer einzigen Wolke im Himmel regnet. Hier haben wir keine Stunden und keine Minuten. Es ist, als habe sich unsre Zeit aus der allgemeinen Zeit herausgelöst, als renne sie plötzlich schneller, bis sie dann stehenbleibt und ausruht, und erst wenn die allgemeine Zeit sie einholt, werden wir zu den »Nachrichten des Tages« und vielleicht sogar zu »Die Meldungen in Kürze«.

Ich habe alles gehört, alles gesehen, alles gerochen, aber daran erinnern, was vorher war, konnte ich mich noch immer nicht. Ich schaute mich an und sah ein Geschöpf, das mit einem

Baby anfing, in eine Flasche überging, und an dieser Flasche war eine Hand, die Hand eines jungen Mädchens, das eine Mutter und Geschwister hat. Aber die, die waren nicht hier.

Keiner von ihnen. Aus Versehn war ich im Dunkeln in einem anderen Block gelandet, in Nummer hundertzweiundzwanzig. Im Dunkeln war ich hier reingerannt – die Füße erinnern sich, dass sie gerannt sind, nachdem die erste Katjuscha fiel. Wie ein kleines Mädchen, das jemanden, der seinem Vater ähnelt, von hinten sieht und ihn irrtümlich am Ärmel zieht.

2

Dann kam Jehuda wieder rein, Marcelas Mann, der bei der Stadt in der Abteilung für Instandhaltung arbeitet. Er hatte uns vorher den Schlüssel von Schmuel Cohen geholt, den Schutzraum aufgeschlossen und war dann erst mal verschwunden. Als er nach einer Weile zurückkam, standen alle Männer auf, und danach auch die Frauen. Ich warf einen Blick in seine Richtung, vom Boden aus, zwischen all den stehenden Leuten wie durch einen Tunnel hindurch, und sah, dass sich mitten in seinem Bart sein Mund öffnete wie eine rote Höhle.

»Der große Amsalem«, sagte der Mund. »Sie haben ihn ins Krankenhaus gebracht. Man weiß noch nicht, was mit ihm ist. Der große Amsalem, ist das nicht der, dem seine Frau letztes Jahr schwanger war und es im sechsten Monat verloren hat?«

Die hat mal mit Mama im Hort gearbeitet, aber nicht alle begriffen gleich, so wie ich, wer gemeint war. Wer es nicht begriff, dem erklärte es jemand, der es begriffen hatte, mit Landmarken, die ihn auf verworrenen Wegen von etwas ihm Bekanntem zu diesem Mann führen konnten, dessen Gesicht er gewiss aus dem Ort kannte; er musste es nur noch mit dem richtigen Namen verbinden.

»Der große Amsalem, Itzik Amsalem! Was, plötzlich weiß hier keiner, wer Itzik Amsalem ist?«

»Der Amsalem vom Baumarkt?«

»Nein, doch nicht der vom Baumarkt.«

»Ihr meint Meir, den von *Amidar*? Dem seine Frau Susi heißt?«

»*Susi? Schkun hawa abuha?*«
»*Bint Eliahu Amar?*«
»*Aiwa!*«
»Dann sags doch gleich, die Tochter von Eliahu!«
»Hab ich doch gesagt. Und: Ist der ihre Schwester nicht die Masal, die, die so humpelt?«
»Ja. Also, der ihr Mann?«
»Wer ist der ihr Mann? Der Sohn von Chassiba?«
»Der, wo fast ne Million im Lotto gewonnen hat?«
»Nein, das ist sein großer Bruder. Sondern Itzik Amsalem, der in der Kriegsindustrie arbeitet.«

Immer wieder und unermüdlich zogen sie neue Linien zum großen Amsalem, und jeder schlug eine andere Route vor, um zu ihm zu gelangen, aber jedes Mal irrte unterwegs ein anderer ab und ging verloren, und man musste ihm einen neuen Weg suchen. Binnen wenigen Minuten schwirrten im Schutzraum Dutzende Namen und lange Geschichten herum, die man jeweils in einem Satz auf den Punkt brachte: »Der, der mal mit Simcha gegangen ist, aus dem Block, wo die Verrückte wohnt«, und »der, von dem die Tochter von seiner Schwägerin mal mit einem Araber gegangen ist. Das war sogar einer, der studiert hat, der ist jetzt aus Rumänien zurück, er ist dort Zahnarzt geworden«, und »der, dem sein Bruder den neuen Volvo-Laster fährt, mit den zehn Gängen«, und »der, wo in der Nacht vom Maimuna-Fest dieses Kind gekriegt hat, fragt nicht – er hat es gleich im Krankenhaus gelassen. Hast du nicht davon gehört?«

Die neuen Informationen rauschten durch den dicht belegten Raum, und die verwirrten Gesichter sahen gequetscht und angespannt aus, dem Platzen nahe, wie Clementinen, die nur eine sehr dünne Schale daran hindert, dass ihr Saft rausfließt. Ich wusste, mein Gesicht sah genauso aus.

Auf einmal redeten alle wieder leise, reichten Wasserflaschen herum, boten eine saubere Windel, Toilettenpapier, einen Müllbeutel, eine Tablette gegen Kopfschmerzen, Decken und sogar Matratzen an: »Nimm, nimm ruhig, zier dich nicht. Uns reichen zwei, die beiden können doch zusammen schlafen, das macht nichts, dann wärmen sie sich ein bisschen.« Und man begann, sich an frühere Katjuschaeinschläge zu erinnern und diesen mit früheren zu vergleichen. »Keine Frage, so schlimm wie diesmal wars noch nie«, warf jemand den ersten Ball und bekam ihn sofort zurück: »Wieso? Hast du schon die Katjuschas vergessen, die letztes Jahr einen Monat nach Pessach runtergekommen sind?« Doch im Nu wurde er abgeschmettert, »also komm, das kannst du doch nicht vergleichen! Mit den Katjuschas im Industriegebiet? Die, wo wir die Explosion gehört haben und alle losgerannt sind, gucken, wo?« Schon schlossen sich den beiden andere Leute an, als ging es darum, Mannschaften zu bilden: »Recht hat er!« »Der da?« »Was wahr ist, ist wahr. Das kannst du überhaupt nicht vergleichen.« Aber gleich nachdem einer erklärt hatte, man könne das nicht vergleichen, fingen alle an, gleichsam ihre Spielkarten rauszuholen – so kamen sie mir jetzt vor: wie Kartenspieler –, und sie verglichen trotzdem, und auch ich rechnete aus, wie alt ich gewesen bin, als zum ersten Mal Terroristen in unsern Ort gekommen sind, und was mir beim zweiten Mal passiert ist, und wo ich bei den ganzen Katjuschas und Infiltrationen und Warnalarmen seitdem gewesen bin und was ich gemacht hab. Ich schaute mich um und begriff, dass wir alle soeben noch eine neue Karte dazubekommen hatten, und die war was wert, wir würden sie noch einsetzen.

»Passt bloß auf mit den Kerzen«, sagte Jehuda, »ich hab euch ein paar Taschenlampen mitgebracht. Dass mir hier bloß jeder auf seine Kerze aufpasst und mir hier nichts Feuer fängt.«

Und wieder fragte man ihn zum Zustand des Verletzten, zu den Schäden draußen, aber er verkündete zuerst, dass die Stadtverwaltung morgen früh als Erstes Brot an die Schutzräume verteilen werde, man müsse noch ein bisschen Geduld haben, und es hieße auch, der Generalstabschef höchstpersönlich sei unterwegs hierher, und das E-Werk arbeite daran, dass wir so schnell wie möglich wieder Strom haben. Mit ein bisschen Glück schon in drei, vier Stunden.

Ich schaute mich um und sah, wie alle Jehuda lauschten. Sie fingen an sich zu entspannen und wollten, dass er noch mal von vorne anfing. Dass er ruhig noch ein bisschen was dazuerfand, warum auch nicht? Soll er sich doch vor uns hinstellen wie einer, der einen Traum erzählt, wie einer, der erzählen kann, was er will, ohne dass jemand sagt, er lügt.

Wir werden dir glauben, jedes Wort werden wir dir glauben, hab ich ihm im Stillen zusammen mit allen andern geschworen, und keiner wird dich unterbrechen und keiner wird mit dir streiten. Jetzt, wo wir schon wissen, dass wir ja nicht gestorben sind, dass wir nur um Haaresbreite fast gestorben wären, und wo wir hier alle frei von unseren üblichen Verpflichtungen und Arbeiten und Hausaufgaben sitzen, ohne unsere Feindschaften und unsere Sorgen, wo wir alle Zeit der Welt haben, denn die, die sitzt mit uns im Schutzraum auf der Matratze: Jetzt ist der Moment, wo die Zeit nirgendwohin rennt, jetzt können wir uns von allem ausruhen und uns vorstellen, wir spielen die Hauptrolle in einem Film über Leben und Tod.

Eine Stille, so tief und breit wie das Schilfmeer, bevor Moses es teilte, boten wir Jehuda in unserm Schutzraum an. Er strich sich über den Bart, dann ging sein Mund wieder auf, und ich sah, wie die Stille in seine rote Höhle flutete. Er hustete kurz, vielleicht übersprang er damit die Dinge, die man uns jetzt nicht unbedingt erzählen musste, denn keiner von uns wollte hören, wo wir waren, als die zweite Katjuscha fiel, und was wir in ebendem Moment taten, und auch nicht, wo Jehuda da gewesen war und was er gemacht hat: der einzige Mutige unter lauter Angsthasen. Wird er, fragte ich mich, wenn er gleich in die anderen Schutzräume geht, denen von uns erzählen? Wie wir gegen die verschlossene Schutzraumtür angerannt sind, wie wir geschrien haben, und wie er als Einziger ein Mann war und hochgelaufen ist, den Schlüssel besorgen. Morgen früh würde jeder im Ort wissen, dass unser Schutzraum abgeschlossen war, und wenn Schmuel Cohens Familie aus Beer Schewa zurückkommt, werden sie sich zu Hause einschließen wie in einem Schutzraum, bloß wegen der Blicke der Leute. Ab heute wird man auch ihre Namen ändern, zu »die, der ihr Mann während den Katjuschas mit dem Schlüssel vom Schutzraum in der Hand geschlafen hat«, oder »die Tochter vom Cohen, der während den Katjuschas den Schutzraum von hundertzweiundzwanzig abgeschlossen hat«, oder sogar »der, wegen dem die Leute während den Katjuschas schier gestorben sind«.

Aber das alles hat Jehuda bei uns übersprungen. Stattdessen führte er uns aus dem Schutzraum hinaus auf den Platz, und wir liefen ihm hinterher, als hätten auch wir den Mut, in so einer Nacht draußen rumzulaufen. »Alles ist voll mit Glassplittern, die riesigen Schaufenster vom Supermarkt sind von dem Druck zersprungen«, sagt er, »die zweite ist bloß hundert Meter von hier eingeschlagen, noch nicht mal hundert, vielleicht achtzig Meter von hier, allerhöchstens achtzig. Dieser Block ist am nächsten dran«, fügte er hinzu, und das Wir-Monster freute sich, das zu hören, denn jetzt, wo es in Sicherheit war, wollte es den Tod so nah wie möglich ranholen und spüren, was für ein Riesen-Glück es gehabt hat und dass es nur durch ein Wunder gerettet wurde.

»Das ist ne ganze Menge zu tun, bis der Platz wieder wird

wie früher«, sagte Jehuda, »das wird schon zwei Monate brauchen, mindestens zwei Monate«, und er erzählte auch, jetzt sei noch überall Militär, aber morgen schon ganz früh stehe da eine Wache, die aufpasst, dass nicht geplündert wird, und sobald das Durcheinander vorüber sei, fange man gleich mit Renovieren an. »Auch das öffentliche Telefon hat was abgekriegt, bis dahin sind die Splitter geflogen. Ein Glück, echt, was ein Glück, dass sie wegen dem Warnalarm den Supermarkt zugemacht haben. Stellt euch vor, was wär passiert, wenn die zweite an einem normalen Tag runtergekommen wär, wo der Supermarkt voll ist! Gott behüte! Und noch am Donnerstagabend, wo es brechend voll ist.« Das sahen wir nun in allen Einzelheiten, denn er schwieg und gab uns Zeit, es uns vorzustellen. Danach erzählte er vom Stadtratsvorsitzenden, der sei als Erster zur Unglücksstelle gekommen. »Ihr könnt mich umbringen, ich hab keine Ahnung, wie der es immer schafft, als Erster da zu sein, vor allen andern. Immer wenn wo was passiert, steht er da, wie aus der Erde gestampft«, sagte er, »egal wo«, und seine Stimme teilte sich in zwei Wege, und er konnte sich nicht zwischen ihnen entscheiden: Bewunderung für den Stadtratsvorsitzenden oder Enttäuschung darüber, dass es ihm selbst niemals gelang, vor ihm einzutreffen.

Danach ließ er den Stadtratsvorsitzenden stehen und brachte uns mit einem Satz zum großen Amsalem, der ein paar Splitter der ersten Katjuscha abgekriegt hatte. Sie war auf einen Gehweg im nördlichen Teil gefallen. Ein Glück des Himmels, dass es nur Splitter waren. »Wär er eine halbe Minute früher über die Straße gegangen, wär er jetzt tot«, sagte Jehuda und schaute auf den Haufen Menschen vor sich, auf diesen Vielfüßigen, Vielhändigen, Vielohrigen, und da das Wir-Monster noch immer nicht genug von seinen Geschichten hatte und enttäuscht aussah, hustete er kurz und brachte ihm den Tod dann noch ein bisschen näher. »Ach was, eine halbe Minute, eine viertel Minute, allerhöchstens zehn Sekunden war er von einem Volltreffer entfernt.« Da seufzte das Monster dankbar und rückte näher, um zu sehen, wie Amsalem da blutüberströmt lag.

»Sie haben versucht, ihm an Ort und Stelle zu helfen, aber sie konnten nichts sehn, weils dunkel war. Ich bin ins Auto rein, Vollgas, hab gewendet und es so hingestellt, mit zwei Rädern auf dem Gehweg, dass das Licht richtig auf ihn fällt.« Vor seinem geistigen Auge sah das Monster nun ein klares, scharf umrissenes Bild, denn wir wussten ja schon, wer der große Amsalem war, was für breite Schultern er hat und was für einen breiten Hals, als müsse der nicht seinen kleinen Kopf, sondern den ganzen Erdball tragen. Auch den Minibus von der Abteilung für Instandhaltung kannten wir alle, und wir wussten auch, wie Jehuda damit fuhr, die Fahrertür halb offen, und wie er absprang, wie von einem Pferd, das von selbst im richtigen Moment hielt.

»Was soll ich euch sagen! Ihr schaut ihn an und seht gar nicht, wo's ihn erwischt hat, weil er ist überall voll Blut, das ganze Gesicht und auch die Beine und die Hände, auch die voller Blut, aber vielleicht war das auch, weil er da angefasst und sich verschmiert hat. Bewusstlos ist er nicht geworden. Er war wach. Bloß, er hatte einen Schock, und wir haben kein Wort aus ihm rausgekriegt. Fünfundzwanzig Minuten, bis der Krankenwagen kam und ihn mitgenommen hat. Avi Suissa ist mitgefahren, der Mann von seiner Schwester Esti. Und seiner Frau haben sie erst mal nichts gesagt. Wegen ihrem Zustand haben sie ihr nichts gesagt, weil sie letztes Mal eine Fehlgeburt gehabt hat, die Arme. Sie werdens ihr erst sagen, wenn sie genau wissen, was mit ihm ist.«

Im Dämmer des Schutzraums hörte das Wir-Monster, wie sich die Sirene des Krankenwagens entfernte; die Scheinwerfer des Minibusses beleuchteten noch das Loch, wo die Katjuscha gefallen war, und die herumliegenden Eisenteile. Sie beleuchteten auch den völlig verbogenen Strommast, wegen dem am ganzen Ort der Strom unterbrochen war, und daneben den in der Mitte gespaltenen Baum, und auch die Hühner, die gemordet auf dem Boden lagen. »Mit eigenen Augen«, sagte Jehuda, machte diese beiden Zeugen aber aus irgendeinem Grund zu und legte sich die Hand aufs Herz, »mit meinen eigenen Augen hab ich die Hühner von Siva und Schimon da liegen sehn – hingeschlachtet!« Ausgerechnet mit diesem Wort beendete er die Geschichte, als wenn eine Frau ein schönes neues Kleid anzieht, und im letzten Moment macht ihr jemand einen Riesen-Riss in den Kragen. Als er dieses Wort in den Schutzraum warf, brach auf einmal alles aus, was man bisher zurückgehalten hatte. Alle fingen an zu schreien: »Diesmal schweigen wir nicht!« »Diesmal zeigen wir ihnen, mit wem sies zu tun haben!« »Was denken die sich denn?« Die Leute forderten schnelle und blutige Rache, denn wo sollten sie hin mit ihrer Scham darüber, wie sie sich aufgeführt hatten, als die Katjuscha runterkam, wie sie geschrien und gezittert und sich gegenseitig weggestoßen hatten und geizig alles nur für sich selbst haben wollten, und wohin sollten sie mit der Scham darüber, dass sie alle zu Gliedern eines Wir-Monsters geworden waren.

Jehuda kam zu mir, beugte sich runter und nahm mir den schlafenden Ascher ab. Erst da sah ich wieder meine Hände, schmerzend rot und feucht. Plötzlich erinnerte er sich und er drehte sich noch mal zu mir um: »Du, mach dir keine Sorgen«, sagte er, »ich geh gleich auch in euerm Schutzraum vorbei, ich werd ihnen sagen, dass du o. k. bist.« Meine beiden Hände, die an Oschri und Chaim gewohnt waren, ein Zwilling links und einer rechts, waren leer.

3

Ich hab es versucht, mit aller Kraft hab ich es versucht, aber ich schaffte es nicht, mich an irgendetwas zu erinnern. Ich war noch immer in dem Monster gefangen, ich atmete weiter mit allen im selben Takt, dachte weiter mit allen, war weiter alle.

Das Erste, was ich selber fühlte, war: Ich muss auf die Toilette. Ich nahm ein Seelenlicht und ging raus. Das Wasser stand schon auf dem Boden, wie immer. Ich versuchte, auf Zehenspitzen zu gehen, und wurde trotzdem nass. Hinter mir machte ich die Eisentür zu, schob den Riegel vor, und dank des Trainings aus der Schule, denn auch dort ist das Klo so dreckig, konnte ich im Stehen pinkeln und musste mich nicht auf diesen Klotopf setzen, der schon im Kerzenlicht furchtbar aussah. Ich spreizte die Beine links und rechts von der Kloschüssel, schob geübt das Becken nach vorn und fing an zu pinkeln.

Danach ließ ich die Kerze auf dem Boden stehen und ging. Drei Leute warteten schon vor der Pfütze und wollten auch rein. Sie schauten auf den Boden. Auch ich senkte den Blick; das war keine Zeit für Begegnungen. Als sei ich stundenlang draußen gewesen. Mir schien, es hatte sich eine große Müdigkeit über alle im Schutzraum gelegt, doch dann sah ich auch, wie die Erwachsenen hier und da noch schlafende, von der Matratze gerutschte Händchen bewegten, sich das Haar zurechtmachten, die eignen Knie umarmten, mit dem Finger über eine aufgesprungene Ferse strichen. Jemand hob den Arm und winkte mir vom Ende des Schutzraums, Marcela machte mir ein Zeichen, zu ihr zu kommen. Sie hatte Moran und Ascher schon quer auf der Matratze schlafen gelegt und mir Platz gemacht.

Erst nachdem ich zu ihr gegangen war, mich hingesetzt hatte, mit dem Rücken an der Wand lehnte und die Augen zumachte, damit mich keiner ansprach – sie sollten denken, ich sei eingeschlafen –, erst da kamen die Erinnerungen zurück, die Erinnerungen an alles: an den Tod meines Vaters, der morgen seinen sechsten Geburtstag feiern würde, und an die Gedenkfeier, die wegen der Katjuschas wahrscheinlich ausfällt. Ich erinnerte mich an Dudi und Itzik und ihre Falkin, an Mama und Kobi und an Oschri und Chaim, die verschwunden waren, ich weiß nicht wohin. Und ganz zum Schluss, wie an einen überflüssigen Schwanz, den man aber nicht abwerfen kann, erinnerte ich mich auch an unsere Lüge, die schon ein Teil der Familie geworden ist: ein Baby, das nach Oschri und Chaim zur Welt kam und das Leben von uns allen verändert hat.

Im Schutzraum war es still. Fast alle schliefen oder stellten sich schlafend. Kein verheiratetes Paar lag eng zusammen oder berührte sich, immer lagen ein oder zwei Kinder zwischen ihnen. Hier und da hustete jemand. Vielleicht war es ein einziges Staubkorn, das sich über diese Menschenmasse freute, die sich ihm hier bot, und es hüpfte fröhlich von einem zum nächsten, schoss mal aus einem Mund hier und mal aus einem Mund dort heraus, flog durch die Luft, landete in einem anderen offenen Rachen und freute sich an dem Hustenchor, den es auslöste. Marcela schlief durcheinander mit ihren Kindern. Sie sah selbst wie ein kleines Mädchen aus, das beim Weinen eingeschlafen war. An ihren Fingern steckten Aschers Schnuller, ein Haargummi von Moran und der Ehering von Jehuda, als sei sie mit jedem von denen verheiratet und mit allen drei zusammen, und es sah aus, als könne sie die ganze Familie in nur einer Hand zusammenhalten.

Am dringendsten, dachte ich mir, musst du Oschri und Chaim finden.
Gestern hab ich sie aus ihrem Kindergarten abgeholt, wie jeden Tag, an der rechten Hand Oschri, an der linken Chaim. Die Berührung ihrer kleinen weichen Händchen lässt alles unwichtig erscheinen: den ganzen schlechten Morgen, die Etti in der Schule, die nur wartet, dass die Zeit vergeht und betet, dass man sie nicht drannimmt, dass man sie einfach ein Paar Ohren sein lässt. Bloß bitte keine Fragen stellen. Keiner darf merken, wie schwer ihr das Lesen fällt. Keiner soll verlangen, dass sie den Mund aufmacht. Keiner soll sie als Freundin haben wollen; keiner soll sie anfassen, bitte. Ihr reicht das Transistorradio, und immer, wenn jemand auf sie zukommt, fährt sofort ihre Hand in den Ranzen und tastet nach dem Transistorradio. Alle und alles wird unwichtig, wenn meine kleinen Geschwister ihre Händchen in meine Hand versenken und einstimmig sagen: »Etti, komm wir spielen jetzt *Wer ist mein Zwilling?*«
Da nehm ich das Kopftuch von Mama raus, das ich in meinem Ranzen mit mir rumtrage, ganz unten drin, das Tuch, das Mama abgenommen hat, weil es nicht witwenhaft genug war. Sechs Jahre liegt es schon in meinem Ranzen, in dem alles wechselt: Hefte und Bücher und Schulbrote und Hektographien, und Prüfungen und Bleistifte und Radiergummis und Monatsbinden und Watte. Alles kommt und geht, aber Mamas buntes Kopftuch bleibt immer drin, und das Transistorradio auch. Mit ihrem Kopftuch verbinde ich mir die Augen, dann wissen sie, dass ich nichts seh. Danach halten sie mir eine kleine Hand oder einen kleinen Fuß hin, dass ich sie berühre, oder ein Ohr oder die Haare, und ich

berühr sie immer wieder und weiß, wer es ist, Chaim oder Oschri, und es stimmt immer. Sie verstehen nicht, wie ich das hinkrieg, denn schon mit offenen Augen kann keiner im Ort sie auseinanderhalten, und sogar die Kindergärtnerin steckt ihnen mit einer Sicherheitsnadel ein Stück Pappe an, mit ihrem Namen drauf.

Danach haben wir »Kerze« gespielt: Ich mach die Augen zu und strecke eine Faust nach vorn, von der nur der Daumen absteht. Der ist die Kerze. Einer von ihnen bläst, um sie auszumachen, und ich muss raten, wer es ist, an ihrem Atem, der meine Daumenkuppe kitzelt.

Dreimal hab ich falsch geraten. Beim vierten Mal hab ich was gemerkt: Wenn Oschri bläst, berühren winzige Wimpern meine Haut, wie ein aus der Ferne sprühender Rasensprenger.

Dann klettern sie auf das Mäuerchen hinter mir, und einer springt mir auf den Rücken und klammert sich an meinen Hals, und ich drehe eine ganze Runde mit ihm und setze ihn auf dem Gehsteig ab. Sie haben dasselbe Gewicht, Oschri und Chaim. Die Säuglingsschwester bei der Vorsorge hat nicht schlecht gestaunt. »Bis aufs Gramm dasselbe Gewicht«, hat sie zu Mama gesagt, »sind Sie sicher, dass Sie mir nicht denselben zweimal zum Wiegen gegeben haben?«

Vom Gewicht her kann ich sie nicht unterscheiden. Aber Chaim, der hat mehr Angst und erwürgt mich fast, wenn ich mich schnell dreh, und so erkenn ich ihn.

4

Im Schutzraum hab ich sie mir angeschaut, unsre Lüge. Ich hab ihr in die Augen geschaut. Sie ist ja keine Lüge, die einer erfunden hat, sie kam aus sich selbst heraus auf die Welt. Sie ist eine Lüge, die sich noch nicht mal in einem Geheimnis verstecken muss. Sie kam zu uns nach Hause, stand ganz aufrecht vor der Tür und sagte: Ich bin eine Lüge, ich glaub, ihr habt mich gerufen. Als sie sagte »Ich bin eine Lüge«, war sie so aufgeregt und durcheinander, dass sie fast rückwärts die Treppe runtergefallen wäre. Wir ließen sie rein und machten die Tür zu, und wir standen im Kreis um sie herum und baten sie: Nur bitte nicht so laut. Wir wissen, dass du nicht die Wahrheit bist, aber du musst es ja nicht so rausschreien. Wir wissen alle, wer du bist und warum du gekommen bist.

Damals war sie noch klein, ein Zwerglein, es war noch leicht, sie zu schlucken. Eine Einwortlüge, wer kriegt die nicht runter? Wie eine Tablette Aspirin, die nur dann im Mund bitter schmeckt, wenn du darauf bestehst, sie unbedingt zu zerkauen, aber niemand besteht darauf. Warum auf etwas so Kleinem bestehen? Man schluckt es und vergisst.

Es passierte, als Oschri und Chaim fast ein Jahr alt waren, als sie anfingen ba-ba-ba zu sagen, und dann ba-ba pa-pa, und ich wunderte mich: »Warum rufen sie Papa, wo sie gar keinen Papa haben?«

Babys, die keinen Papa haben, müssten eigentlich mit mama anfangen.

Aber das hat noch lang gebraucht, bis sie Mama sagen konnten. Und auch dann haben sie das nur schwer rausge-

kriegt: Sie haben die Lippen fest zusammengezogen und
»U-ma« gesagt, Uma und sogar Ti-ti, so haben sie mich am
Anfang genannt, das haben sie leichter rausgebracht.

Oschri und Chaim haben zusammen ba-ba-ba-ba gesagt,
oder ba-ba-pa-pa, und wenn Kobi nach Hause kam, haben sie
die Arme zu ihm ausgestreckt, dass er sie hochhebt. So war es
immer. Er kam aus der Schule heim und hat sie beide zusammen hochgehoben und hat hoch oben in der Luft eine Runde
mit ihnen gedreht, erst sind sie ein bisschen erschrocken, aber
dann haben sie viel gelacht, und dann hat er wiederholt, was
sie gesagt haben: »pa-pa da, pa-pa da« und das wars. Papa war
da. Seitdem war er der Papa.

Aber je größer Oschri und Chaim wurden, umso größer
wurde die Lüge, und ich schaute sie an, die Lüge, und sah,
wie sie wuchs und gedieh. Ich sah, wie sie ohne zu fragen in
alle Ecken der Wohnung kroch, und ich bekam vor ihr Angst.
Ich fürchtete, sie würde versuchen, auch in meinen Kopf zu
kriechen. Deshalb wollte ich sie bekämpfen, aber ich wusste
nicht, wie man gegen Lügen kämpft. So wartete ich und wartete, und ich sah, wie Mama und Kobi im großen Bett schlafen, weil sie wegen der Lüge jetzt Mann und Frau sind, und
wie Kobi nicht mit Mädchen ausgeht, so wie seine Freunde.
Und wie er anstelle von Mama alle Entscheidungen trifft, und
wie sie ihm erlaubt, uns auszuschimpfen, als sei er nicht ein
ganz normaler Bruder, wie die andern auch. Sie hat Itzik noch
nicht mal eine Bar Mitzwa gemacht. Wie sollte sie auch, wo
sie Kobi das ganze Geld gibt, das sie im Hort verdient.

Ich war die ganze Zeit verzweifelt, wegen der Lüge, und
wusste nicht, was ich mit ihr machen soll. Bis wir in der
Schule die Geschichte von Jakob in der Bibel lernten, wie
er sich die ganze Zeit in Lügen verstrickt, in seine eigenen
und in die von anderen: Erst wird er durch eine Lüge zum
Erstgeborenen, und dann verheiraten sie ihn durch eine Lüge

mit der erstgeborenen Lea. Als wir das gelernt haben, hab ich beschlossen, für die Zwillinge eine neue Geschichte zu erfinden. Eine Geschichte, die stark genug ist, um gegen die Lügengeschichte zu kämpfen.

Aber ein Gedanke ließ mir keine Ruhe: Wie kommt es, dass Oschri und Chaim die Lüge nicht sehen? Wieso merken sie es nicht? Sie könnten es erkennen, wenn sie nur wollten. Es ist doch nicht schwer zu sehen, dass Kobi in seinem Alter nicht der Vater von mir, von Itzik und Dudi sein kann, und es ist auch nicht schwer zu merken, dass keiner von uns ihn Papa nennt. Sie müssten sich nur das Foto von Kobis Bar Mitzwa einmal richtig anschauen und könnten sehen, das passt alles nicht zusammen. Aber als ich das Foto von der Bar Mitzwa wieder anschaute und Papa darauf sah, da begriff ich, dass er bei seinem Tod überhaupt noch nichts von ihnen gewusst hat. Bei ihm hatte noch gar keine Erwartung, keine Hoffnung auf die beiden angefangen; er hatte im Grunde noch gar nicht angefangen, ihr Papa zu sein.

Ich stand von der Matratze auf. Die Knie taten mir weh, als ich sie streckte. Ich wollte gehen. Mein ganzer Körper bettelte: Bewegung, Bewegung! Vor allem die Beine. Aber im Schutzraum konntest du noch nicht mal einen Schritt tun. Der Schutzraum wirkte noch voller, als wären beim Schlafen alle wie Brötchen im Backofen aufgegangen. Ich drehte den Kopf hin und her, um die Halsmuskeln zu lockern, und sofort wurde mir schwindlig und ich musste mich an der Wand festhalten. Meine Bluse war verkrumpelt, ein Knopf war abgegangen. Ausgerechnet der oberste. Ich hab sie da zusammengehalten, damit sie nicht aufgeht. Marcela wachte auf, sah mich, flüsterte etwas zu Ahuva und bekam von ihr eine Sicherheitsnadel, die sie in der Tasche hatte. »Damits dir nicht peinlich ist«, sagte Marcela und steckte vorsichtig die Nadel durch meine Bluse.

Ich nahm das Gummi aus dem Zopf, machte mein Haar auf und zerwühlte es mit den Fingern, bis es sich in drei lange Schlangen teilte. Eine in der einen Hand, die zweite in der andern, und schon flochten sie sich zu einem neuen Zopf. Ich fuhr mit den Fingern den Zopf entlang, bis zum Ende, fühlte, ob auch keine Strähne rausstand, und machte das Gummi wieder drum. Von der Berührung der Finger war der Kopf aufgewacht. Es war ein angenehmes Gefühl im Nacken, mit dem zusammengenommenen Haar.

Ich machte auch diesen Zopf wieder ganz auf, zog von hinten einen Mittelscheitel und fing an, mir zwei Zöpfe zu flechten, eine Windung und festziehn, zweite Windung und festziehn bis zum Schluss. Für den zweiten Zopf bekam ich von Marcela das Haargummi von Moran. Sie lächelte mich halb schlafend an, und auch bei mir schlich sich ein vorsichtiges Lächeln auf die Wangen und in die Augen. Immer noch eher schlafend als wach trank Marcela mein Lächeln, wie ein Baby die Tropfen Kiddusch-Wein vom Finger seines Vaters. Ich erinnerte mich, wie Papa seinen kleinen Finger in den silbrigen Becher getaucht und die Fingerspitze Dudi in den Mund gesteckt hatte, und wie Dudi an ihm nuckelte.

Es war sehr heiß gestern, und Oschri und Chaim sind mittags eingeschlafen. Itzik war mit seinem Vogel im Zimmer, und ich hab an seiner Tür gelauscht. Er hat mit ihr geredet, wie Männer im Film mit ihren Geliebten. »Delila, Delila«, hat er immer wieder hinter der Tür gesagt. Sie haben ihr einen weiblichen Namen gegeben, Dudi und er, denn sie wissen nicht, dass er ein Männchen ist, das nur in seiner Jugend die Farben eines Weibchens hat. Zufällig hab ich mal am Freitag in ›Unsre Natur‹ in meinem Transistorradio gehört, wie man davon gesprochen hat, aber ich hab sofort ausgeschaltet. Von Falken wollte ich nichts mehr hören.

Ich bin nie nah an den Vogel rangegangen. Auch nicht, als Oschri gebettelt hat und mich in die alte Küche gezogen hat. Auch an Itzik geh ich nicht nah ran. Vielleicht wegen seiner Hände. Manchmal denk ich, er hält sie mit Absicht so, dass alle sehn, wie verkrüppelt sie sind. Ich hatte Angst, dass seine Augen, die wie ein Spaten alles umgraben, ihn auf den Gedanken brächten, dass nicht seine Hände mich abstoßen, sondern er selbst.

Ich hab den Mülleimer runtergetragen, hab ihn zwischen den Büschen versteckt und bin gleich zu Mama weitergegangen, in den Hort. Die Beine fingen von selbst an zu rennen, so als hätten auch sie was zu erzählen, aber im nächsten Moment merkte ich, ich rannte nicht zu Mama, sondern ich rannte weg, ich floh, um den Hort zu erreichen, bevor die zwei, die mich immer verfolgen, mich kriegen konnten: ›Bereu-es‹ und ›Schäm-dich‹ hatten bestimmt schon gemerkt, dass ich ohne sie aus dem Haus gegangen war. Und sofort fingen sie an, mir rhythmisch nachzurufen: Et-ti, schäm-dich, Et-ti, bereu-es. Sie kreischten, dass die ganze Straße es hören musste. Aber ich beachtete sie nicht.

Jetzt ist Mittagszeit, dachte ich mir, die Kinder schlafen und ich kann mit ihr reden. In einfachen Worten werd ich ihr sagen, dass es nicht mehr so weitergehen kann. Wir müssen den Zwillingen die Wahrheit sagen, bevor ihnen jemand auf der Straße oder in der Schule was Gemeines nachruft. In ein paar Monaten kommen sie in die erste Klasse, dann ist es schon zu spät. Mama kennt nicht die Sprache auf dem Schulhof, das ist die brutalste aller Sprachen. Mama ist hier ja nie zur Schule gegangen. Was weiß sie von der Schule? Nur, was sie an den Elternabenden hört. Mit aller Gewalt schmetterte ich meinen beiden Verfolgern entgegen, was meine Brüder in ein paar Monaten in den Pausen hören werden:

»Mein Bruder Zion schwört mir bei der Heiligen Schrift, dass dein Papa tot ist.«
»Alle wissen, der Kobi ist bloß dein Bruder!«
»Ihr beide, ihr habt ja gar keinen Papa!«
»Zeig mir noch ein Kind, das nicht weiß, wer sein Papa ist.«
Und sollte das alles nicht reichen:
»Alle wissen doch, dass der Kobi eure Mutter fickt.«

5

»Ein Weibsbild kann sich ja beherrschen, aber ein Mannsbild doch nicht. Für den Mann ist eine Woche eine Ewigkeit.«
Die Stimme von Riki, der Köchin, hörte ich schon im Hof. Ich drückte mich an die Wand, ging leise, wollte nicht, dass mich einer sieht. Nur die Fliegengittertür war geschlossen. Wie jeden Tag um diese Zeit saßen sie nah am Eingang auf den niedrigen Kinderstühlchen um den kleinen Tisch. Ich hörte ein Gewirr von Gelächter, doch Mamas Stimme war nicht dabei. Ihr Lachen klingt immer so, als ob sie es loswerden, es abhusten will. Auch Alisas melodisches Lachen hörte ich nicht.
»Noch ist der Mann nicht geboren, der meinen Körper vor der Hochzeit kriegt«, verkündete Silvi, und Levana antwortete in fließendem Marokkanisch und wieder lachten alle. »*Yalla*, meine Hübschen«, trieb Riki sie zur Eile, »was klebt ihr an euern Stühlen? Zwerge kommen hier keine, uns jetzt beim Putzen helfen!«
Ich hörte, wie sie den Tisch wieder an seinen Platz rückten, und erinnerte mich, wozu ich hergekommen war. Aber das ›Mannsbild‹, von dem sie gesprochen hatten, sah ich noch einen Moment lang so, wie ich es mir als kleines Mädchen vorgestellt hatte – breitschultrig kam es aus dem »M« des Wortes Mann, ein Bein etwas nach vorne geschwungen, kleiner Kopf, hervorstehende Augen, ein bisschen wie der Falke von Itzik. Seine Hände steckten in den Taschen, und es drückte die Arme eng an den Körper, denn es konnte sich kaum beherrschen. Das ›Weibsbild‹ sah ich aus dem Buchstaben W

kommen, es war genau das Gegenteil, warf die Arme in die Luft, spreizte die Beine und machte einen Bauchtanz, als sei es ganz allein auf der Welt, und sein langes Haar ging ihm bis über den Po.

Plötzlich flog die Gittertür auf, und Putzwasser schwappte auf mich, und Levana, mit dem Gummiwischer in der Hand, sagte: »Mensch Etti, hast du mich erschreckt, komm rein, komm rein. Kommst deine Mama besuchen? Warte, ich leg dir einen trockenen Lappen hin, dann trägst du nicht das Wasser wieder rein.«

Ich ging in die Gruppe von Mama und Alisa. Die Kinder schliefen in ihren kleinen Eisenbetten, die Luft war voll schlafendem Atmen. Ein Bett war leer, das grüne Segeltuch hing durch und lud mich ein, mich hineinzulegen und in dieser Wolke von Pipigeruch und Gemüsesuppe einzuschlafen.

Mama und Alisa fand ich in der Toilette von den Kindern. Sie holten aus den Plastikbeuteln der Kinder weiße Stoffwindeln, die noch trocken und sauber waren, und tauchten sie eine nach der andern in die Kloschüssel, in der sie die dreckigen Windeln auswaschen. Sie bemerkten mich nicht, und als Mama mich sah, erschrak sie ein bisschen, und ich musste ihr schwören, dass zu Hause alles in Ordnung war. Sofort machte sie weiter und tauchte die nächste saubere Windel in die Windelkloschüssel. »Etti, sei so lieb«, sagte Alisa, »guck doch bitte auf die Tür, dass uns jetzt nicht noch ne Mutter hier reinkommt. So haben wir das ganz schnell fertig.« Und Mama sagte: »Von denen, von denen wirst du niemals im Leben nicht kein ›Dankeschön‹ hören, und auch kein ›wirklich toll, was für eine schöne Decke ihr für die Puppenecke genäht habt‹. Kein Wort. Wo tragen die ihre Nase? Im Scheißebeutel. Da zählen sie die Windeln. Was glauben sie, können sie da finden? Einen Diamant?« Sie tauchte noch eine Windel in die Kloschüssel und machte auch die dreckig. »Wenn sie nicht mindestens vier dreckige Windeln im Beutel finden, fallen sie über uns her, warum wir ihr Kind nicht gewechselt haben, und kreischen los, es ist bestimmt den halben Tag in seinem Pipi rumgelaufen, ihr Kind. Denn wenn es einen roten Po hat, dann kommt das immer nur vom Hort. Gott behüte, sag bloß nicht, dass sie es schon so rot abgegeben haben, dass sie am Abend vergessen haben, ihr Kind wechseln, Gott behüte.«

Erst dann richtete sich Mama mühsam von der Kloschüssel auf und stellte sich aufrecht hin, eine Hand in die Hüfte gestemmt. Sie sagte, sie gäb jetzt ihr Leben für einen Nescafé mit Milch, nur ein Nescafé könnt ihr den Rücken noch retten.

Alisa machte mir mit dem Kopf ein Zeichen, Mama abzulösen. Ich sah sie einen Moment beide an, wollte was sagen, sagte aber nichts. Ich nahm Mama eine trockene Windel zum Eintauchen aus der Hand. Als ich mich bückte und in die Kloschüssel schaute, sah ich da mein Gesicht, wie es sich spiegelte. So als sei ich meiner Mutter hinterher ins selbe Wasser gefallen.

»Alisa wäscht die Windeln im Klo – eine für Rosetta, eine für die Schula, zweie für die Jaffa und eine für Annett. Aber für die Sima, für Sima hat sie keine? Sie geht und sucht, sie geht und sucht. Was haben wir denn da? Da ist ja doch noch eine für unsere Sima. Alisa wäscht die Windeln im Klo, und keiner kriegt einen roten Po.« Ich schaute weiter in mein Gesicht, das sich bei jedem Auswringen verzerrte, und schon fing ich an, auch wie sie zu denken: »Moschik hat nur zwei dreckige, dem mach ich noch eine nass, und wenn er aufwacht, wickeln wir ihn noch mal, dann hat auch er seine vier dreckigen Windeln im Beutel, und seine Mutter ist zufrieden.«

Danach gab mir Alisa die Seife. Sie hatte sich schon die Hände gewaschen und schaute nun in den Spiegel. Im Nu klärte sich ihr Gesicht von aller Wut und Beleidigung. Aus der Tasche ihres Kittels zog sie eine Pinzette und zupfte sich geübt die Härchen, die außerhalb der dünnen Linie ihrer Augenbrauen wuchsen. »Wasch dir gut die Hände und setz dich zu uns«, sagte sie zu mir und schaute in den Spiegel, »wer arbeitet, der soll auch ruhn.«

In dem Moment begriff ich, wenn ich versuchen würde, Mama klarzumachen, dass wir den Zwillingen endlich die Wahrheit sagen müssen, käme es bei ihr so an, wie wenn eins der Kinder unbedingt seine zerbrochene Puppe in den Arm nehmen will. Sie würde nur sagen: »Ach Etti, was verstehst du schon vom Leben.«

Da ging ich nach Hause und beschloss, es ihnen selbst zu sagen.

Ich versuche, mir meine Familie im Schutzraum von unserm Block nebenan vorzustellen: Kobi steht nah an der Tür und wartet nur, dass er wieder raus kann, so als denkt er: Ich bin nur vorübergehend hier, mir passt diese ganze Sache hier nicht. Wie eine Schaufensterpuppe im Fenster, die sich einredet, sie sei nicht Teil der lärmenden und dreckigen Straße. Und Oschri und Chaim sehe ich, wie sie zusammen kaum eine halbe Matratze brauchen. Die rollen sich auch beide in der Wäschewanne ein und rufen dann: Guck mal, Etti, so haben wirs in der Mama ihrem Bauch gemacht. Und Dudi sehe ich, wie er einen nach dem andern abklappert, einen Witz erzählen will oder Händel anfangen. Da ruft ihn Itzik, er soll ihm mit dem Falken helfen, über den sich alle im Schutzraum schon aufregen. Und auch Mama sehe ich. Sie bemüht sich, dass alle ruhig sind und sich schön um sie herum hinsetzen, dass die Leute bloß ja nichts über uns sagen können, wenn wir hier wieder raus können. Auch nicht über Itzik und seinen Vogel. Und wenn Oschri und Chaim nicht bei ihr im Schutzraum sind, dann betet sie bestimmt im Stillen, dass in ein paar Minuten Jehuda vorbeikommt und ihr sagt, er hätte sie in einem anderen Schutzraum gefunden, so wie er mich hier gefunden hat.

Aber wirklich, wo stecken sie nur? Ich konnte mich noch immer nicht erinnern, wo ich sie gelassen habe. Wo war ich denn vor den Katjuschas gewesen?

Ich war aus dem Hort mit noch einer neuen Lüge nach Hause gegangen, hatte Hausaufgaben in Bibelkunde gemacht, ein ganz normaler Abend, und dann war die Nacht gekommen.

Ich war mit Oschri und Chaim eingeschlafen und nach ein paar Stunden aus ihrem Bett aufgestanden und hatte sie bis oben zugedeckt. Es war schon spät. Ich sah Dudi schlafen, ging raus in den Flur und stellte mich vor die Tür von Mama und Kobi. Ich drückte mein Ohr an ihre Tür und hörte nichts. Ich dachte, ich mach sie auf, aber ich traute mich doch nicht.

Ich ging in mein Bett und konnte nicht einschlafen. Da bin ich raus auf den Balkon. Ich sah die Wäsche, die Mama abends noch aufgehängt hatte.

Wie Zeilen sahen die Wäscheleinen aus, wie Zeilen, auf denen geschrieben stand »Mamas Kleid« oder »Itziks Hose«, und die Wäscheklammern sahen aus wie Kommas. Mamas Kleid Komma Itziks Hose mit Gummi Komma zwei Hemden von Dudi und Itzik Komma weißes Hemd von Kobi Komma Strümpfe von Oschri und Chaim Komma mein Schulrock Komma Laken von Mama und Kobi Punkt. In einfacher und klarer Sprache verkündeten unsre Kleider der ganzen Welt, dass wir eine Familie waren, aber nur von draußen konnte man das so lesen. Von drinnen stand da etwas ganz anderes. Von drinnen stand da: In dieser Familie gab es keinen einzigen Tag, an dem die Kleider von allen zusammen, Vater, Mutter und sechs Kindern, an einer Leine hingen.

6

Leise war ich ins Zimmer zurückgegangen und hatte Oschri und Chaim wieder zugedeckt. Ich war hellwach, und so nahm ich meinen Ranzen und ging zum Terroristenschrank. Noch nie hab ich ihn aufgemacht. Immer wenn ich an ihm vorbeiging, dachte ich, das ist Kobis Schrank, nicht meiner.

Im Jahr nach Papas Tod hatte Kobi die Bretter von den Fächern rausgenommen und das Rein- und Rausgehn geübt: Er ist in ihn rein, hat sich da hingesetzt, ist wieder raus und wieder rein und wieder raus, bis der ganze Schrank gewackelt hat, aber er hat nicht aufgehört. Mit seiner neuen Uhr, die er zur Bar Mitzwa bekommen hatte, stoppte er, wie lang er von jeder Stelle der Wohnung aus brauchte, den Schrank zu erreichen, reinzugehn und ihn von innen zuzumachen. Er raste aus der Toilette oder aus der Küche los, sogar mitten beim Essen sprang er auf, schob jeden, der ihm im Weg saß, weg und rannte da hin, maß die Zeit, kam zurück und gab das Ergebnis bekannt. Als dabei einmal ein Schrankbein ganz abriss, hörte er auf zu trainieren und schob einen Backstein an die Stelle, und seitdem nervte er Mama, wann sie den Schrank endlich reparieren ließ. Mama rief Onkel Avram – das war, als die Brüder von Papa noch mit ihr gesprochen haben, vor dem großen Streit – und der legte den ganzen Schrank auf die Seite und hämmerte das Bein mit mehreren Nägeln wieder fest, und Kobi war zufrieden. Nie hat er sich Sorgen gemacht, dass wir doch nicht alle in den Schrank passen. Aber keiner sagte ihm das und genauso wenig, dass wir, als Papa noch lebte, auch kein Versteck gebraucht haben. Und sowieso war ja erst, nachdem alle Kleider von Papa aus dem Schrank draußen waren, genug Platz. Mamas bunte Kleider waren als Erstes rausgeflogen.

Barfuß kroch ich in den Schrank. Drinnen zog ich die Beine an und schloss hinter mir erst die eine Tür und dann die andere und ließ nur einen kleinen Ritz für das Licht. Hier gab es höchstens für zwei Große oder drei Kleine Platz. Ich hob den Kopf, um zu sehen, wie hoch es war, und entdeckte eine Flasche Öl, die da in einer Jungenunterhose baumelte, die war mit Nägeln an der Schrankdecke festgemacht. Mit blauem Kuli stand da etwas eingeritzt. Ich richtete mich auf, um es zu lesen, und schlug mit dem Kopf gegen die Ölflasche. Das war Kobis ordentliche Handschrift, und insgesamt standen da nur sieben Wörter: »Nicht vergessen! Öl auf den Boden gießen!« Ich sah mir die Wörter und die Flasche an und erinnerte mich an einen Morgen der Chanukkawoche in jenem Jahr, in Papas Jahr.

Mama war an dem Morgen zur Arbeit in den Hort gegangen und hatte uns davor Krapfen gebacken. Oschri und Chaim waren noch nicht geboren, und auch die Lüge lebte noch nicht bei uns. Der Jüngste in unserer Familie war damals Papas Tod – der war gerade ein halbes Jahr alt, ein Babytod mit diesem Geruch von frischem Tod, wo man noch nicht weiß, was aus ihm wird, wenn er groß ist. Ein Tod, der sich sehr schnell verändert: Im ersten Monat liegt er noch auf dem Rücken, rührt sich nicht, weint nur, aber nach dem ersten Monat fängt er an, sich umzudrehen, zu kriechen und alles umzuwerfen. Man muss die ganze Zeit bei ihm sein, ihm hinterherlaufen, damit er nicht alles kaputtmacht, was war, bevor er geboren wurde. Aber er ist schneller als wir, er findet alles in seiner Reichweite, was nicht niet- und nagelfest ist, all das, was Papa zusammengehalten hat und von dem wir noch nicht wussten, wie wir es vor ihm schützen sollten. Er fasste es an, befühlte es, steckte es in den Mund, untersuchte es, warf es weg, zerbrach, riss auseinander, vernichtete. Du konntest ihn nicht aus den Augen lassen, er durfte nicht einen Moment allein sein.

Auch wenn wir aus dem Haus gingen, nahmen wir den Tod mit. In die Schule begleitete er uns in dem Pausenbrot, das Mama uns schmierte, und nachts kroch er in unsre Träume und weckte uns Weinende auf. Morgens wachte er vor uns auf, stand an unsern Betten, noch bevor wir die Augen aufmachten, damit wir nicht aufstehen, ohne dran zu denken, dass er da ist, damit wir ja nicht die Sonne sehen, bevor wir ihm in die Augen blicken, in seine Babyaugen, die so unschuldig guckten und fragten: Was hab ich denn Schlimmes getan?

Nachmittags nahm Kobi die tiefe Pfanne mit dem ganzen Öl, in dem Mama frittiert hatte und das inzwischen abgekühlt war. Er ging mit der Pfanne in den Flur und schüttete das Öl aus und schlitterte dann den Flur entlang, so wie wir früher auf dem Schulflur geschlittert sind. Ich stand in der Badezimmertür und lachte mich halbtot, das ganze letzte halbe Jahr hatte ich nicht so gelacht, und Itzik und Dudi warteten geduldig, bis sie an der Reihe waren, aber genau da kam Mama rein.

Zu der Zeit hatte sie schon einen großen Bauch. Den größten, den ich je gesehen hab, einen Zwillingsbauch, eine Woche vor der Geburt. Als sie uns lachen sah, und wie Kobi in der Ölpfütze auf dem Boden lag, schrie sie »Gottabrahams, Gottisaaks, Gottjakobs!«, presste sich die Hand auf den Mund und fing an zu weinen. In diesem Moment hüpften wir alle in Mamas Augen, wie Küken drängten wir uns da zusammen und sahen von dort aus gemeinsam, was wir vorher nicht gesehen hatten: ihre Kinder, ihre Waisenkinder, spielten, wie ihr Papa gestorben ist.

»Das ist bloß für die Terroristen«, sagte Kobi zu ihr, »für wenn die kommen. Bloß wegen denen hab ich das ausgeschüttet. Ich muss doch sehn, wie viel Öl es dazu braucht.« Er ging sich umziehn und uns ließ er den Boden putzen, aber dieses Öl ging nicht mehr weg. Wir haben diesen Fleck nie wieder ganz weggekriegt, und auch das Bild, das wir durch Mamas Augen gesehen hatten, ließ sich nicht mehr wegwischen.

Im Schneidersitz saß ich im Schrank, über meinem Kopf baumelte die Ölflasche. Ich öffnete meinen Ranzen, holte das Transistorradio aus seiner Plastiktüte. Ich holte auch die Batterien raus, die ich immer in einen Strumpf stecke, damit sie nicht so schnell ausgehn, und ich wusste nicht, ob ich sie jetzt benutzen sollte. Ich schmeckte sie mit der Zungenspitze und steckte sie ins Radio. Das war Papas kleines Transistorradio, an dem schon lang alle Knöpfe fehlten. Ich hatte es aus der Mülltonne hinter dem Falafelstand gerettet und das, was von dem Stationenknopf noch übrig war, mit den Zähnen bis zu der Stelle gedreht, wo die Frau vom Radio spricht.

So nannte ich sie, als ich das erste Mal ihre Stimme hörte, die Frau vom Radio. Erst später hab ich gehört, dass sie Re'uma heißt. Diesen Namen mochte ich, ich hab ihn immer wieder vor mich hin gesagt: Re'u-ma, Re'u-ma, niemand anders hat so einen Namen. Sie war bestimmt eine große Frau, nicht wie Etti. Wenn die angesagt wird, hören ihr bestimmt alle zu.

Einen Monat nachdem Papa gestorben ist, es war das erste Mal, dass ich nach Jerusalem gefahren bin, mit der ganzen Klasse, da zeigte uns der Stadtführer auf dem Rückweg zwei große Antennen, die für mich wie Eiffeltürme aussahen. »Von hier werden die Nachrichten gesendet«, sagte er, und mich zog es mehr als zu allen anderen Sehenswürdigkeiten ausgerechnet dorthin, aber leider gingen wir da nicht hin. Jedes Mal, wenn ich mir seitdem das Radio ans Ohr presse, erzähl ich mir, dass die Frau vom Radio geduldig wartet, bis ich die Schule abschließe und so ein Hebräisch wie sie gelernt habe, mit all den schönen Wörtern, die sie sagt, Wörter, die klingen, als kämen sie aus fernen Ländern. Ich genier mich nicht und sprech sie so oft nach, bis ich weiß, was sie bedeuten. Und vor dem Schlafengehn stell ich mir vor, wie ich alle Stufen ihres Turmes hochgeh, der wird nach oben hin immer schmaler, und unter dem kleinen Dach unter dem Himmel ist nur noch für einen einzigen Stuhl Platz. Auf dem sitzt Re'uma und wartet, dass ich komme und ihr sage: Sie können jetzt runtergehen, Re'uma, ich löse Sie ab jetzt ab.

Und ich werde ihr viele Wörter vorsprechen, mit dem *chet*, so wie sie es sagt, das ich beim allabendlichen ›Bibelvers zur Nacht‹ geübt habe. Um das richtig auszusprechen, musst du dir den Eislöffel von Schimon vom Kiosk vorstellen, der dir im Mund eine Kugel macht und sich ganz frei im Gaumen bewegt, und auch das *ajn* werde ich ihr vorsprechen, ein *ajn* wie eine runde Münze, die golden aus den Tiefen des Rachens aufsteigt. Ich sehe, wie Re'uma von ihrem Stuhl aufsteht und ihn mir anbietet, wie sie mir das Mikrofon und die anderen Geräte erklärt, und wie ich, nachdem sie hintergestiegen ist, oben bleibe und das Zimmer auf der Spitze des Turmes nie mehr verlasse.

Und ich höre das Tonzeichen vor den Nachrichten, und wie ich zum ersten Mal ins Mikrofon spreche: Sie hören Ettis Stimme aus dem Himmel über Jerusalem. Es folgen die ältesten Meldungen. Zunächst die Schlagzeilen. Denn mich interessieren nicht die neuesten Meldungen, sondern die alten, die zu erzählen sich keiner mehr die Mühe macht, oder statt denen man lieber Lügen erzählt.

Nach den Nachrichten kroch ich aus dem Schrank und

ging schlafen. Wegen des Warnalarms schickten sie uns am Morgen schon um halb neun aus der Schule nach Hause. Mama kam aus dem Hort, und wir gingen mit allen Nachbarn in den Schutzraum. Weil nichts passierte, gingen wir wieder hoch, und mittags schlief ich mit Chaim und Oschri ein. Als sie mich weckten, war die Wohnung leer, nur wir drei waren da. Auch Mama war verschwunden, sie war gegangen, ohne was zu sagen. Ich war mit Oschri und Chaim allein, aber wo sollte ich anfangen, ihnen von Papa zu erzählen? Vielleicht, dachte ich, fangen wir mit einer Geschichte an, die sie schon kennen.

Wir saßen auf meinem Bett, und ich nahm das Kopfkissen aus seinem Bezug, steckte stattdessen meine Hand rein und rührte da kräftig drin, so wie sie es mögen, und hopp – hatte ich eine Geschichte.

7

Ich zog meine Faust heraus, öffnete ein bisschen einen Finger nach dem andern und schaute nach, was in ihr war. Die Zwillinge hatte ich etwas von mir weggeschoben, damit sie es nicht gleich sahen: »Schaut mal! Nicht zu glauben, was da ausgeschlüpft ist«, rief ich, »die Geschichte von der Frau, die zum Seepolyp wurde.« Oschri sagte: »Etti, aber du musst uns versprechen, dass du diesmal ein gutes Ende machst!«

Sie hüpften auf dem Bett, bis der Eisenrost knarrte und ließen sich dann gleichzeitig, wie zwei geplatzte Luftballons, aufs Bett fallen.

Auch Chaim sagte: »Das musst du uns schwören, Etti! Sonst hör ich nicht zu!«, und er hielt sich die Ohren zu und schrie: »Ich hör nichts, ich hör nichts!«

Und Oshri jubelte: »Ich auch nicht, ich auch nicht! Und wenn ich schrei, ich hör mich nicht!« Er riss den Mund auf und schrie: »aaaaaaaaaahhh…«, bis ihm die Luft ausging, und Chaim löste ihn mit einem eigenen aaaaaaahhh ab.

»Hört auf, es reicht«, sagte ich, »entweder ihr hört jetzt auf zu schreien oder es gibt keine Geschichte.« Erst dann wurden sie still.

»Heut erzähl ich das Ende weiter«, sagte ich, »ich erzähl so lang weiter, bis wir ein gutes Ende haben, das versprech ich euch. Legt die Hände auf die Knie, wie im Kindergarten beim Geschichtenerzählen, wenn ihr im Kreis sitzt.« Ihre Gesichter bekamen einen gehorsamen Ausdruck, und ich erschrak ein bisschen, dass ich ihnen so voreilig ein »gutes Ende« versprochen hatte. Durch das Fenster hinter ihnen fiel weiches Nachmittagslicht, und als ich sie wieder anschaute, waren ihre Gesichter schon weicher geworden und ihre Hände waren von den Knien auf die Matratze gerutscht. Die Geschichte heißt: »Die Frau, die zum Seepolyp wurde.«

Sofort fing ich an zu erzählen:
»Vor vielen vielen Jahren, da lebte einmal eine Frau, eine ganz normale Frau, wirklich ganz normal, sie hatte zwei Arme und zwei Beine, Bauch und Rücken. Im Gesicht hatte sie zwei Augen, eine Nase und zwei Ohren, alles war bei ihr ganz normal, wie bei jeder Frau.«
»Die Haare hast du nicht gesagt, Etti. Du hast schon wieder ihre Haare vergessen!«
»Und du hast auch ihre Kleider vergessen. Erzähl uns, was sie anhat!«
»Ach, gut, dass ihr mich daran erinnert«, sagte ich, und sie freuten sich und achteten noch mehr darauf, dass ich nichts vergaß. »Die Frau hatte langes braunes Haar, ganz glatte Strähnen, so schön, dass jeder, der sie sah, die Hand ausstrecken und es anfassen wollte. Und sie hatte viele Kleider in allen Farben. Egal, welche Farbe ihr euch vorstellt, ich sag euch, sie hatte ein Kleid in dieser Farbe: Rot und Blau – «
»Und Gelb!«
»Und Grün!«
»Ja«, sagte ich, »und Hellblau und Rosa und Lila. Und alles, was ihr euch vorstellen könnt, war auf ihre Kleider gemalt: Blumen und Herzen und Kreise und Dreiecke.«
»Und Sterne, Etti. Du hast die Sterne vergessen!«
»Und Sterne, alles eben. Und die Frau hatte auch Kinder und auch einen Mann. Aber eines Tages passierte etwas ganz Schlimmes. Da kam eine Hexe zum Haus der Frau. Die hatte einen wackelnden Zahn, nur noch einen Zahn im ganzen Mund, und sie hatte eine lange krumme Nase mit einer

hässlichen Warze obendrauf. Sie kam durch den Himmel angeflogen, landete und schaute durch die Fenster hinein. Sie ging von einem Fenster zum andern, und was sah sie in dem Haus von der Frau? Sie sah alles, was die Frau hat, und sie wurde sehr wütend: Warum ist diese Frau so glücklich, und ich bin es nicht? Und warum hat diese Frau so schöne Kleider, und ich hab nur hässliche, zerrissene Kleider? Und warum hat diese Frau so schönes langes, glattes Haar, und ich hab so hässliches grünes Haar? Und warum hat die Frau einen Mann und so süße Kinder – und ich nicht?«

»Dann soll sie doch heiraten!«

»Alle Frauen, wo heiraten, haben Kinder, oder?«

»Sie wollte auch heiraten, sogar sehr, aber niemand wollte sie.«

»Weil sie so hässlich war!«

»Und auch, weil sie böse war.«

»Genau, weil sie böse und hässlich war. Da beschloss die Hexe, den Mann von der Frau zu verhexen, dass er stirbt. Dass er in einer Minute stirbt.«

Aus dem Treppenhaus hörte man schwerfällige Schritte. Vielleicht kam die Großmutter von Dehans zu Besuch.

Oschri stellte sich aufs Bett und sagte: »Er ist gestürzt. Bumm. Tot. So ist er gefallen, oder Etti? Guck, ich zeig dir, wie er gestorben ist.« Er ging ans Ende des Bettes und ließ seinen kleinen Körper nach vorn fallen.

»Aua, du bist mir auf den Fuß gefallen«, sagte Chaim, »und so stirbt man auch nicht, oder Etti? Ich zeig dir, wie man stirbt. Wenn du stirbst, dann hüpfst du nicht. Wenn du stirbst, hast du keine Kraft. Du sinkst einfach auf den Boden.« Chaim stieg vom Bett und machte es vor, rannte zwei Schritte, rutschte aus und warf sich nach hinten.

»Siehst du, was ich mir für ne Beule geholt hab? So ist das, wenn man stirbt! Und dann hängt dir auch die Zunge raus, oder Etti?« Er versuchte, die Zunge rauszustrecken und gleichzeitig weiterzureden, was sich lustig anhörte.

»Jetzt reichts«, sagte ich, »wenn ihr euch nicht aufs Bett setzt und die Hände auf die Knie legt, erzähl ich nicht weiter.« Sie setzten sich wieder aufs Bett und umarmten ihre Knie und warteten, dass ich weitermach, und ich hoffte, dass meine Stimme jetzt nicht zitterte.

»Keiner hat gesehn, wie der Mann gestorben ist. Er war in dem Moment allein. Nur die Hexe war dabei und hat ihn angeschaut und ihr böses Lachen gelacht, sie hat gelacht und gelacht, bis sie vor Lachen fast gestorben ist: Hi hi hi, hia, hia hia –« Ich sah, wie sie sich aneinanderdrückten, wie immer an diesem Punkt in der Geschichte.

»Gut, es ist vorbei, ich hör ja schon auf«, versprach ich ihnen, »ihr könnt die Hände von den Ohren nehmen –«

Sie nahmen jeder erst eine Hand vom Ohr, und als sie sicher waren, dass das Gelächter der Hexe vorbei war, auch die andere.

»Die Hexe flog auf ihrem Besen in den Himmel davon: bs bs bs bs bssss.«

»Bssssssss« stimmten sie ein, »bssssss –«

»Und nachdem der Mann gestorben war, warf die Frau alle ihre schönen bunten Kleider aus dem Schrank, jetzt zog sie nur noch schwarze und blaue Kleider an. Das macht man, wenn einem jemand stirbt, dann trägt man keine bunten Farben mehr. Aber die Hexe, die hat den Deckel vom Müllcontainer hochgehoben und den Arm reingesteckt.«

»Igittigit!«

»Das stinkt doch!«

»Und sie hat die ganzen schönen Kleider der Frau aus dem Müll wieder rausgeholt, ihre Kleider und ihre Blusen und auch ihre Röcke. Aber sie haben ihr nicht gepasst. Sie standen ihr einfach nicht.«

»Weil sie so krumm war!«

»Weil sie so krumme Beine hat!«

»Genau, die waren gar nicht der richtige Schnitt für sie. Und die Frau, die hatte jetzt sehr viel Arbeit. Von morgens früh und bis abends spät musste sie jetzt alleine kochen und alleine putzen und alleine die Wäsche waschen und auch noch arbeiten gehn. Alles ganz allein. Und sie wollte, dass zu Hause alles so tipp topp aussieht, wie vorher, als ihr Mann noch gelebt hat. Freitags kochte sie Fisch und acht verschiedene Salate und den großen Eintopf für Schabbat zum Mittagessen, der die ganze Nacht über auf der Heizplatte stand, und sie backte im Ofen ihr eigenes Brot. Sie sagte immer: An nichts soll es meinen Kindern fehlen, an gar nichts! Ich back ihnen die leckersten Kekse! Aber das fiel ihr sehr schwer, weil sie alles alleine machen musste.«

Ich schwieg einen Moment, und sie warteten auf die Fortsetzung. Sie warteten still.

»Wenn die Kinder krank waren«, sagte ich, »lief sie mit ihnen zum Ärztehaus und sie ging allein zur Bank und allein in den Supermarkt, und jeden Donnerstag ging sie auf den Markt, wirklich alles hat sie allein gemacht.«

»Weil ihr Mann war doch tot.«

»Gestürzt. Bumm. Tot.«

»Und eines Tages im Winter, es war bitterkalt und sie hatten kein Heizöl für das Öfchen, da hatte die Frau keine Kraft mehr. Sie war müde. Alles tat ihr weh. Die halbe Nacht saß sie da, nachdem die Kinder eingeschlafen waren, und weinte und weinte und weinte. Sie weinte so viel, dass ihr Kleid ganz nass wurde und die Tränen schon auf den Boden tropften. Den ganzen Fußboden der Wohnung haben ihre Tränen gewaschen, bis sie unter der Tür durchflossen. Wie nichts waren die unter der Tür durch.«

»Und sind die Treppe runtergelaufen –«

»Bis auf die Straße, oder Etti?«
»Da sah die Hexe die Tränen, dass die Tränen der Frau bis auf die Straße flossen, und sie lachte –«
»Etti, nein, nicht noch mal das Lachen von der Hexe!«
»Das macht uns Angst –«
»Sie fliegt auf ihrem Besen bssssss – bsssssss –«
»Bssss! Bssss!«
»Bss! Bss!«
»Ich warte auf Ruhe –«
»Bsssssssssssssssssssss! –«
»Bsssssssssssssssssssss! –«

Ich schaute sie an, sah, wie sie diesen Klang genossen, sah ihre kleinen Zähnchen, und wartete, dass sie sich beruhigten. Heute sollten sie mir zuhören, wie sie mir noch nie zugehört haben: Nicht die Geschichte, sondern die Wahrheit sollten sie hören.

Ich erinnerte mich, dass ich ihnen ein gutes Ende versprochen hatte, ausgerechnet heute hatten sie ein gutes Ende verlangt. Sie wurden von selber wieder ruhig, ohne dass ich sie unterbrechen musste, und schauten mich mit großen Augen an, als ahnten sie schon etwas.

»Die Hexe«, erzählte ich weiter, »verkleidete sich als alte Frau mit Kopftuch. Es war sogar ein hübsches Kopftuch, das sie aufhatte, und sie ging zu der Frau und fragte: Was ist denn passiert, warum weinst du so? Und die Frau sagte: Ach, bei mir ist alles in Ordnung, Gott sei Dank. Mir ist bloß was ins Auge geflogen. Sie lud die Hexe ein, sich zu ihr zu setzen, gab ihr Tee mit Sheeba und Erdnusskekse mit Marmelade, und die Hexe aß alles auf, noch nicht mal einen einzigen Keks ließ sie übrig. Und sie trank auch und sagte: Vielen Dank, sei gesund. Sie sprach mit so einer angenehmen Stimme, denn die Frau sollte meinen, sie wär eine gute Frau, und dann fragte sie noch einmal: Was ist dir denn passiert, junge Frau?

Mir kannst du alles erzählen. Ich bin alt und hab in meinem Leben schon viele Geschichten gehört, und Geheimnisse sag ich auch nicht weiter. Da erzählte die Frau ihr alles, wirklich alles. Es tat ihr gut, das alles jemandem zu erzählen, denn wenn uns was passiert, müssen wir es jemand anderem erzählen. Auch ihr erzählt mir doch, was euch im Kindergarten passiert ist, oder?«

Beide nickten.

»Aber die Frau, die hatte noch nicht mal einen einzigen Menschen, dem sie erzählen konnte, was sie bedrückte. Sie war so allein, nachdem ihr Mann gestorben war, und niemand kam in ihre Wohnung, außer ihren Kindern. Die Hexe hörte ihr von Anfang bis Ende zu, wischte ihr sogar die Tränen ab und beruhigte sie und sagte ihr: Ich will dir helfen, das ist meine Aufgabe, ich bin eine gute Fee –«

»Lüge! Lüge! Hör nicht auf die Hexe!«

»Die lügt dich an, das ist keine Fee, die ist böse!«

»Die Frau wusste nicht, dass das eine Hexe war. Woher sollte sie es auch wissen. Schlechten Menschen seht ihr nicht immer an, dass sie schlecht sind. Und die Hexe sprach mit zuckersüßer Stimme, mit honigsüßer Stimme und sagte ihr: Ich helfe dir. Ich kann ein Wunder machen, dass du noch zwei Hände dazubekommst, um deine ganze Arbeit zu machen. Zum Kochen, zum Abwaschen, zum Fegen, zum Fensterputzen und zum Wäscheaufhängen, für alles!«

Ich schwieg einen Moment und sah, sie warteten gespannt, jeder wollte auf die noch nicht gestellte Frage als Erster mit der richtigen Antwort aufspringen. Oschri würde im nächsten Moment explodieren, weil er immer den richtigen Moment verpasste, das sah ich, und ich erzählte weiter: »Nachdem ich dir noch zwei Hände angemacht habe, wirst du –«

»Vier Hände haben.«

»Ich wollte das sagen!«

»Dann sag es, sag es jetzt«, sagte ich zu Oschri, »sag es, so als hätte Chaim es nicht gesagt.«

»Aber er hat es schon gesagt. Ich will wirklich Erster sein!«

»Dann sagst du es am Ende. Dann bist du der Erste vom Ende her. Das ist auch wichtig. Es gibt Leute, die wollen die ganze Zeit die Letzten sein. Die wollen immer das letzte Wort sagen, damit sich alle nur noch an das erinnern, was sie gesagt haben.«

»Das sagst du nur so! Immer hältst du zu ihm!«

Oschri lag schon auf dem Bauch und hämmerte mit den Fäusten auf die Matratze, auch das war ein fester Teil der Zeremonie, und für einen Moment vergaß ich sogar, dass heute kein normaler Tag war. Als er anfing, Chaim zu hauen, trennte ich die beiden, setzte ihn neben mich und hielt nur ihn umarmt, dass er sich beruhigt. Aber er beruhigte sich nicht.

»Wie ihr wollt. Aber ich erzähl nicht weiter, bis ihr nicht still seid«, sagte ich und drehte die Hand vor meinem Mund, als ob ich ihn abschlösse.

»Mein Mund ist mit einem Schlüssel verschlossen«, sagte Chaim.

»Und mein Mund ist mit Kleber verklebt!«, rief Oschri, »und jetzt bin ich der Erste vom Ende!«

»Die Frau«, erzählte ich weiter, »fand das eine gute Idee und wollte, dass die Hexe ihr zwei Hände dazugab, für alle ihre Arbeiten. Doch dann sagte die Hexe plötzlich: Tut mir leid. Die Hexe sprach weiter in einem netten Ton, aber was sie sagte, war alles andere als nett. Sie sagte: Was glaubst du denn? Du musst mir dafür etwas von deinem Körper geben. Da überlegte die Frau und überlegte und überlegte, bis sie etwas fand, was sie der Hexe geben konnte –«

»Ihre Haare«, riefen diesmal beide zusammen und sahen sehr zufrieden aus.

»Genau. Die Frau dachte sich: Haare wachsen ja wieder. Die kann ich hergeben, und dann wachsen sie mir neu und werden wieder schön und lang. Und überhaupt ist es auch mühsam, sie jeden Morgen zu kämmen, bei der vielen Arbeit, die ich sowieso schon hab. Aber die Hexe machte ihr keine schöne Frisur, wie beim Friseur. Sie nahm ihr schönes Haar mitsamt seinen Wurzeln weg, sodass ihr nie mehr schöne Haare wachsen würden, nur noch kurze Stoppeln, wie der Hexe. Und die Hexe tat sich die schönen Haare der Frau auf ihren eigenen Kopf. Wie eine Fee sah sie da aus. Und sie flog aus dem Fenster.«

»Auf ihrem Besen, bsssssssssssssss –«

»Bssssss –«

»Genau. Und jetzt konnte die Frau ganz viele Sachen machen, die sie vorher nicht geschafft hat: Sie hängte vierhändig Wäsche auf, und das ging schwuppdiwupp, sie stellte gleichzeitig zwei Töpfe auf den Herd und hob gleichzeitig vier Stühle hoch und stellte sie auf den Tisch, um den Boden zu wischen, sie wusch zwei Kinder gleichzeitig, vierhändig wusch sie sie, mit zwei Seifestücken, und vierhändig holte sie sie mit zwei Handtüchern aus der Badeschüssel. Und am Donnerstagmorgen, vor der Arbeit, konnte sie nun mit vier großen Taschen zum Markt einkaufen gehen: Eine fürs Gemüse –«

»Und eine fürs Obst –«

»Eine für die Fische und die letzte für –«

»Für die Sachen von Machluf!«

»Ja, genau, die letzte Tasche war für die Sachen von Machluf. Aber eines Tages, an so einem Tag wie heute, das Wetter war genauso, da spürte sie plötzlich zwei Tritte aus ihrem Bauch, und da wusste sie, dass sie zwei Kinder im Bauch hat.«

»Zwillinge?«

»So wie wir?«

»Ja, Zwillinge, genau wie ihr. Es waren zwei Jungen. Sie war schwanger und sie wurde immer dicker. Jeden Tag wurde sie dicker und dicker, bis sie sich kaum noch bewegen konnte. Ein Glück, dass sie vier Hände hatte, um ihre ganze Arbeit zu erledigen. Ohne die vier Hände hätte sie das nie im Leben geschafft. Nach neun Monaten ging die Frau ins Krankenhaus und bekam ihre Zwillinge. Und sie nahm sie mit nach Hause. Aber obwohl sie so süß waren, war die Frau –«

»Wieder traurig –«

»Sie hat keine Kraft!«

»Stimmt, sie hatte gar keine Kraft mehr, denn auch die vier Hände reichten ihr nicht für ihre ganze Arbeit mit den Zwillingen. Und wieder saß sie da und weinte. Sie weinte und weinte und weinte, bis ihre Tränen – «

»Auf die Straße rausgelaufen sind.«

»Bis zur Straße hat sie geweint.«

»Und die Hexe kam noch mal. Aber mach uns nicht noch mal der ihr Lachen, ja Etti?«

»Mir macht das nichts. Ich halt mir die Ohren zu, dann hör ich nichts.«

»Wenn ich das Lachen nicht mach, dann macht ihr aber auch nicht den Besen –«

»Na gut.«

»Die Hexe verkleidete sich noch mal als gute Frau und diesmal musste sie schon nicht mehr viel sagen. Als die Frau sie sah, überlegte sie: Was könnte ich ihr für noch ein Paar Hände geben? Für noch ein Paar Hände muss ich ihr doch irgendetwas geben. Sie überlegte und überlegte und dachte sich: Ich geb ihr meinen ganzen Leib, mit dem Bauch und dem Rücken und allem Drum und Dran. Die Frau dachte sich nämlich: Kinder werd ich keine mehr kriegen, wozu brauch ich dann noch meinen Bauch? Den kann sie haben. Und schlafen tu ich nachts sowieso nicht mehr, ich kann nicht mehr schlafen, dann kann sie ruhig auch meinen Rücken haben. Und den Babys kann ich die Milch auch aus der Flasche geben, das machen heute alle, dann kann ich auch ohne … ohne meinen ganzen Leib. Da hatte die Frau –«

»Jetzt darf ich sagen, wie viel Händer –«

»Na, sag schon –«

»Jetzt hatte sie fünf Händer.«

»Nicht fünf! Nicht fünf!«

»Sechs, sechs. Das ist alles bloß wegen dir! Bloß weil ich Angst hatte, dass dus zuerst sagst.«

»Ganz richtig. Jetzt hatte sie sechs Hände. Das heißt sechs Hände und nicht Händer. Aber sie hatte keinen Bauch und keinen Rücken mehr, nur ihr Herz ist ihr noch geblieben. Und die Frau weinte nicht länger. Sie hielt jedes Baby mit zwei Händen und gab ihnen gleichzeitig die Fläschchen und wechselte ihnen gleichzeitig die Windeln und dann hatte sie immer noch zwei Hände frei, zum Wäschezusammenlegen oder um die Kleider der großen Kinder zu stopfen, wenn sie zerrissen waren –«

»Wie wir, wenn uns die Hose zerreißt –«

»Beim Schlittern!«

»Und wenn die Zwillinge eingeschlafen waren«, erzählte ich weiter, und ich schaute in ihre arglosen Gesichter, die keinen Verdacht hegten und mir völlig vertrauten, »und wenn auch die Großen eingeschlafen waren, da konnte sie die Wohnung leicht in zehn Minuten wischen, mit drei Wischern und drei Scheuertüchern. Aber lange war sie damit nicht glücklich –«

»Schon wieder war sie traurig!«

»Sie weint und weint und weint?«

»Ja, sie weint und trocknet sich die Tränen mit den Händen ab, mit allen ihren Händen, aber sogar sechs Hände reichen dazu nicht aus, denn jetzt sind wir bei dem Tag angekommen, wo die Frau sich im Spiegel anguckt. Sie schaut das erste Mal in den Spiegel, und was sieht sie da?«

»Ein furchtbares Tier!«

»Ein furchtbares Tier mit vielen Armen!«

»Ja, sie sieht sich im Spiegel und sieht ein furchtbares Tier mit einem Kopf, sechs Armen und zwei Beinen. Die halbe Nacht sitzt sie auf dem Bett und weint und weint –«

»Bis zur Straße –«

»Und noch mal die Hexe –«

»Genau, und wieder kommt die Hexe. Aber diesmal tut sie noch nicht einmal so, als wär sie gut. Es ist ihr ganz egal, ob die Frau weint. Sie will der Frau nicht zurückgeben, was sie ihr weggenommen hat. Stattdessen sagt sie ihr gleich: Wenn du nicht so ein furchtbares Tier sein willst, das noch keiner im Leben gesehen hat, dann gib mir auch noch deine Beine, und ich geb dir noch ein Paar Arme dafür. Dann bist du wenigstens ein richtiger Seepolyp, und achtarmige Seepolypen kennt jeder.«

»Ein Seepolyp? Was ist ein Seepolyp?« Chaim versuchte die aufgeregte Stimme von Frau Biton von unten nachzumachen.

»Nicht so! Mach, dass sie richtig Angst hat: Hilfe, ein Seepolyp! Was ist denn ein Seepolyp?«

»Richtig. Die Frau wusste nicht, was ein Seepolyp war. Sie erschreckte sich vor dem Wort, das sie nicht kannte, und so erklärte ihr die Hexe, was ein Seepolyp ist, und beruhigte sie und zeigte ihr auch ein Bild von einem Seepolypen.«

»Wie das, was du uns mitgebracht hast.«

»Ich habs in der Tasche. Guck, hier ist der Seepolyp mit den acht Armen.«

»Guck doch, wie es dir eingerissen ist!«

»Das war ich nicht, das war schon so, oder Etti? Sag ihm, dass du es mir schon eingerissen gegeben hast.«

»Und jetzt bin ich dran. Jetzt krieg ich den Seepolyp und pass auf ihn auf, ja Etti?«

»Wenn die Geschichte vorbei ist, geb ich ihn dir.«

»Nein. Ich will ihn jetzt. Du machst ihn bloß noch kaputter. Oder Etti, er macht ihn noch kaputter?«

Ich versprach ihnen, den Seepolypen später zu kleben, und beide hörten wieder zu. »Die Frau schaute sich das Bild von dem Seepolypen an. Er war schön, auf dem Bild, mit dem ganzen blauen Meer drumherum. Er sah überhaupt nicht wie ein sonderbares, hässliches Ungeheuer aus. Und so stimmte die Frau zu und dachte nicht zweimal nach. Sie erlaubte der Hexe, dass sie ihr auch noch die Beine wegnahm und ihr dafür noch zwei Arme gab, und jetzt hatte sie –«

»Acht!«

»Acht Arme, richtig, genau wie ein Seepolyp. So war sie zum Seepolypen geworden: Sie hatte einen Kopf mit acht Armen, so sah sie sich im Spiegel. Und als sie die Hexe anschaute, sah sie plötzlich, dass die so aussah, wie sie selbst früher ausgesehen hatte, weil sie ja schon das Haar und das Gesicht und den ganzen Körper von ihr hatte. Da schaute sie noch einmal in den Spiegel und erschrak. Sie dachte, jetzt ist alles aus, nie mehr im Leben werde ich wie eine normale Frau aussehen, damit ist es jetzt vorbei. Und sie sagte zur Hexe: Weißt du was, dann nimm auch noch mein Herz. Was brauch ich das noch. Es tut mir doch nur weh, wegen meinen ganzen Sorgen. Nimm es, hier! Was soll ich damit. Und sie gab ihr auch ihr Herz.

Was war jetzt noch von der Frau übrig? Nur noch der Kopf und acht Arme. Ihr Kopf dachte die ganze Zeit: Was muss ich jetzt tun und was muss ich als Nächstes tun. Sonst konnte er nichts mehr denken, denn sie hatte ja keinen Körper mehr, und der Kopf musste nicht mehr überlegen, was er mit dem Körper macht. Sie hatte keine Beine mehr, die tanzen können, sie hatte keinen Bauch mehr, der gern einen leckeren Kuchen aß, oder ein Eis oder Schokolade, und sie hatte auch keinen Menschenmund mehr, der über Witze lachte, und sie hatte auch für nichts mehr ein Herz. Sie hat kein Herz mehr, das die Kinder mit ihren acht Armen umarmen will, und sie hat kein Herz mehr, das ihnen die Geschichten erzählt, die sie so gern hören. Nur noch Hände hat sie, und die machen nur das, was sie machen müssen, genau wie der Kopf es denkt. Sie arbeiten bloß, die ganze Zeit, von morgens bis abends.«

Ich war so in die Beschreibung vertieft, dass ich nicht merkte, wie traurig ihre Gesichter wurden. Mit schwacher und verzweifelter Stimme sagte Oschri: »Und die Hexe lacht die ganze Zeit, oder Etti?«

Da setzte Chaim sich auf und forderte: »Aber du hast uns versprochen, dass es ein gutes Ende gibt! Das ist kein gutes Ende!«

»Das ist ein schlechtes Ende. Ganz schlecht!«

»Das macht Angst, und es ist gemein!«

»Moment, Moment mal, ich bin doch noch gar nicht fertig mit Erzählen«, sagte ich. Ich hatte mein Versprechen wirklich vergessen. Keine Ahnung, wie ich jetzt weitermachen sollte. Trotzdem sagte ich zuversichtlich: »Ich erzähl so lang weiter, bis wir ein gutes Ende haben. Ihr müsst nur still sitzen und zuhören.«

»Ich sitz ja die ganze Zeit still. Aber er, er fängt immer an.«

»Stimmt nicht. Du lügst.«

»Etti, er sagt, ich wär ein Lügner!«

»Genug. Jetzt solltet ihr ganz genau zuhören, denn jetzt kommt das Allerwichtigste von der Geschichte. Dann ist nämlich was passiert, woran keiner gedacht hat: Die Hexe hatte das Herz für sich genommen, nicht wahr? Die Frau hatte es ihr ja gegeben, und die Hexe hatte es genommen, nicht wahr? Und was meint ihr, ist dann passiert?«

»Die Frau ist gestorben, weil sie kein Herz mehr hatte!«

»Ohne Herz kannst du nicht leben. Ohne Herz – bumm und tot!«

»Aber die Frau ist nicht gestorben«, sagte ich ihnen, obwohl ich noch keine Lösung hatte. Ich wusste nur, ich brauchte eine scharfe Kehrtwendung, damit die Geschichte diesmal anders ausging, »die Hexe hat ihr etwas Besonderes gemacht, dass sie sogar ohne Herz weiterleben konnte.«

»Sie hat sie in einen Fisch verhext!«, half mir Oschri, und Chaim sagte: »Das haben wir doch im Supermarkt gesehn, dass die Fische noch hüpfen, nachdem man sie schon totgemacht hat.«

»Auch ein Seepolyp hat kein Herz, oder Etti?«

»Wozu braucht ein Seepolyp ein Herz?«

»Der hat auch keine Nase!«

»Und keinen Schnupfen!«

Jetzt lachten sie beide, und ich konnte weitererzählen. »Ich erzähl euch, was dann passiert ist«, sagte ich, »die Hexe hat doch plötzlich das Herz von einer guten Frau bekommen.«

Sie staunten mich mit großen Augen an.

»Dann war sie keine Hexe mehr?«

»Auf einen Schlag war sie eine gute Frau!«

»Ich habs zuerst gesagt, oder Etti?«

»Genau. Die Hexe wollte ihr böses Lachen lachen, aber es kam nicht raus. Stattdessen entfuhr ihr ein schönes Lachen. Sie versuchte, so wie vorher, auf dem Besen zu fliegen, und es ging nicht. Als sie sich draufsetzte, fiel sie runter, und der Besen zerbrach. Ihr Herz ist schon weich, so weich wie –«

»Wie Butter!«

»Wie Banane!«

»Ihr Herz war weich wie eine reife gelbe Banane, und sie

wollte die ganze Zeit nur noch allen Leuten helfen. Die Hexe hatte nichts andres mehr im Kopf, als andern zu helfen. Als die Frau das sieht, kann sie es zuerst gar nicht glauben. Vielleicht tut die Hexe ja nur so. Aber danach sieht sie, dass es wirklich so ist, dass die Hexe eine gute Frau geworden ist. Da bittet sie die Hexe, ihr ihren Körper zurückzugeben, denn sie sehnt sich so nach ihrem alten Körper; es tut ihr echt leid, dass sie ihn hergegeben hat. Sie muss gar nicht lang bitten, denn die Hexe ist gleich einverstanden. Denn jetzt ist sie wirklich gut und gibt alles zurück. Ihr Haar und ihren Leib und ihre Beine, und ganz zum Schluss, als sie schon alles wiederhat, sagt die Frau, nun möcht sie bitte auch ihr Herz zurück. Wenn es dir nichts ausmacht, bat sie die Hexe, ich brauch es doch noch.«

Ich schwieg. Wartete, dass sie was sagen würden. Aber sie drückten sich nur noch fester an mich. Vielleicht hatten sie Angst, dass jetzt der schlimme Teil der Geschichte käme, den sie noch nie gehört haben und der alles kaputtmachen würde.

»Und die Hexe«, sagte ich, »die ist jetzt so gut, dass sie der Frau sogar ihr Herz wiedergibt und auf der Stelle stirbt.«

»Bumm, tot ist die Hexe!«

»Ätsch bätsch!«

»Weil sie das mit der Frau gemacht hat!«

»Ist das jetzt ein gutes Ende, Etti? Kommt jetzt keine Hexe mehr?«

»Natürlich nicht. Die liegt jetzt im Grab.«

»Und aus dem Grab kommt keiner mehr raus, oder Etti?«

Ich umarmte sie beide und spürte, dass sich bei ihnen trotzdem etwas verkrampfte, auch bei dem neuen Ende der Geschichte.

»Etti, aber wer macht jetzt die ganze Arbeit von der Frau?«

»Ja, wer macht die jetzt für sie?«

»Jetzt helfen ihr ihre Kinder. Sogar ihre Zwillinge können ihr schon bei der Hausarbeit helfen. Das sind zwei sehr liebe Kinder, und die sind schon groß genug dazu.«

»So groß wie wir, oder? So wie wir dir geholfen haben, den Mülleimer hochtragen?«

»Wieso denn wir?! Bei uns kommt doch keine Hexe, oder Etti?«

»Und der Mama ist auch keiner gestorben, oder Etti? Das ist nur in der Geschichte so, dass der Frau ihr Mann gestorben ist.«

»Etti, warum weinst du?«

»Ich krieg Angst, wenn du weinst, Etti. Du hast doch gesagt, das ist ein gutes Ende. Warum weinst du dann?«

»Etti, wein nicht. Die Hexe ist doch tot. So wie man ihr das Herz weggenommen hat. Bumm und tot.«

»Guck, ich zeig dir, wie die tot ist. Guck doch, du guckst ja gar nicht.«

»Guck, ich auch. Geh weg da! Du hast ja keine Ahnung, wie man stirbt. Ich tu besser sterben als wie du!«

»Jetzt lacht sie wieder!«

8

Und danach? Was war danach gewesen? Wir haben Tee mit Sheeba getrunken, und sie tunkten ihre Kekse in den Tee, wie sie es so gern machen. Ich kann noch sehen, wie sich die Kekskrümel in den Sheebablättern verfangen und dann auf den Boden sinken, und wie die hellen Sesamsamen oben auf dem Tee schwimmen. Draußen wurde es dunkel, und Oschri stand auf, um das Licht anzuschalten, und danach erinner ich mich nur noch an den Knall, und wie ich allein durchs Dunkel renne. Ich renne durch die Straße, wie ich noch nie gerannt bin, ich denk, das ist unser Block, drängel mich mit allen zu der verschlossenen Tür des Schutzraums, und da schlägt schon die zweite Katjuscha ein, und ich bin mitten in dem großen Schrei, und ich bin ganz Schrei.

Ich kann mich noch nicht erinnern, warum ich runter auf die Straße gelaufen bin. Und wo waren die Zwillinge da? Als ich nur ein bisschen älter als sie war, bin ich jeden Mittag nach der Schule zum Falafelstand gelaufen und hab den ganzen Weg leise »Papa, Papa« vor mich hin gemurmelt, und da hat es noch nicht wehgetan.

Mit sieben war ich schon seine Hilfe. Wenn ich an den Stand kam, sah ich ihn hinter der dreiviertelhohen Wand stehen, hinter der auch der Gasherd steht. Ich sah nur sein Haar, aber ich wusste, gleich würde ich ihn ganz sehn. Das war eine schöne Erwartung.

Ich gehe in den Stand rein, aber nicht zu ihm nach hinten, nehme den Ranzen ab und werfe ihn auf den Boden, bücke mich und ziehe mir unter der Theke eine leere Gemüsekiste heran, hebe sie an einem Ende hoch und lasse sie auf meinen Ranzen fallen. Jetzt schaut mich der Ranzen aus seinem Käfig an, und ich schieb ihm unten die Träger rein, die noch rausgucken. Dann ziehe ich mir noch eine Kiste ran, hebe sie auf die erste drauf und schiebe sie so lang zurecht, bis sie fest steht. Ich stelle mich auf die Zehenspitzen und lege oben das kleine Kissen drauf. Da hört mich der Papa schon, und bevor er sich umdreht, sagt er seine sieben Worte: »Pass auf, *binti*, mit den Eisenklammern!« Immer hatte er Angst, dass ich mir an den Eisenklammern wehtu, die sind nicht nur spitz, sondern auch rostig. Ich gehe wieder raus, steige auf eine leere Dose von sauren Gurken und klettere von da aus auf die Theke. Ich rutsche über die Theke nach drinnen, drehe mich um und lande mit dem Po genau auf dem geblümten Kissen, und so bin ich bereit für die Arbeit. Wenn ich jetzt den Kopf drehe, kann ich Papa ganz sehen, und er sieht mich auch. Die Falten auf seiner Stirn sind plötzlich weggebügelt, er ist voller Freude, wie ein Glas, in das man Orangensaft eingießt. Die orangene Linie steigt immer höher. Das ist das erste Gesicht von ihm, das ich sehe, wenn er mich mittags auf meinen Kisten sitzen sieht.

Ich mache die Schublade mit dem Geld auf. Ich muss sie ein bisschen nach rechts und links rütteln, weil sie immer hakt. Die Schublade ist in Vierecke unterteilt. Ich reiße die Plastikbeutel mit den Münzen auf und schütte sie in ihre Kästchen; auch die Scheine ordne ich und lege sie gerade aufeinander. Die Geldscheine sind still und so ernst wie die ihnen aufgedruckten Gesichter, aber die Münzen sind wie spielende Kinder, sie toben rum und machen Krach.

Gleich kommen die Schüler aus den höheren Klassen. Wer an unserm Falafelstand vorbeigeht, muss sich sehr beherrschen, keine zu kaufen. Der Geruch macht alle hungrig, denn Papa fängt an zu braten, noch bevor er Kunden hat. Es macht ihm nichts aus, ein bisschen was wegzuwerfen, er weiß, dass der Geruch für ihn die halbe Arbeit tut, denn dieser Falafelgeruch ist stärker als alle andern Gerüche auf dem Platz: Er zieht die Leute an. Das ist sein erster Trick. Allein dafür hat er es verdient, der König der Falafel zu sein. Den ganzen Tag überflutet er den Platz mit Falafelgeruch. Ich kenn niemanden, der davon nicht Hunger kriegt. Und alte, kalte Kugeln verkauft er nie.

In dem Jahr, in dem er starb, kannte ich schon alle seine Tricks. Ich war elf und half ihm auch beim Füllen der Fladenbrote. Danach wollte ich die Tricks meinen Onkeln erklären. Papas Brüder aus dem Moschaw, Maurice, Avram, Pinchas, Schimon und Eli, die mit Mama besprochen hatten, dass sie den Falafelstand übernehmen und ihr jeden Monat einen Teil des Gewinns abgeben. Aber sie haben mich alle nicht gefragt.

Am ersten Tag nach der Trauerwoche sind sie an den Stand gegangen und hatten – ohne zu streiten – schon alles entschieden: Mit dem Stand ginge es so nicht weiter, man müsse ihn unbedingt renovieren, jeder solle ein bisschen Geld reinstecken, und sie würden alle Arbeiten selber machen. Sie legten neue Bodenkacheln, strichen die Wände, zogen eine Gipsdecke mit weißen hängenden Tropfsteinen ein, kauften einen neuen Frittiertopf und glänzende Nirostaschüsseln für die Salate und einen großen Kühlschrank. Sie ließen eine Neonreklame machen: »Falafel im Norden – verdient einen Orden«, und hängten einen riesigen Spiegel an die Wand und stellten ein Aquarium mit Goldfischen und einer Plastikpflanze auf, und sie verbreiterten den Eingang, dass die Leute reingehen und sich die Salate selber von der Bar nehmen konnten. Und sie hängten noch drei Lampen auf. Die ganze Zeit gingen die Leute vorbei und sagten: »Sehr schön.« »Alle Achtung, echt!«, aber Falafeln kauften sie keine.

Ihre Rechnung ging nicht auf. Sie waren fünf Brüder und dachten, es würde reichen, wenn jeder einen Tag im Stand arbeitet. Freitags, hatten sie beschlossen, würden sie gar nicht erst aufmachen, das wäre eh ein kurzer Tag. Sie wussten nicht, dass es am Freitagmittag fast so viel Arbeit gab wie die ganze Woche zusammen und dass einer, der am Freitag kommt und eine verschlossene Tür sieht, sich daran gewöhnt, anderswo zu essen.

Nachdem Papa gestorben war, sind meine Beine mittags weiter da hingelaufen. Ich konnte damit nicht aufhören. Das Schild »Falafel im Norden – verdient einen Orden« sprang mich an, und dann machte ich kehrt und ging in den Büschen mit den gelben Blüten am Rand des Platzes weinen. Ich kroch tief in die Hecke hinein, setzte mich hin, legte den Kopf auf den Ranzen und weinte leise, bis ich einschlief. Irgendwann schaffte ich es, nicht mehr wegzulaufen, ging näher ran und sah, das Schild hatte schon einen Sprung. Einen Monat nachdem sie es aufgehängt hatten, hatte es schon einen Sprung, und ich ging noch näher ran und sah, dass von den ganzen Fischen im Aquarium nur noch einer übrig war. Das war der Tag von Onkel Avram, und ich konnte auch sehen, er hatte echt keine Ahnung. Seitdem kam ich wieder, jeden Tag wartete ich hinter der Ecke und sah, dass sie alle keine Ahnung hatten. Für Papas Brüder war eine Portion Falafel eben bloß ein Fladenbrot, in das man ein paar Kugeln reinsteckt, und die Leute würden sich dann schon selbst nehmen, was sie dazu wollen. Geh und erklär ihnen, dass Papa jedem seine ganz persönliche Füllung gemacht hat. Papa sagte, »der da mag dickes Fladenbrot«, und wir haben die Fladenbrote betastet, ob wir ein besonders dickes für ihn fanden. Oder, wenn er sagte: »bei der da darf es um Gottes willen nicht tropfen«, dann hat er die untere Kante des Fladenbrotes mit dem Streifen gepolstert, den er oben immer abschnitt, und alles gut in zwei Papierservietten eingewickelt. Er hatte auch Leute, die brauchten vorneweg erst mal eine Kugel auf die Hand, noch bevor ihre Portion fertig war, und solche, denen er zum Schluss oben noch eine Kugel draufgesetzt hat. Und dann gabs einen, der wollte, dass das ganze Fladenbrot nach Tahina schmeckt. Dem war es ganz egal, ob es einreißt und tropft. Einer mochte die Kugeln ein bisschen verkohlt, und eine Frau wollte sie fast roh, ganz hell. Und dann gab es die Geizhälse, die eine halbe Portion bestellten, obwohl sie einen Riesen-Hunger hatten, und denen gab Papa eine große Hälfte, eigentlich zwei Drittel, und was von dem Fladenbrot übrig blieb, warf er weg. Und doch wussten die Leute gar nicht, wie gut er sie kannte. Er hat nicht viel geredet, aber wenn es ihm gelungen war, sie zu überraschen, dann hat er zu mir rübergeschaut. Sein Kinn hat ein bisschen getanzt, und ich wusste, wir feierten einen geheimen Sieg.

Und dann gab es die, die sich aufspielten, als verstünden sie wer weiß was davon. Die haben ihm schon von Weitem zugerufen: »Mach mir meine Portion«, und die waren sich sicher, dass sie sein einziges Lieblingskind sind und dass nur sie eine *Special*-Portion bekommen. Ausgerechnet denen hat er eine ganz normale Portion gemacht. Wir hatten auch sechs, sieben Taxifahrer, die schon unten von der Straße aus einmal kurz hupten, und bis sie oben am Platz ankamen, hatte Papa ihnen ein besonders scharfes Fladenbrot gefüllt, eingepackt in eine Plastiktüte mit einem Getränk dabei, und ich bin raus und hab es ihnen durchs Autofenster gegeben.

9

Elf war ich, als er starb. Ich saß auf einem hohen Stuhl an der Kasse, noch mit meiner neuen Frisur von Kobis Bar Mitzwa. Ich mochte sie nicht, genauso wenig wie das Kleid, das ich da anhatte. Ich hätte überhaupt die ganze Feier am liebsten vergessen: die Leute, die mich in die Wangen kniffen, als wär ich noch ein kleines Mädchen, und die, die sagten, dass ich mich schon entwickle, und sich nicht genierten, mich blöd anzustarren. Aber vor allem wollte ich die ganzen verlogen lächelnden Fratzen vergessen, die sich in den Spiegeln an den Wänden auch noch verdoppelten.

Auch an diesem Tag drängten sich viele Leute am Falafelstand und machten Papa für die Bar Mitzwa Komplimente um die Wette, denn so was hatte man bei uns am Ort noch nicht gesehen. Ich saß lange da und wich nicht von meinem Platz an der Kasse. Ich nahm das Geld entgegen, rechnete und gab Wechselgeld raus, bis plötzlich Dudi mit seinem Freund reinkam. Er machte den Kühlschrank auf und sagte, Kobi hätte ihn geschickt, Getränke für die Leute von Rav Kahane zu holen. Papa hörte das und sagte: »Nie im Leben. Nicht bei mir. Wieso auf einmal für umsonst?« Danach kam Kobi selbst. Ich putzte gerade hinter dem Stand, damit keine Katzen kamen. Ich hörte Kobi sagen: »Wieso hast du ihnen denn keine Getränke mitgegeben? Das sind wichtige Leute!« Und Papa antwortete ihm: »Bei mir gibts nichts umsonst. Selbst wenn Begin persönlich zu mir käm, der müsste bezahlen«, und Kobi sagte zu ihm: »Weißt du was, deshalb wirst du auch dein Leben lang nicht aus deiner Falafelbude rauskommen!«

Als ich wieder in den Stand kam, hatte Kobi schon ein paar Flaschen aus dem Kühlschrank genommen, zehn oder mehr. Er sah mich, drückte mir die Flaschen in die Hand, und ich wusste nicht, was ich machen sollte. Ich schaute zu Papa, aber der drehte uns den Rücken zu. Er briet weiter seine Falafel hinter der Wand und sagte kein Wort. Kobi war schon draußen und rief, ich solle mitkommen. Mit einem Schlag war er ein Erwachsener. Als wir auf den Platz kamen, machte er die Flaschen für die Leute von Kahane auf und setzte sich mit ihnen hin und unterhielt sich mit ihnen, und ich setzte mich dazu und hörte, wie sie ihren Rabbi zitierten und priesen. »Der ist wie ein Vater«, sagten sie, »mit viel Barmherzigkeit, und alle Juden sind für ihn seine Kinder.«

Sie erzählten auch eine Geschichte von ihrer Fahrt hierher. Sie kamen von weit her, und unterwegs hatten sie eine Reifenpanne. Als sie alle aussteigen mussten, sahen sie plötzlich die umwerfende Landschaft von Jericho. »Seht ihr das«, sagte der Rabbi, »das ist der Ort, von dem der Prophet Elia zum Himmel aufgefahren ist, genau von hier. Aber was für eine Schande. Noch nicht mal eine jüdische Siedlung gibt es hier in der Gegend.« Und er sagte auch, wenn sie von uns zurück sind, würde er schon morgen alles in Bewegung setzen, dass hier eine Jeschiwa errichtet wird. Alle seien genervt gewesen, von der Reifenpanne, nur nicht der Rav! Alles, was dem Rav passiert, dreht er so hin, dass seine Liebe zu den Juden rauskommt. Er denkt nie an sich selbst, nur an seine Liebe zu Israel!

Danach ließen sie Kobi allein und liefen unter den Leuten auf dem Platz rum und riefen rhythmisch: »Das Volk Israel lebt!«, und schwangen ihre Fäuste zum Himmel. Auch auf ihren gelben T-Shirts war eine Faust, gelb in einer Pfütze Schwarz. Aber niemand auf dem Platz nahm sie wirklich ernst. Ich verließ den Platz und ging mit den leeren Flaschen zurück zum Stand, an jedem Finger eine leere Flasche. Ich ging im Schatten, auf der Seite der Läden. Als ich schon fast beim Stand angekommen war, fing der Lautsprecher an, und ich ging zurück. Ein komisches Hebräisch hatte der Rav, es klang so amerikanisch, und er stotterte auch ein bisschen. Ich schaute ihn mir an, er sah aus wie ein ganz normaler Mann mit schwarzem Bart und Kippa auf dem Kopf. Leise fing er an zu reden und brachte in jedem Satz einen Bibelvers. Aber bloß Sisso, der Seemann, und seine Freunde blieben stehen und hörten ihm zu. Die andern auf dem Platz machten ihre Sachen weiter, bis Kahane plötzlich mit lauter, flehender Stimme schimpfte: »Juden! Die Töchter Israels entweihen sich mit den Arabern! Die Araber nehmen uns die Arbeit weg, sie nehmen uns unsre Töchter weg, und auch über unser Land machen sie sich her!« Da kamen die Leute aus den Läden, und wer schon draußen war, blieb mit seinen Tragetaschen, Plastikbeuteln, Kinderwagen stehen, als Kahane die Hand zum Himmel hob. »Ich sprech ja nur aus, was ihr denkt!«, rief er ins Mikrofon. »Die andern sind verlogene Angsthasen. Juden! Wir müssen das Land von unseren Feinden säubern!« Hier und da klatschte jemand, die Leute warteten, dass er weitersprach. Kahane schwieg einen Moment, dann warf er den Namen des nächsten Dorfes in die Luft und wiederholte ihn noch zweimal. »Das soll ein arabisches Dorf sein?!«, fragte er und strich sich über den Bart, »das ist kein arabisches Dorf! Das ist ein jüdisches Dorf, in dem zurzeit Araber wohnen.« Die Leute lachten. Einige klatschten. Die leeren Flaschen stießen aneinander und klapperten; es wär mir auch egal gewesen, wenn sie an meinen Fingern zerbrochen wären. Immer mehr Leute strömten auf den Platz und füllten ihn und drängten sich zusammen und blickten hoch zu Rav Kahane. Und ein paar fingen an, rhythmisch »Kahane! Kahane!« zu rufen.

Mama saß indessen zu Hause im Wohnzimmer, so als sei sie noch in dem Saal von der Bar Mitzwa: mit der hochtoupierten Frisur, mit dem Rouge auf den Wangen und dem Lidschatten. Sie war von ihren Anhängerinnen umgeben und merkte gar nicht, dass ich reinkam. Ich ging in das Zimmer, wo wir damals alle schliefen, Itzik, Dudi, Kobi und ich, legte mich ins Bett, zog mir die Decke über den Kopf und hörte den Worten von Rav Kahane nach und versuchte zu verstehen, was er wohl gemeint hatte, als er sagte, die Töchter Israels würden sich selbst entweihen, und wie es kam, dass man jemanden, der so redet, Rav nannte.

Von Geschrei wachte ich auf. Ich fuhr hoch, lief ins Wohnzimmer und sah Mama gerade noch nach draußen stürmen, ich hörte, wie sie gegen die leeren Flaschen stieß, die ich vor der Wohnung abgestellt hatte, und wie sie »Mass'ud! Mass'ud!« schrie und die Treppen runterrannte. »Mass'ud! Mass'ud!«, rief sie auch auf der Treppe, rannte hinaus auf die Straße und ich ihr hinterher. Barfuß.

Mein Vater war in seinem Falafelstand geblieben, als der Platz sich mit Menschen füllte, und dort war er auch geblieben, als der Platz sich wieder geleert hatte. Nachdem er da gestürzt war, ließ er den ganzen Ort mit einem Rätsel zurück: Woran war er gestorben? Noch ein ganzes Jahr lang versuchten die Leute herauszubekommen, was zuerst passiert war:

»Das Öl oder die Biene?«

»Das Messer oder der Sturz?«

»Das Herz oder die Verbrennung?«

»Das Blut oder der Stich?«

Wie in dem Lied ›Der Herr, der schickt den Jockel aus‹, aber es war in seine Teile zerfallen und durcheinandergekommen. Keiner konnte wissen, wie der Todesengel mitten bei der Arbeit zu meinem Vater gekommen war. Alles konnte man da finden, auf dem Boden des Falafelstandes. Jeder konnte sich die Geschichte zusammensetzen, wie er wollte. Mama verkündete: Der böse Blick. Kobi schimpfte, bestimmt hätte ihn sein Öl umgebracht. Dudi und Itzik, die damals sechs und sieben waren, sahen das Messer neben Papa liegen, den Kratzer und den Bienenstich.

Die Ärzte sagten, er habe wohl einen Herzstillstand gehabt. Damals war ich ein junges Mädchen, und für einen Moment stellte ich mir vor, wie Papas Herz stillstand, um nicht auch auf den Platz zu gehen, zu all den Herzen, die sich da zu einem riesigen Wir-Monster vereinten, und ich stellte mir vor, wie es genau deshalb stillstand und meinen Vater auf dem Boden des Falafelstandes zurückließ.

Ich verließ den Schutzraum und ging im Dunkel zu unserm Block. Ich ging die Treppen hoch, wollte nicht noch mal in einen Schutzraum. Die Tür der Cohens stand ganz offen, und die andern Türen auch. Alle Türen standen im Dunkeln offen, auf jedem Stock gähnten Höhleneingänge, und jede Höhle hatte ihren eigenen Geruch. Auch unsre Tür stand offen.

Ich ging in die Küche, tastete die Arbeitsplatte ab und fand neben dem Herd die Streichhölzer, zündete den Herd an, holte aus der Schublade eine Schabbatkerze und klebte sie auf einem kleinen Teller fest. An der Wand im Flur sah ich das Foto von meinem Vater, abgeschnitten auf Brusthöhe, für immer gefangen in seinem prächtig geschmückten goldenen Rahmen. Ich sah auch das Bild von uns allen auf Kobis Bar Mitzwa, wie wir da blöd lächeln. »Dass einer endlich das Bild von der Wand nimmt«, hatte Mama schon öfter gebeten, »ich kann es nicht mehr sehen, wie diese dumme Gans da lacht und nicht weiß, was ihr in zwei Tagen passiert, dass die Welt über ihr zusammenbricht.« Ich hängte das Bild ab und nahm es mit in die Küche. Auf den Tellern auf dem Tisch lag noch das Dienstagscouscous, und ich probierte von allen: Furchtbar scharf, zu salzig, lauwarm, kalt, widerlich. Ich schaute auf die Kerze, schützte sie mit der Hand, und ich sah, wie meine Hand über der Flamme orange wurde. Soll sie doch verbrennen, soll doch alles hier verbrennen, dachte ich mir. Ich sprang hoch, und der Stuhl fiel mit großem Gepolter um, und danach hörte ich noch etwas. Ich ging in den Flur, in die alte Wohnung, und näherte mich im Licht der Kerze dem Terroristenschrank am Ende des Flurs, bis ich plötzlich auf dem Öl ausgerutscht bin.

Die Kerze flackerte und ging fast aus.

Und jetzt passierte alles gleichzeitig: Die Schranktür geht auf, der Strom ist wieder da, und ich steh unsicher vor den kleinen Gesichtern von Oschri und Chaim, die aus dem Schrank linsen und mich beide gleichzeitig fragen:

»Etti! Und vor wem sollen wir jetzt Angst haben?«

Ich blase die Kerze aus und geh noch einen Schritt weiter, ich befreie mich von meinen Sandalen und steige zu ihnen in den Schrank, mach beide Türen zu und lass nur einen kleinen Spalt für das Licht und spüre, dass mir gleich die Tränen kommen. Aber statt Tränen steigt etwas andres in mir hoch: die Geschichte.

Was hatten sie nicht alles in den Schrank mitgenommen: zwei Kissen, ihre Wasserpistolen und einen ganzen Laib Brot, den sie inzwischen ausgepult hatten und von dem nur noch die Kruste übrig war. Jetzt vermischten wir drei uns in der Gebärmutter des Schrankes, und sofort ließen sie auf mich alle Ereignisse der letzten Stunden runterregnen: Wie der große Bumm kam und alles plötzlich dunkel war, wie sie zum Schrank gerannt sind und das Öl ausgegossen haben, genau wie Kobi es ihnen erklärt hatte, und wie sie den zweiten Bumm gehört haben, und das Geschrei der Leute im Block, weil die nicht wissen, dass man doch bloß in den Schrank gehen und die Tür zumachen und das Öl ausschütten muss.

Dass sie keine Angst gehabt haben, konnte ich nicht verstehen. Ich wär an ihrer Stelle vor Angst gestorben. Und wann hatte Kobi Zeit gehabt, ihnen das mit dem Schrank und dem Öl zu erklären? Aber ich fragte nicht. Ich küsste sie nur und sagte ihnen: »Wisst ihr was, ich hab eine neue Geschichte, und diesmal ist es eine wahre Geschichte, es ist die Geschichte über unsre Familie.« Aber ich wollte nicht mit Papas Tod anfangen, und auch nicht an dem Punkt, von dem Mama immer anfängt. Ich wollte nicht von der Bar Mitzwa erzählen. Warum muss man die Geschichte da beginnen, so als sei das Fest im großen Saal ein hoher Berg, und Vaters Tod dann ein tiefer Abgrund, und als könne man nur wenn man bis zur Bergspitze hochklettert die ganze Macht des Absturzes spüren.

Ich lehnte ihre beiden Köpfchen an mich und streichelte mit dem Finger ihre Augenbrauen, so wie sie es gern haben, bis ihnen die Augen zufielen. Aber sie schliefen nicht, sie hörten genau zu, ich wusste, dass sie zuhörten. »Das ist eine ganz besondere Geschichte«, sagte ich leise, »so eine Geschichte habt ihr noch nie gehört. Und diese Geschichte erzählt man vom Ende zum Anfang. Die kann man nämlich nur so erzählen. Und ihr selbst, ihr seid das Ende der Geschichte – ist das nicht ein schönes Ende?«

Nachbemerkung der Übersetzerin

Sara Shilo lässt in ihrem Roman eine Bevölkerung vor uns erstehen, die in der israelischen Literatur erst in den letzten Jahren eine eigene Stimme bekommt: die ab den 1950er-Jahren aus den arabischen Ländern nach Israel eingewanderten Juden, die geballt in wirtschaftlich unterentwickelten Städtchen an der Peripherie des Landes, vor allem an der Nord- und Südgrenze, angesiedelt wurden.

Wie soll man einen Roman, bei dem die Sprache der Protagonisten so massiv in einer ganz spezifischen Realität verankert ist, in eine andere Sprache und Kultur übersetzen, die diese spezifische Realität nicht kennt? Wie würden marokkanische Einwanderer nach einer Generation in Deutschland sprechen? Welchen eigenen Dialekt hätten sie entwickelt, wenn sie an relativ abgeschiedenen Orten leben würden? Der Vergleich mit der türkischen Immigrantengesellschaft in Deutschland hilft nicht viel, da zum Beispiel »Kanak Sprak« eine von selbstbewussten, in urbanen Zentren lebenden Menschen geschaffene Sprache ist. Die Figuren im Roman jedoch leben in Gegenden mit dörflicher Sozialstruktur am Rande Israels und sind von so etwas wie einem kollektiven Selbstbewusstsein weit entfernt.

Nach verschiedenen Versuchen kam ich zu dem Schluss, bei der Übersetzung nicht auf eine bestehende Realität und Sprache in Deutschland zurückzugreifen, denn dieser Roman ist kein Prototyp, den man in einen anderen sozialen Kontext versetzen kann, sondern im Gegenteil ein Plädoyer für die

Individualität seiner Figuren. Ich habe versucht, für diese individuellen Figuren und ihre Realität eine eigene Sprache zu schaffen, die auf Deutsch vergleichbare Merkmale besitzt und glaubwürdig klingt. Ich habe kaum, und wenn dann nur soziologisch und zeitlich unmarkierten, Slang verwendet und vielmehr versucht, über grammatische Eigenheiten wie das Auflösen komplexer Satzgebilde mit Nebensätzen, die Nichtbeachtung von Konjunktiven, Genitiven und Dativen einen fiktiven Grundton für diese nicht existierende Sprache zu schaffen.

Was den deutschsprachigen Leser grundsätzlich vom Leser des Originals unterscheidet, ist, dass er mit diesen Fehlern nichts assoziiert, keine Gesichter, Tonfälle oder Szenen vor sich sieht, die ihm sagen: Ja, der O-Ton stimmt. Deshalb muss die Welt dieses Romans in der Übersetzung ganz und gar aus dem Sprachduktus und dem Inhalt dessen, was die Helden sagen, entstehen.

So habe ich auf über zwanzig Seiten ganz auf den Gebrauch von Kommas verzichtet: Als Simona, die Mutter, in äußerster Verzweiflung und nachdem alle gesellschaftlichen Regeln und Konventionen versagen und unbedeutend werden, in einem einzigen Wortschwall ihren überbordenden Gefühlen Ausdruck verleiht.

Darüber hinaus habe ich versucht, eine im Brechtschen Sinne gestische Sprache zu schreiben, die ganz im Hier und Jetzt verankert ist und nicht weit vorausdenkt, eine Syntax, die Emotionen und Gedanken nicht beschreibt, sondern wiedergibt. In den deutschen Monologen ersetzt diese Sprache die Gesten, die der Leser des Originals durch seine Kenntnis der gesellschaftlichen Realität vor Augen hat.

Anne Birkenhauer, Jerusalem, August 2008

Eshkol Nevo im dtv

Vier Häuser und eine Sehnsucht
Roman
Übersetzt von Anne Birkenhauer
ISBN 978-3-423-13758-4

In der Wand zwischen den beiden Wohnungen ist ein Loch, damit man von beiden Seiten an den Schalter fürs warme Wasser kommt. Hier wohnen Noa, die die Welt durch eine Linse betrachtet, und Amir, der sich besser mit Abschiednehmen als mit Bleiben auskennt, dort ihre Vermieter: Moshe, der zum Missfallen von Sima immer religiöser wird, und Sima, die sich ihrer Versäumnisse bewusst wird, wenn sie hört, wie Noa und Amir sich lieben. Gegenüber lebt Gidi, dessen Bruder gerade im Libanon gefallen ist. Und nicht weit davon Zadiq, der arabische Bauarbeiter, dessen Mutter von Rückkehr träumt und noch immer den Schlüssel zu jenem Haus besitzt, aus dem sie 1948 vertrieben wurde.

»Vor allem hat dieser Roman eine gewinnende, herzergreifende Offenheit, er ist von großer Tiefe und Vielschichtigkeit.«
Iton Tel Aviv

Wir haben noch das ganze Leben
Roman
Übersetzt von Markus Lemke
dtv premium
ISBN 978-3-423-24790-0

WM-Finale 1998. Frankreich – Brasilien. Fiebrige Stimmung vor der Glotze zwischen Churchill, Juval, Amichai und Ofir. Die vier sind um die dreißig, Freunde seit Jugendtagen, sie gucken zusammen Fußball, quatschen, kiffen, sind füreinander da. Da verfällt einer auf eine kuriose Idee – drei Lebenswünsche auf einen Zettel zu schreiben, die Zettel zu verstecken und erst beim nächsten Finale die Wünsche preiszugeben … Wird das Glück auf ihrer Seite sein?

Vier Jahre später ist nichts, wie es war. Die Stimmung im Land ist explosiv, die Wünsche sind verweht, das Leben schmeckt anders. Eshkol Nevos neuer Roman über die Lust am Jungsein, die Innigkeit echter Freundschaft, weiß um die Zerbrechlichkeit des Lebens und ist doch voller Hoffnung und Wärme.

Bitte besuchen Sie uns im Internet: www.dtv.de

Mira Magén im dtv

»Mira Magén verfügt über die seltene Gabe, gerade die kleinen
Dinge wahrzunehmen. Ihre Vergleiche und Metaphern sind
von wundersamer Einzigartigkeit.«
Jehudit Orian in ›Yediot Aharonot‹

Klopf nicht an diese Wand
Roman
ISBN 978-3-423-**12967**-1

Jisca, eine junge Frau aus einer religiösen landwirtschaftlichen Siedlung im Norden Israels, verletzt die Tabus ihrer jüdisch-orthodoxen Herkunft. Die Welt, in die sie dabei eintaucht – das weltliche, bunte Jerusalem – ist nicht ihre, aber in ihr gelangt sie zu sich selbst.

Schließlich, Liebe
Roman
ISBN 978-3-423-**13201**-5

Sohara ist Krankenschwester in Jerusalem, Single, und entschlossen, ein Kind zu bekommen. Als sie eines Tages zufällig erfährt, dass einer der Ärzte, um sein Gehalt aufzubessern, regelmäßig eine Samenbank beliefert, kommt ihr eine verwegene Idee …

Als ihre Engel schliefen
Roman · dtv premium
ISBN 978-3-423-**24532**-8

Moriah, Anfang vierzig, Immobilienmaklerin in Jerusalem, verheiratet, zwei Kinder, ist klug, ausgefüllt und alles andere als frustriert. Und doch lässt sie sich ein auf eine Romanze, deren Folgen sie restlos zu entwurzeln drohen.

Schmetterlinge im Regen
Roman · dtv premium
ISBN 978-3-423-**24596**-8

Eine Mutter, die ihren kleinen Sohn vor 25 Jahren der Obhut der Großmutter überließ, kehrt zurück. Gegen Sehnsucht, Wut und Trauer kämpfend stellt sich der inzwischen erwachsene Sohn dem Wiedersehen.

Die Zeit wird es zeigen
Roman · dtv premium
ISBN 978-3-423-**24747**-4

Ein Unfall und seine Folgen – ein Roman von erschütternder Wucht, um schuldloses Schuldigwerden und die läuternde Macht von Liebe.

Alle Titel übersetzt von
Mirjam Pressler.

Bitte besuchen Sie uns im Internet: www.dtv.de

Israelische Autoren im dtv

Chaim Be'er
Stricke
Roman · dtv premium
Übers. v. Anne Birkenhauer
ISBN 978-3-423-24219-6

David Grossman
Der Kindheitserfinder
Roman
Übers. v. Judith Brüll
AutorenBibliothek
ISBN 978-3-423-19106-7

Löwenhonig
Der Mythos von Samson
Übers. v. Vera Loos und
Naomi Nir-Bleimling
ISBN 978-3-423-13614-3

Mira Magén
Als ihre Engel schliefen
Roman · dtv premium
Übers. v. Mirjam Pressler
ISBN 978-3-423-24532-6

Klopf nicht an diese Wand
Roman
Übers. v. Mirjam Pressler
ISBN 978-3-423-12967-1

Schließlich, Liebe
Roman
Übers. v. Mirjam Pressler
ISBN 978-3-423-13201-5

Schmetterlinge im Regen
Roman · dtv premium
Übers. v. Mirjam Pressler
ISBN 978-3-423-24596-8

Die Zeit wird es zeigen
Roman · dtv premium
Übers. v. Mirjam Pressler
ISBN 978-3-423-24747-4

Savyon Liebrecht
Die fremden Frauen
Drei Novellen · dtv premium
Übers. v. Vera Loos und
Naomi Nir-Bleimling
ISBN 978-3-423-24285-1

Ein Mann und eine Frau und ein Mann
Roman
Übers. v. Stefan Siebers
ISBN 978-3-423-12987-9

Die Frauen meines Vaters
Roman · dtv premium
Übers. v. Vera Loos und
Naomi Nir-Bleimling
ISBN 978-3-423-24626-2

Eshkol Nevo
Vier Häuser und eine Sehnsucht
Roman
Übers. v. Anne Birkenhauer
ISBN 978-3-423-13758-4

Wir haben noch das ganze Leben
Roman · dtv premium
Übers. v. Markus Lemke
ISBN 978-3-423-24790-0

Sara Shilo
Zwerge kommen hier keine
Roman
Übers. v. Anne Birkenhauer
ISBN 978-3-423-13998-4
und dtv premium
ISBN 978-3-423-24716-0

Bitte besuchen Sie uns im Internet: www.dtv.de

Angelika Schrobsdorff im dtv

»Die Schrobsdorff hat ihr Leben lang nur
wahre Sätze geschrieben.«
Johannes Mario Simmel

Die Reise nach Sofia
ISBN 978-3-423-10539-2
Sofia und Paris – ein Bild
zweier Welten: Beobachtungen über Konsum und Liebe,
Freiheit und Glück in Ost
und West.

Die Herren
Roman
ISBN 978-3-423-10894-2
Ein psychologisch-erotischer
Roman, dessen Erstveröffentlichung 1961 als skandalös
empfunden wurde.

**Jerusalem war immer
eine schwere Adresse**
ISBN 978-3-423-11442-4
Ein Bericht über den Aufstand der Palästinenser, ein
sehr persönliches, menschliches Zeugnis für Versöhnung
und Toleranz.

**Die kurze Stunde zwischen
Tag und Nacht**
Roman
ISBN 978-3-423-11697-8

**»Du bist nicht so wie
andre Mütter«**
Die Geschichte einer
leidenschaftlichen Frau
ISBN 978-3-423-11916-0

Spuren
Roman
ISBN 978-3-423-11951-1
Ein ereignisreicher Tag aus
dem Leben einer jungen Frau:
Vera, Schriftstellerin, geschieden, die mit ihrem achtjährigen
Sohn in München lebt.

Jericho
Eine Liebesgeschichte
ISBN 978-3-423-12317-4

Grandhotel Bulgaria
Heimkehr in die Vergangenheit
ISBN 978-3-423-12852-0

**Wenn ich dich je vergesse,
oh Jerusalem…**
ISBN 978-3-423-13239-8

Von der Erinnerung geweckt
dtv premium
ISBN 978-3-423-24153-3

Bitte besuchen Sie uns im Internet: www.dtv.de